光文社古典新訳文庫

戦争と平和 1

トルストイ

望月哲男訳

kobunsha classics

JN020592

光文社

Title : ВОЙНА И МИР
1865-1869
Author : Л.Н.Толстой

目次

19世紀初頭のヨーロッパ

ストックホルム

ペテルブルク

バルト海

ティルジット

モスクワ

ボロディノ ✕
1812

プロイセン王国

アイ・ラウ
1806-1807

ワルシャワ

ワルシャワ大公国

ロシア帝国

805 ✕ アウステルリッツ
9 ✕ ワグラム
◎ プレスブルク
フィーン

オーストリア帝国

オ

ス

イスタンブル

黒海

マ

ン

帝

国

ポリ王国

地中海

エジプト

アブキール湾
1798
✕ ロゼッタ

◦ カイロ

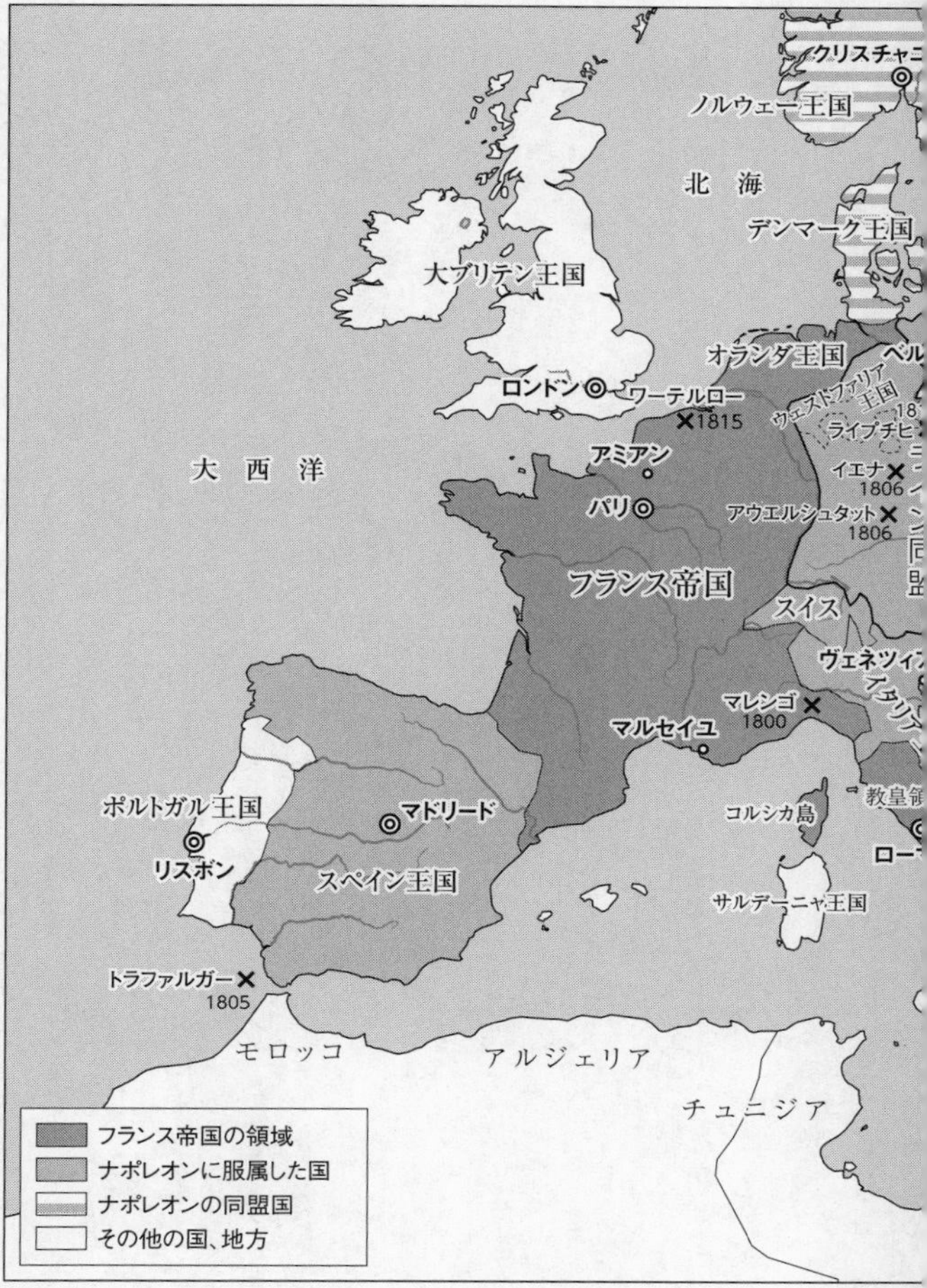

クリスチャニ
ノルウェー王国
北　海
デンマーク王国
大ブリテン王国
オランダ王国
ベル
ロンドン
ワーテルロー
1815
ウェストファリア王国
ライプチヒ
大　西　洋
アミアン
パリ
イエナ
1806
アウエルシュタット
1806
フランス帝国
スイス
ヴェネツィア
マレンゴ
1800
マルセイユ
教皇領
ポルトガル王国
マドリード
コルシカ島
リスボン
スペイン王国
ローマ
サルデーニャ王国
トラファルガー
1805
モロッコ
アルジェリア
チュニジア
フランス帝国の領域
ナポレオンに服属した国
ナポレオンの同盟国
その他の国、地方

戦争と平和 1

第1部

第1編

1章

「なんとまあ、公爵、あのジェノヴァとルッカが、もうすっかりボナパルト一家のアパナージュに、つまり領地《ポメスチエ》になってしまったじゃありませんか。[1]いいえ、あらかじめ申し上げておきますが、これでもまだあなたが戦争状態でないとおっしゃるなら、これでもまだあの反キリストの[2]（あれが反キリストだというのは私の信念ですから）汚らわしい、恐るべき振る舞いをいちいち弁護しようというおつもりなら、もうあなたのことなんか存じません。そんな方はもう私の親友でもなければ、ご自分でおっしゃるような私の忠実なしもべ《ラーブ》でもありませんからね。まあとにかく、ようこそ、ようこそいらっしゃいました。あら私、すっかりあなたを面食らわせてしまったようね。どうかお掛けになって、お話を聞かせてくださいな」

一八〇五年七月のこと、宮廷の女官でマリヤ・フョードロヴナ皇太后[3]の側近として名高いアンナ・パーヴロヴナ・シェーレル[4]は、自宅の夜会を第一番に訪れた、大物で位も高いワシーリー・クラーギン公爵を迎えながら、そんな風にフランス語で切り出した。アンナ・パーヴロヴナはこの何日かずっと咳をしていた。本人によれば流感《グリップ》にかかっていたのだ（グリップというのはこの当時まだ限られた人しか使わない外来の新語であった）。この日の朝、赤いお仕着せを着たこの家の従僕が各家に届けたフランス語の案内状には、すべて一律同様に以下のように書かれていた。

1　ジェノヴァとルッカはともに北イタリアの都市。ジェノヴァは一七九七年のナポレオンのイタリア遠征の際に占領されてリーグレ共和国という傀儡《かいらい》国家となり、一八〇五年にフランスに併合された。ルッカは一七九九年に占領され、一八〇五年にナポレオンの妹エリザとその夫に献上されて、ルッカ＝ピオンビーノ公国となった。

2　ナポレオンを新約聖書ヨハネの手紙に言及される反キリスト（終末に現れる神の敵）と見なす説は、当時広く流布していて、ロシア宗務院もその立場をとった。

3　当時の皇帝アレクサンドル一世の母親（パーヴェル一世の妻）（一七五九～一八二八）。

4　ロシア人の名は三要素からなり、この場合アンナ＝洗礼名、パーヴロヴナ＝父称、シェーレル＝姓である。

『伯爵さま（または公爵さま）、もしもたまたま他により楽しい御先約がなく、なおかつ哀れな病身の女のもとで一夕を過ごすのをさほどお厭《いと》いになられないようでしたら、晩の七時から十時の間に拙宅にご来駕いただければ幸甚です。

アンナ・シェーレル』

「いやはや、なんとも手厳しいお言葉ですなあ」冒頭の出迎えの挨拶にも少しもたじろがず、客の公爵は応じた。宮廷用の刺繡入りの制服にストッキングと短靴を履き、星形勲章をたくさん着けて、のっぺりした顔に明るい表情を浮かべている。

この人物は、われわれの祖父たちが喋るばかりか考えるのにも使っていたエレガントなフランス語を、落ち着いた庇護者風の調子で話したが、これは生涯を社交界と宮廷で過ごして老年を迎えた重要人物に特有の口調であった。彼はアンナ・パーヴロヴナに歩み寄ると、香水を振りかけたぴかぴかの禿げ頭をかがめて相手の手に口づけし、ゆったりとソファーに腰を下ろした。

「まずはお教えください、お体の具合はいかがですか？　どうか小生を安心させていただきたいもので」同じ声音で彼は訊ねたが、その語調には礼儀と同情の背後に、無関心と、ひいては冷笑までが透けて見えるのだった。

「どうして健康でいられましょう……精神が苦しんでいるときに？　感情というものを持ちながら、この今の時代にはたして心安らかでいることができるでしょうか？」アンナ・パーヴロヴナは応じた。「今夜はおしまいまでいらしてくださいますわね？」

「それが、イギリス公使の祝賀会がありますでしょう？　今日は水曜日ですから。小生、あちらに顔を出さなければならないのですよ」公爵は答えた。「娘が迎えに来て、連れて行ってくれることになっております」

「今日の祝賀会は中止になったものと思っていましたわ。正直言って、ああした祝賀会だとか花火だとか、だんだん鼻についてきましたの」

「もしあなたがそれをお望みだと分かっていたら、祝賀会は中止になっていたことでしょうな」公爵は答えたが、それはいつもの癖で、真に受けてほしくもないことを、ゼンマイ時計のようにただ機械的に喋っているのだった。

「いじめないでくださいな。ところで、あのノヴォシリツォフの至急報[5]の一件には

5　ニコライ・ニコラエヴィチ・ノヴォシリツォフ（またはノヴォシリツェフ）（一七六一～一八三六）は外交官として英仏講和に関する交渉に派遣されたが、ベルリンでナポレオンのジェノヴァ、ルッカ併合を知り、アレクサンドル一世に至急報を送った。

どんな判断が下ったのかしら。あなたは全部ご存じですわね」

「何と申し上げたものでしょう？」冷ややかな、うんざりしたような口調で公爵は応じた。「どんな判断が下ったかと言えば、つまり、ナポレオンが自分の船を焼き払った［背水の陣を敷いた］と判断したわけです。そして小生の見るところ、わが方も自分の船を焼く覚悟をしたようですな」

ワシーリー公爵はいつも、ちょうど役者が古い芝居の台詞《せりふ》を口にするときのように、けだるそうに話した。その反対にアンナ・パーヴロヴナは、四十歳という年齢にもかかわらず、生気と活気に満ちあふれていた。

情熱家であることがこの女性の社交界での役どころとなっていたので、時には気乗りがしなくても、自分を知る者たちの期待を裏切らぬために、情熱家になってみせることがあった。アンナ・パーヴロヴナの顔にいつもたゆたっている抑えた微笑みは、すでに盛りを過ぎた顔立ちに似つかわしくはなかったが、それはちょうど甘やかされた子供のように、彼女が自分の愛すべき欠点をいつも意識していることを物語っていた。ただ彼女にはその欠点を直そうという気もなければ直す力もなく、また直す必要も感じてはいないのだった。

政治の動きを語り合っている途中で、アンナ・パーヴロヴナはむきになって言った。

「ああ、オーストリアのことなど私にお話しにならないで！　もしかしたら私など何も分かっていないのかも知れませんが、オーストリアは一度だって戦争する気なんかなかったし、今だってその気はないのです。あの国はわが国を裏切っていますわ。ロシアは一人でヨーロッパの救い手にならなくてはいけないのです。皇帝陛下は自らの気高い使命をわきまえ、それを裏切ることはないでしょう。私が信じているのはそれだけですわ。御心優しい、素晴らしい私たちの皇帝陛下には、この世で一番大きな役割が控えておりますが、陛下はあれほどまで徳の高いご立派なお方ですから、きっと神様の御加護を得て、革命の怪物《ヒュドラ》を、今やあの殺人鬼、悪党の姿を借りて、ますます恐ろしい存在となったあの怪物を打ち滅ぼすという、御自身の使命を果たされることでしょう。ロシアは独力で、あの義人[6]の血をあがなわねばなりません。だって他に誰があてになるでしょうか、あなたに伺いたいですわ……。イギリスは根っからの商売人ですから、アレクサンドル皇帝のあれほどの御心の気高さなど理解してはいませんし、理解できっこありません。イギリスはマルタ島からの撤退も拒否したじゃあり

6　アンギャン公ルイ・アントワーヌ・アンリ・ド・ブルボン＝コンデ（一七七二〜一八〇四）のこと。フランス革命期の亡命貴族だった彼はバーデン選帝侯国に潜伏中フランス軍に逮捕され、ナポレオン暗殺計画の首魁として処刑されたが、これは冤罪事件として知られる。

ませんか。[7]あの国はわが国の行動にも、何か裏の動機を見ようとして、詮索《せんさく》しているのですわ。彼らはノヴォシリツォフに何を告げたでしょうか？　何もです。彼らには私たちの皇帝の献身ぶりが理解できなかったし、理解できるはずもないのです。皇帝はご自身のためには何一つ望まれず、望まれるものはすべて世の幸せのためだというのに。また、彼らは何を約束したでしょうか？　何もです。おまけにかつて約束したことも、反故《ほご》にされるのですわ！　プロイセンは既に公言しています――ボナパルトは無敵であって、ヨーロッパが一丸となってかかっても、まったくかなわないと……。あのハルデンベルクにせよハウクヴィッツにせよ、[8]私は一言だって信じませんわ。あの名高いプロイセンの中立とやらも、ただの罠にすぎません。私が信じるのはただ神さまと、私たちの親愛なる皇帝陛下の気高き運命だけ。陛下がヨーロッパを救われるのです！……」彼女はふと言葉を止め、熱くなった自分をからかうような苦笑を浮かべた。

「思うに」と公爵が笑みを浮かべて言った。「もしもあのお人よしのヴィンツィンゲローデ[9]の代わりにあなたを送り込んでいたら、きっと速攻でプロイセン王の盟約を取り付けられたことでしょうな。あなたはじつに雄弁だ。お茶をいただけますかな？」

「はい、ただいま。ところで」と彼女はまた落ち着きを取り戻して話を継いだ。「今日はうちにお二人、とても興味深い方が見えますの。おひと方はモルトマール子爵。この方はロアン家の筋からあのフランス最高の名家の一つモンモランシー家と縁続きなんですのよ。立派な、由緒正しき亡命客のお一人ですわ。そして次がモリオ神父。ご存知ですか、あの深い知性の持ち主を？　あの方は皇帝に謁見を許されたのですよ。ご存知？」

「ははあ！　とても楽しみですな」公爵は言った。「ところで」と彼はまるでたった今何かを思い出したかのように、いかにもさりげない口調で付け加えたが、実はこの質問こそが、彼の訪問の主な目的なのであった。「あれは本当でしょうか――皇太后さまはフンケ男爵がウイーンの第一書記に任命されるのをお望みでいらっしゃるとい

7　一八〇二年仏英のアミアンの和約によって決まっていたマルタ島からの撤退をイギリスが履行せず、翌年のアレクサンドル一世が関与した交渉も決裂した事情を指す。

8　カール・アウグスト・フォン・ハルデンベルク侯爵（一七五〇～一八二二）、プロイセンの外相（一八〇四～〇六）のち宰相（一八一〇～二二）。クリスチャン・フォン・ハウクヴィッツ（一七五二～一八三二）、プロイセン宰相をつとめ（一七九四～一八〇二、〇六）ナポレオン戦争時の外相として活躍した。

9　フェルディナンド・フョードロヴィチ・ヴィンツィンゲローデ（一七七〇～一八一八）、ドイツ系のロシア軍将軍。

うのは？　あの男爵は、大した人物ではないように思えるのですがね」ワシーリー公爵は、マリヤ・フョードロヴナ皇太后を通じて、話題の男爵の手に落ちようとしているこのポストに、自分の息子を就けたいと願っているのだった。

アンナ・パーヴロヴナはほとんど目を閉じたが、それは自分にせよほかの誰にせよ、皇太后さまがお望みの、あるいはお気に入られた事柄について、とやかく言うことはできないという意思表示のつもりだった。

「フンケ男爵さまは、皇太后さまの妹君が皇太后さまにご推挙あそばされた方なのです」彼女は愁いを帯びたそっけない口調で、ただそう答えた。皇太后の名を口にすると、アンナ・パーヴロヴナの顔にはにわかに心の奥底からの、ひたむきな恭順と尊敬の念が浮かび、そこに愁いの色が加わった。会話の中で自分の気高き庇護者に触れるたびに、彼女はそんな表情になるのだった。皇太后さまはフンケ男爵にたいそうな敬意を払っておられるのです——そう告げる彼女のまなざしが、再び愁いに翳《かげ》った。

公爵はどこ吹く風といった顔で黙り込んでいる。宮廷人らしい、そして女性らしい手際と機転が持前のアンナ・パーヴロヴナは、いやしくも皇太后さまに推挙されたほどの人物をぬけぬけと酷評した公爵をぴしゃりとやっつけて、しかも同時に相手を慰めてやろうという気を起こした。

「ところで、お宅のご家族のことですが」彼女は言った。「ご存知かしら、お宅のお嬢さま、社交界に出られるようになって以来、皆様のお気に入りですわよ。まばゆいばかりにお美しいと評判で」

公爵は敬意と感謝のしるしに頭を下げた。

「私よく思いますの」しばしの沈黙ののち、アンナ・パーヴロヴナは公爵ににじり寄って愛想よく微笑みながら話を続けた。それはあたかも、政治や社交界の話はここまで、この先は打ち解けた話をしましょうという合図のようだった。「よく思いますのよ、人生の幸福の配分というものは、時に不公平なものだと。どうして運命はあなたに、あんなに素晴らしいお子さまたちを二人も授けたのでしょう（ただ次男のアナトールさんは別、私、あの方は気に入りませんわ――彼女は反論の余地なしとばかりに眉を吊り上げながら付け加えた）――あんなにも素敵なお子さまたちを。ところがあなたときたら、あのお子さまたちのことを誰よりも低くしか評価していらっしゃらない。つまり宝の持ち腐れというわけですわ」

そう言うと彼女は持前の勝ち誇ったような笑みを浮かべた。

「どうしろとおっしゃるのです？　かのラヴァーター[10]ならば、私の頭蓋には父性の突起が欠けているとでも言うところでしょうな」公爵は応じた。

「冗談はお控えになって。あなたとまじめなお話をしたかったのですよ。いいこと、私あなたの下の息子さんには不満です。これはここだけの話ですが（彼女の顔は愁いを帯びた）、あの息子さんのことは皇太后さまのところでも話題に上りましたが、皆があなたに同情していましたわ……」

公爵は答えなかったが、彼女は黙って意味ありげなまなざしを相手に向けたまま答えを待っていた。ワシーリー公爵は顔をしかめた。

「いったい私はどうしたらいいのでしょうな？」とうとう彼は言った。「いいですか、私は息子たちの教育のために、父親としてできる限りのことをしました。なのに二人とも愚か者に育ちました。ただしイッポリートのほうはおとなしい愚か者ですが、アナトールは落ち着きのない愚か者です。違いはそれだけですよ」普段よりもぎこちない、気持のこもった笑みを浮かべて彼は言ったが、このとき口のまわりにできた皺《しわ》には、何か思いがけぬほど野卑で不快なものが妙にくっきりと表れていた。

「それにしても、どうしてあなたのような方が子供を授かるのでしょう？　もしも人の父親でさえなかったなら、あなたは私などが非難がましい口を利く余地のまったくないお方ですのに」考え深げに目を上げてアンナ・パーヴロヴナは言った。

「私はあなたの忠実なしもべですから、あなただけには正直に打ち明けることができます。子供たちというのは、これは私にとっての枷です。私の十字架ですよ。そう自分に言い聞かせております。だってどうしようがありましょう?」彼はしばし口をつぐんだまま、身振りで厳しい運命への従順さを示した。

アンナ・パーヴロヴナは考え込んだ。

「身持ちの悪いアナトールさんを結婚させてしまおうとお考えになったことはないのですか。人の言うところでは」彼女は言った。「オールドミスというのは仲人マニアだそうな。私はまだ自分にそういう趣味があるとは思ってはおりませんが、でも一人心当たりの娘さんがいます。父親と二人暮らしでとっても不幸な境遇ですが、私どもの親戚で、ボルコンスキー公爵家のお嬢さまですわ」ワシーリー公爵は返事をしなかったが、ただし社交界人に特有の察しの良さと記憶力を備えていたので、首の動きによって「うかがった情報はしっかり頭に入れました」というメッセージを伝えた。

「いや実は、あのアナトールには年に四万もの金がかかっていましてね」そんな風に語る公爵は、考えが悲観的になるのを抑えきれないようだった。彼はしばし間をお

10　ヨーハン・カスパール・ラヴァーター（一七四一〜一八〇一）、スイスの観相学者、牧師、詩人。『観相学断片』（一七七五〜七八）で人間の内面（性格・資質）は外面、特に頭部の形態に現れると説いた。

いてから続けた。

「こんな調子でいったら、五年後にはいったいどうなることやら？　これもまた父たることのありがたさというわけでしょうか。その方は裕福なのですか、あなたのおっしゃる公爵令嬢は？」

「お父さまは大層裕福で、そして吝嗇《けち》ですわ。田舎に住んでおります。まあボルコンスキー公爵といえば有名で、今は亡き先帝[11]の代に早くも退役され、プロイセンの王とあだ名されていました。とても聡明な方ですが、風変わりなところもいろいろあって、付き合いの難しい方です。かわいそうに、令嬢はまるで石ころのように不幸ですわ。この方にはお兄さまがいて、最近マイネン家のリーザさまと結婚されました。お兄さまはクトゥーゾフ将軍[12]の副官です。この方は、今晩うちにいらっしゃいますよ」

「ねえ、アンナさん」公爵は不意に相手の片手を握ると、なぜかその手を下に曲げるようにして言った。「そのお話をまとめてください。そうすれば私は生涯あなたの最も忠実なしもべ《ラーブ》になります（もっとも、書き言葉に疎《うと》いうちの領地の村長に書かせると、しもべ《ラーブ》がラップになってしまうのですが[13]）。相手の方は良家のご令嬢で裕福なのですね。私にはそれだけで十分ですよ」

そう言うと公爵は持前ののびやかな、くつろいだ、優雅な身ごなしで女官の手を取って口づけし、口づけの後で、握った手を軽く振った。そして安楽椅子の上でゆったりと身を伸ばすと、脇を向いた。

「ちょっと待ってくださいね」アンナ・パーヴロヴナは考えをめぐらしながら言った。「私、今日早速リーザさんに、ボルコンスキー家の若奥さまに、お話ししますわ。そうすれば、もしかしてうまくいくかも知れません。あなたのご家族の件で、私もオールドミスの仕事とやらに入門させていただきますわ」

11　アレクサンドル一世の父パーヴェル一世（在位一七九六～一八〇一）、クーデターにより暗殺された。

12　ミハイル・イラリオーノヴィチ・クトゥーゾフ（一七四五～一八一三）、エカテリーナ二世時代以来のロシアの軍人、外交官。一八〇五年の対ナポレオン戦争の際ロシア・オーストリア連合軍総司令官として戦うが、アウステルリッツの会戦に敗北、左遷された。一八一二年の祖国戦争の際に、再度総司令官としてロシア軍をリードした。

13　しもべrab（раб）の末尾の有声子音b（б）が無声化してp（п）と発音されるのを、書く段階からp（п）と綴ってしまう誤りを指す。

2章

アンナ・パーヴロヴナの客間は次第に客で埋まりつつあった。訪れたのはペテルブルグの上流階層で、年齢も気質も種々さまざまながら、生きている社会はみな同じという面々だった。ワシーリー公爵の娘である美貌のエレーヌも訪れた。公使の祝宴に出席するため、父親を迎えに立ち寄ったのだ。彼女は皇太后のイニシャルを組み合わせた女官徽章《きしょう》を身に着け、舞踏会用のドレスを着ていた。ペテルブルグで一番魅力的な女性として知られる、若くて小柄なボルコンスキー公爵夫人[14]も訪れた。去年の冬に結婚したばかりで、今は身重のため、いわゆる社交界からは遠ざかっているが、内輪の小さな夜会にはまだ出入りしていたのである。ワシーリー公爵の息子のイッポリート公爵も、モルトマールを伴って現れ、この客を紹介した。モリオ神父も訪れ、他にも多くの客がやってきた。

「私の叔母《マ・タント》とは初対面でしたかしら？」あるいは「叔母のことはまだご存知じゃありませんでした？」アンナ・パーヴロヴナは来る客ごとにそう問いかけた。この叔母は大きな蝶リボンを着けた小柄な老婦人で、客が訪れはじめると早速別室からそっと姿を現したのだったが、女主人は大真面目な顔で客を叔母のもとに連れて行くと、客から叔母へとゆっくり視線を移しながらお互いの名前を紹介しておいて、自分はちょっと脇へ離れるのだった。

客は皆、誰も知らないし興味も用事もないこの叔母さまにご挨拶するという儀式を執り行った。アンナ・パーヴロヴナは愁いを含んだ厳粛な顔で気づかわしそうに彼らが挨拶する様子を観察し、黙ったまま頷《うなず》いていた。彼女の叔母はどの客に対してもまったく同じ表現で相手の健康について訊ね、自分の健康について答え、幸いなことにこのところ良好な皇太后さまのご健康について語った。客は皆、作法通り急ぐ素振りも見せずにお相手をしてから、重大な責務を果たした安堵の気持ちで老婦人のもとを立ち去ると、あとは夜会の終わるまで二度と近寄ろうとはしないのだった。

ボルコンスキー公爵の若夫人は、金糸の縫い取りをしたビロードのバッグに手芸の道具を入れて持参していた。産毛《うぶげ》のために少し黒ずんで見える彼女のきれいな鼻下《びか》の部分は、歯の丈に比して短かったが、そのためにかえって口を開けた時の様子が愛ら

14　女性の名称は、洗礼名・父称・姓のすべてが女性形をとるので（前出のシェーレルは外国姓なので不変化）この場合ボルコンスカヤ公爵夫人が正しいが、家族関係を明確にするため本訳では以降も含め男性形の姓で統一する。

しく、また時折ぐっと伸びて下唇と結ばれる様は、またことさらに愛らしかった。魅力あふれる女性がしばしばそうであるように、鼻下が短くて口が開き加減になっているという彼女の欠点が、そのまま彼女特有の、まさに彼女本来の美しさに見えたのである。健康と生気に満ちたこの美しい未来の母親が、こんなにも楽々と身重の体に耐えているのを見るのは、だれにとっても楽しいことだった。年寄りも、退屈して気の滅入っている若者たちも、ほんのちょっと一緒にいて言葉を交わすだけで、自分も彼女のようになれそうな気になった。この女性と話をしながら、ひと言ごとに浮かぶ明るい笑みと、絶えずちらちらと覗くつやつやした真っ白な歯並を見た人は、自分がこの晩とりわけ優しい気持になっているのを感じた。まさに皆がそんな感じを覚えていたのだった。

小柄な公爵夫人は手芸のバッグを持ったまま、よちよちと小刻みながら速い足取りでテーブルを回り込むと、朗らかな顔で服の乱れを整えてから、銀のサモワールのそばのソファーに腰を下ろした。まるで彼女が何をしても、それは本人にとっても周囲の皆にとっても、お遊びになってしまうかのようだった。

「私、お仕事を持ってきましたの」バッグを開きながら、彼女は一同に向かって言った。

「ねえ、アンナさん、悪いいたずらをするものじゃありませんわよ」これは女主人に向けた挨拶だった。「お手紙には、ほんのこぢんまりした夜会って書いてあったから、ほら、こんな格好で来てしまって」

そう言うと彼女は両手を広げて、レース飾りの付いたグレーのエレガントなドレスを見せた。胸の少し下のところが幅広のリボンで締めてある。

「ご心配いらないわ、リーザさん、あなたはどう転んだって誰よりもお美しいんですから」アンナ・パーヴロヴナは答えた。

「ねえご存知？　夫が私を捨てていこうとしていますのよ」まったく口調を変えぬまま、夫人は一人の将軍の方に向き直って続けた。「命を捨てに行くつもりなんです。いったい何のためにあるのかしら、あんな忌まわしい戦争なんて？」夫人はワシーリー公爵に問いかけながら、返事も待たずに、今度は公爵の娘の、美人のエレーヌに話しかけるのだった。

「なんともかわいらしい方ですな、この小柄な公爵夫人は」ワシーリー公爵はそっとアンナ・パーヴロヴナにもらした。

小柄な公爵夫人のすぐ後から大柄な、太った青年が入ってきた。髪を短く刈り上げて眼鏡をかけ、この当時の流行通り明るい色のズボンを穿き、頬まである高い襟のシャツに茶色の燕尾服をまとっていた。この太った青年は、エカテリーナ二世時代の高官、ベズーホフ伯爵の庶子で、父親の伯爵は今まさにモスクワで瀕死の床に就いていた。青年はまだ勤め先もなく、外国留学から戻ったばかりの身で、社交界に出るのもこれが初めてだった。アンナ・パーヴロヴナは、自分のサロンで一番低い階層の者にするような会釈で、この青年を迎えた。しかしそんな最低ランクの応対ぶりにもかかわらず、入ってきたピエールという名の青年を見たアンナ・パーヴロヴナの顔には、ちょうど何かひどく巨大で場違いなものを見た人の顔に浮かぶような、不安と恐怖が浮かんでいた。確かにピエールはこの部屋にいたほかの男性に比べていくらか大柄ではあったが、しかしこの恐怖感はむしろ、彼の知的でありながらはにかみを含んだ、慧眼そうでかつ飾り気のないまなざしへの反応だったようだ。それこそが彼をこの客間の全員から際立たせていたものだったからである。

「まあピエールさん、どうもありがとうございます、哀れな病人をお見舞いに来てくださって」これから引き合わせようとする叔母におびえたような目配せを送りながら、アンナ・パーヴロヴナはそんな謝辞を述べた。ピエールは何やらあいまいなつぶやきで応じたが、目はずっと何かを探していた。小柄な公爵夫人を見ると、お辞儀をして親しい知人にするようにうれしげな明るい笑みを浮かべ、それから件《くだん》の叔母さまのもとに歩み寄った。アンナ・パーヴロヴナの恐れは杞憂ではなかった。というのも、ピエールは皇太后の健康についての叔母さまの言葉をしまいまで聞こうともせずに、離れて行ってしまったからだ。アンナ・パーヴロヴナは驚いて声をかけ、彼を引き留めた。

「モリオ神父をご存知じゃありません？　とても興味深い人物でいらして……」

「はい、あの方の恒久平和の計画[15]は聞いたことがありますし、とても興味深いです。ただし可能性は薄いかと……」

「そう思われますの？」とにかく何かひとこと答えて、それからまた女主人の役に戻ろうというつもりでアンナ・パーヴロヴナはそう言ったのだが、ここでピエールはさっきとは逆の無作法を犯してしまった。先ほどは話し相手の言葉を最後まで聞かずに立ち去ってしまったのだが、今度は他所《よそ》へ行かなくてはならない話し相手を引き留めて、話し込もうとしたのである。首をかがめ、大きな両足を開いて立ったまま、彼はアンナ・パーヴロヴナに向かって、自分が神父の計画を妄想《キマイラ》だとみなす根拠を説き

15　モリオ神父は、当時のペテルブルグで対ナポレオン・ヨーロッパ・ユニオンによる恒久平和達成を唱えたイタリア人神父シピオ（スキピオ）・ピアトーリがモデルとみられる。

始めた。

「お話はまた後ほどね」アンナ・パーヴロヴナは愛想笑いを絶やさぬまま言った。

こうしていかにも要領の悪い青年から逃れると、彼女は一家の女主人としての役割に戻り、先ほどまでと同じく耳を澄まし、目をこらして周囲をうかがった。どこか会話の弾んでいない場所があったら、すぐに助け船を出そうという覚悟である。ちょうど紡績工場の工場長が、いろんな持ち場に工員を配置しておいて、自分は工場全体を歩き回っては、紡錘車の動きが悪いとか、あるいはやけに軋《きし》んであまりにも大きな音を立てているとかいったことに気づくと、急いで駆けつけて止めてやったり動き具合を調整したりするのと同じように、アンナ・パーヴロヴナも自宅の客間を歩き回りながら、むっつりと黙り込んだり、あるいは会話がエキサイトしすぎたりしているグループがあると、近寄っていってひと言かけるだけで、もしくはメンバーを入れ替えるだけで、再びなめらかで上品な会話という機械を始動させるのだった。だがそうした気遣いのさなかにも、彼女の顔にはずっとピエールに対する特別な警戒の念が浮かんでいた。ピエールがモルトマールの周囲での会話を聞こうと近寄っていき、さらにそこを離れて、神父が話をしている別のグループに向かう間も、彼女はいかにも心配そうにちらちら目をやっていた。外国で育ったピエールにとっては、このアンナ・

パーヴロヴナの夜会が、はじめてロシアで経験する夜会だった。ペテルブルグの知識人のすべてがここに集まっている――それを知っているだけに彼は、まるでおもちゃ屋に入った子供のように、目移りばかりしていた。ここでこそ聞けるような知的な会話を聞き逃すことを恐れていたのだ。集まった客たちの自信に満ちた優雅な表情を眺めつつ、彼は何かしら並外れて知的なやり取りへの期待をますます募らせていた。ついに彼はモリオ神父のそばまで来た。そこで交わされている会話は、興味深く思えた。それで足を止めると、若者が好んでするように、自分の意見を表明するチャンスを待つことにしたのだった。

3章

アンナ・パーヴロヴナの夜会は軌道に乗った。そこここで紡錘車がなめらかに、小《お》止《や》みなく音を立てて回っていた。例の叔母さまのそばには、このきらびやかな集まりには幾分場違いな、苦労やつれした顔つきの頰のこけた年配の婦人が一人いるばかりだったが、これを別にすれば、客は三つのグループに分かれていた。一つはどちらかと言えば男性中心のグループで、真ん中にいるのは例の神父だった。もう一つは若者のグループで、ワシーリー公爵の美人の令嬢エレーヌと、きれいな血色のよい顔をして若い割にはかなり太めの、小柄なボルコンスキー公爵夫人が含まれていた。三つめのグループにはモルトマール子爵とアンナ・パーヴロヴナがいた。

　モルトマール子爵は眉目秀麗な、顔立ちも身ごなしも柔らかな青年で、明らかに名士であることを自任していたが、育ちの良さから、周囲の者たちが自分を利用するのをつつましく許していた。アンナ・パーヴロヴナは明らかに、子爵を客たちへの御馳走として使っていた。ちょうどすぐれた給仕頭が、汚い厨房で見かけたらとても食べる気になれないような牛肉の切れ端を、何か絶妙の一品のようにして客に出すのと同じように、この晩のアンナ・パーヴロヴナも、客たちにまずはこの子爵を、次に例の神父を、何か稀代の貴賓のように供していたのである。モルトマールのグループでは、すぐに例のアンギャン公の[16]殺害を論じはじめた。子爵は、アンギャン公は自らの鷹揚さがあだとなって滅びたのであり、ボナパルトに憎まれるには特別なわけがあったのだと述べた。

「あら、そうでしたの！　どうかそのお話を私たちにお聞かせください、子爵」自分のセリフが何かしらルイ十五世時代のような響きを帯びているのを喜ばしく感じながら、アンナ・パーヴロヴナはそう促した。「どうかお聞かせくださいな」

子爵は承りましたというしるしに一礼し、恭しい笑みを浮かべた。アンナ・パーヴロヴナは子爵の周りに椅子の輪を作ると、彼の話を聞かせようと皆を呼び招いた。

「子爵はアンギャン公と個人的にお知り合いだったのよ」アンナ・パーヴロヴナは一人の客に耳打ちした。「子爵は驚くべき談話の名手なんですの」彼女は別の客に請け合った。「一目みただけで、いかにも上流階級の方でしょう」彼女はまた別の客に話しかけた。こうして子爵は、この上なくエレガントで魅力的にショーアップされて、一同に供されたのであった。あたかも熱い皿に盛って青みを散らしたローストビーフのように。

子爵はそろそろ話を始めようという心づもりでうっすらと笑みを浮かべた。

「こちらにおいでなさいよ、エレーヌさん」アンナ・パーヴロヴナが少し離れた別のグループの真ん中に座っていた美人の公爵令嬢に声をかけた。

公爵令嬢エレーヌは笑顔で応じると、この客間に入ってきた時以来ずっと絶やさぬ完璧なる美女の笑みを浮かべたまま立ち上がった。木蔦《きづた》と苔《こけ》をあしらった純白の舞踏会服の裾を軽い衣擦《きぬず》れの音を立ててさばき、真っ白な肩、つやつやの髪、いくつもの

16　注6参照。

ダイヤモンドを輝かせながら、道を開けた男たちの間をまっすぐに進んでくる。誰一人にも目をくれず、しかも皆に微笑みかけ、あたかも自らの肢体、豊満な肩、当時の流行通り大きく開いた胸と背中の美しさを目で味わう権利を皆に気前良く提供するかのように、そしてあたかも自らの身に舞踏会の輝きを載せて届けるかのようにして、アンナ・パーヴロヴナのところまでやって来た。エレーヌほどの美貌の持ち主になると、もはや媚態《コケットリー》のかげすら見られないどころか、反対に、自らのゆるぎない、あまりにも強力で圧倒的な効果を持つ美しさを、あたかも恥じらっているようにさえ見える。まるで自分の美しさの効果を抑えようと望みつつ、それがかなわずにいるかのようだった。

「何てきれいな人なんだろう!」彼女を見ると誰もがそう言った。その彼女が目の前の席に座り、自分にもまたそのたえざる笑みを投げかけてくれた時、子爵はあたかも何か不思議な力に打たれたかのように肩をすくめ、目を伏せたのだった。

「奥さま、このような聴衆を前にすると、自分の話術が心配になりますよ」笑いながら首をかしげて子爵は言った。

公爵令嬢エレーヌはむき出しのふくよかな腕でテーブルに片肘をつくと、もはや何も言う必要を感じなかった。彼女はただ笑みを浮かべて待っていた。話の間ずっと彼女は背筋を伸ばして座ったまま、ごく時たまテーブルに軽やかに横たわっている自らのふくよかな美しい腕や、さらに美しい胸に目をやって、胸の上のダイヤのネックレスを直したりした。ドレスの襞も何度か整えていたが、話に興が乗るとアンナ・パーヴロヴナを振り返った。するとたちまち彼女の顔は、この女官の顔に浮かんでいるのとそっくりな表情になり、それからまた例の輝くような笑みの中にくつろぐのだった。

エレーヌに続いて例の小柄な公爵夫人も茶のテーブルから移って来た。

「ちょっと待って、手芸の道具を取ってこなくっちゃ」公爵夫人は言った。「ねえ、何を考えていらっしゃるの」彼女はイッポリート公爵に向かって言った。「私のバッグを届けてくださらない」

笑顔で皆と言葉を交わしていた公爵夫人は急に席を替え、新しい席に腰を下ろすと、朗らかな顔で服装を整えた。

「さあ、これで大丈夫」そう告げると、彼女は話を始めるように促して、自分は仕事に取り掛かった。

バッグを持ってきてやったイッポリート公爵も後を追って席を移り、安楽椅子を寄せて彼女のすぐそばに腰を据えた。

魅惑のイッポリートとあだ名される公爵は、美人の妹と異様なまでに似ていることで人を驚かせたが、もっと驚くべきなのは、妹と似ているくせに、彼の方は衝撃的なまでに醜男だったことである。顔の造作は妹と同じなのに、妹の場合にはすべてが楽天的で満ち足りた若々しい不断の笑みと、たぐいまれな古代風の身体美に輝いているのに対して、兄の場合は同じ顔が愚鈍さの靄《もや》に包まれて、絶えず鼻持ちならぬ仏頂面を浮かべ、体ときたら痩せぎすで弱々しかった。目も鼻も口も、すべてがぎゅっと一つにまとまって、何かとらえどころのない退屈な渋面《じゅうめん》のようなものを作っており、手や足はいつも不自然なポーズをとっていた。

「これ、怪談じゃないでしょうね？」公爵夫人の隣に腰を下ろして、急いで柄付き眼鏡を目に当てると、イッポリートは言った。まるでこの道具がなければ口もきけないといった様子だった。

「まったく違います」あっけにとられた話し手は、肩をすくめて答えた。

「じつは僕、怪談は大の苦手でして」口調からも明らかだったが、イッポリート公爵はまずこんな風に何かを喋って、後からようやくその意味を理解しているのだった。口の利き方はいかにも自信満々なので、その発言がひどく気が利いているのか、それともひどく愚劣なのか、誰にも理解できなかった。彼は暗緑色の燕尾服をまとい、ズボンは、本人の表現によれば「怯《おび》えた水の精《ニンフ》の腿《もも》の色」、それに長靴下と短靴という出で立ちだった。

子爵は、この頃世間に流布していた次のような逸話をとても巧みに語って聞かせた。かのアンギャン公がマドモワゼル・ジョルジュ[17]との逢い引きのためお忍びでパリへ出かけたところ、同じくこの有名な女優といい仲であったボナパルトと鉢合わせした。この遭遇の際に、ナポレオンはたまたま持病の発作を起こして倒れてしまい、生かすも殺すもアンギャン公の思いのままという窮地に陥ったが、公は見逃してやった。しかるにボナパルトは後に、まさにそうした寛大さへの見返りに、死をもって公に復讐したというのだった。

大変よくできた面白い話で、とりわけ二人のライバルがふと互いに気づいた場面では、女性たちまでが興奮していたようだった。

「面白いお話ね」アンナ・パーヴロヴナがそう言って、問いかけるような目で小柄な公爵夫人を振り向く。

「面白いわね」小柄な公爵夫人はそうつぶやくと、刺繡中の布に針を突き立てた。

---

17 本名マルグリート＝ジョゼフィーヌ・ヴェメール（一七八七〜一八六七）、フランスの有名女優で、一九世紀初期にナポレオンやウエリントン公爵との関係でも名を馳せた。一八〇八年にペテルブルグを訪問。

あたかも話があまりに面白くて魅力的なので、仕事が続けられないわ、という意思表示のようだった。

子爵はこの無言の賞賛によろこんで感謝の笑みを浮かべると、先を語りはじめた。だがこのとき、絶えずあの警戒すべき青年の方をうかがっていたアンナ・パーヴロヴナは、青年が何かあまりにも熱くなって、大声で神父と話しているのに気づき、急いでその危険地帯へと救助に赴いた。実際ピエールは、首尾よく神父を勢力均衡をめぐる議論に引きずり込み、どうやら神父のほうもこの青年の素朴な熱狂癖に関心を覚えて、相手の前でお得意の思想を披瀝《ひれき》していたところだった。双方とも熱が入るあまり地《じ》のままで聞いたり喋ったりしていたが、それがアンナ・パーヴロヴナには気に入らなかった。

「手段はヨーロッパの勢力均衡と国際法です」と神父は話していた。「そのためには、ロシアのように野蛮でならしている強力な国家が、私欲を捨ててヨーロッパの勢力均衡を目的とする同盟の盟主になりさえすればよいのです。そうすればその国は、世界を救うことでしょう！」

「一体どうしたらそのような勢力均衡が見いだせるとおっしゃるのですか？」ピエールは反論しようとしたが、そのときアンナ・パーヴロヴナが歩み寄ってきて、ピエールに厳しい一瞥を与えるとともに、イタリア人神父に向かって、当地の気候をどのように凌《しの》いでいるかとたずねた。イタリア人神父はがらりと面変わりして、いかにも相手を小馬鹿にしたような、わざとらしい甘ったるい表情を浮かべたが、どうやらこれは彼が女性と話をするときの常道のようだった。

「いや小生、当地で拝顔の栄を得た社交界の方々、とりわけ女性の皆様の知性と教養の素晴らしさに魅了されるあまり、いまだ気候については考えが及びませんでした」そう彼は答えた。

アンナ・パーヴロヴナはもはやこの神父とピエールを野放しにせず、見張りやすいようにと、彼らを皆のいるグループに合流させたのだった。

このとき客間に新しい人物が入ってきた。アンドレイ・ボルコンスキー若公爵、すなわち小柄な公爵夫人の夫である。ボルコンスキー公爵は背の低いすこぶる美男の青年で、目鼻立ちのはっきりとした冷ややかな顔をしていた。疲れたような、退屈そうな眼付きから、静かな規則正しい歩き方まで、姿かたちのどこをとっても、小柄で活気に満ちたその妻の正反対であった。明らかに彼にとってこの客間にいる人間は全員顔見知りであるばかりか、もはや飽き飽きしている者ばかりで、彼らの姿を見るのも、その話を聞くのももうたくさんといった様子だった。うんざりするような顔が集まった中でも、とりわけ鼻についているのは、どうやら美人の妻の顔のようだった。せっかくの美貌を台無しにするような顰《しか》め面を浮かべて、彼は妻から顔をそむけた。アンナ・パーヴロヴナの手を取って口づけすると、薄目で客間の一同を見渡す。

「戦争にいらっしゃるのですって、公爵？」アンナ・パーヴロヴナが訊ねた。

「クトゥーゾフ将軍が」フランス人式に末尾のゾフのところにアクセントを置いてボルコンスキーは答えた。「私を副官にとお望みで……」

「ではリーザさんは、奥さまは？」

「妻は田舎に移ります」

「まあ、ひどいじゃありませんか、あの素敵な奥さまを私たちから取り上げるなんて」

「アンドレ」彼の妻がフランス語式の名前で呼びかけたが、夫に話しかける口調も他人に対するときと同じく、媚《こび》を含んでいた。「こちらの子爵がとっても面白いお話を私たちにしてくださったのよ、マドモワゼル・ジョルジュとボナパルトのことで！」

アンドレイ公爵は目をつむってそっぽを向いた。ピエールは、アンドレイ公爵が客間に入ってきてからずっと、うれしそうな親愛の眼差しでその姿を追っていたが、このとき彼に歩み寄ってその手を取った。アンドレイ公爵は振り向きもせずに、顔をしかめて自分の手に触れる人間へのいらだちを表したが、しかしピエールの笑顔を見つけると、思いがけぬほど優しい、感じのよい笑顔になった。

「おやおや！……じゃあ君も社交界の仲間入りか！」彼はピエールに言った。

「あなたがいらっしゃるのは分かっていましたから」ピエールが答える。「この後でお宅に夜食をよばれにうかがいますよ」話を続ける子爵の邪魔をしないように、彼は小声で付け加えた。「いいでしょう？」

「いや、だめだ」アンドレイ公爵はにやにやしながらそう答えると、ぎゅっと握手をしてピエールに、そんなことは聞くまでもないということを伝えた。彼は他にも何か言おうとしたが、ちょうどそのときワシーリー公爵が娘とともに席を立ったので、男性陣は二人に道を空けるために立ち上がった。

「どうかお許しください、子爵さま」相手の袖口をそっとつかんで、立ち上がらせないよう椅子の方に引き下げながら、ワシーリー公爵はフランス人子爵に挨拶した。「間の悪いことに公使の祝賀会があるおかげで、私もせっかくの楽しみをあきらめなくてはならず、あなたのお話まで中断させてしまいまして。こんな素晴らしい夜会を中座するのは残念至極ですよ」最後の言葉はアンナ・パーヴロヴナへの挨拶だった。

娘の公爵令嬢エレーヌは、ドレスの襞を軽くつまんで椅子の間を進み出したが、その美しい顔には例の笑みが一層明るく輝いていた。公爵令嬢が脇を通るあいだ、ピエールはほとんど驚嘆したような歓喜の目でこの美女を見つめていた。

「実にきれいだね」アンドレイ公爵が言った。

「本当ですね」ピエールがうなずいた。

ワシーリー公爵が通りがかりにピエールの手をとると、アンナ・パーヴロヴナを振り返った。

「ひとつうちの熊君を教育してやってください」彼は言った。「なにしろもう一月もわが家に滞在しているのですが、社交界で顔を合わすのは今日が初めてという次第でして。青年にとって賢いご婦人方とのおつきあいほど必要なものはありませんからな」

4章

アンナ・パーヴロヴナはにっこりと笑って、ピエールのお世話を引き受けると約束した。ピエールが父方の血筋でワシーリー公爵の親戚にあたるのを知っていたのだ。先ほどまで例の叔母さまと一緒にいた年配の婦人が、慌てたように席を立ってきて、控えの間でワシーリー公爵に追いついた。その顔からは、先ほどまでの取り繕《つくろ》った様子は一切失せていた。善良そうな、苦労やつれした顔に浮かんでいるのは、ただ不安と恐れだけだった。

「それで、見込みはいかがでしょうか、公爵、息子のボリスのことですが」控えの間で公爵に追いつくと、婦人は話しかけた（正しくはボリースと呼ぶべきところを婦人は独特なアクセントでボーリスと発音していた）。「私はこれ以上ペテルブルグに残るわけにはまいりません。おっしゃってください、私はどんな知らせを哀れなわが子に持ち帰ることができるのでしょうか」

ワシーリー公爵はいかにもしぶしぶと、ほとんど無作法な態度で聞きながら、露骨にいらだった表情さえ見せたが、婦人の方はあくまでも甘く訴えかけるような笑みで相手に迫り、逃がすものかという風にその手を握った。

「皇帝さまにひとこと進言するのは、あなたさまには何でもありますまい。それだけで息子は近衛隊に移ることができるのです」婦人はそう懇願した。

「もちろん、公爵夫人《おくさま》、私はできることなら何でもさせていただきますよ」ワシーリー公爵は答えた。「しかし私から皇帝にお願いするのは生やさしいことではありません。ルミャンツェフに頼んでみてはいかがでしょうか、ゴリーツィン公爵を通じて。[18]

その方がずっと賢明ですよ」

年配の婦人はドルベツコイ公爵夫人といって、名からするとロシア最良の部類の名門の未亡人だったが、本人は貧しくて久しく社交界からも遠ざかっており、昔持っていた伝《つて》も失ってしまっていた。今回こうして出てきたのは、一人息子を近衛隊に配属させるための請願運動が目的であった。こうしてワシーリー公爵と面会することだけを目的に、婦人は自ら志願してアンナ・パーヴロヴナの夜会を訪れたのであり、子爵の話を聞いていたのもひたすらこのときを待ってのことであった。ワシーリー公爵の言葉に彼女はたじろいだ。かつては美しかったその顔に憤懣の表情が浮かんだが、それもつかの間だった。再びにっこりとほほえむと、彼女はワシーリー公爵の手を一層強くつかんだ。

「ねえ、公爵」彼女は言った。「私はこれまで一度もあなたさまにお願いごとをしたことはございませんでしたし、今後も一切お願いはいたしません。あなたさまに対する父の友誼についても、一度だってほのめかしたことはございませんでした。ただ今度だけは、神にかけてお願いいたします。どうか息子のために一肌脱いでください。そうすれば私はあなたを恩人としてあがめるでしょう」彼女は早口で言い添えた。「どうか、どうかお怒りにならずに、ただひと言お約束ください。私はゴリーツィンさんにもお願いしたのですが、断られたのです。どうか昔のあなたさまのような優しさをお示しくださいませ」すがる彼女は必死に笑顔を見せようとしていたが、目には涙が浮かんでいるのだった。

「パパ、遅刻するわよ」ドアのところで待っていた公爵令嬢エレーヌが、古代風の肩に載った美しい頭をくるりと振り向かせて言った。

なんといっても世の中コネというのは金《カネ》と同じで、大事に使ってすり減らないようにしなくてはならない。ワシーリー公爵はそれを心得ていたので、頼まれごとを片っ端から引き受けて請願していたら、やがて肝心な自分のことが請願できなくなってしまうと考えて、めったにコネを使わないできたのだった。しかしドルベツコイ家の公爵夫人にこうして改めて頼み込まれてみると、彼は何か良心の呵責《かしゃく》のようなものを覚えた。彼女が彼にほのめかしたことは嘘ではなかった。まだ勤務に就いたばかりの駆け出しの頃、彼はこの女性の父親に世話になったのである。そればかりでなく、彼は相手の振る舞いから察したのだった――こうした部類の女性、とりわけ母親は、

18　ニコライ・ペトローヴィチ・ルミャンツェフ伯爵（一七五四～一八二六）とアレクサンドル・ニコラーエヴィチ・ゴリーツィン公爵（一七七三～一八四四）は、ともにアレクサンドル一世に近い大物政治家で、この当時前者は商務大臣、後者は宗務院長だった。

いったんこうと思い込んだら、その思いを叶えてやるまでは一歩も後には引かない。もしも叶えてやらないと、毎日どころか四六時中押しかけてきて、騒ぎさえ起こしかねない、と。この最後の思いが彼の迷いを生んだ。

「よろしいですか」持ち前のなれなれしさと倦怠を声ににじませて彼は言った。「あなたのご希望を叶えることは、私にはほとんど不可能です。しかし私がいかにあなたを大切に思い、亡きお父上の思い出を大事にしているかという証しとして、一つ不可能を可能にしてみせましょう。息子さんは近衛隊に配属されるでしょう。お約束しましたよ。これでご満足いただけますか？」

「まあご親切に、あなたさまは本当の恩人ですわ！　私、きっとそうおっしゃってくださると思っていました。お心の優しさは存じておりましたから」

公爵は立ち去ろうとした。

「お待ちください、あと一つだけ。息子が近衛隊に配属されたあかつきには……」夫人は言いよどんだ。「あなたさまはクトゥーゾフ将軍と仲がよくていらっしゃいますから、ボリスを将軍の副官にご推薦いただけないでしょうか。そうすれば私は安心ですし、そうなればもう……」

ワシーリー公爵はニヤリと笑った。

「それはお約束しかねますな。なにせ総司令官を拝命してからというもの、クトゥーゾフはすっかり包囲されていましてね。本人の口から聞いたのですが、モスクワ中の奥さま方が皆申し合わせたように、それぞれ自分の息子を彼の副官にしようとしているそうな」

「いいえ、お約束くださいな、そうしないと放しませんわ、せっかく御恩を施してくださったのに」

「パパ」もう一度例の口調で美人の娘が繰り返した。「私たち、遅刻よ」

「ではまたいつか、失礼しますよ、こんな事情ですので……」

「では明日皇帝さまにご上申いただけますわね？」

「必ず、しかしクトゥーゾフの方はお約束できませんよ」

「いいえ、お約束を、お約束をしてくださいな、バジールさん」フランス語風の名で追いすがるように呼びかけるドルベツコイ夫人は、媚びを売る若い女性のような笑みを浮かべていた。それはきっと、かつての彼女にはぴったりはまっていた笑みだったろうが、今の彼女の憔悴《しょうすい》した顔にはまったく似合っていなかった。

おそらく夫人は自分の年を忘れ、身に付いた癖で古来の女性の武器をありったけ駆使しようとしたのだ。ただし公爵が出て行くや否や、その顔は再び先刻までの冷たい、取り繕ったような表情に戻ってしまった。相変わらず子爵が話を続けているグループに戻ると、夫人は再び聞く振りをしながら、立ち去る時を待った。もはや自分の用事は済んだからである。

「ところでどうお思いになります、ミラノでの戴冠式[19]などという最近の茶番劇を？」アンナ・パーヴロヴナが声を上げた。「しかもこれは新手の茶番劇ですわ。ジェノヴァとルッカの市民が自分たちの声をボナパルト氏に届ける。するとボナパルト氏が玉座に就き、民の願いをかなえるという筋書き！　傑作ですこと！　まったく、頭がおかしくなりそうですわ！　きっと世界中の人がみんな、どうかしてしまったんですわ」

アンドレイ公爵がアンナ・パーヴロヴナの顔を正面から見つめてにやりと笑う。

「『王冠は神が余に授けしもの。これに触れる者に災いあれ』」公爵は言った（これは戴冠の際にボナパルトが言った言葉だった）。「この言葉を発した時の彼は実に見栄えがしたそうですよ」そう言い添えると、彼は同じ言葉をイタリア語で繰り返してみせた。「Dio mi la dona, guai a chi la tocca.」

「きっと結局は」とアンナ・パーヴロヴナが先を続けた。「それがコップの水を溢れさせる最後の一滴となったのですわ。世の君主たちは、すべてを脅かすあの人物に、もはや我慢できなくなっていますから」

「世の君主たちですって？　まあロシアは別にしておきますが」子爵が鄭重《ていちょう》ながらあきらめきったような口ぶりで言った。「世の君主たちとおっしゃいますが、では、君主たちはあのルイ十六世のために、彼の后のために、妹君エリザヴェートさまのために、いったい何をしたでしょうか？　何ひとつしていません」子爵は勢いづいて続けた。「きっと君主たちはブルボン家に対する裏切りのために罰を受けますよ。世の君主たちなんて！　彼らはあの王位簒奪者を祝うために使節を送っているような始末ですから」

そう言って侮蔑のため息をつくと、子爵はまた姿勢を変えた。これまでずっと柄付き眼鏡越しに子爵を観察していたイッポリート公爵は、この言葉を聞くと不意に小柄な公爵夫人を振り返り、手芸の針を借り受けると、それでテーブルにコンデ家[20]の紋章を描いて彼女に示した。そして、まるで公爵夫人に頼まれでもしたかのように、大まじめでその図を説明するのであった。

19　ナポレオンがフランス皇帝に続いてイタリア王を名乗り、一八〇五年五月にミラノで戴冠したこと。

20　フランス王朝につらなる名門でアンギャン公の属す家系。

「青い獣の口で囲まれた赤の棒[21]がコンデ家の紋章ですよ」そんなことを彼は言っていた。

公爵夫人は笑顔で聞いている。

「もしもあと一年ボナパルトがフランス国の玉座に居座るとしたら」子爵は話の先を続けた。どうやら人の意見など聞かず、自分が他人より詳しい事柄については、ひたすら自分の考えの筋道を貫く、といったタイプのようだ。「もはや取り返しのつかぬ事態になります。陰謀、暴力、追放、処刑がフランスの社会を、つまり良き社会を、永遠に滅ぼしてしまうでしょう。そうなれば……」

彼は肩をすくめて両手を広げて見せた。ピエールが何か発言しようとした。談話に興味を覚えたのだったが、見張り役のアンナ・パーヴロヴナが彼を遮《さえぎ》った。

「アレクサンドル皇帝は」そう切り出した彼女の口調には、皇帝一家に言及する際に必ず伴う愁いがこもっていた。「フランス国民自身に、統治形態を選択する自由を提供すると表明されました。私の考えでは、間違いなく全フランス国民が、あの王位簒奪《さんだつ》者から解放された晩には、合法的な王の手に身を委ねようとするでしょう」亡命者であり王党派である子爵への気遣いから、アンナ・パーヴロヴナはそう言った。

「それは怪しいですね」アンドレイ公爵が反応した。「子爵殿のお考えは実にもっともで、事態はすでに取り返しのつかぬところまで来ています。旧体制に戻るのは難しいと思いますよ」

「僕の聞いた限りでは」ピエールが頬を染めて再び会話に加わった。「ほとんどすべての貴族が、すでにナポレオンの側についたそうではないですか」

「それはボナパルト派の言説です」子爵がピエールに目をやりもせずに断じた。「今やフランスの世論を把握するのは困難です」

「それ自体ボナパルトの言説ですよ」アンドレイ公爵が薄笑いを浮かべて言った

（明らかに彼はこの子爵が気に入らぬようで、子爵に目を向けぬまま、子爵に反論する意図で話しているのであった）。

「『余が彼らに栄光への道を示しても』」公爵がしばしの沈黙の後に発したのは、またもやナポレオンの発言の引用だった。「『彼らはそれを欲しなかった。余が彼らにわが家の玄関を開放すると、彼らは群れを成して飛び込んできた……』このようなこと

21　難解なフランス語原文〈Bâton de gueules, ergrêle de gueules d'azur〉のgueulesを〈赤色〉と〈獣口〉の両義にとって無理に訳したもの。なおトルストイ自身が付したロシア語訳注を文字通り訳すと「青い獣の口で縁取りした獣の口の棒」という無意味な句になる。いずれにせよイッポリートの半可通ぶりを強調する表現と思われる。

を言う根拠を彼がどれほど持っていたのか、僕には分かりませんがね」

「何の根拠もありません」子爵が反論した。「アンギャン公の殺害以降、もっともひいきにしていた者たちまでが、あの男を英雄視するのをやめましたから。仮にかつて、ある種の人間にとって彼が英雄であったとしても」子爵はアンナ・パーヴロヴナの方を向いて言った。「公の殺害以降、天上に受難者が一人増え、地上に英雄が一人減ったのです」

アンナ・パーヴロヴナと他の客たちはこの子爵の言葉を笑顔で称えようとしたが、そのいとまもなく、またもやピエールが会話に乱入した。アンナ・パーヴロヴナは彼が何か不作法な発言をしそうだと予感してはいたのだが、もはや止めるすべはなかった。

「アンギャン公の処刑は」とピエールは言った。「国家にとっての必要事だったのです。僕はナポレオンがあの行為の責任を、恐れることなくわが身一つに引き受けたことにこそ、まさに精神の偉大さを見いだしますが」

「まあ、ひどい!」アンナ・パーヴロヴナはぞっとしたように小声でつぶやいた。

「何ですって、ピエールさん、あなたは殺人が精神の偉大さの現れだとおっしゃるの?」小柄な公爵夫人が笑顔で手芸道具を手元に引き寄せながら言った。

「あーあ！」「おやおや！」様々な声が飛び交う。

「いや、よく言った《キャピタル》！」イッポリート公爵が英語で褒めて、手のひらで膝頭をたたきはじめた。子爵は肩をすくめただけだった。

ピエールは勝ち誇ったような顔で、眼鏡の縁越しに聴衆をちらりと見た。

「僕の発言の意味は次の通りです」彼は思い切って先を続けた。「つまりブルボン家の人々が国民を無政府状態に委ねて逃げ出してしまったのに対して、一人ナポレオンだけが革命の何たるかを理解し、革命に勝利することができた。それ故、全体の幸福のために、彼は一人の人間の命の前で立ち止まることはできなかったのです」

「あちらのテーブルに移りませんこと？」アンナ・パーヴロヴナが勧めたが、ピエールは返答もせずに自分の演説を続けるのだった。

「そうです」と彼はますます勢いづいて言った。「ナポレオンが偉大なのは、彼が革命を超越していたからです。革命の悪用を弾圧する一方で、善きものはすべて保持した――市民の平等も、言論と出版の自由も。そしてただそれ故に、権力を獲得したのです」

「そう、もし彼が権力を握ってからそれを殺人に利用したりせず、合法的な王に返上していたなら」子爵は言った。「そのときは僕も彼を偉大な人物と名付けていたことでしょう」

「そんなことはそもそも無理だったでしょうね。国民が彼に権力を委ねたのは、ブルボン家から解放してもらうためだったし、彼を偉大な人物と認めたからです。革命は偉大なる事業でした」ピエールは続けた。こうした思い切った、挑戦的な言葉を挿んだところに、彼の怖いもの知らずの若さと、一刻も早く自説を開陳したいという願いがはっきり現れていた。

「革命と君主殺しが偉大なる事業ですって？……そこまで行くともう……やっぱり、あちらのテーブルに移りませんこと？」アンナ・パーヴロヴナは改めて勧めた。

「社会契約論ですね」子爵が穏やかな笑顔で言った。

「僕は君主殺しのことを言っているのではありません。理念について言っているのです」

「そう、略奪と、殺人と、君主殺しの理念ですね」再び皮肉な声が割り込んだ。

「そういうのはもちろん行き過ぎですが、そうした点にだけ意味を見出すのは間違いです。むしろ意味深いのは、人間の権利、偏見からの解放、市民的平等であって、これらすべての理念をナポレオンは全面的に守り抜いたのです」

「自由も平等も」と子爵が小馬鹿にしたように言った。いよいよこの青年に、自分の言っていることの愚かしさをきちんと証明してやろうと決めたようだった。「もはやずっと前から信用を失って、ただの大げさなお題目になってしまったのです。はたして自由や平等を好まぬ人がいるでしょうか？　われらの救世主でさえ、すでに自由と平等を説いていたではありませんか。では、はたして革命のおかげで人々は前より幸せになったでしょうか？　その逆です。われわれは自由を望んだのに、ボナパルトは自由を亡ぼしたのです」

アンドレイ公爵はにやにやしながら、ピエールと子爵と女主人とにかわるがわる目をやっていた。最初にピエールがしゃしゃり出てきた時には、さすがに社交界慣れしたアンナ・パーヴロヴナといえども恐慌に陥ったが、しかしピエールの冒瀆的な発言にも子爵が激昂する様子がないのを見て取り、さらにはピエールの発言をもみ消すのはいまさら不可能だと悟ると、彼女は俄然発奮して子爵の応援に回り、弁を振るうピエールに襲い掛かったのだった。

「でもね、ピエールさん」とアンナ・パーヴロヴナは言った。「その偉大なる人物が公の位にある方を、突き詰めて言えば一人の人間を、裁判もなければ罪状もなしでただ処刑することができるなんて、あなたいったいどう説明なさいますの？」

「僕がうかがいたいのは」と子爵が言った。「あなたがブリュメール十八日[22]をどう説明されるかです。あれはだまし討ちではありませんか？　あれこそ、偉大なる人物の行為にまったくふさわしくないぺてんですよ」

「それに、彼がアフリカで殺した捕虜[23]はどうなの？」小柄な公爵夫人も口をはさんだ。「あれは残虐だわ！」そう言って夫人は肩をすくめた。

「なんといっても、しょせんは平民の成り上がりですよ」イッポリート公爵が言った。

ピエールは誰に答えたらいいのか分からず、皆の顔を見渡してにっこりと笑った。彼の笑顔は、ほかの人々の笑顔とは違っていた。ほかの人々の笑顔には笑顔になり切れないものが混じっているものだが、彼の場合には、笑顔が浮かぶとたちまちにして、まじめな、幾分気難しそうにさえ見える表情が消え去り、別の子供っぽい、人のよさそうな、愚かしくさえ見える、まるで許しを乞うているような表情が出現するのだった。

ピエールとは初対面の子爵にも、このジャコバン派が決して口ほどに危険な人物ではないことがはっきり分かった。皆が黙り込んだ。

「まさか、この男に、いっぺんに皆さんに返事をさせようというのではないでしょうね」アンドレイ公爵が言った。「しかも、国家的な人物の振る舞いの場合、行為が個人としてのものか、指揮官としてのものか、皇帝としてのものかで、分けて考える必要があります。僕はそう思いますが」

「そう、そうですとも、もちろん」この助け舟にピエールは喜んで縋《すが》りついた。

「正直な話」とアンドレイ公爵は続けた。「アルコレ橋[24]のナポレオン、ヤッファの病院でペスト患者に手を差し伸べた時[25]のナポレオンは、偉大な人物と認めざるを得ません。しかし……しかし他の行動には、正当化し難いものもまたありますね」

明らかにピエールの不器用な発言を和らげる意図でそんな風に言うと、アンドレイ公爵は帰ろうとして席を立ち、妻に合図を送った。

ふいにイッポリート公爵が立ち上がると、両手で皆を制して、着席を促すしぐさをしながら、話し出した。

22　一七九九年十一月にナポレオンが起こしたクーデター。
23　一七九八〜一八〇一年のエジプト・シリア戦の後、ナポレオンが多数の捕虜を殺害したことを指す。
24　一七九六年北イタリアのアルコレ沼沢地でナポレオン軍がオーストリア軍を破った際の重要な渡河地点。
25　一七九九年、現イスラエルのヤッファでフランス軍がオスマン帝国軍に勝利した際の出来事。

「さて本日、僕は面白いモスクワの小話《アネクドート》を聞きましたので、ぜひ皆さんにもご披露したいと思います。子爵にはお許しを願って、ロシア語で話します。そうでないとせっかくの小話の風味が消えてしまいますので」

そう言うとイッポリート公爵はちょうどロシアに滞在して一年ばかりのフランス人が話すときのような、たどたどしい口調のロシア語で話し出した。一同は動きを止めた。勢い込んでしつこく謹聴を要求するイッポリート公爵の迫力に負けたのだった。

「モスクワに一人の奥方が、貴婦人《ユヌ・ダーム》がいます。彼女は大変ケチです。彼女は馬車に乗せる従僕《ヴァレ・ド・ピエ》が二人必要でした。とても背の高い従僕です。それが彼女の好みでした。彼女は一人の小間使い《ユヌ・ファム・ド・シャンブル》を持っていました。もっと背が高いです。彼女は言いました……」

ここでイッポリート公爵は話の展開に行き詰まったらしく、考え込んでしまった。

「彼女は言いました……そう、彼女は言いました『お前（これは小間使いに向かってです）制服《リブレ》を着て私と出かけるのよ、馬車のうしろに乗って、訪問に行くのよ《フェール・デ・ヴィジテ》』」

ここでイッポリート公爵はぷっと吹き出し、聞き手よりもはるかに先んじて笑い出してしまったので、せっかくの話の効果が台無しになった。だがそれでも皆は、とりわけあの年配の婦人とアンナ・パーヴロヴナは、笑顔で応じたのだった。

「彼女は出かけました。急に強い風が吹いてきました。小間使いは帽子を失くして、長い髪がほどけて……」

彼はもはやこれ以上こらえきれなくなって、息を詰まらせながら切れ切れな笑い声をたて、その笑いの合間からようやく次のように言ったのだった。

「そして世間中にばれてしまいました……」

小話はそれでおしまいだった。彼がなぜこんな話をしたのか、なぜどうしてもロシア語で話さなければならなかったのか、さっぱり分からなかったが、アンナ・パーヴロヴナとほかの者たちは、イッポリート公爵のいかにも社交界人らしい気遣いに感謝していた。がさつで後味の悪いピエールの振る舞いに、さわやかな幕引きをしてくれたからである。この小話がすむと、会話はもはやばらけてしまい、人々はただ次の舞踏会のことやこの前の舞踏会のこと、芝居のこと、いつどこで誰と会えるかなどということをめぐって、細かな、他愛もない話を交わすばかりだった。

5章

アンナ・パーヴロヴナに魅惑的な夜会の礼を述べると、客たちは散り始めた。

ピエールは不器用な人間だった。太っていて背も並みよりは高く、横幅もあって大きな赤い手をした彼は、俗に言う、客間への入り方もわきまえぬタイプだったが、客間からの出方ときたら、なおさらわきまえていなかった。つまり帰り際に何か特に気の利いた挨拶をするような才覚がなかったのである。そればかりか、彼はうっかりものだった。席を立つときも、自分のソフト帽の代わりに将軍用の羽根飾りのついた誰かの三角帽を摑み、持ち主の将軍に返してくれと言われるまで、手に持ったまま羽根を引っ張っていた。しかしそうしたうっかりぶりも、客間への入り方や客間での話し方をわきまえないこともすべて、善良さ、純朴さ、謙虚さを現すその表情によって帳消しになっていた。アンナ・パーヴロヴナは彼を振り向くと、相手の突飛な言動もクリスチャンらしい温和さで大目に見ましょうといった顔で一礼し、そして言った。

「またお目にかかれるよう願っていますわ、ピエールさん。ただし、あなたがご自分のご意見を変えてくださることも願っていますわよ」

この言葉にピエールは何も答えず、ただ腰をかがめて皆にもう一度笑顔を見せたのみだった。その笑顔が表しているのはただ一つ——『意見は意見として、どうですか、僕はとっても善良な好青年でしょう』というメッセージのみであった。そして皆もアンナ・パーヴロヴナも、否応なくこれに同感したのだった。

アンドレイ公爵は控えの間に出ると、コートを着せかけてくれる従僕に肩を差し出して、自分の妻が同じく控えの間に出てきたイッポリート公爵とお喋りしているのに、冷ややかな顔で聞き入っていた。イッポリート公爵は美しい身重の公爵夫人のそばに立ち止まったまま、柄付き眼鏡でじっとその顔に見入っている。

「中にお入りになって、アンナさん、風邪をひくわよ」小柄な公爵夫人はアンナ・パーヴロヴナに別れを告げながらそう言うと、「あのことは決まりよ」と小声で言い添えた。

アンナ・パーヴロヴナはすでに小柄な公爵夫人リーザとの間で、自分が企てた例のアナトールと彼女の義妹《いもうと》との結婚話について、相談を済ませていたのだった。

「あなたに期待しているわ」アンナ・パーヴロヴナも小声で言った。「義妹さんに手紙を書いて。それからお父さまがこのことをどう思われるか、私に教えてね。じゃ、さようなら」そう言って彼女は玄関の間から引っ込んだ。

イッポリート公爵は小柄な公爵夫人に歩み寄ると、深くかがみ込んで耳元に顔をよせ、ささやくような声で何か話し始めた。

公爵夫人とイッポリートの双方の従僕が、それぞれご主人のショールと長いフロックコートを携えて、話が終わるのを待ちながら、意味も分からぬフランス語の会話に耳を傾けていたが、その顔つきはまるで、本当は話の内容を理解しているのだがそれを気取られないようにしている、と言わんばかりであった。公爵夫人はいつもながら、にこにこ顔で喋っては、クスクス笑いながら聞いていた。

「公使の祝賀会に行かなくて本当によかったですよ」とイッポリート公爵は言った。「退屈ですからね……。今日は素晴らしい夜会でしたね。いかがですか、素晴らしかったでしょう?」

「人の話では、あちらの舞踏会、とても面白くなりそうよ」公爵夫人が産毛と一緒に上唇を持ち上げるようにして答えた。「社交界の美しい女性がみんな集まりますからね」

「みんなではないでしょう、だってあなたがいらっしゃらないのですから。みんなではありませんよ」うれしげにほほえみながらそう言うと、イッポリート公爵は従僕の手からショールを奪い取り、相手を押しのけて、自ら公爵夫人に着せかけた。不器用なせいか、それともわざとなのか(それは誰にも分からなかっただろうが)、ショールが肩に掛かってからも彼はなかなか手を引っ込めず、まるでこの若い女性をかき抱くような格好をしていた。

夫人は優雅な仕草で、ただ笑みは絶やさぬまま身をよけると、くるりと振り向いて夫に目をやった。アンドレイ公爵は目をつむっていた。いかにも疲れて眠たげに見えた。

「用意はできたかな?」妻の体をざっと見回して、公爵は訊ねた。

イッポリート公爵は、かかとの下まである新式の長いフロックコートを急いで着込むと、裾に足を取られそうになりながら、公爵夫人を追って外階段めがけて駆け出した。そこでは従僕が夫人を馬車に乗せようとしていた。

「公爵夫人、またお目にかかりましょう」足と同じくもつれる舌で、彼はそう声をかけた。

公爵夫人はドレスの裾をからげて、馬車の暗がりの中で席に着こうとしているところであり、夫の方はサーベルの位置を直しているところだったが、イッポリート公爵は手助けをするという名目で、皆の邪魔をしていた。

「ちょっと失礼」アンドレイ公爵はつっけんどんな口調で、道をふさいでいるイッポリート公爵にロシア語で声をかけた。

「じゃあ待っているからな、ピエール」心のこもった優しい調子で同じアンドレイ公爵の声が告げる。

先導御者が拍車をくれると、馬車は車輪の音をとどろかせて走り出した。イッポリート公爵は切れ切れな笑い声を上げながら、表階段に立ったまま、子爵が来るのを待った。送って行ってやると約束をしたからである。

「いやすてきですね、あなたのお相手のあの小さな公爵夫人は、実にすてきですよ、実に」イッポリートとともに馬車に乗り込むと、子爵は言った。「いや、実にすてきだなあ」彼は自分の指の先にキスをした。「それに、まるでフランス女性そのものだ」

イッポリートはフンと鼻を鳴らすと、ゲラゲラ笑い出した。

「しかしまあ、あなたも無邪気な顔をしてよくやりますね」子爵が続けた。「僕はあの夫がかわいそうだ。あの偉そうな公爵面をした小男の将校さんが」

イッポリートは再び鼻を鳴らし、笑いながら答えた。

「だってあなたこそ言っていたじゃないですか、ロシア女はしょせんフランス女にはかなわないって。要は行動力ですよ」

一足先に着いたピエールは、身内の人間のようにそのままアンドレイ公爵の部屋に通ると、いつものようにすぐさまソファーに身を横たえ、書棚から最初に手に触れた本を一冊取り出して（それはたまたまカエサルの『ガリア戦記』だった）、片肘を突いて真ん中から読み始めた。

「君はシェーレル女史に何てことをしでかしたんだね？　あれじゃ彼女、じきに病気になってしまうぞ」帰ってきたアンドレイ公爵は書斎に入ってくると、小ぶりの白い手を擦《こす》り合わせながら声をかけた。

ピエールはソファーが軋む勢いで寝返りを打つと、生き生きとした顔をアンドレイ公爵に向け、にっこり笑ってから、心配ないといった風に片手を振った。

「いや、あの神父は実に興味深いですが、ただし物事がよく分かっていないのですよ……。僕が思うに、恒久平和は可能ですが、ただしその、何と言えばいいのかな……つまり、決して政治的均衡によっては実現しないのです」

見るからにアンドレイ公爵は、こうした抽象的な会話には興味がないようだった。

「君、ところ構わず思ったことをそのまま垂れ流すっていうのは無しだよ。ところで、結局身の振り方は決めたのかい？　近衛騎兵になるのか、それとも外交官になるのか？」しばし間を置いてからアンドレイ公爵はそう訊ねた。

ピエールはソファーの上で上体を起こし、あぐらをかく格好になった。

「それが、まだ決まらないんですよ。どちらの道も気が進まなくって」

「だって、いずれ何かしら決断しなくちゃならないだろう？　お父上も待っているよ」

ピエールは十歳の時から家庭教師役のカトリック神父とともに外国にやられ、そこで二十歳になるまで過ごした。モスクワに帰ってくると、父親は神父に暇を出し、青年に向かってこう言った——「今度はペテルブルグに行きなさい。よく調べたうえで、自分の道を選ぶんだ。私はどんな選択でも認める。ほら、これがワシーリー公爵への紹介状、これがお前にやる金だ。何でも書いてよこしなさい。どんなことでも力になってやるから」ピエールはすでに三か月、進路選択のことを考えながらも、何一つしていなかった。公爵が彼に訊いたのは、まさにその進路選択の一件であった。ピエールは額を擦《こす》った。

「ところであの男はフリーメイソンですね、きっと」夜会で会った神父のことを頭に置いて、彼はそう言った。

「そんなことはみんなどうでもいいことさ」アンドレイ公爵は再び相手を制した。「それより具体的な話をしよう。君は近衛騎兵隊に行ってみたのかい？」

「いや、まだです。でもそういえば一つ思いついたので言わせてください。今、ナポレオンと戦争になっていますね。もしもこれが自由のための戦争ならば、僕も納得するでしょうし、進んで軍人にもなるでしょう。しかしイギリスとオーストリアに加担して世界一偉大な人物と戦うなんて……よくないことですよ」

アンドレイ公爵はピエールの子供じみた発言にただ肩をすくめただけだった。そんな愚論に答えるすべはないというポーズだったが、しかし実際、この素朴な問いにアンドレイ公爵がしたような答え以外の回答をするのは難しかったのである。

「もしもみんながめいめいの信念に従って戦うとすれば、戦争なんて成り立たないだろうね」彼は言った。

「そうなればまさに万々歳なんですがね」ピエールは答える。

アンドレイ公爵は苦笑した。

「ひょっとして万々歳なのかもしれないが、しかし決してそんな風にはならないよ……」

「じゃあ、あなたは何のために戦争に行くのですか？」ピエールは訊いた。

「何のため？　僕には分からない。そうする必要があるからだよ。それと、僕が行くのは……」彼は一瞬言いよどんだ。「僕が行くのは、ここで暮らしているこの生活が、こうした暮らしが、性に合わないからだよ」

6章

隣室から女性の衣擦れの音が聞こえてきた。アンドレイ公爵は、まるで夢から覚めたようにぶるっと身を震わせ、顔もアンナ・パーヴロヴナの客間にいた時と同じ表情になった。ピエールはソファーから足を下ろした。公爵夫人が入ってきた。すでに着替えを済ませて、普段着とはいえ夜会服と同じようにエレガントな、真新しいホームドレス姿になっている。アンドレイ公爵は立ち上がると、慇懃《いんぎん》なそぶりで安楽椅子を寄せ、妻に勧めた。

「どうしてって、私よく思うのよ」せかせかと気忙《きぜわ》しげに椅子に腰を下ろすと、夫人はいつものようにフランス語で切り出した。「どうしてあのアンナさんは独り身でいるんでしょう? あれほどの女性に求婚しないなんて、まったくあなた方男性ときたら、おバカさん揃いだわ。失礼ながら、あなた方は女性のことが何も分かっていらっしゃらないのね。ところでピエールさん、あなたはなんて議論好きな方なんでしょう!」

「僕はお宅のご主人とも議論ばかりしていますよ。例えばご主人がなぜ戦争に行くいのか、分からないものですから」ピエールは公爵夫人に向かってまったく遠慮のない口調で言った(若い男性が若い女性を相手にするとき通例みられる気後れが、彼にはまったくなかったのだ)。

公爵夫人は俄然勢いづいた。どうやらピエールの言葉が、夫人のツボにはまったようだ。

「そう、私もそれを言いたいの！」彼女は言った。「私には分からない、まったく分からないのよ、なぜ男性方は戦争無しでは生きていけないのか？　どうして私たち女性は、何も望まず、何も必要としないのか？　あなた一つ、裁判官になってくださいな。私はこの人にいつも言っているの、ここで叔父さまの副官を務めているってことは、とっても栄誉ある地位にいるのよって。皆に知られて、高く評価されているわ。この間もアプラクシンさんのお宅で、あるご婦人が『こちらがあの有名なアンドレイ公爵でいらっしゃるの？』って訊ねていたわ。本当のことよ」夫人は笑って請け合った。「どこでもそんな調子よ。この人だったら、侍従武官にだってあっさりとなれるはずよ。だって、皇帝陛下までとても優しいお言葉をかけてくださったんですから。アンナさんとも話したんだけれど、やすやすと実現するんじゃないかしら。どうお思いになって？」

ピエールはアンドレイ公爵に目をやったが、この話題が友人の気に入っていないのに気づいたので、何も返事をしなかった。

「出征されるのはいつですか？」彼は訊ねた。

「ああ、私の前で出征の話なんかしないでね、お願いよ！　そんなお話は、聞きたくないから」公爵夫人は、夜会でイッポリートと話していたときのようなわがままで蓮っ葉な調子で言ったが、これが家庭の団欒《だんらん》であり、ピエールも家族の一員のような者として混じっていることを考えると、いかにも場にそぐわない振る舞いだった。「今日だって私、こうした大切なおつきあいを全部断たなくてはならないんだって思ったら……。それに、分かるでしょう、アンドレイ？」彼女は意味ありげに夫に目配せした。「私は怖いの、怖いのよ！」背中を震わせながら、彼女はそうつぶやくのだった。

彼女を見つめる夫は、あたかも自分とピエールの他にも誰かが部屋にいることに気がついてびっくりしているかのような表情をしていたが、それでも冷静な慇懃さを失わず、妻に問いかけた。

「何を怖がっているんだね、リーザ？　僕には分からないよ」彼は言った。

「ほら、そんな風に男の人はみんなエゴイストなのよ。みんな、みんなエゴイストばかり！　ご自分は気ままに好きなことをして、理由も言わずに私をうっちゃって、一人ぼっちで田舎に閉じ込めておくんだわ」

「父も妹もいるじゃないか、忘れるなよ」アンドレイ公爵は小声で言った。

「一人ぼっちと同じことよ、お友達がいないんだから……。そうしておいて、怖がるなって言うのね」

　夫人の口調はすでに愚痴っぽいものになっており、上唇が持ち上がって、いつもの朗らかな表情を、動物っぽい、ちょうどリスのような表情に変えていた。ピエールの前で自分の妊娠のことを話題にするのをはばかるかのように、彼女は口をつぐんだが、実はそれこそが問題の中心だったのだ。

「やっぱり僕には分からんよ、君が何を怖がっているのか」じっと妻を見つめたまま、アンドレイ公爵はゆっくりと言った。

　夫人は頬を紅潮させ、絶望に駆られたように両手を振りかざした。

「いいえ、アンドレイ、あなたはすっかり変わってしまった、すっかり変わってしまったわ……」

「医者から早く寝ろと言われているじゃないか」アンドレイ公爵は言った。「もう寝た方がいい」

公爵夫人は何も答えぬまま、産毛の生えた短い鼻下を不意にわなわなと震わせた。アンドレイ公爵は立ち上がって肩をすくめると、部屋をぐるりと一周した。

驚いたピエールは、ぽかんとして眼鏡越しに夫を見たり妻を見たりしていたかと思うと、自分まで立ち上がろうとするかのようにもじもじと身を動かしたが、しかしまたもや思いとどまった。

「ピエールさんがいらしたって、かまいはしないわ」不意にそうもらすと、小柄な公爵夫人のきれいな顔が、歪んだ泣きべそ顔になった。「アンドレイ、ずっと前からあなたに言いたかったの。なぜあなたはそんなに心変わりしてしまったの？　私があなたに何をしたっていうの？　あなたは軍隊に行ってしまって、私のことなんかかわいそうだとも思わない。どうしてなの？」

「リーザ！」アンドレイ公爵は一言発したばかりだったが、その一言には、懇願も威嚇も、そして重要なことに、きっとお前自身が自分の言ったことを後悔するぞという宣告までもが込められていた。しかし夫人は急ぐように先を続けた。

「あなたは私をまるで病人か子供のようにあしらっているのね。すっかりお見通しだわ。いったい半年前のあなたはそんなだったかしら？」

「リーザ、お願いだからやめてくれないか」アンドレイ公爵はさらに意味深長な口調で応じた。

聞いているうちにますますいたたまれなくなったピエールは、立ち上がって公爵夫人に歩み寄った。どうやら人が泣くのを見ていられないらしく、自分まで泣き出しそうな様子である。

「心配はいりませんよ。気のせいですからね。なぜって、実際、僕自身経験があるんです……なぜかというと……つまり……。いや、すみません、他人の出る幕じゃないですね……。いや、お気遣いなく……。これでお暇《いとま》しますので……」

アンドレイ公爵が彼の手を取って引き留めた。

「いや、待ってくれ、ピエール。うちの家内は優しい人間だから、君と一緒に一晩過ごす喜びを僕から奪おうなんて、そんな気はないさ」

「いいえ、この人は自分のことばかりしか考えていないのよ」公爵夫人は怒りの涙をこらえきれずに言い放った。

「リーザ」アンドレイ公爵は素っ気なくたしなめたが、その甲高い声音から、いよいよ堪忍袋の緒が切れたのが察せられた。

すると突然、公爵夫人の美しい小さな顔を覆っていた怒ったリスのような表情が一変し、思わず見入って同情を寄せずにはいられないような、恐怖の表情が表れた。美しい瞳で上目遣いに夫を見上げるその顔は、ちょうど垂らした尻尾をせわしく、しかし力弱く振っている犬の顔に見られるような、おずおずと非を詫びる気持ちを表していた。

「あらあら、私なんてことを！」そう口走ると夫人はドレスのひだを片手でつまんで夫に歩み寄り、その額にキスをした。

アンドレイ公爵は立ち上がり、まるでよその女にするように慇懃な態度で妻の手にキスすると、「おやすみ、リーザ」と言った。

二人の友は黙り込んでいた。どちらも口火を切ろうとはしない。ピエールはアンドレイ公爵をちらちらと見やり、公爵は小さな手で額をぬぐっていた。

「あっちへ行って夜食をとろう」ため息交じりにそう言うと、公爵は立ち上がってドアに向かった。

二人が移った先は、優雅で豪華に新装された食堂だった。ナプキンから銀器や陶器《ファイアンス》やクリスタルの器に至るまで、いかにも新婚家庭らしいまっさらなおろしたての雰囲気を漂わせている。食事の最中にアンドレイ公爵がテーブルに肘を突くと、何か長いこと思い詰めていたことを急に打ち明けようと決めた人のように、神経のいらだちを顔に浮かべながら話し出した。ピエールはこの友人がこんな表情をするのを見たことがなかった。

「絶対に、絶対に結婚なんかしちゃいけないよ、君。それが君への忠告だ――自分がやれるだけのことをやったんだと納得できるまで、自分が選んだ女への愛が尽きて、相手をはっきりと見極められるようになるまで、結婚するんじゃない。さもないとひどい、取り返しのつかない過ちを犯すことになるから。つまり結婚するなら、もはや何の役にも立たない年寄りになってからするんだ……。さもないと、自分の内にある良きもの、気高きものが、すっかり潰《つい》えてしまう。何もかもがつまらぬ雑事に費やされてしまうからな。いやいや、本当だとも！　そんなびっくりした目で僕を見るなよ。仮に君が何か自分の将来に期待をかけていたとしても、一歩進むたびに思い知らされることだろう――自分にとってすべては終わり、すべては閉ざされている。開かれているのはただ客間《サロン》ばかりで、そこで自分は宮廷の下僕や阿呆と同列に並んでいるのだと……。あきれるばかりさ！……」

彼は力強く片手を振り下ろした。

ピエールが眼鏡を取ると、顔が様変わりしてなおさらお人よしに見えたが、その顔で彼は驚いたように友人を見つめた。

「僕の妻は」とアンドレイ公爵は続けた。「素晴らしい女性だ。一緒にいても恥をかく心配はしなくてすむという、まれな女性の一人だよ。だがどうだ、僕は今、独身にさえ戻れるならば、何を失っても惜しくないと思っている始末だ！　こんなことを打ち明ける相手は君だけで、君が初めてだ。僕は君が好きだからね」

そんな風に語るアンドレイ公爵は、アンナ・パーヴロヴナの客間の安楽椅子に長々と身を伸ばし、半分目を閉じて、口の中でぼそぼそとフランス語を話していたあのボルコンスキーとは、ますます似ても似つかない人物に見えた。一本一本の筋がヒステリックにうごめいて冷ややかな顔全体に震えが走り、さっきまでは生命の火が絶えたように見えた目は、今やぎらぎらと強い輝きを放っていた。見たところ、普段生気を失って見える分だけ、興奮するとひときわエネルギッシュに見える質《たち》のようだった。

「君には分かるまい、僕がこんなことを喋る理由が」彼は続けた。「でもこれは、人間一生の問題なんだよ。たとえば君は『ボナパルトと彼の立身出世は』などと言う」べつにピエールがボナパルトの話などしていないにもかかわらず、彼はそう続けた。「君は一言でボナパルトと言うが、しかしあのボナパルトも、働いて一歩一歩目標を目指して進んでいた時には、自由の身だった。彼には自分の目標以外何ひとつなかった——だからこそ、その目標を達成できたのだ。しかしいったん自分を一人の女と結びつけてしまえば、ちょうど足かせをはめられた囚人みたいに、人間は一切の自由を失ってしまう。そして自分の内にある一切の希望も力も、すべてが単に重荷となり後悔を誘うものとなって人を苦しめるのだ。客間《サロン》、ゴシップ、舞踏会、虚栄、愚劣——これが堂々巡りの輪となって、僕は抜け出せないままだ。僕は今戦争に行こうとしている。史上に例を見ない、もっとも偉大なる戦争だ。だが僕は何一つ知らないし、何の役にも立たないだろう。僕は結構愛想がよくて、結構皮肉屋だ」アンドレイ公爵は続けた。「だからアンナ・パーヴロヴナのところでも、みんなが僕の話を聞く。それが下らぬ社交界というやつで、それなしでは生きていけないのだよ、僕の妻も、そしてあの女たちも……ああ、君に教えてやりたいよ、あのお上品な女性たちが、総じて女性というものが、どんな代物《しろもの》なのかを！　僕の父の言う通りだ。どこからどこまでエゴイズム、虚栄、愚鈍、愚劣——それが女のありのままの姿なんだよ。社交界で見かけると、何か魅力を秘めているような気がするが、実は何もない、何にもありゃしないんだ！　だから結婚はするな、いいか、結婚はやめておくんだ」アンドレイ公爵はそう締めくくった。

「僕には変に聞こえますよ」とピエールは言った。「あなたのような方が、ご自分を無能力呼ばわりし、自分の人生を損なわれた人生だなんて言うのは。あなたにはまだ大きな、大きな未来があるじゃないですか。それにあなたは……」

彼はその先を言わなかったが、しかしその口調がすでに、彼がどれほど高くこの友人を評価し、どれほど大きな期待を将来に抱いているかを物語っていた。

『よりによってこの人があんなことを言うなんて！』とピエールは考えた。ピエールはアンドレイ公爵をあらゆる完璧さの手本とみなしていたが、それはまさにピエール自身に欠けている資質、あえて言えば意志力と呼ぶのが一番似つかわしいような資質のすべてを、公爵が高度に総合した形で備えているからであった。どんな種類の相手とも平然と付き合えるアンドレイ公爵の能力、並外れた記憶力、博識（公爵はあらゆるものを読み、あらゆることを知り、あらゆることに見識があった）、そしてとりわけ働き学ぶ力――そうしたものにいつもピエールは感嘆していたのだ。確かに、空想の翼を広げて抽象的に思考する能力がアンドレイ公爵に欠けている点は（ピエールはとりわけこの傾向が強かったので）、しばしばピエールを驚かしたが、しかしそこにも彼は、相手の欠点というよりは、むしろ力を見出していたのである。

どんなに仲の良い、友達同士の率直な付き合いにおいても、お世辞ないし称賛は欠かせない。それは車輪が回るために油をさす必要があるのと同じである。

「僕はもう終わってしまった人間だよ」アンドレイ公爵は言った。「僕のことなんか話してもしかたがない。君の話をしようじゃないか」一瞬間をおいてから、慰めになる考えが浮かんだのを喜んで、公爵はにっこりと笑った。その笑みはたちまちピエールの顔にも反映した。

「僕のことなんて、何か話すことがあるでしょうか？」のんきな明るい笑いに口元をほころばせてピエールは言った。「僕はいったい何者でしょう？　ただの私生児ですよ」そう言うと彼は真っ赤に頬を染めた。明らかにこのことを口にするのにはかなりの努力がいったのだ。「名もなければ財産もなし……。でも仕方がありませんよ、実際……」だが彼は実際何なのかは言わなかった。「今のところ僕は自由で、楽しくやっています。ただしこれから何に取り掛かるべきか、まったく分からないでいるのです。僕はまじめにあなたにご相談したかったのですよ」

アンドレイ公爵は優しげな目で相手を見つめていた。ただしそのまなざしは、友情のこもった親身なものだったとはいえ、やはり優越の意識をあらわに含むものだった。

「君はぼくにとって大事な人だ。その一番の理由は、われわれの社会で君一人だけが生きた人間だからだ。君は幸せだ。何でも好きな道を選ぶがいいさ。何を選ぼうと同じことだ。君はどこにいても幸せになるだろう。ただし一つだけ、あのクラーギン家に出入りして、あの連中のような生活をするのはやめたまえ。君にはふさわしくない──ああした乱痴気騒ぎも、軽騎兵流の放埒《ほうらつ》ぶりも、それから……」

「でも仕方がないのです」ピエールが肩をすくめて答えた。「なにせ女性たちが、女性たちが絡んでいることですから」

「理解できないね」アンドレイは言い返す。「これがちゃんとした女性なら話は別だが、クラーギンの周りにいる女たち、女と酒──これは僕には分からんよ」

ピエールはあのワシーリー・クラーギン公爵の家に滞在して、息子のアナトールの放埒な暮らしに交じっているのだった。このアナトールこそ更生のためにアンドレイ公爵の妹と結婚させられようとしている、例の人物であった。

「ああそう！」ピエールは不意に良いことを思いついたような様子で言った。「まじめな話、僕はもう前からそう考えていたのでした。あんな生活をしている限り、何ひとつ決めることも考えることもできませんから。頭は痛むし、金は無くなるしで。今日も彼に呼ばれているのですが、僕は行かないことにします」

「行かないって僕に約束するね」

「約束します！」

ピエールが友人の家を辞したのは、すでに深夜の一時過ぎだった。夜といっても、六月のペテルブルグの明るい夜である。ピエールは帰宅するつもりで辻馬車に乗った。だが家に近づくにつれてますます、こんな夜にはこのままは寝付けないぞという思いが募ってきた。何しろ夜というよりむしろ夕方か朝のようなのだ。人気《ひとけ》のない街並みはどこまでも先が見通せた。道々ピエールは思い出した。今晩アナトール・クラーギンのところにはいつものカード・ゲームの仲間が集まっているはずだ。勝負の後は普通飲み会になり、最後はピエールの好きなお楽しみの一つで締めくくられることになる。

『アナトールのところへ行ったら楽しいだろうな』と彼は思った。だがすぐさま、アンドレイ公爵にアナトールのところに出入りしないと約束したのを思い出した。

だがまたすぐさま、いわゆる意志薄弱な人間にありがちなことだが、すっかり慣れ親しんだ放埓な生活をぜひもう一度味わってみたいという気持が込み上げてきたので、彼はやはり行こうと決めた。するとすぐさま彼の頭に、アンドレイ公爵にした約束には何の意味もなかったという考えが浮かんだ。なぜならアンドレイ公爵に約束するよりも前に、彼はアナトール公爵にも訪問するという約束をしていたからだ。しまいにはこんな考えが浮かんだ――そもそもこうした約束などというのは、どれもみなただの決まりごとにすぎず、明確な意味など持っていないのだ。ましてや、自分は明日にでも死ぬ定めかもしれず、あるいは自分の身に何かただならぬ出来事が生ずるかもしれないのだから、そうなればもはや約束もへったくれもないだろう。あらゆる決定や予定を覆してしまうこの種の考察は、しばしばピエールの頭に浮かぶものだった。彼はクラーギンの家を目指した。

近衛騎兵隊の兵舎のすぐそばの、アナトールが住む大きな屋敷の玄関先に乗り付けると、彼は明かりのともされた表階段を上り、さらに内階段を上って、開いたドアから中に入った。控えの間には誰もおらず、空き瓶やケープやオーバーシューズが転がっている。酒のにおいが漂い、遠くで話し声や叫び声が聞こえた。

ゲームと夜食はすでに終わっていたが、客はまだ散っていなかった。ケープを脱ぎ捨てて入った最初の部屋には、夜食の残りがそのままになっており、一人の従僕が人目のないのをいいことに、飲み残しのグラスの酒をこっそり飲んでいるところだった。一つ置いて隣の部屋から馬鹿騒ぎ、哄笑、なじみのある叫び声、そして熊の咆哮が聞こえてきた。行ってみると、八人ばかりの若者が案じ顔で開いた窓のそばにたむろしている。三人は子熊の相手をしていた。一人が鎖を付けた子熊を引っ張って別の誰かにけしかけているのだ。

「スティーヴンスに賭ける、百だ！」若者の一人が叫んだ。

「気をつけろ、手を出して支えたりしないようにな！」別の一人が叫ぶ。

「俺はドーロホフに賭ける！」三人目が声を上げた。「ほどいてくれ[26]、クラーギン」

「さあ、熊公は放っておけ、賭けが始まるんだ」

「一気に飲むんだ、でないと負けるぞ」四人目が叫ぶ。

「ヤーコフ！　酒瓶を持ってこい、ヤーコフ！」この家の主人が自ら声をかけた。背の高い美男子で、胸の半ばまで開いた薄地のルバシカ一枚という姿で、客の群れの真ん中に立っている。「ちょっと待った、諸君。ほらピエール君が現れたぞ。ようこそ」主人はピエールに向かって言った。

もう一人が、窓のそばから声をかけてきた。背の高くない、ライトブルーの目をした男で、酔っぱらった声ばかりが飛びかう中では、その素面《しらふ》のトーンがとりわけ際立っていた。

「こっちへ来て、賭けの立ち会いをしてくれよ！」これがドーロホフ。セミョーノフ連隊の将校で、名だたる勝負師かつ決闘マニアで、アナトールと一緒に暮らしている。ピエールは笑顔で周囲を楽しげに見まわした。

26　賭けをする者同士が握手をし、それを立ち会う者がほどくことで賭けが成立する。

「さっぱり分からないよ。何がどうなっているんだい？」彼は訊ねた。

「待ってくれ、こいつは素面《しらふ》だ。瓶をよこせ」そう言うとアナトールはテーブルのグラスをつかんでピエールに歩み寄ってきた。

「まずは飲みたまえ」

ピエールは一杯二杯と注がれるままに飲みながら、またもや窓辺に集まった酔っぱらいの客たちの方を上目遣いに窺《うかが》い、彼らの話に耳を傾けた。アナトールが酒を注ぎながら説明してくれたところでは、ドーロホフが、同席していたイギリス人水兵のスティーヴンスと賭けをしようということになったとのこと。賭けの対象は、ドーロホフ本人が三階の窓に腰かけて両足を外に垂らしたまま、ラム酒を一瓶飲み干せるかどうかというものだった。

「さあ、こいつを飲み干すんだ」アナトールが最後の一杯をピエールに渡して言った。「飲まないうちは放免しないぞ」

「いや、もうたくさんだよ」アナトールを手で制して断ると、ピエールは窓辺に歩み寄った。

ドーロホフはイギリス人水兵の手を握ったまま、はっきりした明瞭な口調で賭けのルールを説明していたが、それは主としてアナトールとピエールに向けたものだった。

ドーロホフは中背で巻き毛、ライトブルーの目をした男だった。齢は二十五歳ほど。歩兵隊将校が皆そうであるように口髭を蓄えていなかったので、顔の中で最も目を引く特徴である口の部分がむき出しになっていた。その口の輪郭は驚くほど玄妙なカーブを描いていた。上唇が中央のところで急激に下降し、鋭いクサビ形をなして固く締まった下唇に向かっているせいで、口の両端にはいつも左右それぞれひとつずつ、えくぼのようなものが出来上がっている。このすべてが、とりわけ毅然とした、ふてぶてしい、抜け目なさそうな眼付きと一緒になると、その印象は強烈で、否応なく人目を惹く顔となるのだった。ドーロホフは金持ちではなく、縁故も一切なかった。しかるに、何万もの金を浪費するアナトールと同居しながら、しっかりと自分の地歩を固め、今ではアナトール自身も二人を知る者たちも、ドーロホフをアナトールよりも尊敬している具合であった。ドーロホフは賭け事なら何でもやり、ほとんど常に勝っていた。いくら酒を飲もうと、決して頭脳の明晰さが曇ることはない。アナトールもドーロホフも、この当時ペテルブルグの女たらしや遊び人の世界では有名人の部類だった。

ラム酒の瓶が運ばれてきた。窓の外側の横桟に腰かけるのに窓枠が邪魔になるので、二人の従僕がそれを取り外しにかかっていたが、取り囲んだ旦那衆が助言したり怒鳴ったりするものだから、焦りと気後れでどうもうまくいかないようだった。

アナトールはいつもの勝利者然とした顔つきで窓に近づいた。何か壊してやりたかったのだ。従僕たちを突きのけると、彼は窓枠をぐいと引っ張ったが、しかし枠は外れない。そこで彼は窓ガラスを割った。

「おい、力持ち、やってみたまえ」彼はピエールに声をかけた。

ピエールが横板に手を掛けてぐいと引くと、バキッという音がして、ナラ材の枠の一部が折れ、一部が抜けて外れた。

「全部外してしまってくれ、さもないとつかまっているように思われるからな」ドーロホフが言った。

「あのイギリス人、自信満々だな……。どうだい？……準備はできたか？……」アナトールが話しかける。

「できたよ」ドーロホフを見やりながらピエールが答えた。ドーロホフはラム酒の瓶を手にして窓に歩み寄ってくるところだった。その窓からは空の明るみと、朝焼けと夕焼けの混じり合ったような光が見えた。

ドーロホフはラム酒の瓶を片手に窓敷居に飛び乗った。

「聞いてくれ！」窓敷居に立ち、部屋の中を振り返って彼は叫んだ。皆がしんと静まった。

「俺は賭けをする（イギリス人に分かるようにと、彼はロシア語でなくフランス語で喋っていたが、あまり上手なフランス語ではなかった）。賭け金は五十インペリアールだ。よかったら百にしようか？」彼はイギリス人を振り向いて言い添えた。[27]

「いや、五十だ」イギリス人が答える。

「よし、五十インペリアールだ。俺が窓の外の、ほらこの場所に（そう言って彼は身をかがめ、窓の外側の傾斜した壁の張り出しを示した）腰かけて、何にもつかまらずに、ラム酒を一瓶、口から離さずに飲み干すこと――これに俺は賭ける。いいな？……」

「ああ、それでいい」イギリス人は答えた。

アナトールはイギリス人を振り向くと、相手の燕尾服のボタンをつまみ、上から見下ろしながら（イギリス人は背が低かった）英語で賭けの条件を復唱し始めた。

「まて」ドーロホフが皆の注意をひくために酒瓶でコツコツと窓をたたいて叫んだ。「まて、アナトール、みんな聞いてくれ。もし誰かが同じことをやったら、俺は百イ

27 インペリアールは帝政期の金貨で、銀貨十ルーブリの価値を持った。

ンペリアール払ってやる。みんな分かったか?」

イギリス人はこくりとうなずいたが、そのしぐさからは、彼がこの新しい賭けを受けるつもりがあるのかどうか、まったく分からなかった。アナトールはイギリス人を放さず、相手がうなずくことですべて了解した旨を表明したにもかかわらず、ドーロホフの言葉を英語に通訳するのだった。この日の賭けで負けたまだうら若い痩せた近衛軽騎兵が、窓によじ登って身を乗り出し、下を見た。

「おおお!」窓外の歩道の敷石を見て彼は思わず声を発した。

「引っ込んでいろ!」ドーロホフが怒鳴ってこの将校を窓から引きはがすと、相手は拍車を履いた足をもつれさせながら、不格好に部屋の内側へ飛び降りた。

酒瓶を窓敷居の上の手に取りやすいところに置いてから、ドーロホフは慎重にゆっくりと窓に身を乗り出した。両足を外に垂らし、両手を窓の縁に突っ張って身を支えると、座り具合を調節して腰を落ち着け、両手を放して、左右に少しずつ身をずらすような格好をして酒瓶を手に取った。もうすっかり明るくなっていたが、アナトールは二本のローソクを持ってきて窓敷居に置いた。ドーロホフの白いルバシカの背中と巻き毛の頭が、左右から照らし出された。全員が窓辺に集まっていた。イギリス人は一番前に立っている。ピエールはただ微笑むだけで、一言も喋らなかった。すると居合わせた者の中で他より年長の男が一人、おびえたような怒ったような顔でにわかに前に出ると、ドーロホフのルバシカをつかもうとした。

「諸君、これは愚かな振る舞いだ。きっと大怪我をして死んでしまうぞ」皆より分別のあるこの人物は言った。

アナトールは男を押し止めた。

「触るな。いま驚ろかしたら、それこそ大怪我をするじゃないか。ええ？……そうなったらどうするんだ？……ええ？……」

ドーロホフは姿勢を直すと、また両手で身を支えながらくるりと振り返った。

「もし誰かこれ以上俺の邪魔をする者がいたら」固く食いしばった薄い唇の隙間からかろうじて言葉を放つようにして彼は言った。「俺は直ちにそいつをこっち側に突き落としてやる。いいな！……」

「いいな！」と言うなり彼はまたくるりと向こうを向き、両手を放し、瓶をつかんで口に当てると、頭をぐいとそらし、空いた方の片手を上に掲げてバランスを取った。割れガラスを片付けにかかっていた従僕の一人が、かがみこんだ格好のまま足を止め、窓とドーロホフの背中を食い入るように見つめていた。アナトールは目を大きく見開いたまま棒立ちになっている。イギリス人は唇を突き出して、脇から目を凝らしていた。先ほど止めに入った男は、部屋の隅に逃げて、壁の方を向いたままソファーに身を横たえていた。ピエールは顔を手で覆ってしまった。その顔には今や嫌悪と恐怖の表情が浮かんでいたが、ただ先刻までのかすかな笑みが忘れ物のように残っていた。誰ひとり口を利かない。ピエールは目隠しの手を外した。ドーロホフは依然として同じ格好で座っていたが、ただ頭が一層深くのけぞっているせいで、後頭部の巻き毛がルバシカの襟まで届き、瓶を持った手はますます高く掲げられながらぶるぶると震えて、いかにも力がこもっていることを示していた。瓶は見る見るうちに空になってていき、それにつれてますます高く掲げられ、頭もそれだけ反り返るのだった。「なんでこんなに時間がかかるんだろう？」とピエールは思った。彼にはもはや半時間以上もたったように感じられたのだ。ふいにドーロホフが背中をぐっと後ろに引くような動きを示すと、片手が引きつったように震えだした。そしてその震えが呼び水となって、傾斜した張り出しに座っている彼の全身がずれ動き始めた。全身がずれ動くと、手も頭も、何とか体勢を保とうとしながら、一層激しく震えだす。片手が持ち上がって窓敷居をつかもうとしたが、また下がってしまった。ピエールは再び目をつむり、もう二度と開かないと自分に誓った。ふと彼は周囲がざわめいているのを感じた。目を上げてみると、ドーロホフが窓敷居に立っている。その顔は蒼白ながらうれしそうだった。

「空いたぞ！」

彼がイギリス人に瓶を放ると、相手は上手に受け止めた。ドーロホフは窓から飛び降りた。その体からぷんぷんとラム酒のにおいがした。

「お見事！」「よくやったぞ！」「賭けの手本だね！」「こんちくしょうめ！」四方八方からいろんな掛け声が飛んだ。

イギリス人は財布を取り出して、金を数えている。ドーロホフは仏頂面をして黙っていた。ピエールは窓辺に駆け寄った。

「諸君！　誰か僕と賭けをしないか？　僕も同じことをするから」急に彼はそんなことを叫んだ。「いや、賭けなんかいらないんだ。そうだとも。酒瓶を出すように言ってくれ。僕がやってみせるから……出すように言うんだ」

「やらせてやれ、やらせてやれ！」ドーロホフが笑って言った。

「何をたわけたことを言ってるんだ！」「誰がお前なんかにやらせるか！」「階段でも目を回しているくせに」四方からヤジが飛んだ。

「僕は飲んでみせる、ラム酒を一瓶くれ！」毅然とした、だがいかにも酔っぱらいのしぐさでテーブルを叩いてそう叫ぶと、ピエールは窓から身を乗り出した。

皆は腕をつかんで止めようとしたが、彼の力は相当なもので、近寄ってくる者を遠くまで弾き飛ばしてしまうのだった。

「だめだ、こいつはそんなやり方じゃ決していうことを聞かない」アナトールが言った。「待っていろ、俺がごまかしてやるから。おい、いいか、俺が君の賭けに乗ろう。ただし明日だ。今日は一緒に＊＊へ繰り出そうじゃないか」

「繰り出そう」ピエールは叫んだ。「繰り出そう！……そうだ、熊の奴も連れて行こう……」

そう言うと彼は熊を捕まえ、抱きついて抱え上げ、熊と一緒に部屋中をくるくる回り出したのだった。

7章

アンナ・パーヴロヴナの夜会でドルベツコイ公爵夫人に一人息子ボリスの件で与えた約束を、ワシーリー公爵はきちんと果たした。この青年のことが皇帝に上申されると、青年は異例の扱いで、近衛隊のセミョーノフ連隊に少尉補として転属となったのである。ただし母親の奔走や画策にもかかわらず、クトゥーゾフ将軍の副官ないし専属武官には結局任命されなかった。アンナ・パーヴロヴナの夜会の後間もなく、ドルベツコイ公爵夫人アンナ・ミハイロヴナはモスクワに帰ると、そのまま裕福な親戚であるロストフ家へ向かった。モスクワでは彼女はいつもこの家に滞在することになっており、このたび軍に任官したばかりでいきなり近衛隊に少尉補として転属になった愛息ボリスも、子供時代からこの家で養育され、何年もここで過ごしたのだった。近衛隊はすでに八月十日にペテルブルグを発っていたので、軍装準備のためにモスクワに残っていた息子も、ラジヴィーロフ[28]までの道中で本隊に追いつかねばならなかった。

ロストフ家にはこの日、ナタリヤの聖名日を祝う女性が二人いた。母親の伯爵夫人と末娘である。[29]モスクワ中に知れ渡っているポヴァルスカヤ通りの広壮な伯爵夫人の邸宅には、朝から祝いの客を乗せた馬車がひっきりなしに出入りしていた。伯爵夫人は美しい長女と絶え間なく入れ替わる客たちとともに、客間に座っていた。

伯爵夫人は東洋風の細面《ほそおもて》の女性で、年齢は四十五歳見当、たびたびの出産で見るからにやつれていた。十二人も子供を産んできたのだ。体力の衰えのせいで立ち居振る舞いも話しぶりもゆっくりしていたが、それがかえってどっしりと落ち着いた感じ

28　ウクライナの都市、一九一四年までロシア帝国とオーストリアとの国境都市だった。

29　聖名日は洗礼名にちなんだ聖人の記念日。この家の母と末娘が同じナタリヤ（愛称ナターシャ）という名であることを意味する。致命者ナタリヤの聖名日は旧暦八月二十六日。

を与え、周囲の敬意を誘うのだった。ドルベツコイ公爵夫人も内輪の人間として同じく客間に鎮座し、客を迎えて話し相手をする手助けをしていた。年下の子供たちは、客の応対に参加する必要はないと考えて、奥の部屋にこもっていた。主人の伯爵は、客の出迎えと見送りをしながら、誰彼問わず晩餐会に招待していた。

「ようこそお越しくださいました、マ・シェール（ないしモン・シェール）（客が自分より目上であろうが目下であろうが一切何の区別もなく、伯爵はこの女性・男性二通りの呼びかけのいずれかで迎えるのだった）、私も聖名日の家内と娘も、ご来訪を心から感謝いたしております。どうか晩餐会の方にもお越しを願います。くれぐれもお見限りなきよう、モン・シェール。家族揃って、心からお待ちもうしあげますよ、マ・シェール」丸くて陽気な、きれいに髭を剃り上げた顔にいつもまったく同じ表情を浮かべ、いつもぎゅっと相手の手を握り、浅いお辞儀を何度も繰り返しながら、主人はこの同じ言葉を、例外も変更も一切加えぬままひたすら繰り返すのだった。一人の客を送り出すと、また戻ってきては、まだ客間にいる男女の客の相手をする。椅子を寄せて相手のそばに腰を下ろすと、いかにも人生を楽しむのが好きでそのコツも心得ている人間らしく、威勢よく開いた膝に手を置いて、意味ありげに身をゆすりながら、時にロシア語で、時にへたくそながら自信たっぷりのフランス語で、お天気の予想ごっこを持ち掛けたり、健康の相談をしたりする。そうしてまた、いかにも疲れてはいるがしっかりと務めを果たしている人間らしい様子で、禿げた頭にまばらな髪を撫でつけながら客を送り出し、また晩餐会に招待するのだった。時には玄関で客を見送った帰り道に、温室になっている花部屋と給仕部屋を通って、八十人分の食卓を準備中の大きな大理石の広間に立ち寄った。そうして給仕たちが銀器や陶器を運んだり、可動式テーブルを広げて麻緞子《あさどんす》のクロースを掛けたりしているのを眺めながら、主人の用事を一手に引き受けている貴族出の執事ドミートリー・ワシーリエヴィチを呼びつけて、話しかけるのだった。

「いいな、万事手落ちのないようにやるんだぞ。そうだそうだ」巨大なテーブルが広げられていくのを満足そうに見やりながら、伯爵は言う。「肝心なのは食卓の飾りつけだからな。うん、それでいい……」そんな風に言って満足そうに息をつきながら、またもや客間に向かうのである。

「カラーギン家のマリヤ・リヴォヴナ奥さまとご令嬢がお見えになりました」伯爵夫人の馬車のお供を仰せつかっている巨漢の召使が、客間のドアから入ってきて低音で告げた。伯爵夫人はちょっとためらって、夫の肖像が付いた金の煙草《たばこ》入れの嗅ぎ煙草を嗅いだ。

「こうお客が多いと、さすがにうんざりだわね」夫人は言った。「いいわ、お会いするのはこのお客で最後にしましょう。とても堅苦しい方だけど。ご案内して」召使に命じる夫人の憂鬱な声は、まるで『いっそとどめを刺して』と懇願しているように聞こえた。

背が高く太った高慢そうな貴婦人が、丸顔に笑みを浮かべた娘を連れて、衣擦《きぬず》れの音高く客間に入ってきた。

「伯爵夫人、お久しぶりですわ……」「この子、かわいそうに病気しまして……」「あのラズモフスキーさんの舞踏会で……」「それからアプラクシン伯爵夫人が……」「私もう、うれしくって……」女性同士のにぎやかな声が沸き起こった。互いに相手の発言を遮《さえぎ》り、そこに衣擦れの音と椅子を動かす音が混じっている。始まったのは型どおりの会話で、ちょっと間が空くと、客はにわかに衣擦れの音とともに席を立ち、「とってもうれしゅうございますわ。母の具合は……アプラクシン伯爵夫人も……」などとあいさつを述べ、再び衣擦れの音を立てて控えの間に向かい、毛皮外套なりケープなりをまとって、帰っていくことになっているのである。話題に上ったのは当時の町一番のニュース、すなわち有名な富豪でエカテリーナ女帝時代の美丈夫であったベズーホフ老伯爵の病気と、その庶子で例のアンナ・パーヴロヴナ・シェーレルの夜会でたいそう不作法な振る舞いを見せたピエールの一件だった。

「私、ベズーホフ伯爵がお気の毒でなりませんわ」と婦人客が口火を切った。「ただでさえたいそうお加減が悪いところに、今度は息子さんまでこんな嘆きのタネを作るなんて。命取りになりかねませんわ」

「何がありましたの？」相手の言うことが分からないといった顔で女主人は訊ねたが、実はこのときすでに十五回ほども、ベズーホフ伯爵の嘆きのタネについて聞かされていたのだった。

「まさに今風の教育の結果ですわ！　外国にいるころから」と婦人客は続けた。「あの青年は放任されて好き勝手なことをしていたのですが、今度はペテルブルグであまりのご乱行に及んだために、警察の監視付きで町から追い出されたそうじゃないですか」

「あらまあ！」女主人が言った。

「付き合う相手を間違えたのですよ」ドルベツコイ公爵夫人が割って入った。「ワシーリー公爵の息子さんと、本人と、それからドーロホフという男、この三人でどうやらとんでもないことをしでかしたそうです。うち二人は痛い目にあいましたわ。ドーロホフは一兵卒に降格、ベズーホフさんの子息はモスクワへ追放。クラーギン家のアナトールの方は、何とか父親がもみ消しましたが、結局はペテルブルグから処《ところ》払《ばら》いですから」

「でも、いったい三人で何をしでかしたんですの？」女主人が訊ねた。

「まったくの狼藉《ろうぜき》者ぞろいですからね、とくにドーロホフときたら」婦人客が答える。「母親のマリヤ・イワーノヴナは、あんなにご立派な上流婦人なのに、何としたことでしょう？　信じられますか、あの三人はどこかで熊を手に入れると、一緒に馬車に乗せて、女芸人の館に連れ込んだのですよ。警察が駆けつけて騒ぎを収めようとすると、署長を捕まえて熊と背中合わせに縛り付け、そのまま熊をモイカ川に放したのです。熊は泳ぐ、署長はその背中に乗っかっているというわけで」

「傑作ですな、奥さま《マ・シェール》、その署長の格好は」主人の伯爵が笑い転げながら叫んだ。

「あら、何て恐ろしいことを！　笑い事じゃありませんでしょう、伯爵？」

しかしそう言う女性陣も、思わず笑い顔になっていた。

「不幸な署長は何とか救われました」婦人客は続けた。「というわけで、あのキリール・ベズーホフ伯爵の息子さんは、こんな手の込んだいたずらをする人なんですよ！」彼女は言い添えた。「人の話では、良い教育を受けた賢い人物とのことですが。まあ、外国で教育を受けたりすれば、結局はこうなってしまうんですね。おそらくこのモスクワでは、いくら金持ちだといっても、あの青年を家に迎えるような者は一人もいないでしょう。私にも紹介しようとした人がいましたが、きっぱりと断りましたわ。うちには娘がいますから、と言って」

「その青年がそんなにたいそうなお金持ちだなんて、どうして言えますの？」女主人が嫁入り前の令嬢たちの手前をはばかるように身をかがめて訊ねると、令嬢たちも即座に聞いていないというポーズを取った。「だってあの伯爵には庶子しかいらっしゃらないでしょう。それに確か……ピエールさんも庶子で」

婦人客はあきれたように片手を振った。

「あの方は庶子が二十人くらいはいますわよ、きっと」

ここでドルベツコイ公爵夫人が割って入ったのは、どうやら自分の縁故の広さと、あらゆる方面の社交界事情への精通ぶりをひけらかしたかったらしい。

「実はこういうわけなんですよ」意味ありげな表情で、同じく声を抑えて夫人は言った。「キリール・ベズーホフ伯爵の評判はご承知の通りで……生ませた子供はご本人も数を知らないほどですが、しかしあのピエールさんこそがお気に入りの子供だったんです」

「あのご老人、たいそうな美男でしたからね」女主人は言った。「一年前だってまだ！　あれほどの美男は見たことがありませんわ」

「今はもう、見る影もありませんがね」ドルベツコイ公爵夫人が答える。「で、申し上げたかったのは」と夫人は続けた。「奥さまの係累で全財産の直接の相続者にあたるのは、あのワシーリー公爵ですが、でもお父さまはピエールさんが大のお気に入りで、養育にも携《たずさ》わられたし、皇帝陛下にもお手紙を書かれたほどで……。ですからまったく見当がつかないのですよ、もしもあの方が亡くなられた場合（あの方、大変にお悪くて、いつそうなってもおかしくないくらいで、ペテルブルグから医者のロラン先生がいらしているんですよ）、あの莫大な財産を手にするのがピエールさんなのかワシーリー公爵なのか。農奴四万人と何百万ルーブリというお金ですよ。私はよく知っていますわ。ワシーリー公爵ご本人から聞いたものですから。それに、あのベズーホフ伯爵も、私の母方の大伯父にあたるのです。あの方にはうちの息子の洗礼親にもなっていただきましたわ」あたかもそんなことはまったく重要視していないかのような口ぶりで、夫人は言った。

「ワシーリー公爵は昨日モスクワにお着きになりましたわね。査察旅行の途中だと伺いましたが」婦人客が言った。

「そう、でもここだけの話ですが」公爵夫人が答えた。「それは口実で、本当はベズーホフ伯爵のお見舞いに来たんですよ。とても具合が悪いと聞いて」

「それにしても、奥さま、よくもやらかしたもんですな」主人の伯爵はそう言ったが、年上の婦人客の耳に入っていないのに気づくと、今度は令嬢たちに向かって言った。「その署長の格好は傑作だったでしょうな、さぞかし」

署長が両手をバタバタさせている様子を思い浮かべた伯爵が、またもや肥った全身を揺すりながらよく通る低音の笑い声を立てた。それはいつもよく食べ、そしてとりわけよく飲む人間の笑いだった。「では、どうかわが家の晩餐会にいらしてくださいよ」彼は言った。

8章

沈黙が訪れた。伯爵夫人は感じの良い笑顔で婦人客を見つめていたが、とはいえ、もしもこの婦人客が立ち上がって帰ってしまっても、もはや少しも残念には思わないという気持を隠そうともしていなかった。婦人客の娘はすでに身じまいを直しながら、問いかけるように母親の顔を窺《うかが》っている。とそのとき、隣室からこの部屋のドアめがけて駆け寄ってくる何人かの男女の足音が響いてきた。足に引っかけた椅子が倒れる大きな音がしたかと思うと、十三歳ほどの娘が、短いモスリンのスカートに何かをくるんだ格好で駆け込んできて、部屋の中央でぴたりと足を止めた。きっと無我夢中で走っているうちに、思いがけず、こんな遠くまで来てしまったのだ。同時にドアのところには、深紅の襟の制服を着た学生と、近衛隊の将校と、十五歳ばかりの娘と、子供のジャケットを着た、太って頰の赤い少年が顔を見せた。

伯爵はさっと席を立つと、体を揺らしながら両手を大きく広げて、駆け込んできた少女を抱えるようにした。

「ほーら、この娘ですよ！」伯爵はにこにこして言った。「聖名日の主役だ！　かわいい今日の主役だ！」

「お前、何事も、していい時と悪い時があるのよ」伯爵夫人が厳しい口調を装って言った。「あなたがそうしていつも甘やかすからよ」ついでに夫にも釘を刺す。

「こんにちは、お嬢ちゃん、おめでとう」婦人客はそうあいさつすると、「何て素敵なお子さまでしょう！」と母親の方を向いて言い添えた。

少女は黒い目に大きな口、美人というわけではないが活気に満ちていて、速足で駆けたために捲《まく》れたコルサージュから子供らしい肩がのぞいており、黒い巻き毛はうねって後ろに垂れ、細い腕をむき出しにして、小さな脚にはレースの飾りがついた下ばきをつけて平たい室内靴を履いている。もはや子供ではないが、まだ娘でもないという、愛くるしい年齢の女の子である。父親の手から逃れると、少女は母親に駆け寄り、相手の厳しい小言などはまったく気にも留めず、真っ赤になった顔を母親のレースのケープに隠して笑い出した。スカートの中から取り出した人形のことを何か切れ切れに説明しながら、何がおかしいのかクスクス笑っている。

「見える？……お人形が……ミミが……ほらね」

ナターシャ［ナタリヤの愛称］はそこで詰まって話ができなくなった（何もかもが可笑しくてたまらないのだ）。母親の体にもたれかかったまま、少女があまりにも大きな笑い声を響かせるものだから、皆が、あの口うるさい婦人客までもが、われ知らず笑い出していた。

「さあ、あっちへ行きなさい、そのぼろ人形をもって！」母親は怒ったふりをして少女を押しのけながらそう言った。「これがうちの末っ子ですの」彼女は婦人客に言った。

ナターシャは母親のレースのネッカチーフから一瞬顔を上げ、笑い涙の浮かんだ目で母親の顔を見上げると、また顔を隠した。

否応なくホームドラマのひとコマを観賞することになった婦人客は、自分も何か一役演ずる必要を感じた。

「ねえ教えてよ、お嬢ちゃん」彼女はナターシャに向かって訊ねた。「そのミミはあなたの誰なの？　娘さん、かしら？」

あえて子供の口調に合わせてあげようという婦人客の口ぶりが、ナターシャには気に食わなかった。彼女は何も答えずに、真顔で相手をにらみつけた。

この間に若者たちの一団は、そろって客間のあちこちに座を占めていた。ドルベツコイ公爵夫人の息子で将校のボリス、当家の伯爵の長男で学生のニコライ、十五歳になる伯爵の姪ソーニャ［ソフィヤの愛称］、そして伯爵の末息子の幼いペトルーシャ［ピョートルの愛称］である。どうやら若者たちは、いまだにその表情の端々に息づいている活気と楽しさを、お行儀の許す範囲に抑え込もうと骨を折っているようだった。明らかに、みんなしてたった今まっしぐらに駆け出してきた奥の部屋では、この部屋で交わされていた町のうわさ話やお天気やアプラクシン伯爵夫人をめぐる談話よりも、もっと楽しい会話が交わされていたのだ。子供たちは時折ちらちらと互いの顔をうかがっては、危うく吹き出しそうになっていた。

学生と将校の二人の青年は、幼馴染の同い年で、ともに美青年だが、互いに似てはいなかった。ボリスは背の高い金髪の若者で、整った繊細な目鼻立ちの、落ち着いたきれいな顔をしていた。ニコライは背が低めの巻き毛の若者で、感情が素直に顔に出るタイプだった。鼻下にはすでに黒いまばらな髭がのぞき、顔全体が直情性と感激性を表している。ニコライは客間に入るとすぐに真っ赤になってしまった。明らかに、言うべき言葉を探しながら見つけられずにいるのだ。ボリスは反対にすぐに機転を利かせて、落ち着きはらった冗談めかした口調で、例の人形のことを話して聞かせた。かつて自分が知っていたミミはまだ若い娘さんで、鼻も欠けてはいなかったが、記憶では五年しかたっていないのにすっかり老け込んで、今では頭蓋骨全体にひびが入ってしまっている、といった話である。話し終えると、彼はナターシャに目をやった。ナターシャは彼から顔をそむけ、弟を見たが、弟は目をつぶったまま声も立てずにひくひく笑っている。もはやたまらずに飛び起きると、ナターシャはすばしこい足をフル回転させて、猛スピードで部屋から駆け出して行った。ボリスは吹き出さずに堪えていた。

「お母《ママ》さん《ン》も確か出かけられるのでしたね？　馬車が要るんでしょう？」母に笑顔を向けて彼は言った。

「そうよ、あなた行って、用意するように言いつけてちょうだい」母親も笑顔で答える。

ボリスは静かにドアを出ると、ナターシャの後を追った。太った少年は怒った顔で二人を追って駆けだした。まるでせっかくの遊びが台無しになったのに腹を立てているような具合だった。

9章

伯爵家の長女（これは妹より四つ年上で、もはや大人並みにふるまっていた）と客の令嬢をのぞけば、若者の仲間で客間に残ったのはニコライと伯爵の姪のソーニャだけだった。ソーニャはほっそりとしてごく小柄な黒髪《ブルネット》の娘で、優しいまなざしは長いまつ毛の翳りを帯び、濃い黒髪は三つ編みにして頭の周りに二重にまかれ、肌は、顔の肌も、そしてとりわけ痩せぎすながら優美な、よく締まった腕や首のむき出しになった部分の肌も、幾分黄色味を帯びていた。滑らかな身のこなし、やわらかでしなやかな小さな手足、小狡そうにも見える控え目な挙措《きょそ》は、いまはまだ体ができてはいないが、やがて魅力的な雌猫に変身するであろう、きれいな子猫を連想させた。彼女はそれを礼儀と心得ているらしく、笑顔を浮かべて皆の会話に関心のあるふりをしていたが、意図とは裏腹に、長く濃いまつ毛の奥のその目は、今や軍隊に行こうとしている従兄をいかにも乙女らしい熱烈な憧れを込めて見つめているものだから、その微笑みに一瞬たりと騙される者は一人もいなかった。明らかにこの子猫が腰を下ろしたのはほんのつかの間のことで、ボリスとナターシャがしたように自分たちもこの客間から抜け出せたなら、すぐにまた前よりも激しい勢いで従兄にとびかかり、二人でじゃれあおうとしているのだった。

「実はですな、奥さま」伯爵が婦人客に向かって息子のニコライを指さしながら言った。「この子の友達のボリスが将校に昇進したものですから、この子も親友として後れを取るわけにはいかないというので、大学も捨て、この老いた父親も捨てて、軍務に就こうとしているのですよ。すでに公文書館の職も決まっていたというのに、すべてパーですよ。これが友情というものなんでしょうかねえ？」伯爵は小首をかしげた。

「でも、宣戦が布告されたという噂ではないですか」婦人客は答えた。

「噂は昔からありますよ」伯爵が応ずる。「今度また噂がぶり返しましたが、しばらく取りざたされて、またそれっきり立ち消えになるのです。奥さま、やっぱり友情なんでしょうかね！」彼は繰り返した。「息子は軽騎兵隊に入ることになりましたが」婦人客は何と答えていいか分からずに、首を振った。

「友情のためなんかじゃありません」ニコライがかっとなった口調で、まるで恥ずべき中傷を晴らそうとするかのように答えた。「友情のためなんかじゃなくて、ただ軍務に就くのが僕の務めだと思うからです」

そう言ってニコライが従妹と客の令嬢を振り返ると、二人とも励ましの笑みを浮かべて彼を見返した。

「今日拙宅の晩餐会にパヴログラード軽騎兵連隊のシューベルト大佐がみえます。休暇で当地に来ていたのですが、帰隊の際に息子を連れて行ってくれるとのことですよ。やれやれですな」伯爵は肩をすくめ、明らかに大きな嘆きのタネだった出来事を、冗談めかして伝えた。

「もう言ったでしょう、お父さん」と息子は言った。「もしお父さんが僕を行かせたくないのなら、僕は残ります。ただ、自分で分かっていますが、僕は軍務以外には何の役にも立たない人間です。僕は外交官にも役人にも向きません。思っていることを隠すことができませんから」そう言いながら彼は美青年らしい媚びを含んだ流し目をソーニャと婦人客の令嬢に送った。

彼を食い入るように見つめる子猫の方は、いつ何時でも遊びを再開し、自分の子猫的本性を発揮する準備ができているようだった。

「いやいや、分かったよ！」老伯爵は言った。「すぐに熱くなるんだから。何もかもあのボナパルトが、皆の頭をのぼせ上がらせてしまったせいだ。よくもあの男は一中尉の身分から皇帝の位まで上り詰めたものだと、皆それぱっかり考えているんだよ。なに、結構なことじゃないか」婦人客のあざけるような笑みに気付かぬまま、彼は言い添えた。

大人たちはボナパルト談義を始めた。カラーギン夫人の娘のジュリーがニコライに話しかける。

「木曜のアルハーロフさんのお宅の夜会に、あなたがいらっしゃらなかったのは残念でしたわ。あなたがいらっしゃらないと退屈で」令嬢は優しい笑みを浮かべて言った。

気をよくした青年は、若者らしい媚びを含んだ笑顔を見せて相手の近くの席に身を移すと、微笑むジュリーと二人だけで話し始めた。そのとき彼は、自分の無意識な笑顔が、頬を紅潮させながら作り笑いをしているソーニャの心を、嫉妬の刃で切り裂いているのに気づかなかったのである。会話の途中でふとソーニャに目をやると、相手は怒りに燃えた目で彼を見返し、目にこみあげようとする涙と口元に浮かぶ作り笑いを持て余しながら、そのまま立ち上がって部屋を出て行ってしまった。ニコライの浮かれた気分はすっかり掻き消えた。会話が途切れるや否や、彼は打ちひしがれたような顔で部屋を出て、ソーニャを探しに行った。

「まったくああした若い方々の秘密ときたら、みんな白い糸で縫ってあるみたいに見え見えですこと！」ドルベツコイ公爵夫人が出ていくニコライを手で示して言った。「従兄妹同士は危険な隣人って言いますけれど」彼女は付け加えた。

「本当に」若い世代とともにこの客間に差し込んだお日様の光が消えてしまった後で伯爵夫人はそう答えたが、それはまるで、誰から問われたわけでもないがずっと彼女の心を煩わせていた質問に答えるかのような調子だった。「今でこそあの子たちを見るのが楽しいですが、ここに来るまでにどれほどつらい思いや不安な思いをしてきたことでしょう！　今だって本当は、喜びよりも不安の方が多いくらいですわ。いつもいつも心配ばかり！　ちょうどあの年ごろは、女の子にとっても男の子にとっても、危険がいっぱいですからね」

「万事、しつけ次第ですわよ」婦人客が言う。

「ええ、おっしゃる通りですわ」伯爵夫人が先を続けた。「おかげさまでこれまでのところは、私はずっと子供たちの親友で、あの子たちから全幅の信頼を得ています」そう語る伯爵夫人は、子供たちが自分に隠し事をしていないと思い込む世の多くの親たちの過ちを繰り返しているのだった。「娘たちは何かあったらいつでもまず私に打ち明けてくれますし、ニコーレンカ〔ニコライの愛称〕の方は血の気の多い子ですから、悪さはするかもしれませんが（男の子はそれなしではすみませんからね）、それにしても、あのペテルブルグの方々のような真似はしません――それは私、心得ていますわ」

「本当に素晴らしい、素晴らしい子供たちですよ」伯爵が断じた。彼は自分にとって厄介な問題と出くわすたびに、何でも素晴らしいといって済ませてしまうのだった。「今度だってどうでしょう！　軽騎兵志願ですからね！　大したもんじゃないですか、奥さま」

「お宅の下のお嬢さま、何てかわいらしいのでしょう！」婦人客が言った。「火の玉みたいに活気があって」

「そう、火の玉そのものです」伯爵が答える。「この私に似たんですな！　声がまたいい声で。親ばかながら本音を言えば、あれは歌手になりますよ、第二のサロモーニ[30]にね。レッスンにイタリア人を雇ったくらいで」

30　ロシア生まれのイタリア人オペラ歌手、一八〇五～〇六年の冬にモスクワ公演をした。

「早すぎませんこと？　あの年ごろに声楽を習うのは喉によくないとも言いますわ」

「いやいや、何が早いものですか！」伯爵は応じる。「われわれの母親の時代には、十二か十三でもう嫁に行っていたじゃないですか」

「あの娘《こ》だってもうあの齢で、ボリスに恋をしていますのよ！　何て娘でしょうね？」うっすらと笑みを浮かべてボリスの母親を見ながら伯爵夫人が言ったが、明らかに夫人はいつも気になっている問題に答えを出そうとしているのだった。「これで、仮に私が厳しくして、あの娘を押さえつけようなんてしたら……二人して陰で何をするかしれませんが（伯爵夫人は二人がキスでもしかねないと言いたいのだった）、今のところはあの娘は私に一切隠し事はしません。晩になると自分からやってきて、全部私に話してくれます。もしかしたら甘やかしすぎかもしれませんが、でも本当の話、今のままがかえっていいようですわ。上の娘は厳しくしつけたものですが」

「そう、私はまったく違うふうに育てられましたわ」長女である美人の伯爵令嬢ヴェーラがにっこり微笑んで言った。

だが普通の場合とは違って、笑みはヴェーラの顔を引き立たせず、かえってその顔を不自然な、つまり感じの悪いものにしてしまった。長女のヴェーラは器量もよければ頭もよく、勉強もよくできてしつけもよく、声もまたさわやかで、言うことも正しく当を得ていたが、不思議なことにこのときは皆、婦人客も伯爵夫人も含めて、まるでなぜそんな口をはさんだのかといぶかるかのように、気まずそうな顔つきで彼女を振り返ったのだった。

「どこでもそうですが、上のお子さんたちの場合は、何とか非凡な人間に育てようとして、手を掛けすぎるものですわ」婦人客は言った。

「いや、何を隠しましょう、奥さま！　うちの家内もヴェーラには手を掛けすぎましてな」伯爵が言った。「ところがどうでしょう！　やっぱり素晴らしい娘に育ちましたよ！」彼はそう言って励ますようにヴェーラに目配せした。

婦人客たちが立ち上がり、また晩餐会に来ると約束して帰っていった。

「いったい何というマナーなの！　他所《よそ》の家に長々と座り込んで！」客を送り出すと伯爵夫人は言った。

10章

先ほど客間を出て駆けだしたナターシャだったが、駆けて行ったのはただ花部屋までのことだった。花部屋で足を止めると、彼女は客間の話し声に耳を澄まし、ボリスが出てくるのを待った。やがて待ちくたびれた彼女が、なかなか姿を見せぬ相手にしびれを切らして、小さな足でとんと床を蹴って泣き出しそうになったころ、忍び足とも速足とも違う、青年の落ち着いた足音が聞こえてきた。ナターシャは花が植わった木桶の間にさっと駆け込んで身を隠した。

ボリスは部屋の真ん中で立ち止まると、ぐるりとあたりを窺ってから、制服の袖のちりを手で払い、鏡に歩み寄って自分のハンサムな顔を点検した。ナターシャは隠れ場所で息をひそめたまま、相手が何をするのかと窺っていた。相手はしばらく鏡に向かって立っていたが、やがてにっこりと笑顔を作り、それから出口のドアに向かった。ナターシャは呼び止めようとしたが、すぐに思いなおした。

『探させておけばいいわ』と彼女は自分に言った。ボリスが出て行ったかと思うと、別のドアから顔を真っ赤にしたソーニャが現れた。泣き泣き、何か恨み言をつぶやいている。とっさに駆け寄ろうとした自分を抑えて、彼女は隠れ家に踏みとどまった。そうして姿を隠す魔法の帽子をかぶったような気持で、周囲の世界の出来事を観察することにしたのだった。彼女は一種特別な、新鮮な快感を味わっていた。ソーニャは何かつぶやきながら、ちらちらと客間のドアを振り返っている。そのドアからニコライが出てきた。

「ソーニャ！　いったいどうしたんだ？　おかしいじゃないか」ニコライが彼女に駆け寄って言う。

「何でもないわ、何でもないから、私にかまわないで！」ソーニャは泣き崩れた。

「いや、僕には分かっている」

「分かっているの、良かったわね、じゃあ、あの人のところへ行きなさい」

「ソーニャったら！　ちょっと待ってくれよ！　どうしてそんなに僕と自分を苦しめるの、ただの思い過ごしなのに？」ニコライは彼女の手を取ってそう語りかけた。

ソーニャは手を振りほどこうとはせず、泣き止んだ。

ナターシャは身じろぎもせず息も詰めたまま、目を輝かして隠れ場所から見守っていた。『これからどうなるのかしら？』と彼女は思った。

「ソーニャ！　僕は全世界を捨ててもいい！　君だけが僕のすべてだ」ニコライは言った。「それを君に証明しよう」

「あなたがそんな言い方をするの、私嫌いよ」

「じゃあ、しないよ、ねえ許してくれよ、ソーニャ！」彼は相手を引き寄せて口づけした。

『ああ、何て素敵なの！』とナターシャは思った。ソーニャとニコライが部屋を出て行くと、彼女も後から出て行って、ボリスを呼び寄せた。

「ボリス、こちらに来て」彼女はもったいぶった狡そうな顔つきで語り掛けた。「ひとつあなたにお話があるの。こちらに、こちらに来て」そう言いながら彼女は相手を花部屋の、さっき自分が隠れていた花桶の間の空間に案内した。ボリスは笑みを浮かべて彼女についていく。

「お話って、いったい何？」彼は訊ねた。

返事に困ったナターシャが周囲を見回すと、ちょうど桶の上に放り出されたままの例の人形が目に入ったので、彼女はそれを手に取った。

「この人形にキスをして」彼女は言った。

ボリスは彼女の生き生きとした顔をまじまじと、優しい目で見つめるばかりで、何も答えようとしない。

「いやなの？ じゃあ、こちらに来て」そう言うと彼女はさらに花々のかげに深く身を潜らせ、人形を放り出した。「もっとそばに、そばに来て！」彼女はささやいた。ボリスの将校服の袖口を両手でつかむと、彼女の赤らんだ顔に厳粛さと恐怖が同時に浮かんだ。

「私にならキスしてくれる？」ほとんど聞き取れないような声で彼女はささやいた。

上目遣いに相手を見つめ、笑顔を浮かべながらも、胸の高まりに泣き出しそうだった。

ボリスは頬を赤らめた。

「おかしな子だなあ！」彼女のほうに身を傾け、ますます真っ赤になりながら彼はそう言ったが、自分からは何もしかけようとせず、ただ待っていた。

ナターシャは不意に花桶の上に飛び乗った。今度は彼女の方が背が高くなったので、相手を抱くと、ほっそりしたむき出しの腕が上から彼の首に巻きつく形になった。そうして首を振って前髪を後ろにはねのけると、彼の唇に口づけしたのだった。

彼女は花桶の間をすり抜けて花の列の向こう側に回ると、うつむいて立ち止まった。

「ナターシャ」ボリスは言った。「分かっているだろう、僕が君を好きなのは、でも……」

「私を愛している？」ナターシャは相手を遮った。

「ああ、愛しているよ、でも、お願いだから、今のようなことはしないでいようじゃないか、あと四年……。四年したら僕は君にプロポーズするから」

ナターシャはしばし考え込んだ。

「十三、十四、十五、十六……」細い指を折りながら声に出して齢を数える。「いいわ！　では約束ね？」

そう言うと、歓喜と安心の笑みがその生き生きとした顔を輝かした。

「約束だとも！」ボリスが答える。

「一生の約束ね？」少女は言った。「死ぬまでずっとでしょう？」

そう言って彼の腕を取ると、うっとりとした顔で彼と並んだまま、静かな足取りで休憩室へと向かった。

11章

訪問客に疲れ果てた伯爵夫人は、もう誰の面会も受け付けないように命じ、玄関番には、この先聖名日の祝いに訪れる客があれば、すべて後の晩餐会の方にいらしていただくようご案内せよとだけ指示した。伯爵夫人は子供のころから友達だったドルベツコイ公爵夫人と、差し向かいで話がしたかった。公爵夫人がペテルブルグから戻って以来、ゆっくりと会う機会がなかったからだ。ドルベツコイ公爵夫人は、いつもの通り苦労やつれしていながらも感じのいい顔で、伯爵夫人の安楽椅子のそばに席を移してきた。

「あなたとなら、すっかりあけっぴろげな話ができるわ」ドルベツコイ公爵夫人は言った。「だって昔の友達も、ずいぶん少なくなってしまったでしょう！ それだけに私にはあなたとのおつきあいがとっても大切なのよ」

ドルベツコイ公爵夫人は、ちらりとヴェーラを見て口をつぐんだ。伯爵夫人は親友の手をぎゅっと握った。

「ヴェーラ」夫人が長女に声をかける。明らかに彼女は長女を嫌っているのだった。「どうしてあなたは何につけ察しが悪いの？ 自分がお邪魔だって、分かりそうなものじゃない。妹たちのところへ行くか、でなかったら……」

美しいヴェーラは蔑《さげす》むようににやりと笑った。明らかにいささかの屈辱も感じてはいない。

「お母さま、もっと前にそう言って下されば、私だってさっさと引き下がっていましたのに」そう言うと彼女は自室に向かった。ところが休憩室を通りかかったとき、彼女はその部屋の二つの小窓のそばに、二組のカップルが左右対称形に腰を下ろしているのに気づいた。彼女は足を止め、また蔑むようににやりと笑った。ソーニャはニコライのすぐそばに座り、ニコライは自分が初めて書いた詩をソーニャに書き写してやっているところだった。ボリスとナターシャはもう一方の窓辺に座っていたが、ヴェーラが入ってくると二人とも黙り込んだ。ソーニャとナターシャは、疚《やま》しいようなうれしいような顔でヴェーラを見た。

二人の恋する娘たちを見るのは楽しくもあり感動的でもあったが、しかしその光景は、明らかにヴェーラの好感情を掻き立てるものではなかった。

「何度も言っているでしょう」と彼女は言った。「私のものを持ち出さないでね。あなたたちには自分の部屋があるんだから」彼女はニコライの使っていたインク壺を取り上げた。

「ちょっと、ちょっとだけだよ」ニコライはペンを浸しながら言う。

「あなたたち、突拍子もないまねをするのがお得意ね」ヴェーラは続けた。「さっきだって客間に駆け込んできて、みんなに気まずい思いをさせたでしょう」

彼女の言うことはまったく正しかったが、にもかかわらず、あるいはまさにそれゆえに、誰も彼女に答えようとせず、四人はただ互いに目配せしあっただけだった。彼女はインク壺を持ったまま、ぐずぐずとその部屋に居残った。

「あなたたちの齢でいったいどんな秘密があるというの、ナターシャとボリスにしても、それからあなたたちにしても——どうせ愚にもつかないことばかりじゃない」

「それが姉さんに何の関係があるというの?」小声ながら仲間をかばうような調子で、ナターシャが言った。

見るからにこの日の彼女は、普段にもまして皆に親切で優しかった。

「ばかみたい」ヴェーラは言った。「あなたたちを見ていると恥ずかしくなるわ。何が秘密よ」

「誰にだって自分の秘密があるわ。私たちも姉さんとベルグさんのことには口を出さないでしょう」ナターシャがかっとなって言った。

「あたりまえでしょう、口出しなんかできるものですか」ヴェーラが応じる。「だって、私の振る舞いには絶対に、何ひとつ間違ったことなんかありえませんからね。こっちこそお母さまに言いつけてやるわよ、あんたがボリスにどんな態度をとっているか」

「ナタリヤさんの僕への態度はとてもまともですよ」ボリスが言った。「僕には何の不満もありませんし」

「よしてよ、ボリス、外交官の真似は（この外交官という言葉は子供たちの間で大流行していたが、それは彼ら流の特殊な意味においてであった）。うんざりだわ」ナターシャが悔しそうに震える声で言った。「いったいどうして姉さんは私に突っかかるのかしら？」

「姉さんには決して分からないことよ」彼女はヴェーラに向かって言った。「だって姉さんは一度も、だれのことも愛したことがないんだから。姉さんは心ってものがない、ただのジャンリス夫人《マダム・ド・ジャンリス》[31]じゃない（このあだ名はニコライがヴェーラに進呈したもので、ひどい侮辱とみなされていた）。だから姉さんのいちばんの楽しみは、人に嫌な思いをさせることなのよ。あんたなんか、ベルグさん相手に好きなだけ媚びを売っていればいいんだわ」彼女は早口でまくしたてた。

「でも私はけっしてお客の前で若い男性を追いかけたりはしないし……」

「さあ、もう気が済んだだろう」ニコライが割って入った。「みんなに嫌味を言い散らして、気分を悪くさせたんだから。みんな、子供部屋に行こうか」

四人はそろって驚いた鳥の群れのように跳び上がり、部屋を出て行った。

「嫌味を言われたのは私の方よ、私は誰にも何も言っていませんからね」ヴェーラが言った。

「ジャンリス夫人！　ジャンリス夫人！」ドアの向こうから笑いながらはやし立てる声がした。

皆を散々苛立たせ、不愉快な気分にさせてしまうと、美しいヴェーラはにっこりと笑みを浮かべ、自分に言われたことを気にかける気配もなく、鏡に歩み寄って肩掛けと髪を整えた。自分の美しい顔を見ているうちに、前にもまして冷ややかな、落ちついた気持になったように見うけられた。

客間では会話が続いていた。

「いやいや、あなた」伯爵夫人が言う。「私の人生だって、決してすべてがバラ色なわけじゃないわ。だって分かっているのよ、こんな暮らしをしていたら、うちの資産だって長くはもたないってことはね。だってしょっちゅうクラブに出入りして、おまけに主人のあの気前の良さでしょう。いったい田舎に住んで、保養でもしているつもりなのかしら？　やれ観劇だ、やれ狩猟だ、やれ何だかんだといった調子で。でも、私の話をしたって仕方がないわね！　それであなた、いったいどんな風にしてここまでうまくやりおおせたの？　あなたには感心させられっぱなしよ、アンナさん。あなたのお齢で、一人で馬車に乗って、モスクワだペテルブルグだと行き来して、大臣やら高官やらを訪ね回って、誰を相手にしてもうまく立ち回るなんて、まったく驚くしかないわ！　それで、今度の息子さんのことはどうしてうまくいったの？　私なんか

31　ジャンリス夫人（一七四六～一八三〇）、教育家。近代フランス女性作家の草分けの一人で、教訓小説のジャンルで知られる。

それこそ何ひとつできないのに」

「いや、あなた」ドルベツコイ公爵夫人は答えた。「知らないのが幸せなのよ、夫に先立たれたまま後ろ盾になってくれる人もなく、目の中に入れても痛くないほどかわいい息子と二人きりになってしまうのが、どれほどたいへんなことか。それは人間、いざとなれば何でもできるものよ」夫人はちょっと得意そうに言った。「私の場合は訴訟がいい勉強になったわ。仮に誰か、いわゆる大物の一人に面会する必要があったら、私はじかに『公爵夫人何某《なにがし》が誰々さまに面会を希望いたしております』と手紙を書いて、そのまま自分で辻馬車を雇って訪ねていくの。二度でも三度でも四度でも、目的が達成されるまでは何度でもね。人にどう思われようと、かまうことはないんだから」

「へえ、それでボリスのことでは誰にお願いしたの?」伯爵夫人は訊ねた。「だってあなたの息子さんは近衛隊の将校になったんでしょう。うちのニコライはただの見習士官なのよ。世話を焼く人がいないものだから。あなたは誰にお願いしたの?」

「あのワシーリー公爵よ。とても親切だったわ。全部二つ返事で引き受けて、皇帝に上申してくださったのよ」うれしそうに語るドルベツコイ公爵夫人は、自分が目的を達するまでになめた屈辱のことはすっかり忘れていた。

「どう、あの方も老けたかしら、ワシーリー公爵は？」伯爵夫人は訊ねた。「ルミャンツェフ伯爵の家庭劇場でご一緒して以来お見かけしていないわ。きっと私のことなんかお忘れになったでしょうね。昔は口説かれたこともあったのよ」伯爵夫人は思い出し笑いをした。

「昔のままよ」ドルベッコイ公爵夫人は答えた。「愛想がよくてお話が上手で、偉くなってもまったくお変わりにならないの。『こればかりのことしかお役に立てないのは残念ですよ、公爵夫人、どうか何なりとお申し付けください』なんて私におっしゃるのよ。それはもう素晴らしい方で、親戚としても申し分ないわ。とにかく、ナタリヤさん、私は息子可愛さで生きていますからね。あの子の幸せのためとなれば、それこそ何でもする覚悟よ。でもね、あれこれうまくいかないことばかりで」ドルベッコイ公爵夫人は悲しげに声を低めて続けた。「うまくいかないことばかりで、暮らし向きの方は、もうどん底なのよ。あの訴訟が私のお金を全部吸い取って、しかもにっちもさっちもいかないものだから。いいこと、文字通り一文無しで、ボリスの軍装を用意する目途もつかないの」彼女はハンカチーフを取り出して涙を流した。「五百ルーブリのお金がいるというのに、今あるのは二十五ルーブリ紙幣が一枚だけ。そんな始末なのよ……。今や唯一の期待は、あのキリール・ベズーホフ伯爵。もしも伯爵が自分の洗礼子を（あの方はボリスの洗礼親になってくださったんですから）助けてやろうという気になって、あの子に何かの費用を残してくださらなければ、私のこれまでの苦労も水の泡だわ。息子の軍装を用意するお金がないのですもの」

伯爵夫人も涙を流しながら、黙って何か考えていた。

「よく思うのよ、罪なことかもしれないけれど」公爵夫人は言った。「よく思うの――たとえばあのキリール・ベズーホフ伯爵なんかは、お一人で暮らしているのに……莫大な財産を持っている……けれど何のために生きているのでしょう？　だってあの方にとっては生きることが苦しみなのに、一方でうちのボリスなんか、まだ人生を始めたばかりじゃない」

「きっとあの方はボリスに何か残してくださるわよ」伯爵夫人は言った。

「分からないわよ、あなた！　ああしたお金持ちだとか高位高官だとかは、みんなエゴイストばかりですからね。でもやっぱり私、これからボリスと一緒にあの方のところに伺って、率直に事情を説明するわ。人がどう思おうとかまいはしない、息子の運命がかかっているのだから、そんなこと気にしていられないわ」公爵夫人は立ち上がった。「今が二時で、お宅の晩餐会は四時からね。十分行ってこられるわ」

時間の活用法を心得ているペテルブルグの実務的な貴婦人の流儀で、ドルベツコイ公爵夫人は息子を呼びつけると、そのまま一緒に控えの間に出た。

「じゃあお暇《いとま》するわね」戸口まで見送りに来た伯爵夫人に別れを告げる。「どうか成功を祈っていてね」息子に隠れて小声で彼女は付け加えた。

「ベズーホフ伯爵のお宅に行かれるのですか?」ロストフ伯爵が食堂から声をかけた。同じく控えの間に出てくるところだった。「もしも伯爵のお加減がよかったら、ピエール君をうちの晩餐会に呼んでくださいよ。あの青年はよくうちに出入りして、子供たちとダンスしてくれたんです。必ず来るように言ってください。今日はうちのタラースが張り切っているようだから、楽しみですよ。かのオルローフ伯爵の家でも、今日のうちの晩餐会ほどのものはなかったなどと、大口をたたいていますからな」

12章

「ねえボリス」二人が乗ったロストフ伯爵夫人の馬車が藁《わら》を敷き詰めた通り[32]を過ぎてベズーホフ伯爵の大きな館に乗り入れると、ドルベツコイ公爵夫人は息子に呼び掛

32 重病人のいる屋敷のそばでは、馬車の走行音を抑えるため、通りに藁を敷く習慣があった。

けた。「ねえボリス」古びた夫人外套の奥から出した手をおずおずといつくしむような動きで息子の手に重ねながら、母親は繰り返す。「愛想よくして、人の話をよく聞くのよ。ベズーホフ伯爵は何といってもあなたの洗礼親なんだし、あの方にあなたのこれからの運命がかかっているのですからね。覚えておきなさいね。できるだけいい子にしてるのよ……」

「いい子にしていれば何か見返りがあるって分かっていたらね、屈辱以外に……」息子は素っ気なく答えた。「でもまあ、お母さんに約束したんだから、お母さんのためにそうしますよ」

誰かの馬車が車寄せに停まったのを知っているにもかかわらず、玄関番は現れた母と子をじろじろと検分し（二人は取り次ぎを頼むこともせず、左右の壁の壁龕《へきがん》にずらりと並んだ彫像の間を進んで、そのままガラス張りの玄関ホールに入ってきたのだった）、母親の古びた外套を意味ありげに見つめたあとで、公爵家のお嬢さま方かそれとも伯爵さまか、どちらに御用かとたずねた。そして伯爵の方だと知ると、伯爵さまは本日ご加減が悪く、どなたともご面会なさらないと告げたのだった。

「じゃあ、このまま帰りましょう」息子がフランス語で言った。

「待って！」懇願するような声で制しながら、母親はまた息子の手に触れた。まるでそうして触れることで息子の気を鎮めたり発奮させたりできるかのようだった。

　ボリスは口をつぐみ、外套を着たまま、問いかける眼で母親を見つめた。

「ええ、もちろん」とドルベッツコイ公爵夫人は玄関番に優しい声で話しかけた。「存じておりますのよ、ベズーホフ伯爵のお加減が大変お悪いことは……だからこそ参ったのですもの……私、親戚ですから……。お邪魔をするつもりはないんですよ……。ただ、ワシーリー公爵にはお目にかからないと。あの方ここに泊まっていらっしゃるのでしょう。取り次いでくださいな」

　玄関番は難しい顔で階上につながる呼び鈴の紐を引き、そのまま顔をそむけた。

「ドルベッツコイ公爵夫人がワシーリー公爵さまをご訪問」階上から降りてきて階段の張り出しの奥から顔をのぞかせている長靴下に短靴に燕尾服といういでたちの召使に向かって、玄関番は取り次いだ。

　母親は染め直したシルクのドレスの襞を整えると、壁にはめ込まれた一枚ガラスのヴェネツィア鏡を覗き込んでから、くたびれた短靴で堂々と、絨毯の敷かれた階段を上っていった。

「いいこと、約束通りにね」あらためて息子に話しかけ、手を触れて発奮を促す。

　息子は目を伏せたまま、静かに後に従った。

二人は広間に入った。そこからどれか一つのドアを抜ければ、ワシーリー公爵に割り当てられた居室に行くことができるようになっている。部屋の中央まで来た母と子が、入ってくる二人を見てさっと立ち上がった年寄りの召使に、この先の進路をたずねようとしていた時、ドアの一つの青銅製の取っ手が回されて、ワシーリー公爵が姿を現した。ビロードのホームジャケットに星形勲章を一つだけ付けた普段着姿で、ハンサムな黒髪の男性を見送るところだった。この男性が、有名なペテルブルグの医師ロランだった。

「それは確かですか？」公爵はそんな質問をしていた。

「公爵、『過つは人の常なり《エラレ・フマヌム・エスト》』といいますが、しかし……」医師は答える。ｒの音の発音もラテン語の語調もフランス語風だった。

「なるほど、結構です……」

ドルベツコイ公爵夫人と息子の姿に気づくと、ワシーリー公爵は医師に一礼をして見送り、黙ったまま、しかし怪訝《けげん》そうな表情を浮かべて二人に近寄ってきた。息子は母親の目ににわかに深い悲哀の表情が浮かぶのに気づき、うす笑いを浮かべた。

「まったく、こんなにも悲しい状況でお目にかかることになるなんて、公爵……。それで、ご容態《ようだい》はいかがですの？」ひたと自分に向けられた冷たい、侮蔑的な視線に気づきもしないかのように、彼女は言った。

ワシーリー公爵は怪訝そうな、ほとんど怪しむような眼で夫人を見つめ、それからボリスに目を移した。ボリスは恭しく一礼した。ワシーリー公爵は礼には答えぬまま、夫人に向き直ると、彼女の質問に頭と唇の動きで答えた。それは病人の容態がほとんど絶望的であることを示していた。

「まさか」ドルベツコイ公爵夫人は声を上げた。「ああ、何とおいたわしい！　考えるだけでもぞっとしますわ……。これはうちの息子です」夫人はボリスを示して言い添えた。「あなたさまに自分でお礼を申し上げたいということで」

ボリスは改めて恭しく一礼した。

「嘘は申しませんわ、公爵、母親として、あなたさまが私たち親子にしてくださったことは、肝に銘じて忘れません」

「喜んでいただけて、私もうれしく思っておりますよ、アンナ・ミハイロヴナ」ワシーリー公爵はシャツの高襟を直しながら言った。このモスクワでは、自分の庇護下にあるドルベツコイ公爵夫人に対する威厳の表し方も、ペテルブルグのシェーレル家の夜会の時よりはるかに露骨で、それが彼の身振りにも声にも表れていた。

「しっかり勤めて、職分に恥じぬようにすることですな」彼はボリスに向かって厳しい口調で言った。「いや、よかった……。こちらへは休暇で……?」彼は持前の感情のこもらぬ棒読み調で言った。

「新しい任務地への出立命令を待っているところです、閣下」ボリスは答える。公爵のつっけんどんな口調への腹立ちも、話に加わりたいという希望も毛ほども見せず、ひたすら平然とした恭しい口調だったので、公爵はまじまじと青年を見つめた。

「お母さまと暮らしておられるのかな?」

「ロストフ伯爵夫人のお宅にお世話になっております」ボリスはそう答えてまた「閣下」と付け加えた。

「あのイリヤ・ロストフさまのお宅のことです、あのナタリヤ・シンシンさまと結婚された」母親が説明する。

「ああ、知っていますよ」いつもの単調な声でワシーリー公爵が応じた。「私にはいまだに分からないのです、どうしてあのナタリヤがあんな薄汚い熊と結婚したのかがね。どこをとっても間の抜けた、滑稽な人物じゃありませんか。おまけに、ギャンブラーだという噂だし」

「でも、とても良い方ですわ、公爵」ドルベツコイ公爵夫人がしんみりした笑みを浮かべて言った。まるでロストフ伯爵がそうした酷評に値する人物だとはわきまえているが、ここはひとつ哀れな老人をいたわってやりましょうと訴えかけているような様子だった。

「それで、お医者さま方のお見立てはいかがですの？」少し間をおいてから、再び苦労やつれした顔に大きな悲しみの表情を浮かべて公爵夫人は訊ねた。

「見込みは薄いですな」公爵は言った。

「私、ぜひもう一度、伯父さまにお礼を申し上げたいのです。私とこのボリスに対する御恩に対して。この子はあの方の洗礼子なので」まるでこの知らせがワシーリー公爵を大喜びさせるはずだとでも言いたいような口調で、彼女は言い添えた。

　ワシーリー公爵は考え込んで渋面になった。ドルベツコイ公爵夫人はことを察した――公爵は自分がベズーホフ伯爵の遺産相続のライバルになりはしないかと心配しているのだ。彼女は急いで相手の不安を晴らそうとした。

「もしも私が伯父さまを本当にお慕いして、身を捧げるつもりでなかったら、かえって差し出がましいことでしょうが」伯父さまという言葉を彼女は自信に満ちたさりげない口調で発した。「伯父さまの性格は存じております、高潔でまっすぐで。でも今あの方のそばにいるのは姪御《めいご》さんたちだけでしょう……。まだみんなお若い……」夫人は首をかしげて、小声で言い添えた。「伯爵さまは最後の務め[33]を果たされましたの？　とても大切ですからね、最後のわずかな時間が！　だってご容態は最悪なんでしょう。ぜひとも支度をしなくてはなりませんわ、もしもそんなにお悪いようでしたら。私たち女は、公爵」夫人は優しい笑みを浮かべた。「いつだってこうしたことをお伝えする仕方を心得ております。ですからお会いする必要があるのです。それは私にとってもつらいことですが、つらい目に遭うのは慣れておりますから」

見たところ公爵は夫人の言葉を理解したようで、おまけにあのシェーレル家での夜会の時と同様、この相手から逃げることの難しさも理解したようだった。

「そういう面会が伯爵の負担にならないといいのですが、アンナ・ミハイロヴナ」公爵は言った。「晩まで待ちましょう、医者も晩が山だろうと予測していましたから」

「だからって、公爵、今この瞬間をただ待って過ごすわけにはいきませんわ。何しろ、あの方の魂の救済にかかわることですもの……。ああ、恐ろしいことですわ、これはキリスト教徒の義務ですから……」

奥の部屋に通じるドアが開き、公爵令嬢、すなわち伯爵の姪の一人が姿を現した。無愛想な冷たい顔つきで、短い脚に驚くほど不釣り合いな、長い胴をしている。

ワシーリー公爵は令嬢を振り向いた。

「どうです、お加減は？」

「お変わりありません。でもいずれにしてもこんなに騒がしくては……」令嬢は見知らぬ女を見るような眼でドルベツコイ公爵夫人をじろじろと見た。

「ああ、あなたですね、お見それしました」うれしそうな笑みを浮かべてそう言うと、夫人は軽やかな足取りで泳ぐように伯爵の姪に近寄って行った。「せめて伯父さまのお世話のお手伝いでもと思ってお訪ねしましたのよ。きっと皆さま大変ご苦労されているかと思いましてね」夫人はいかにも親身そうに目を見開いて付け加えた。

公爵令嬢は何も答えず、笑顔さえ見せずに、たちまち姿を消した。夫人は手袋を外すと、戦い取った陣地を守るかのように安楽椅子にどっかりと腰を下ろし、近くに掛けるようワシーリー公爵を招いた。

「ボリス！」彼女は笑顔で息子に言った。「私は伯爵さまの、伯父さまのところに伺いますから、あなたはとりあえずピエールさんのところに行っていなさい。それから、あの方にロストフ家からのご招待を伝えるのを忘れないでね。あの方たち、ピエールさんを晩餐会に招待しているのですよ。でも、出かけている場合じゃないでしょう

33　臨終に際して三種類の機密（カトリックで言う秘跡）を受けること。具体的には第1部第1編18章で言及される。

ね?」夫人は公爵に問いかけた。

「とんでもない」公爵は不快感もあらわに言った。「おかげであの青年を厄介払いできるなら、実にありがたいことですよ……。ずっと部屋にこもっているばかりですから。伯爵はあの青年のことを一度もお訊ねにならないし」

公爵は肩をすくめた。召使はボリスを先導していったん階段を下り、また別の階段を上ってピエールの部屋へと案内した。

13章

ピエールは実際、ペテルブルグで職を選ぶ間もないままに、狼藉の咎《とが》でモスクワに追放されたのだった。ロストフ伯爵の屋敷で語られていた事件の噂は正しかった。ピエールは警察署長を熊に縛り付けるのに一枚嚙んでいたのだ。彼は数日前に戻ってくると、いつも通り父親の家に居を定めた。自分の事件がすでにモスクワでも知られており、またいつも自分に対して好意的でない父親の周囲の女性たちが、父の機嫌を損ねるためにこの機を利用するだろうということは予測していたが、それでも彼は到着の日に父の住む母屋へ出かけてみた。普段から例の公爵令嬢たちがたむろしている客間に入ると、彼は刺繡台と本を前にして座っている令嬢たちにあいさつした。一人がほかの者たちに本を朗読してやっているのだった。女性の数は全部で三名。一番年上の、潔癖で厳格な胴長の娘は、ドルベツコイ公爵夫人が訪ねたとき出てきたあの令嬢だったが、彼女が本を読んでいた。若い方の二人はともに赤い頰をしたかわいらしい娘で、互いの違いといえば、一方だけ唇の上にとてもチャーミングな黒子《ほくろ》があることぐらいだったが、彼女たちはともに刺繡をしていた。ピエールは、死人かそれともペスト患者を見るような眼で迎えられた。年上の令嬢は朗読を中断し、黙ったまま驚愕の目で彼を見つめた。二番目の、黒子のない令嬢も、そっくり同じ表情になった。一番年下の、黒子のある令嬢は、朗らかな笑い上戸の性格らしく、刺繡台にかがみこむようにして笑いを隠している。おそらくこの後に始まるシーンの滑稽さを予測して、今から笑いが込み上げているのだ。彼女はウールの刺繡糸を下に引っ張るようにして上体を傾け、模様を調べるようなふりをしながら、やっとのことで吹き出すのをこらえていた。

「こんにちは」ピエールはあいさつした。「僕が誰か、お分かりではありませんか？」

「分かりますとも、分かりすぎるくらい」

「伯爵のご容態はいかがです？　お目にかかれますかね？」ピエールはいつものよ

うにぎこちなく、しかし気おくれもせずに訊ねた。

「伯爵はただでさえ肉体的にも精神的にも苦しんでいらっしゃいますのに、どうやらあなたは、その伯爵さまの精神的な苦しみを増やすことばかり考えていらしたようですね」

「伯爵にお目にかかれますかね?」ピエールは重ねて訊ねた。

「ふん!……もしも伯爵さまを殺したいなら、すっかり息の根を止めようとおっしゃるなら、お会いになっても構いません。オリガ、伯父さまのブイヨンができたか見て来てね、そろそろ時間だから」彼女はついでに用事を言いつけた。そうすることでピエールに、自分たちは忙しい、それも彼の父親の安らぎのために忙しくしているのに、彼の方は明らかに父親を心配させることにばかりかまけているのだということを思い知らせようとしたのである。

オリガが出て行った。ピエールはしばらくたたずんで令嬢たちの顔を見ていたが、やがて一礼をして言った。

「では、僕は部屋に戻ります。面会できるようになったら、教えてください」

部屋を出ると、黒子の令嬢がよく通る声を押し殺すようにして笑うのが、背後から聞こえてきた。

その翌日、ワシーリー公爵が到着して、伯爵のいる母屋に居をしめた。公爵はピエールを呼びつけてこう言いわたした。

「君、もし君がここでもペテルブルグでと同じような振る舞いをするなら、きっとろくな目に遭わないよ。私から君に言っておくことはそれだけだ。伯爵の病気はとてもとても重篤《じゅうとく》だ。君は決して顔を出してはいけない」

それ以来ピエールはほったらかしにされて、一日中階上の自分の部屋で過ごすことになったのである。

ボリスが彼の部屋に入っていったとき、ピエールは部屋の中を歩き回っているところだった。歩き回りながら時折部屋の隅で立ち止まり、壁に向かって威嚇するようなしぐさをしては、目に見えぬ敵を剣で突き刺す真似をして、眼鏡の縁越しに厳しくにらみつける。そうしてまたぐるぐる歩きを始めるのだが、歩きながらも何か曖昧《あいまい》な言葉をつぶやいたり、肩をすぼめたり手を広げたりしていた。

「イギリスはおしまいだ」顔を顰《しか》め、何者かを指さしながら、彼はつぶやいた。「ピット[34]は国民及び民権を裏切った咎で裁かれる、その判決は……」彼はこのときナポレオンになったつもりで、自分の英雄とともにすでに危険なカレー海峡〔ドーバー海峡〕の横断も終え、ロンドンも占領して、いよいよかのピットに宣告を下すところだったが、宣告を最後まで言い切る暇はなかった。ちょうどその時、若くてスタイルのいい美男の将校が部屋に入ってくるのが見えたからである。ピエールは足を止めた。ピエールは十四歳の少年の時のボリスを見たのが最後だったので、まったく覚えていなかった。[35] しかしそれにもかかわらず、せっかちで愛想のよい本性を発揮して相手の手を取ると、親しげに微笑んだ。

「僕を覚えていらっしゃいますか？」ボリスは落ち着いた、気持ちのいい笑みを浮かべて訊ねた。「母と一緒に伯爵のお見舞いに伺ったのですが、どうやらお加減がよろしくないようですね」

「ええ、どうもよくないようです。安静を乱されてばかりで」答える間もピエールは、この青年が誰だったか思い出そうとしていた。

ボリスもピエールに自分の見分けがついていないのを察したが、あえて自己紹介するまでもないと思い、少しも悪びれることなくまっすぐに相手の目を見つめた。

「ロストフ伯爵が、あなたに本日の晩餐会にお越しいただきたいとのことです」かなり長い、ピエールにとって気まずい沈黙の後、彼はそう言った。

「ああ、ロストフ伯爵か！」ピエールは声を弾ませた。「というと、あなたは息子さんのイリヤ君ですね。いや正直な話、はじめあなたのことが分かりませんでしたよ。

覚えていますか、よく一緒に雀が丘へ馬車で出かけたじゃありませんか、あのマダム・ジャコーを乗っけて……もう昔のことですが」

「思い違いをしていらっしゃいますね」ボリスは慌てもせず、不敵な、幾分嘲りを含んだ笑みを浮かべて指摘した。「僕はボリス、ドルベツコイ公爵夫人アンナ・ミハイロヴナの息子です。ロストフさんのところはお父さまがイリヤさんで息子さんがニコライ君です。僕はマダム・ジャコーという方はまったく心当たりがありません」

ピエールはまるで蚊かミツバチの大群にでも襲われたかのように、両手と首を振りまわした。

「あーあ、なんてことだ！　すっかり勘違いしていました。モスクワには親戚がうじゃうじゃいるからなあ！　あなたはボリス君ですね……よし。これで一件落着と。ところで、あなたはブーローニュ遠征をどう思いますか？　だって、もしもナポレオ

34　ウイリアム・ピット（通称小ピット）（一七五九～一八〇六）、一七八三～一八〇一年、一八〇四～〇六年の長期にわたって英国首相を務め、対革命フランスおよび対ナポレオン政策をリードした。

35　5章には、ピエールは十歳の時から十年外国にいたとあるので、ボリスとの年齢関係が逆転しているように見えるが、こうした不整合や矛盾点については、最終巻でまとめて解説する。

ンが海峡を渡りでもしたら、きっとイギリス国民はひどい目に遭うでしょう？　僕は十分あり得ることだと思いますよ。ヴィルヌーヴがうまくやりさえすれば！」[36]

ボリスはブーローニュ遠征について何も知らなかった。新聞も読んでいなかったので、ヴィルヌーヴの名も初めて聞いたのだった。

「モスクワの人間は政治よりも晩餐会とゴシップの方にかまけていますからね」持前の落ち着いた、冷笑的な口調でボリスは言った。「僕はその件については何も知りませんし、何の考えも持っていません。モスクワ人の関心は何よりもゴシップなんですよ」彼は続けた。「目下の噂のタネは、あなたのことと伯爵のことですよ」

ピエールは例の人のよさそうな笑みを浮かべた。まるで話し相手を気遣い、相手が後で後悔するようなことを言わなければよいがと、気をもんでいるかのようだった。だがボリスは、ピエールの目を正面から見据えたまま、報告でもするような明快な口調でドライに語り続ける。

「モスクワ人はゴシップよりほかに仕事がないのです。みんなが、伯爵は誰に財産を残すのかという問題にかかりきりですよ。とはいえ、もしかしたら伯爵の方が私たちの誰よりも長生きするかもしれないし、僕は心からそうなることを願っていますがね……」

「そう、その件は実に難しくてね」ピエールは話を引き取った。「まったく難しい問題ですよ」ピエールは相変わらず、この将校がうっかり本人にとって気まずい話題にはまり込んでしまわなければよいがと、ハラハラしていた。

「きっとあなたの立場から見れば」ボリスは心持ち顔を赤らめて、しかし声も姿勢も変えることなく続けた。「きっとあなたから見れば、誰もが何とかして金持ちの遺産の分け前にあずかろうと、そればかり考えているように見えることでしょう」

『やっぱりそう来たか』とピエールは内心で思った。

「そこで、誤解を避けるためにひとこと断っておきたいのですが、もしもあなたが僕や僕の母親までそうした人間の仲間だと思われるなら、大きな間違いですよ。確かに僕たちはひどく貧乏ですが、しかし、少なくとも自分についてははっきり申しあげておきます——まさにあなたのお父上が金満家でいらっしゃるゆえに、僕は自分をお父上の親戚とはみなしませんし、僕にせよ母にせよ、お父上に決して何ひとつおねだ

36　一八〇五年夏、ナポレオンはドーバー海峡に臨むブーローニュに十八万のフランス軍を集め、さらにピエール・ヴィルヌーヴ提督率いるフランス・スペイン連合艦隊を合流させてイギリスへ侵入することをもくろんだが、十月、ヴィルヌーヴの艦隊がネルソン提督によって捕捉されたため、この作戦は失敗、戦線は東方に移っていった。

りもしなければ、いただくつもりもありません」

ピエールは何を言われたか分からぬまま、しばらくぽかんとしていたが、いったん腑に落ちると、さっとソファーから立ち上がり、持前のせっかちで不器用な仕草で下から掬《すく》うようにボリスの片手を握り、ボリスよりもはるかに真っ赤になりながら、恥ずかしさと腹立ちの混じったような気持で語りだした。

「いや、そういう風におっしゃられると。僕はただ……それに誰がそんな風に思いますか……。僕にはよく分かっています……」

しかしボリスがまた彼を遮った。

「すっかり申し上げて、僕は満足しています。もしかしたらあなたにはご不快だったかもしれませんが、どうか許してください」彼はピエールに慰められる代わりに、自分が相手を慰めていた。「どうか侮辱とお取りにならないでください。僕は何でもストレートに話すことにしているものですから……。それで、さっきの件、どうお伝えしましょう？　ロストフ家の晩餐会にお見えになりますか？」

ボリス自身、どうやら大きな肩の荷を下ろしたうえに、自分は気まずい立場から逃れて相手をその立場に追いやったということで、また元の、すこぶる感じのいい青年に戻っていた。

「いや、待ってください」ピエールが平常心を取り戻しながら言った。「あなたは素晴らしい人ですね。今あなたが言ったことは、実に立派です、実に立派ですよ。もちろん僕のことはご存じないでしょう。こうして会うのはずいぶん久しぶりですからね……あの頃はまだお互い子供で……。だからあなたにしてみれば当然僕が……。いや、あなたが言ったことは分かります、よく分かります。僕にはとても言えないことですよ、意志力が足りませんから。しかし立派なお言葉です。あなたと再会できて、とてもよかった。でも不思議だなあ」彼はしばしの間をおいてから笑顔で言い添えた。「あなたが僕をそんなふうに思うなんて！」彼は笑い出した。「まあ、仕方がないか。これからもっとよく知り合いましょう。よろしく」彼はボリスに手を差し出した。「ご存知ですか、僕は一度も伯爵を見舞っていないのですよ。伯爵が僕を呼ばないものので……。僕は伯爵を一個の人間として気の毒に思います……。でもどうしようもないですね」

「ところであなたは、ナポレオンが海の向こうに軍隊を送り込むのに成功すると思っていらっしゃるのですか？」ボリスは笑顔で訊ねた。

ピエールは相手が話題を変えたがっているのに気づき、それを受けて、ブーローニュ作戦の功罪両面を論じだした。

召使がやってきて、ボリスに母親のところへ戻るよう告げた。公爵夫人は帰宅の途に就くところだった。ピエールはボリスともっと親密になるためにも晩餐会に伺うと約束し、眼鏡の目で優しく相手を見つめながら固く握手した……。ボリスが去ってしまってからも、ピエールは長いこと部屋を歩き回っていたが、もはや目に見えぬ敵を剣で突き刺す真似はせず、愛らしく、賢く、意志の強い青年のことを思い出しては笑みを浮かべるのであった。

青年期の初め、とりわけ孤独に暮らしている場合にありがちなことだが、彼は相手の若者に対して特に理由もなく優しい気持を覚え、必ず友人になろうと自らに誓った。

ワシーリー公爵はドルベツコイ公爵夫人を見送りに出てきた。夫人はハンカチを目に当てたままで、顔はあふれる涙に濡れている。

「おいたわしい、おいたわしいことですわ！」彼女はそう繰り返していた。「でもどんなにつらくても、私は自分の務めを果たしますわ。今夜戻ってきて夜詰めをします。あの方をこのまま放ってはおけませんから。一分一分が大切なのです。あのお嬢さまたちがどうしてあんなにのんびりしているのか、私には理解できませんわ。おそらく神さまのお力添えで、あの方の御覚悟を準備するための手段が見つかるでしょう……。ではお暇《いとま》しますわ、公爵、あなたにも神さまのお力添えがありますように……」

「では失礼いたします、奥さま」ワシーリー公爵は客に背を向けながら応じた。

「ああ、伯爵さまはひどくご容態が悪いのよ」再び馬車に乗り込むと、母は息子に言った。「ほとんど誰の見分けもつかないの」

「お母さん、僕には分からないんだけど、伯爵はピエールさんのことをどう思っているの？」息子が訊ねた。

「遺言状がすべてを明らかにするわ。私たちの運命もそれで決まるのよ」

「でも、どうしてお母さんは、伯爵がわれわれに何か残してくれるなんて思うの」

「だってお前、あの方はあんなにもお金持ちで、私たちはこんなにも貧乏じゃない！」

「でも、それだけでは十分な理由にはならないでしょう、お母さん」

「ああ、おかわいそうに、おかわいそうに！　あんなにもお悪いなんて！」母は声を高めた。

14章

ドルベツコイ公爵夫人が息子を連れてベズーホフ伯爵の見舞いに出かけた時、残されたロストフ伯爵夫人は、ハンカチを目に当てたまま長いこと独りで座っていた。その果てに彼女は呼び鈴を鳴らした。

「どうなさったの、あなた」何分も待たせたあげくに現れた女中に向かって、夫人は腹立たしそうに言った。「お仕事をしたくないってことかしら。それならあなたに別の口を見つけましょうね」

　伯爵夫人は友達の窮状と屈辱的なまでの貧窮ぶりに心を痛めていて、機嫌が悪かった。そういうときの夫人はいつも、あえて女中を「あなた」と呼んで馬鹿丁寧な言葉遣いをするのである。

「申し訳ございません」女中は詫びを言った。

「伯爵をここへお呼びして」

　伯爵は泳ぐような身ぶりで、いつものように幾分申し訳なさそうな顔をしながら妻のもとにやって来た。

「いやいや！　ヤマドリのマデラ産ワイン漬け《ソテー・オ・マデール》は絶品だよ！　試してみたが、あのタラースのやつに千ルーブリ払ったのは正解だな。その値打ちはあるよ！」

　妻の脇に腰を下すと、威勢よく両肘を膝に突いたまま、白髪頭を両手で掻き乱す。

「何か御所望かな、奥さま？」

「ええ、実は、あなた……あら、これは何の染みなの？」彼女は夫のベストを指さして言った。「ソテーね、きっと」笑いながら言い添える。「実はね、あなた、私お金が要るの」

彼女の顔は悲しい表情になった。

「何だ、そうだったのか！」伯爵はあたふたと財布を取り出しにかかった。

「まとまったお金がいるのよ、あなた、五百ルーブリ必要なの」そう言うと彼女はバチスト織りのハンカチを取り出して夫のベストを拭うのだった。

「すぐに、すぐに用意するよ。おい、誰かいるか？」伯爵は呼ばわったが、その声は、呼びかけられた者がまっしぐらに駆けつけてくることを信じて疑わない者のみが発するような声だった。「ミーチェンカをここへ呼べ！」

ミーチェンカというのは伯爵に養育された貴族の子息で、今では伯爵の仕事を一手に管理している例のドミートリー・ワシーリエヴィチのことだったが、そのミーチェンカが静かな足取りで部屋に入ってきた。

「やあ、一つ用事を頼む」恭しい態度で入ってきた青年に向かって伯爵は言った。「ここへ持って来てくれ、そうだなあ……」と考え込んで、「そう、七百ルーブリだな。ただし気をつけろ、この間のように破れたり汚れたりしている古札じゃなくて、きれいな札をそろえて来い。奥さま用だからな」

「そうなの、ミーチェンカ、お願いだからきれいなお札にしてね」伯爵夫人が悲しげなため息をつきながら言った。

「閣下、いつお届けすればよろしいですか？」ミーチェンカは訊ねた。「じつはその……。いや、どうかご心配なく」一瞬ためらっただけでもう伯爵の呼吸が重くせわしいものに変わったのに気づいて、彼は言い添えた。それはいつも怒り出す兆候だったからだ。「私の思い違いでした……。今すぐお届けすればよろしいですね？」

「そうそう、耳をそろえて持ってくるんだ。奥さまに渡すんだぞ」

「まったくあのミーチェンカはわが家の宝物だな」青年が出て行くと、伯爵は笑顔になって付け加えた。「何をさせてもできないということがない。そもそも私は、できませんなどということには我慢がならないからね。なんだってやればできるのだから」

「ああ、お金、お金、ねえあなた、世の中どれほどお金が元の苦労に満ちていることでしょう！」伯爵夫人は言った。「でもこのお金、私にはとっても必要なの」

「奥方や、お前さんは名だたる浪費家だからね」そう言って妻の手に口づけすると、伯爵は再び書斎に戻っていった。

ベズーホフ家を訪れたドルベツコイ公爵夫人がもう一度戻ってきた時には、伯爵夫人の手元にはすでに新札ばかりのお金が用意されて、ハンカチをかぶってテーブルの上に横たわっており、戻ってきた公爵夫人は伯爵夫人が何かそわそわと落ち着きがないのを感じ取った。

「それでどうだったの？」伯爵夫人は訊ねた。

「ああ、何と痛ましいことでしょう！　すっかり変わり果てて、それはそれはお悪いのよ。私はちょっとだけ面会したけれど、ほとんどひとこともお話しできなかったわ……」

「アンナさん、お願いだからこれは断らないで」だしぬけにそう言うと、夫人は顔を赤らめながらハンカチの下から金を取り出した。もはや若くない、痩せて厳めしい顔に朱が走るのは、実に奇妙な光景だった。

とっさに事情を察したドルベツコイ公爵夫人は、早くも前かがみになって、しかるべき瞬間にうまく伯爵夫人を抱きしめられる体勢を取った。

「これ、私からボリスに、軍服の仕立て代として……」

ドルベツコイ公爵夫人は早くも相手を抱きしめて涙を流していた。伯爵夫人も同じく泣いていた。二人が泣いているのは、二人が仲良しだからであり、二人が善良だからであり、若いころからの親友である二人が金などという卑しいもののために苦労しているからであり、そして二人の青春がもはや過ぎ去ってしまったからであった……。だが二人の涙はともに心地よい涙だった。

15章

ロストフ伯爵夫人と娘たちは、すでにかなりの数になった客たちと共に客間に座っていた。夫の伯爵は男性客を書斎に案内して、趣味で集めたトルコパイプで喫煙を勧めていた。そして時々客間に顔を出しては、まだお着きでないかと訊ねている。待たれているのはマリヤ・ドミートリエヴナ・アフローシモフ、通称を雷竜《テリブル・ドラゴン》というよく知られた女性で、高名な理由は金持ちだからでも位が高いからでもなく、まっすぐなものの見方と、あけっぴろげで率直な言動からだった。彼女のことは皇帝一家もご存じなら、モスクワでもペテルブルグでもあまねく知られており、いずれの都市の住人も、彼女の振る舞いに度肝を抜かれては、かげでそのがさつさを笑い、小話《アネクドート》のタネにしていたが、にもかかわらず皆例外なく彼女を敬いかつ恐れていたのだった。紫煙がもうもうと立ち込めた書斎では、詔勅《しょうちょく》によって布告された戦争と徴兵の話に花が咲いていた。詔勅はまだ誰も読んだ者はいなかったが、それが発せられたことは皆が知っていた。伯爵は、パイプをふかしながら話し合っている二人の客の間で、オットマンチェアーに腰かけていた。自分はタバコも吸わず口もきかず、ただある時は一方の側に、またある時は他方の側に首を傾けては、いかにも満足そうに喫煙者たちを眺め、自分でけしかけた両隣の者たちの議論に聞き入っていた。

話し合っているうちの一人は文官の、皺だらけで気難しそうな、髭をきれいに剃った痩せ顔の男で、すでに老齢に近づいていたが、そのくせ最新流行の若者風の格好をしていた。内輪の人間らしくオットマンチェアーの上に両足を載せ、琥珀パイプを深々と横ぐわえして、勢いよく煙を吸い込んでは、目を細めている。これはシンシンという姓の高齢の独身者で、伯爵夫人の従兄にあたり、モスクワのサロンでは毒舌家で通っていた。このときの彼は、話し相手のレベルまで程度を落としていますといった顔をしていた。別の一人ははつらつとした紅顔の近衛将校で、顔は非の打ちどころもなく磨き上げられ、軍服は襟元までボタンがかかり、髪はしっかりと整えられている。こちらは琥珀《こはく》パイプを口の中央にくわえて、ピンク色の唇で軽く煙を吸い込んでは、美しい口からいくつもの小さな輪にして吐き出していた。これがセミョーノフ連隊の将校、ベルグ中尉で、ボリスはこの人物に伴われて連隊に合流する予定だったし、またナターシャが姉のヴェーラをからかって、ヴェーラの婚約者呼ばわりをしたのも、このベルグのことだった。伯爵はこの両者の間に座を占めて、注意深く耳を傾けていた。大好きなカードゲームのボストンを別にすれば、伯爵にとっての一番の楽しみが、こうして話の聞き役に回ることで、とりわけ弁の立つ者同士をうまくけしかけることができた場合は、また格別だった。

「へえ、じゃあ、つまりあんたは、いと尊敬すべきアリフォンス・カルルィチさん」薄笑いを浮かべながら語るシンシンの言葉は、ごく素朴な民衆のロシア語表現に、洗練されたフランス語のフレーズを合体させたものだった（それこそが彼の口調の特徴をなしていた）。「国庫からの収入を見込んでおきながら、中隊からも給料をもらおうっていうんだね？」

「違いますよ、ピョートル・ニコラエヴィチ、僕はただ騎兵隊にいるのは歩兵隊にいるよりもはるかに損だということを証明したいだけです。例えば僕のケースで考えてみてください」

ベルグの口の利き方は常にきわめて正確で、落ち着いていて、丁寧だった。話題はいつも自分のことばかりだった。人が自分に直接かかわりのない話をしている間は、彼はいつも平然と沈黙していた。そうして何時間でも黙り通していながら、自分も気まずさを感じないし、人にもそれを感じさせないでいることができるのだった。ただし話が自分に関係するや否や、口を開いていくらでも喋り、しかも見るからにうれしそうなのである。

「僕のケースを考えてみてください。もしも騎兵隊にいたら、僕は三半期でせいぜい二百ルーブリしかもらえません。中尉の位にあってもです。ところが今の僕は、二百三十ルーブリもらっているのですよ」シンシンと伯爵の顔をまじまじと見ながら、ベルグはいかにもうれしそうな気持のよい笑顔で言った。まるで、自分の成功こそ常に他のすべての人々がもっとも願ってやまないことだというのが、彼には自明であると言わんばかりだった。

「そのうえに、ピョートル・ニコラエヴィチ、近衛隊に移ったおかげで僕は上からも注目されやすくなりましたし」ベルグは続けた。「それに上のポストが空く率も近衛の歩兵隊の方がずっと高いのですよ。それから、ひとつお考え下さい、僕がいかにこの二百三十ルーブリを使って生計を立てることができたかを。僕は貯金もして、おまけに父に仕送りまでしているのですよ」小さな煙の輪を吐き出しながら彼は続けた。

「たいしたものですな……。ドイツ人は斧の峰で籾取りができる[37]、と諺にも言いますが」琥珀パイプを口の反対側に移しながら、シンシンはこう言って伯爵にウインクしてみせた。

伯爵はゲラゲラ笑った。ほかの客たちもシンシンが話をしているのに気づくと、近寄ってきて聞き耳を立てた。ベルグは周囲の嘲笑にも無関心にも気づくことなく、さらに語り続けた——近衛隊に転属できたことで自分はすでに陸軍幼年学校の同期生たちを階級で上回っている。戦争になれば中隊長が戦死することもあるので、中隊の古参になっておけば、ひょいと中隊長を仰せつかることだってありうる。自分は連隊で皆に愛され、父親も自分に満足してくれている——こうした一部始終を語るベルグは、見るからに楽しそうだったし、どうやら、他の者たちにもまたそれぞれの関心事があるのだということなど、思ってさえみないようだった。しかし彼の語ることはすべて実にほほえましく、ひたむきで、その青年らしいエゴイズムの無邪気さはあまりにも明白だったので、聞き手たちはみな毒気を抜かれてしまったのである。

「なに、あんた、あんたなら歩兵隊だろうが騎兵隊だろうが、どこへ行っても出世するよ。この私が今から予言しておこう」相手の肩をポンとはたき、両足をオットマンチェアーから降ろしながら、シンシンは言った。

ベルグはうれしそうににっこりした。伯爵が、続いて客たちも、書斎を出て客間に移った。

晩餐会の始まる間際で、集まった客たちは、今にも前菜のテーブルに呼ばれると思ってすでに長い会話を始めたりはしないが、同時に自分たちが食事のテーブルに着きたくてうずうずしているなどという気配を毛ほども見せないために、何か体を動かして黙り込まないようにしている必要があると考える時間帯だった。主人夫妻はちらちらとドアの方に目をやり、また時折互いに目を見交わしている。客たちはその主人たちの眼付きから、誰を、あるいは何をさらに待っているのか、重要な親戚の到着が遅れているのか、それともまだできていない料理があるのかを見極めようと努めていた。

ピエールは晩餐会の始まる間際にやってきて、客間の真ん中の最初に目についた椅子にぶきっちょに座り込んでしまったものだから、みんなの邪魔になっていた。伯爵夫人は彼に何か喋らせようとしたが、相手は誰かを探してでもいるかのように眼鏡の目で無邪気に周囲を見回すばかりで、何を訊かれても「はい」か「いいえ」の返事し

37 計算高い、抜け目がないという意味。より一般的には「斧の峰でライ麦を籾取りしても、一粒もこぼさない」などと言う。

かしなかった。周囲にとっては気詰まりな存在だったが、本人だけがそれに気づいていなかった。例の熊のエピソードを知っている多くの客は、この大柄で太った、おとなしい人物を興味深そうに眺めながら、一体どうしてこんなにぐずで控えめな青年が警察署長相手にあんな一幕を演じることができたのかと、小首をかしげていた。

「あなた、最近帰っていらしたの?」伯爵夫人が彼に質問した。

「はい、奥さま」ピエールはあたりを見回しながら答える。

「うちの主人にはもうお会いになった?」

「いいえ、奥さま」彼はにっこり笑ったが、これは大変間が悪かった。

「あなた最近までパリにいらしたようね。きっと、とても楽しかったでしょうね?」

「はい、とても」

伯爵夫人はドルベツコイ公爵夫人に目配せした。公爵夫人はこの青年のお相手を頼まれたと悟って、彼の近くに席を移り、父親の伯爵の話を始めたが、相手は伯爵夫人の時と同じ伝で、「はい」か「いいえ」でしか返事をしない。他の客たちは皆お互いの話に夢中だった。

「ラズモフスキー家の皆さんは……」「あれはとてもよかったわ……」「どうもご親切に……」「アプラクシン伯爵の奥さまが……」あちこちからそんな会話が聞こえて

くる。伯爵夫人は立ち上がって広間に向かった。

「アフローシモフ夫人《さま》はまだ？」夫人の声が広間から聞こえてきた。

「ここにいるわよ」女性のがらがら声が答えたかと思うと、すぐその後でアフローシモフ夫人が客間に入ってきた。

令嬢たちが揃って立ち上がり、貴婦人たちも、最年長の者たちを除いて皆立ち上がった。アフローシモフ夫人は戸口に立ち止まったまま、丸々と太った体をピンと伸ばして、銀髪の巻き毛に縁どられた五十歳の頭部を高々と上げ、その高みから客たちの顔をじろじろと見まわし、腕まくりするようなしぐさで、ゆうゆうとドレスの広い袖口を整えた。夫人が話す言葉はいつもロシア語だった。

「愛する命名日の主とかわいいお子さまたち、おめでとう」ほかのすべての音をかき消してしまうような、持前の大きな、野太い声で彼女は言った。「何よあなたは、齢をとっても不良のままね」自分の手に口づけしてきた伯爵に向かって彼女は言った。「きっとモスクワ暮らしは退屈なんでしょう？　犬を放って猟をする場所もないしね。でもあなた、仕方ないじゃない、こうしておチビさんたちも大きくなってきたし……」彼女は娘たちを手で示した。「否《いや》でも応《おう》でも結婚相手を見つけなくちゃならないのよ」

怖気づきもせずうれしそうに彼女の手に口づけしようと近寄ってきたナターシャを撫でてやりながら、彼女は言った。「さて、ご機嫌はいかがかな、コサックさん？」(アフローシモフ夫人がこう呼ぶのはナターシャのことだった)。「とんでもないおてんば娘だってことは分かっているけれど、あんたが好きだわ」

夫人は巨大なハンドバッグから一対の洋ナシの形をしたルビーのイヤリングを取り出すと、命名日らしく晴れやかな顔を紅潮させたナターシャにそれを与え、そのままくるりと向き直ってピエールに話しかけた。

「おやおや！　おまえさんかい！　こちらにいらっしゃい」夫人はいかにもわざとらしい静かな細い声で言った。「こっちにいらっしゃいよ……」

そう言うと彼女は厳めしい顔で、さらに高くまで腕まくりをしたのだった。

ピエールは眼鏡の目で無邪気に彼女を見つめながら近寄ってきた。

「さあさ、もっと、もっと近くにいらっしゃい！　いいかい、その昔あんたの父親が寵臣として羽振りをきかしていた頃にもね、私一人だけが本当のことを言ってあげたんだ。あんたにもそうしておやりと、神さまが命じているよ」

彼女はしばし間を置いた。皆は黙ったまま、この先の展開を待ち望んでいた。ここまでは前置きにすぎないと皆が感じていたのだ。

「いやはや、ご立派なもんさ！　大した息子だよ！……父親が臨終の床にいるっていうのに、息子は悪ふざけして、警察署長さんを熊の背中に乗っけちまうんだからね。みっともない、まったくみっともないったらありゃしない！　いっそ戦争にでも行ってくれた方がましだよ」

夫人はくるりと背を向けて、必死で笑いをこらえている伯爵に片手を差し出した。

「さてと、どうやらそろそろテーブルに着く時間じゃない？」夫人は宣言した。

先頭を進むのはそのアフローシモフ夫人と伯爵、続いて伯爵夫人が軽騎兵隊の大佐に導かれて進んだ。ちなみにこの大佐は、すでに出発している隊に息子のニコライを合流させてくれることになっている重要人物だった。ドルベツコイ公爵夫人はシンシンと一緒だった。ベルグはヴェーラの相手を申し出た。笑顔のジュリー・カラーギンはニコライとテーブルに進んだ。そのあとにはさらに別のペアたちが広間全体に長い列を作って続き、そして皆の後には子供たちや男女の家庭教師がばらばらになって進んでいった。給仕たちが動き出し、ガタガタと椅子を動かす音が響き、楽隊席で音楽が始まり、客たちがそれぞれの座を占めた。伯爵の家庭楽団の音楽は、ナイフとフォークの音に、客たちの談話の声に、給仕たちの抑えた足音に取って代わられた。テーブルの一方の端、上座に当たる席には、伯爵夫人が座っていた。右隣にアフローシモフ夫人、左隣にドルベツコイ公爵夫人とさらに他の女性客たちが座っている。反対の端には伯爵が座を占め、その左隣に例の軽騎兵隊の大佐、右隣にシンシンとさらに他の男性客たちが陣取っていた。長いテーブルの片側は若者の中での年長グループの席となり、ヴェーラとベルグ、ピエールとボリスが並んで座っている。反対側には子供たちと男女の家庭教師が座っていた。伯爵はクリスタルグラスや酒瓶やフルーツを盛ったボウル越しに、妻とその水色のリボンがついた背の高い室内帽をちらちらとうかがっては、一方でこまめに周囲の者たちに酒を注いでいたが、その際、自分に注ぐのも忘れなかった。伯爵夫人も同じく女主人のつとめを忘れることなく、パイナップルのかげから夫の動向にしっかりと目を配っていた。彼女には夫の禿げた頭と顔が、酒で赤らんでいる分だけ余計に、白髪からくっきりと際立っている気がするのだった。女性陣が占める一角ではずっと同じ調子でお喋りが進んでいたが、男性陣の方では時とともにますます会話が声高になっていった。とりわけ大声を上げているのが軽騎兵隊の大佐で、実にたくさん食らいかつ飲み、どんどん真っ赤になっていくので、伯爵は早くも彼を手本として他の客たちに示したくらいだった。ベルグはヴェーラを相手に優しげな笑みを浮かべながら、愛とはこの世ならぬ天上の感情であるという話をしていた。ボリスは新しい友人のピエールに、テーブルに着いている客たちの名前を教えながら、正面に座っているナターシャと時々顔を見合わせていた。ピエールはあまり喋らず、初めて会う人たちの顔をしげしげ眺めながら、大量に食べていた。まずは二種類のスープ（彼はそのうちからウミガメのスープを選んだ）とクレビャーカ[38]から始めてヤマドリに至るまで、彼は一皿の料理も一杯のワインも見逃さなかった。ワインのほうは、家令がナプキンでくるんだ瓶を持って隣の客の肩越しに秘密めかして差し出し、「ドライマデーラです」とか「ハンガリーワインです」とか「ラインワインです」などと、玄妙に唱えながら注いでくれるのだった。そのたびに彼は、銘々の食卓の前に四脚ずつ置かれた伯爵のイニシャル入りのクリスタルグラスの中から手当たり次第に一つを選んで注いでもらい、いい気持で飲んでは、ますますご機嫌な顔つきで客たちの顔を眺め回すのだった。向かい側に座ったナターシャはじっとボリスを見つめていたが、それはいかにも十三歳の少女がはじめてキスをしたばかりの大好きな少年を見つめるようなまなざしだった。その同じまなざしが時折ピエールにも向けられるのだったが、彼もこの滑稽な、元気のいい少女に見つめられると、なぜか知らず

38　ロシアのピローグ（パイ）の一種で、肉、魚、卵、野菜などの具を層状に重ねて詰め、焼いたもの。長方形のものが多い。

笑顔を浮かべたくなるのだった。

ニコライはソーニャとは離れてジュリー・カラーギンのそばに座っていたが、またもや彼はさっきと同じく無意識に笑みを浮かべながら、ジュリーと何か語らっていた。ソーニャはお義理で微笑んではいたが、見るからに嫉妬に苦しんでおり、青くなったり赤くなったりしながら、全力でニコライとジュリーの会話の内容を聞き取ろうと努めていた。女の家庭教師は、もしも誰かが子供たちを侮辱したりしたらかばってやろうと意気込んでいるような顔で、落ち着きなくあたりを見回していた。ドイツ人の男性家庭教師の方は、本国の家族に書き送ってやるために、出てきた料理とデザートとワインを全種類覚え込んでやろうとはりきっていたので、ナプキンでくるんだ瓶を持った家令が自分のところを素通りするのを大いに悔しがっていた。彼はそのたびに顔を顰《しか》めたが、それは自分は別にワインがほしかったのではない、自分がワインを必要としているのは渇きを癒やしたいためでも口がいやしいからでもなく、私欲を離れた好奇心のためだということを誰も理解しないのが悔しいのだ、という事情を表現したかったのである。

16章

テーブルの男性側のコーナーではますます話が弾んできた。大佐は、宣戦布告の詔勅がすでにペテルブルグでは出ていて、その一通が本日急使によって総司令官に届けられ、それを自分はこの目で見たという話をした。

「それにしても、どうしてまたわが国は、ボナパルトと戦うなんて災難を背負い込んだんでしょうな？」シンシンが言った。「彼はすでにオーストリアの鼻っ柱を折ってみせました。今度はわが国の番にならないといいのですがな」

大佐はがっしりとした背の高い、熱血漢タイプのドイツ人で、見るからに忠勤の愛国者だった。彼はシンシンの言葉にムカッと来ていた。

「どうしてとおっさいますが」軟音を硬く発音する訛りで大佐は応じた。「どうしてかは皇帝陛下がご存知であるます。詔勅のお言葉にもあるように、陛下におかれてはロシアに降るかかろうとしている危険を等閑視することはできません。ひいては帝国の安全、帝国の威信、および連合軍の神聖さを」大佐はなぜか「連合軍」という言葉を特に強調したが、それはあたかも連合軍こそが一番の眼目と言いたいかのようだった。[39]

それから彼は持前の、正確無比な官庁風の記憶力で、詔勅の前文の一部を暗唱してみせた。「さらには余の唯一かつ必須の目標をなしているところの、ヨーロッパに確固たる基盤を持った平和を構築するという願いが、余をしてこのたび軍の一部を国境の外に派遣し、その目的達成のために新たなる努力を払うべく、決意させたものである」

「以上がどうしてかという理由であるます」彼は教え諭す口調で締めくくったが、この間もグラスのワインをちびちびと飲んでは、激励を乞うように伯爵の方を見やるのだった。

「こういう諺《ことわざ》をご存知ですか――エリョーマ、エリョーマ、家にいて、自分の紡《つ》錘《む》でも研いでいな」[40]シンシンが顔を皺だらけにして笑いながら言い放つ。「いや、驚くほど今の我々にピッタリじゃないですか。スヴォーロフ将軍でもいれば別かもしれませんが、あのスヴォーロフでさえぺちゃんこにされてしまいましたからな。[41]はたしていまわが国にスヴォーロフの代わりが見つかるでしょうか？――ひとつ伺いたいものですが」ロシア語とフランス語のあいだをめまぐるしく行き来しながら、彼は述べた。

「最後の血の一滴を流すまで戦い」大佐はテーブルをたたきながら答えた。「皇帝のために死ぬのがわれわれのつとめであるます。そうすれば万事うまくいきます。理屈をこねるのは、でーきるだーけ（「できるだけ」というところを彼は特に長く延ばして強調した）、でーきるだーけ控えるべきであるます」再び伯爵の方を見ながら彼は言い切った。「古参の軽騎兵の考えはこのとおり、以上であるます。で、君はどう思うかね、うら若い新参の軽騎兵君？」大佐はニコライに向かって問いかけた。ニコライは戦争の話題を耳にすると、話し相手の令嬢を捨て置いて、目を見張り、全身を耳にして大佐の話を追っていたのだった。

39　一八〇五年四月に結成されたイギリス、オーストリア、ロシア、ナポリ、スウェーデンの第三次対仏大同盟を指す。

40　他人の事に干渉するな、いらぬおせっかいは怪我のもとといった意味の諺。

41　アレクサンドル・ワシーリエヴィチ・スヴォーロフ（一七二九～一八〇〇）、エカテリーナ二世時代にロシア・トルコ戦争などで戦功を上げたロシア軍元帥で、軍事上の天才と評価が高い。一七九九年には第二次対仏大同盟軍のロシア軍最高司令官としてイタリア、スイスでナポレオン軍と果敢に戦い、有名なアルプス越えを敢行して危機をしのいだ。シンシンはこのスイス遠征を低く評価している。

「大佐殿のおっしゃる通りだと思います」ニコライは全身真っ赤になって答えたが、断固とした決死の形相で目の前の皿をいじったりグラスの位置を変えたりする様子は、まるでこの瞬間に彼自身が大きな危機に見舞われているかのようであった。「僕が確信するところ、ロシア人たるもの、死ぬか勝つかの二つに一つしかありません」彼はそう言い切ったが、すでに言葉を発してしまった後で、彼自身も他の者たちと同じく、自分の発言がこの場からするとあまりにも熱狂的で大げさな、したがって気恥ずかしいものだと感じたのだった。

「すてきだわ、今あなたがおっしゃったこと」隣席のジュリーがため息をついて言った。ソーニャはニコライが話しているうちに全身が震えてきて、はじめは耳まで、それから耳の裏まで、ついには首や肩まで真っ赤になった。ピエールは大佐の演説に耳を澄まして、もっともだと言わんばかりに頷いていた。

「いや素晴らしい」ピエールは言った。

「本物の軽騎兵だな、君は」大佐がまたテーブルをたたいて叫んだ。

「その辺で何を騒いでいるの？」不意にテーブルの反対の隅からアフローシモフ夫人の低音の声が聞こえてきた。「何でテーブルをたたくの」彼女は大佐に言った。「誰を相手に熱くなっているわけ？　きっと、目の前にフランス兵でもいるような気になっているんじゃないの？」

「小生は真実を述べているだけです」大佐が苦笑して答えた。

「戦争の話で持ちきりなんですよ」伯爵がテーブルのむこう端に向かって大声で言う。「というのも、アフローシモフ夫人、うちの倅《せがれ》が、倅が戦争に行くものですから」

「私は息子を四人、軍にやっているけれど、嘆いたりしないわよ。何事も神さまのおぼしめしで、ペチカの上に寝ていても死ぬ者は死ぬし、戦場にいても神さまのご加護で助かる者は助かるんだから」アフローシモフ夫人の太い声は、何も力を込めずとも、テーブルの端から響いて来る。

「その通りですな」

それから会話は、またそれぞれまとまりを回復し、女の話はテーブルの片側、男の話は別の側に分かれたのだった。

「ほら、訊けないじゃないか」ナターシャの小さな弟の声がした。「ほら、訊けっこないさ！」

「訊けるわよ」ナターシャが答える。

急に真っ赤に染まったナターシャの顔は、一か八かの、しかも愉快な決断を反映したものだった。彼女は立ち上がると、向かいの席のピエールに対して、聞いていてねと目で促してから、母親に向かって呼びかけた。

「お母さま！」子供の喉声がテーブルの端々にまで響き渡った。

「どうしたの？」伯爵夫人はびっくりして訊ねたが、娘の顔からこれがおふざけだと察すると、制止しようと厳しく手を振り、頭でも脅しつけるように拒絶の仕草をしてみせた。

皆の会話が止んだ。

「お母さま！　どんなデザートが出るの？」ナターシャの声は詰まることもなく、一層はっきりと響き渡った。

伯爵夫人は眉根を寄せて見せようとしたが、うまくいかなかった。アフローシモフ夫人が太い指で脅した。

「コサックが！」夫人は威嚇を込めて言い放つ。

客の多くはこの振る舞いをどう受け止めていいのか分からずに、年長者の顔を窺《うかが》っていた。

「お仕置きしますよ！」伯爵夫人が言った。

「お母さま、デザートは何？」ナターシャはもはや吹っ切れたように奔放な茶目っ気を発揮して問いかける。自分の振る舞いが好意的に受け止めてもらえると、あらかじめ確信しているようだった。

ソーニャとおでぶさんの末っ子ペーチャは両手で顔を隠して笑っている。

「ほら、訊いたでしょう」ナターシャは小さな弟とピエールに向けてささやき、ついでにもう一度ピエールの顔をちらりと見た。

「アイスクリームよ、ただしあなたはもらえない」アフローシモフ夫人が言う。

ナターシャはなにも恐れることはないとみて取ったので、夫人のことも恐れはしなかった。

「マリヤ・ドミートリエヴナ、どんなアイスクリーム？　私、バニラアイスは嫌いよ」

「ニンジンのアイスだよ」

「嘘よ、ねえどんなアイス？　マリヤ・ドミートリエヴナ、どんなの？」ナターシャはほとんど喚《わめ》いていた。「私、知りたいの！」

アフローシモフ夫人と伯爵夫人が笑い出すと、それに続いて客たちが全員笑い出した。アフローシモフ夫人の返答がおかしくて笑っているのではなく、夫人と見事にわたり合ってみせたこの小娘の計り知れぬ大胆さと手際にあきれて笑っているのだった。

結局パイナップルのアイスだと聞かされて、ナターシャはようやく引き下がった。

アイスクリームに先立ってシャンパンが出された。再び楽隊の演奏が始まり、伯爵と伯爵夫人が接吻を交わし、客たちが立ち上がって伯爵夫人にお祝いを述べ、テーブル越しに伯爵と、子供たちと、そして客同士でグラスを合わせて乾杯した。再び給仕たちがせわしく動き出し、椅子をずらす音がとどろき、先刻と同じ塩梅《あんばい》で、ただしさっきより赤い顔になって、客たちが客間へ、そして伯爵の書斎へと戻ったのだった。

17章

ボストンのカードテーブルがいくつか広げられ、ゲームのメンバーが組まれて、伯爵の客たちは二つの客間と休憩室と図書室にそれぞれ分かれて陣取った。

伯爵はカードを扇型に広げて持ち、いつも通りの食後の睡魔をかろうじてはねのけながら、何を見てもにやにや笑っていた。若者たちは伯爵夫人に煽られた形で、クラヴィコードとハープの周りに集まった。まずはジュリーが皆のリクエストによって変奏曲つきの小品をハープで弾き、それから他の令嬢たちと一緒になって、歌がうまいと評判のナターシャとニコライに、何か歌ってとリクエストした。ナターシャは大人の仲間のように扱われて大変誇らしげにしていたが、しかし同時に気後れも感じていた。

「何を歌う?」彼女は訊いた。

「〈泉〉だね」ニコライが答える。

「じゃあ、さっさと歌いましょう。ボリス、こちらに来て」ナターシャは呼んだ。「あら、ソーニャはどこ?」

　ぐるりと周囲を見回して親友が部屋にいないことに気づくと、彼女はソーニャを探しに駆けだしていった。

　まずはソーニャの部屋に駆け込んだが、もぬけの殻だったので、今度は子供部屋まで駆けていったが、そこにもソーニャはいなかった。きっと廊下の長持の上にいる――そうナターシャは悟った。廊下に置かれた長持は、ロストフ家の若い世代の女性が悲しむための場所だったのだ。そして案の定、ソーニャは薄物のピンクのドレスがしわくちゃになるのもかまわず、長持の上に置かれたばあやの汚い縞柄の羽布団に突っ伏して、細い指で顔を隠し、むき出しのうすい肩をぶるぶる震わせながら、身も世もなく泣いていた。朝からずっと聖名日の晴れがましさに輝いていたナターシャの顔が、がらりと様変わりして、目は一点に釘付けになり、広い首すじがびくりと震えたかと思うと、口がへの字に曲がってしまった。

「ソーニャ、あなたどうしたの？……何が、何があったのよ？　うう、うう！……」

こうしてナターシャもまた、大きな口を開けてひどく醜い顔になると、わーっと泣き出した。まるで赤ん坊のように自分でわけも分からぬまま、ただソーニャが泣いているからと言う理由で泣き出したのである。ソーニャは頭を上げてナターシャの問いに答えようとしたが、それができぬまま、さらに顔を隠した。ナターシャは青い羽布団の端に腰を下ろし、友をかき抱きながら泣いていた。やがてソーニャは力を振り絞って身を起こすと、涙を拭いながらわけを語り出した。

「ニコライがあと一週間で出征するの……令状がね……下りたのよ……自分から私に教えてくれた……。そう、私ぜんぜん泣くつもりなんかなかった（彼女は手に持っていた紙切れを見せたが、それはニコライの書いた詩だった）……ぜんぜん泣くつもりなんかなかったのに、でもあなたには分からない……誰にも分からないわ……あの人がどんなに素晴らしい心の持ち主か」

ニコライの心の素晴らしさを思って、ソーニャはまた泣き出した。

「あなたは幸せよ……やっかむつもりはないけど……あなたが好きだし、ボリスのことも好きだから」いささか力を振り絞って彼女は語った。「ボリスはいい人だし……あなた方には障害はないわ。でもニコライは私の従兄だから……特別な許可がいるの……府主教さま直々のよ……あっても見込みはないけれど。だって、お母さまに言えば（ソーニャは伯爵夫人を母親と見なし、そう呼んでいた）……お母さまはきっと、あんたはニコライの出世の邪魔になる、あんたは思いやりのない、感謝を知らない娘だっておっしゃるわ。でも本当は……誓って言うけれど（彼女は十字を切った）……私はお母さまのことも、あなた方皆も大好きなのよ。ただあのヴェーラだけは……。いったい何が気にくわないのかしら？　私があの人に何をしたというの？　私は皆にとても感謝しているから、よろこんで何でも捧げるつもりだけれど、ただ私には捧げるものがないのよ……」

ソーニャはそれ以上話を続けることができず、またもや手のひらと羽布団に頭をうずめてしまった。ナターシャは落ち着きを取り戻し始めていたが、しかしその顔から、彼女が親友の悲しみの深刻さを十分に理解しているのが見てとれた。

「ソーニャ！」従姉の嘆きの本当の理由にふと思い当たったかのように、彼女は急に呼び掛けた。「きっとヴェーラ姉さんがディナーの後であなたに何か言ったのね？　そうでしょう？」

「そうなの、この詩はニコライが自分で書いたものだけれど、この他に私が書き写したものがあるの。ヴェーラはそれが私の机の上にあるのを見つけて、その詩をお母さまに見せてやると言ったのよ。他にも、私が恩知らずだとか、お母さまは決してニコライが私と結婚するのを許さないとか、あの人はジュリーと結婚するのだとか言ったの。だって、あの人は一日中ジュリーと一緒だったしね……。ナターシャ！　なぜなんでしょう？……」

そう言うとソーニャは前よりももっと切なげに泣き出したのだった。ナターシャは彼女を抱え起こして抱きしめ、涙ながらに笑顔を作って、相手をなだめにかかった。

「ソーニャ、姉さんの言うことを信じちゃだめ、いいこと、信じちゃだめよ。覚えているでしょう、前に私たち、ニコライ兄さんと三人で、休憩室で何もかも話し合ったじゃない。ほら、夜食の後で。先々のことを、全部決めたでしょう。私もうはっきり覚えてはいないけれど、でもほら、全部うまくいく、全部かなうって感じだったわ。だって、シンシン伯父さまの弟だって従妹と結婚しているのよ。しかも私たちの場合は、又従姉妹《またいとこ》でしょう。ボリスだって十分可能だって言っていたし。じつは私、あの人には全部話したのよ。あの人はとても頭がいいし、とてもいい人だから」ナターシャはそんな述懐を交えた……。「ねえソーニャ、泣いちゃだめよ、いい子だから、いい子だからね、ソーニャ」彼女は笑ってソーニャにキスをした。「ヴェーラ姉さんみたいな意地悪は、放っておけばいいわ！　きっと全部うまくいくし、姉さんもお母さまに告げ口なんかしないわ。ニコライが自分で言うわよ。それにニコライはジュリーのことなんか頭にもなかったのよ」

　そう言って彼女はソーニャの頭にキスをした。ソーニャが身を起こす。ぐったりしていた子猫がにわかによみがえり、小さな目を光らせて、今にも尻尾をピンと立て、やわらかな脚でぴょんと飛び、また子猫らしく糸球にじゃれつきそうな風情を見せた。

「あなた、そう思う？　本当に？　誓ってくれる？」素早くドレスを整え、髪を直しながら、ソーニャは言った。

「本当よ！　誓うわ！」親友のおさげの下から撥ね出ているかたい毛の房を直してやりながら、ナターシャは答えた。

　そして二人は笑い出した。

「じゃあ、向こうへ行って〈泉〉を歌いましょう」

「そうしましょう」

「ねえ、私の向かいに座っていた、あの太ったピエールさん、あの人とっても変わっているのよ！」急に足を止めてナターシャが言った。「私おかしくってたまらなかったわ！」

　そう言ってナターシャは廊下を駆けだした。

ソーニャは体についた綿毛を払い、詩を書いた紙を懐の、胸骨の飛び出して見える細い首のあたりに隠すと、顔を真っ赤に染めながら、軽やかな明るい足取りでナターシャの後から休憩室に続く廊下を駆けだした。客たちのリクエストもあって若者たちは四部合唱で〈泉〉を歌ったが、これは一同に大好評だった。そのあとでニコライが、新しく覚えた歌を披露した。

この良夜、月光のもと
ふと思い、心沸き立つ
広き世のどこかに一人
われ思う人あることを
その女《ひと》は美しき手を
黄金のハープに這わせ
情熱の調べ奏でて
呼び招く、われを手もとに
一日か二日もすれば
楽園も訪れように……

ああ哀れ、愛しき人は
　それを待つ命もあらず！

彼がまだ最後の歌詞を歌い終わらぬうちに、広間の方で若者たちがダンスの準備を整え、楽隊席では楽師たちが足を踏み鳴らしたり咳ばらいをしたりし始めた。

ピエールが客間に座っていると、例のシンシンが外国帰りの客ということで話しかけてきて、政治談議を始めた。ピエールには退屈な話題だったが、ほかの客も話に加わってきた。音楽が始まると、ナターシャが客間に入ってきてまっすぐピエールに歩み寄り、目に笑いを浮かべ頬を染めながらこう言った。

「お母さまがあなたにダンスのお相手をお願いしなさいって」

「僕はステップを間違えるかもしれませんよ」ピエールは答えた。「でも、もしあなたが僕の先生になってくれるというなら……」

そう言うと彼は太い片手を低く下げて、痩せた少女に差し出したのだった。

ダンスのペアの並び順が決まり、楽隊の準備が整うまでの間、ピエールはこの小さな貴婦人と一緒に腰かけていた。ナターシャは大人と、しかも外国帰りの男性と踊るということで、有頂天になっていた。皆の視線を浴びる場所で、彼女は大人のようにピエールと話を交わしていた。手には、ある令嬢が持たせてくれた扇を握っている。そうしていかにも社交界風のポーズをとりながら（いったいいつどこでこの少女がそんなことを覚えたのか、神のみぞ知るであるが）彼女はその扇で風を立て、扇越しに微笑みながら、パートナーと話をしているのだった。

「あらあら、なんてこと？　ねえ、ご覧になって」広間を通りかかった母親の伯爵夫人が、ナターシャを指さしながら言った。

ナターシャは赤くなって笑い出した。

「あら、お母さまこそどうしたの？　余計なおせっかいじゃなくって？　何も驚くことはないでしょう」

三曲目のスコットランド舞踊《エコセーズ》の途中、伯爵やアフローシモフ夫人がカードを戦わせていた客間で椅子を引く音がしたかと思うと、大半の貴賓や老人たちが、座りっぱなしだった足腰を伸ばしたり財布やがま口を懐にしまったりしながら、広間の戸口に出てきた。先頭にはアフローシモフ夫人と伯爵が並んでいたが、二人とも楽しげな顔つきだった。伯爵は冗談めかした慇懃さで、丸々とした手をちょっとバレエ風にアフローシモフ夫人に差し出した。そうして背筋をピンと伸ばし、何か妙に勇ましげでいたずらっぽい笑みに顔を輝かしたかと思うと、スコットランド舞踊の最後のステップが終了するや否や、彼はパンと手を叩いて楽師たちに合図し、楽隊席の第一バイオリンに声をかけた。

「セミョーン君、ダニーラ・クーポルを知っているな?」

これは伯爵がまだ若いころ踊っていたお気に入りのダンス曲だった(ダニーラ・クーポルは本来イングランド舞踊《アングレーズ》の一種だった)。

「お父さまを見て」ナターシャが広間全体に響き渡るような大声を上げた(自分が大人の男性と踊っているのをすっかり忘れていたのだ)。巻き毛の頭が膝に着くほど身を折って、広間に響き渡るくらい甲高い笑い声を立てている。

実際広間にいた者は一人残らず、愉快そうな笑みを浮かべて、陽気な老人を見つめていた。老人はパートナーとなる自分より背の高い堂々とした押し出しのアフローシモフ夫人の脇で、両腕を丸くして腰に当て、その腕を拍子に合わせてゆすっては肩を怒らせ、脚をひねるように上げて軽く床を踏むといった所作をしてみせながら、丸顔をますます笑みほころばせて、これから始まるダンスへの観衆の期待を盛り上げているのだった。底抜けに陽気なトレパーク[42]にも似たダニーラ・クーポルの愉快な、そそるような音が響きだすや否や、にわかに広間のドアというドアに、男はこちら側、女はあちら側と分かれて、それぞれに笑顔を浮かべた使用人たちがずらりと立ち並んだ。ご主人さまが浮かれている姿を見ようと奥から出てきたのだった。

「あららご主人さま！　まるで荒鷲だね！」一つのドアの奥から乳母が大声でつぶやいた。

伯爵は踊りが上手で、自分でもそれをわきまえていたが、パートナーの方は全く踊れず、また上手に踊ろうという気もなかった。夫人の巨体は棒立ちで、力の強そうな腕はだらりと下がり（ハンドバッグは伯爵夫人に預けてあった）、踊っているのはただその厳しい、とはいえ美しい顔ばかりだった。伯爵が丸々とした体の全体で表現しているものが、アフローシモフ夫人の場合はただ次第に笑み崩れていく顔と、ぴくぴくと吊り上がる鼻で表現されていた。だがその代わり、伯爵がますます激しく動き回って、その柔らかな脚でする巧みなターンや軽やかなジャンプの意外さで見る者を魅了していたのに対して、アフローシモフ夫人の方は最小限の力で肩を上げ下げしたり、ターンや足踏みの際に腕を丸くして腰に当てたりするだけで、相手に劣らぬ効果を上げていた。巨体のうえにいつも厳めしい顔をしている夫人がする所作だけに、皆に受けていたのである。ダンスはますます佳境に入ってきた。腕を組んで踊っている他のペアは一瞬たりとも観衆の注目を浴びることはなかったし、そんな努力もしなかった。皆が伯爵とアフローシモフ夫人に見とれていた。ナターシャはただでさえこの踊り手たちから目が離せずにいるその場の人たちの袖やドレスを手当たり次第に引っ張って、お父さまを見てとせがんでいた。伯爵は踊っているさなかにも、息を切らしながら楽師たちに手を振って、もっとテンポを上げろと叫んでいる。そうして自らどんどんテンポを速め、ますます威勢よく、ある時はつま先立ちで、ある時はかかと立ちで、アフローシモフ夫人の周りをくるくると回転したあげく、ついに夫人をもとの定位置に戻すと、自分は柔らかな片足を後ろに高く上げ、汗ばんだ頭と笑みを浮かべた顔をかしげて、一同の、とりわけナターシャの拍手と哄笑のとどろく中、右手をぐるりと大きく一振りして、最後のステップを踏んだのだった。二人の踊り手は足を止めると、ゼイゼイと荒い息を吐きながら、バチスト織りのハンカチで汗をぬぐった。

「まあこんな風にわれわれの若いころは踊ったものでしたよ、奥さま」伯爵が言う。

「いやあ、さすがダニーラ・クーポルね！」苦しげな長い息を吐き、袖口をまくり上げながらアフローシモフ夫人は答えた。

42　急テンポのロシア民族舞踊。

18章

ロストフ家の広間で六曲目のイングランド舞踊が、疲れて手元の怪しくなった楽隊の演奏で踊られ、同じく疲れた給仕や料理人たちが夜食の準備にかかっていたころ、ベズーホフ伯爵はすでに六度目になる発作に見舞われていた。医者たちは回復の見込みはないと宣言し、患者に対して無言の痛悔《つうかい》と領聖《りょうせい》が執り行われた。聖傅《せいふ》の準備も進み[43]、屋敷の中はこんな時の常として、最期を待つ者たちの焦りと動揺に満たされていた。屋敷の外の門のかげには、訪れる馬車の列から身を隠すようにして、伯爵の豪勢な葬式の注文を当て込んだ葬儀屋たちが詰めかけている。モスクワの総督はこれまでにもひっきりなしに副官をよこして伯爵の病状を問い合わせていたが、この晩には有名なエカテリーナ女帝の高官だったベズーホフ伯爵とお別れをするために、自ら足を運んで来ていた。

豪華な応接室は人でいっぱいだった。病床の伯爵と半時間ほども二人きりでこもっていた総督が病室から出てくると、一同は恭しく立ち上がったが、総督は皆の礼に軽く応えるだけで、自分をひたと見つめる医者や神父や家族たちの視線を避けるようにして、そそくさと立ち去った。この何日かで幾分痩せて青白くなったワシーリー公爵が、総督を見送りながら何事かを何度か繰り返し告げていた。

総督を見送った後、ワシーリー公爵は独り広間の椅子に腰を下ろすと、高く組んだ脚の膝に肘を突いて、片手で目を覆った。そうしてしばらく座っていた後で、彼はふと立ち上がり、おびえたような眼で辺りを見回しながら、普段とは違うせかせかした足取りで長い廊下を歩きだし、母屋の奥の部分にある例の公爵令嬢［伯爵の姪］の三姉妹のうち長女の部屋に向かった。

ほの暗い灯りのともる部屋にいる人々は、時折ポツリポツリと言葉を交わしてはまた黙り込み、様々な疑問や予測に満ちたまなざしでドアの方を見やる。そのドアは瀕死の伯爵の病室に続いていて、誰かが出てきたり入って行ったりするたびに、かすかな音を立てるのだった。

「寿命ですよ」神父の一人である小柄な老人が、すぐ隣に座って無心に耳を傾けている貴婦人に言った。「寿命というのはもう決まっていて、それ以上は生きられませ

43　痛悔、領聖、聖傅は死にゆく者への機密（＝カトリックで言う秘跡）で、それぞれ懺悔、聖体拝領、塗油に当たる。

ん」

「そうすると、聖傅などしても手遅れじゃありませんかしら?」相手の聖職上の称号を言い添えながら、貴婦人はあたかもそうした問題は自分には全く判断がつかないがといった口調で、そんな質問をした。

「機密なのですよ、奥さま、偉大なる機密です」神父はそう答えると、頭の禿げたところを手で撫でたが、そこには梳《と》かしつけられた半白の髪が幾筋か横たわっているのだった。

「さっきの方はどなた? まさかあれが総督だったの?」部屋の反対の隅ではそんなやり取りが行われていた。「お若いわねえ!」

「あれでもう六十過ぎよ! 伯爵はもう誰を見ても分からないっていう話だけど、本当かしら? 聖傅式をやるつもりだったんでしょう?」

「私の知人に七回も聖傅機密を受けた方がいましたよ」

次女の公爵令嬢が目を泣きはらして病室から出てくると、医師のロランのそばに腰を下ろした。ロランはエカテリーナ女帝の肖像画の下に、テーブルに肘を突いた優雅なポーズで座っていた。

「申し分なしですな」外の天気について問われた彼はそう答えた。「すこぶる好天ですよ、お嬢さま。それにまた、モスクワにいると田舎にいるような気分になりますからね」

「そうでしょうね」令嬢はため息交じりに答えた。「それで、伯爵に飲み物を差し上げてもよろしいのでしょうか？」

ロランは考え込んだ。

「薬は飲まれたのですか？」

「はい」

医者はブレゲ社の時計をちらりと見た。

「湯冷ましをコップに一杯用意して、そこに酒石酸水素カリウム《クリームターター》を一つまみ（医者は細い指で一つまみの目安を示した）入れて……」

「ゼンダイミモンです」別のドイツ人の医者がたどたどしいロシア語で副官に話している。「三回もホッサを起こしてまだイキテイルなんて」

「いつも実に若々しい方でしたから！」副官は応じた。「それにしても、これだけの財産を誰が受け継ぐのでしょうね」彼はひそひそ声で付け加えた。

「シガンシャはミツカルでしょうな」ドイツ人は笑顔で答えた。

皆がまたドアの方を振り向いた。ドアがきしむのを聞きつけたのだが、これは次女の公爵令嬢がロランに教わった飲み物を用意して病人に届けるところだった。ドイツ人の医者がロランに歩み寄った。

「このままミョウチョウまでもつということもありえますかな?」下手なフランス語で問いかける。

ロランは唇をぎゅっと結ぶと、厳しい否定の表情を浮かべて、鼻の先で一本指を振った。

「今夜です。その先はありません」患者の病状を明確に把握して表現することのできる自分への満足感を上品な笑みで表しながら、彼は小声でそう答え、そのまま離れて行った。

ちょうどこの頃ワシーリー公爵は、例の公爵令嬢の部屋のドアを開けたところだった。

部屋の中は薄暗く、聖像《イコン》の前に二本の燈明がともるばかりで、香《こう》と草花のよい香りが漂っていた。家具調度はタンスも戸棚もテーブルも、すべて小ぶりなものばかり。衝立のかげに羽根布団を敷いた高い寝台の白いカバーが見えている。小犬が吠えだした。

「あら、あなたでしたの、お従兄《にい》さま？」

部屋の主は立ち上がると、さっと髪を整えた。彼女の髪はいつでも、こんな場合にさえ、不思議なほど乱れなくまとまっていて、まるで頭とひとつながりの素材で作って漆で塗り固めたようだった。

「どうしました、何かあったんですの？」彼女は訊ねた。「私もうすっかり怯《おび》えてしまって」

「いや、何も変わりはないさ。私はただ、君に話があってきたんだよ、エカテリーナ」そう言うと公爵は、疲れた様子で彼女が立ったばかりの安楽椅子に腰を下ろした。「しかしずいぶんと部屋を暖めたものだね」彼は言った。「まあ、ちょっとこちらに座って、話さないか」

「私、何か起こったんじゃないかと思いましたわ」そう言うと公爵令嬢は、いつも変わることのない石のように厳しい表情を浮かべて公爵の向かいに腰を下ろし、話を聞く姿勢をとった。

「一眠りしようとしたのですが、寝付けなくて」

「ところで、どうだね、君？」令嬢の手を取っていつものように下に引っ張るようにしながら、ワシーリー公爵は切り出した。

「ところで、どうだね」というこのセリフが、口に出さずとも両者了解済みの、諸々の事柄を意味しているのは明らかだった。

脚に比して不釣り合いに長い、痩せてまっすぐな胴をした令嬢は、出っ張ったグレーの目で正面から無表情に公爵を見つめていた。それからちょっと首を振ったかと思うと、一つため息をついて聖像に目をやった。その動作は悲しみと敬神の念の表れともとれたし、また疲労感と、じきに休めるだろうという期待感の表れともとれた。ワシーリー公爵はこの動作を、疲労感の表れと理解した。

「だけどこの私だって」公爵は言った。「まさか楽だとは思わないだろう？　まったく駅馬車の馬みたいにへとへとさ。でもやっぱり、君と話をしておかなくてはね、エカテリーナ、それもきわめて深刻な話を」

ワシーリー公爵が黙り込むと、その頰が神経病のようにあちらへぴくり、こちらへぴくりと引きつり始めた。それは彼の顔を不気味な表情にしたが、そうしたことはいろいろな家の客間で見かける際の公爵には決してあり得ないことだった。目つきも普段とは違っていて、いま横柄な、人をからかうような目つきをしていたかと思うと、次には怯えたようにあたりをうかがっている、といった調子である。

令嬢は潤いのない痩せた手で膝の上の小犬を抱きながら、ワシーリー公爵の目を注意深く見つめていた。ただし仮にそのまま朝まで黙り通すことになっても、決して自分の方から質問して沈黙を破る気がないのは明らかだった。

「いいかね、エカテリーナ、公爵令嬢であり従妹である君に言っておくが」ワシーリー公爵は先を続けたが、話を先へ進めるにはいささかの内的な葛藤があることが見て取れた。「今のようなこんな時には、あらゆることを考慮しておかなくてはならない。将来のことも、君たちのことも……。私は君たち皆を愛している、自分の子供のようにね。それは君も知っているだろう……」

公爵令嬢は相変わらずぼんやりとした目でじっと公爵を見つめている。

「それから最後に、私の家族のことも考えなくてはならない」腹を立てたように小テーブルを押しのけ、彼女の方を見ないままワシーリー公爵は続けた。「いいかね、エカテリーナ、君たちマーモントフ家の三姉妹ともう一人私の妻を加えて、われわれだけが伯爵の直系の相続人だ。いや、よく分かっているよ、こんなことを話したり考えたりするのは、君にはさぞかし辛いだろう。私だって君より楽なわけじゃない。しかしね、君、私ももう五十の坂を越えた身になって、いろんなことに備えておかなくてはならないのだよ。知っているかい、私があのピエールを呼びにやったのを？　伯爵があの男の肖像画を指さして、呼べと言ったのを？」

ワシーリー公爵は問いただすような目で公爵令嬢を見つめたが、果たして相手がこちらの言ったことを考えているのか、それともただこっちを見ているだけなのか、見当がつかなかった……。

「私はずっとただ一つのことを神に祈っていますのよ、お従兄《にい》さま」彼女は答えた。「どうかあの方にお慈悲を賜り、あの方の清き魂が安らかにこの世と別れを……」

「いや、まったく同感だがね」ワシーリー公爵は苛立って自分の話を続けた。禿げ頭を撫で、先ほど押しのけた小テーブルをまた忌々しそうに手元に引き寄せている。「しかし結局のところ……結局のところ、問題はだね、君も知っているだろうが、この冬伯爵が遺言状を書いていて、それによると伯爵は遺産のすべてを、直系の相続人たるわれわれを飛び越えて、あのピエールに譲ろうとしているということだよ」

「あの方が書いた遺言状は、一つや二つではありませんわ」公爵令嬢は平然と言った。「でも、あのピエールに遺産を譲るなんて遺言なさるはずはありません！　ピエールは庶子ですから」

「だがね、君」ワシーリー公爵が即座に応じた。小テーブルをぎゅっと引き寄せてにわかに勢いづき、口調も早口になっている。「だがね、もしも伯爵が皇帝あてに手紙を書いていて、そこでピエールを嫡子《ちゃくし》にしたいと請願をしていたらどうなるかね？

きっと伯爵の功績からして、彼の請願が尊重されるだろうよ……」

公爵令嬢はニヤリと笑ったが、それは話し相手よりも自分の方が事情に通じていると思った人間が浮かべる笑みであった。

「詳しく話そう」ワシーリー公爵はもう一度相手の手を取って続けた。「手紙は実際に書かれているのだ。ただし送られてはいないが、皇帝はその手紙のことをご存じなのだよ。問題はただ一つ――その手紙が破棄されたのか否かということだ。もし破棄されていなければ、じきに一巻の終わりさ」ワシーリー公爵は深いため息をつくことによって、一巻の終わりというのが何を意味するかを示した。「伯爵の書類が明るみに出て、遺言と請願状が皇帝の手に渡る。すると伯爵の依頼はきっとかなえられる。ピエールは嫡子としてすべてを手に入れるわけだ」

「では、私たちの分は？」たとえ何が起ころうとそんなことだけはあり得ないとでも言いたげに、公爵令嬢は皮肉な笑みを浮かべた。

「残念ながらエカテリーナ、結果は火を見るごとく明らかだ。その場合、彼一人だけが遺産全部の正規の相続人となり、君たちはほんのこれっぽっちももらえない。だからこそ確認しておく必要があるのだよ、遺言状と手紙が本当に書かれたのか、そしてそれらは破棄されたのかを。そしてもしも何らかの理由で遺言状と手紙が忘れられて放置されているのだとすれば、君はその所在を突き止め、見つけ出す必要がある、なぜなら……」

「あきれた話ですこと!」公爵令嬢が相手を遮った。せせら笑いを浮かべながら目の表情は変えていない。「確かに私は女ですよ。あなた方男性から見れば、女はすべて愚か者だということになるのでしょうが、いくら女だからって、庶子が遺産を相続できないことぐらい分かっていますわ……だって庶子《バタール》なんですから」彼女は付け加えた。庶子をフランス語に翻訳すれば、公爵の誤りが決定的に証明されると思ったのだ。

「いやはや、どうして分からないのかな、エカテリーナ! 賢い君なら、分かりそうなものじゃないか。仮に伯爵が皇帝に手紙を書いて、ピエールを嫡子と認めていただきたい旨を請願すれば、そのときはすなわち、ピエールはもはやただのピエールではなくベズーホフ伯爵となり、そうなれば彼が遺言によってすべてを受け取るのだよ。だから仮に遺言状と手紙が破棄されない場合、君には、自分が高潔に振る舞ったことへの満足感と、そこから派生するすべての結果を除いて、何ひとつ残らないんだ。これは確かなことだよ」

「遺言状が書かれたことは知っています。でも、それが無効だということも知っていますわ。どうやらあなたは私を全くの馬鹿だと思っているようですけれどね、お従兄さま」そう言うと公爵令嬢は、いかにも何か気の利いた侮辱的なことを言い放ってやったと思っている女性に特有な表情を浮かべた。

「いいかね、エカテリーナ！」ワシーリー公爵はもどかしげに口を開いた。「私がわざわざやってきたのは、何も君と嫌みを言い合うためにじゃなくて、身内としての君と、良き、善良な、本物の身内としての君と、君自身の利益について話すためなのだよ。もう十ぺんも言っているように、もしも皇帝への手紙と、ピエールを利するような遺言状が伯爵の書類の中に残っていたら、君も君の妹たちも、相続人ではなくなるのだ。仮に私の言うことが信じられないとしても、専門家の言うことは信じるべきだ。ついさっき私はドミートリー・オヌーフリイチ（これはこの家の弁護士だった）と話をしたが、彼も同じことを言っていたのだよ」

どうやら、公爵令嬢の頭の中で何か突然の変化が生じたようだった。薄い唇からさっと血の気が引き（目は前のままだったが）、口を開くと、明らかに本人も予期していなかったほどうわずった声が飛び出した。

「結構なことじゃありませんか」彼女は言った。「私は何も望んではいなかったし、今も望んでいませんから」

膝に座っていた子犬を放り出して、彼女はドレスの襞を整えた。

「これがお礼というわけですのね。あの方のためにすべてを犠牲にした者たちに対する感謝のしるしがこれなのですね」彼女は言った。「お見事です！　上出来ですわ！　私は何もいりませんから、公爵」

「いや、そうはいっても君は独りじゃない、妹さんたちがいるじゃないか」ワシーリー公爵が応じる。

しかし公爵令嬢は耳を傾けもしなかった。

「そう、とっくに気が付いていながら、つい忘れていましたわ。卑劣、欺瞞、羨望、陰謀、そして忘恩、それもとも邪悪な忘恩――それ以外、私がこの家で期待できるものはないということを……」

「君は知っているのか、それとも知らないのか、例の遺言状のありかを？」さっきよりもさらに頬を引きつらせながらワシーリー公爵は問いただした。

「そう、私がばかだったんです、いつまでも人を信用して、愛して、自分を犠牲にして。うまくやるのは卑劣なくずどもばかり。私、分かります、これが誰の陰謀か」

公爵令嬢は立ち上がろうとしたが、公爵が手を引いて押しとどめた。令嬢はにわかに人類全体に失望した人のような様子で、憎々しげに話し相手をにらんだ。

「まだ時間はあるよ、君。覚えておくのだ、エカテリーナ、すべては病気で逆上した瞬間に、ついついやってしまったことで、そして後で忘れてしまったんだ。いいかい、私たちの務めはね、あの方の過ちを正し、こんな間違った行いを許さず、あの方の最期の時間を安らかなものにしてさしあげることだよ。今際《いまわ》の際《きわ》に、不幸にしてしまった人たちのことを悔やまずに済むようにね。しかもその人たちとは……」

「その人たちとは、あの方のためにすべてを犠牲にした人たちのことですわ」話を引き取った公爵令嬢は、また手を振り払って立ち上がろうとしたが、公爵は放さなかった。「そういう献身のありがたさを、あの方は決して分かろうとしなかった。やれやれ」彼女はため息をつきながら言い添えた。「私、覚えておきますわ、世の中、見返りなんか求めてはいけない、世の中には名誉も正義もありはしないって。そんな世の中で生きていくには、ずるがしこくて悪い女にならなくちゃいけないんですわ」

「まあまあ、落ち着きなさい。私には分かっている、君は素晴らしい心の持ち主だ」

「いいえ、私はひねくれた心の持ち主です」

「君の心は分かっているよ」公爵は重ねて言った。「君に親しくしてもらって感謝しているし、君にもそう思ってもらえればと願っている。気を落ち着けて、きちんと話をしようじゃないか。まだ時間はある――一昼夜かもしれないし、一時間かもしれないが。君が遺言について知っていることをそっくり話してくれたまえ。特に大事なのはその在処《ありか》だ。君は知っているはずだ。二人でそれを手に入れて、伯爵に見せようじゃないか。きっとあの方は遺言のことを忘れていて、破棄したいと願うはずだ。いいかい、私のただ一つの願いは、あの方のご遺志をしっかりと実現することだ。モスクワに来たのもまさにそのためだよ。私がここにいる理由はただ一つ、あの方とそして君たちを助けるためさ」

「ようやくすべてが理解できました。分かりましたわ、これが誰のたくらみなのか。はっきり分かりました」公爵令嬢は言った。

「そういう問題じゃないのだよ、君」

「黒幕はあのあなたのお気に入りのドルベツコイ公爵夫人ね。あの忌まわしい、虫唾《むしず》の走るような女、私なら女中に雇うのもお断りです」

「時間を無駄にしないようにしようじゃないか」

「ああ、お黙りになって！　あの女、前の冬にここに入り込んで、私たち皆のこと、特にソフィーのことで伯爵の耳に散々いやらしい、唾棄すべき中傷話を――私にはとても口にできないけれど――吹き込んだものだから、伯爵はお加減が悪くなって、二週間も私たちに会おうとされなかった。きっとその頃に、あの方は例のいやらしい、汚らわしい書類を作ったのですわ。でも私は、あんな紙切れに何の意味もないと思っていたのですけれど」

「まさにそれが問題だったのだよ。どうしてもっと前に話してくれなかったのだね？」

「あのモザイク柄の書類鞄《かばん》の中だわ、いつもあの方の枕の下に置いてある。今こそ分かったわ」公爵令嬢は相手を無視して続けた。「そう、もしも私に罪が、大きな罪があるとすれば、それはあの卑劣な女に対する憎しみだわ」まったく形相を一変させて、彼女はほとんど叫ぶように言った。「それにしても、どうしてまたあんな女が首を突っ込んできたのかしら？　いいわ、私あの女に言ってやる、洗いざらいぶちまけてやります。今に見ていなさい！」

19章

応接室と公爵令嬢の部屋で以上のような会話が交わされている頃、伯爵家に呼び戻されたピエールと彼に随行する必要があると感じたドルベツコイ公爵夫人とを乗せた箱馬車が、ベズーホフ伯爵の屋敷の内庭に入ってきた。建物の窓に面した馬車道に敷き詰められた麦藁の上で車輪が柔らかな音を立て始めると、ドルベツコイ公爵夫人は同乗のピエールに優しい声をかけたが、相手が馬車の隅で眠りこけているのを悟ると、これを揺り起こした。目を覚ましたピエールは夫人に続いて馬車を降りたが、そのときようやく、自分を待っている瀕死の父親といよいよ面会するのだということに思いを馳せたのだった。気がつくと、彼らが乗りつけたのは正面玄関ではなく、裏口の方の車寄せだった。馬車のタラップを下りるとき、町人の身なりをした男が二人、慌てて外階段から逃げ出して壁のかげに身を潜めた。ちょっと立ち止まって目をやると、邸の両側のかげにさらに何人か同じような人間がいるのが分かった。だが公爵夫人も従僕も御者も、この者たちが目に入っていないはずはないのに、まったく無視している。ということは、つまりそうする必要があるのだろうと勝手に判断して、ピエールはそのまま夫人の後についていった。夫人は弱い灯りにほんのりと照らされた狭い石の階段を、遅れがちなピエールをせき立てるようにして急ぎ足で上っていく。ピエールは、そもそも自分がどうして伯爵のところに行かなくてはならないのかも理解できなかったし、なぜわざわざ裏階段を通らなくてはならないのかについてはなおさら理解できなかったが、夫人の自信満々な態度と急ぎぶりから、これは是非とも必要なことだと密かに判断したのだった。階段を半分ほど上ったところで、上の方から桶を担いだ一団の召使たちが長靴の音を響かせて下りてきたので、彼らは危うく突き倒されそうになった。召使たちは壁に張り付くようにして身を避け、二人を先に通したが、二人の姿を見ても一向に驚いた様子を見せなかった。

「この先が公爵令嬢さまたちのフロアでしょう?」公爵夫人が召使の一人に訊ねた。

「はい」使用人は、まるで今はもう何をしても許されるといった調子で、大胆な大声で返答する。「左側のドアです、奥さま」

「もしかしたら、伯爵は僕など呼んではいないかも知れない」階段の踊り場に着いたときピエールは言った。「僕は自分の部屋に行っていましょうかね」

公爵夫人は足を止めてピエールが追いつくのを待った。

「ああ、あなた!」夫人は昼に息子相手にしたのと同じ仕草をして、ピエールの手に触れながら言った。「いいこと、私もあなたに劣らず辛いのよ。でもどうか、男らしくなさって」

「本当に、僕も行くのですか?」眼鏡を通して優しく公爵夫人を見つめながらピエールは言った。

「ああ、いままで何か不当な扱いを受けたかもしれませんが、どうか忘れてね、いいですか、あの方はあなたのお父さまなんですよ……もしかすると、これが最期かも知れないのよ」夫人はため息をついた。「私はあなたが一目で気に入ってしまいましたわ、ちょうど息子のように。私を信じてくださいな、ピエールさん。決して悪いようにはしませんから」

ピエールは狐につままれたような気持になったが、ここでもまた、万事こうなるのが当然なのだろうという思いがさっきより強く浮かんできて、すでにドアを開けている公爵夫人の後におとなしく従ったのである。

ドアを出たところは裏口の控えの間だった。片隅に公爵令嬢たちの老僕が座り込んで靴下を編んでいる。ピエールは家のこちら側に来たことがなかったので、こんないろいろな部屋があるとは想像もしていなかった。水差しを載せた盆を持って二人を追い越していこうとした小間使いを呼び止めて（優しい方《ミーラヤ》とか、かわいらしい方《ゴルーブシカ》とか相手を持ち上げながら）、公爵令嬢たちの様子を訊きだすと、ドルベツコイ公爵夫人は石の廊下の先へとピエールを引っ張っていった。廊下から、とっつきの左手のドアを抜けると、令嬢たちの居室に行けるようになっていた。水差しを持った先ほどの小間使いが、急ぐあまり（この瞬間この屋敷では何もかもが息せき切って行われていたのだった）ドアを閉め忘れていたため、ピエールと公爵夫人は通りがかりに、図らずも長女の公爵令嬢とワシーリー公爵が膝を突き合わせて話をしている部屋を覗き込むことになった。外を通る二人に気付くと、ワシーリー公爵は我慢がならんといった身振りをして後ろにのけぞり、公爵令嬢はさっと立ち上がると、ものすごい剣幕で力いっぱいドアを閉めたのだった。

そうした振る舞いはいかにもいつもの公爵令嬢の落ち着きぶりにそぐわなかったし、ワシーリー公爵の顔に現れた恐怖も、いつもの悠揚迫らぬ態度とはかけ離れていたので、ピエールはつい足を止め、眼鏡の奥から問いかけるような眼付きで先導役の夫人を見つめた。夫人は驚いたそぶりも見せず、ただちょっと微笑んでため息をついただけだったが、それはあたかも彼女がこうした事態をすべて予見していたことを表現しているかのようだった。

「男らしくなさってね、あなた、こうなったらあなたの利益を守るのはこの私ですから」彼の視線にそう答えると、夫人は一層早足になって廊下を先へと進んだ。

ピエールは事情が呑み込めなかったし、「あなたの利益を守る」の意味となるとなおさらピンと来なかったのだが、しかし万事こうなるのが当然なのだろうと納得していた。廊下の突き当たりが、伯爵の応接室につながる薄暗い広間だった。これはピエールがこれまでもっぱら表玄関の方から出入りしていたいくつかのひんやりとした豪華な部屋の一つだった。とはいえこの部屋にも中央に空の浴槽が置かれていて、絨毯には湯のこぼれた跡があった。二人と入れ違いに、召使と連れ立って香炉を持った下僧が一人、つま先立ちで出て行ったが、二人には目もくれなかった。二人はピエールになじみの応接室に入った。イタリア式の窓が二枚と冬の庭〔温室〕への出口があり、エカテリーナ二世の大きな胸像と等身大の肖像画が飾られている。そこには先刻と同じメンバーが、ほとんど同じ姿勢で座ったまま、小声で語り合っていた。泣きはらして青ざめた顔のドルベツコイ公爵夫人と、うつむいたままおとなしく夫人の後に従う太った巨漢のピエールが入って行くと、皆はぴたりと黙り込み、二人に目を向けた。

公爵夫人の顔には決定的な時が訪れたという意識が現れていた。いかにもてきぱきとしたペテルブルグ女性といった物腰で、ピエールを片時もそばから離さぬまま、彼女は昼間よりも決然と部屋に入って行った。危篤の伯爵が会いたがっている人物を引き連れているのだから、面会の権利は保証されている――そう彼女は感じていたのだ。部屋中の者を素早く見渡し、伯爵の聴悔司祭《ちょうげしさい》を見つけると、身をかがめるというよりはむしろにわかに背が縮まったような姿勢になり、ちょこちょこと泳ぐような足取りで歩み寄って、恭しい態度で初めに一人の、次にもう一人の司祭の祝福を受けた。

「おかげさまで間に合いましたわ」夫人は司祭の一人に言った。「私たち親族一同、とても心配していたのです。こちらの、この青年が伯爵の息子さんです」夫人はさらに声を低くして言い添えた。「恐ろしい瞬間《とき》が訪れました！」

そう言うと夫人は次に医者に歩み寄った。

「先生」夫人は医者に話しかけた。「この青年が伯爵の息子さんでして……それで見込みはございますの？」

医者は黙ったまま、素早い動きで目を上に向け肩をすくめてみせる。夫人も全く同じように肩をすくめ、ほとんど閉じた目を上に向け、一つため息をつくと、医者のもとを離れて、ピエールのそばに移ってきた。彼女は格別に丁寧な態度になって、優しさと悲しみのこもった口調でピエールに語り掛けた。

「神のご慈悲を信じるのですよ！」そう言って、ここに座って待っていなさいというように小さなソファーを指さすと、自分は音も立てずに皆が注視しているドアに向かい、ほんのかすかにドアをきしませただけで、さっとその向こうに姿を消した。

ピエールは何事もこの指導者の言う通りにしようと腹を決めて、夫人が指さしたソファーに向かった。夫人が姿を消すや否や、ピエールは部屋の全員の視線が、単なる好奇心や同情以上の気持を込めて自分に注がれているのを感じ取った。皆が彼を目で示しながらささやきかわす声に、あたかも恐れと、さらにはへつらいの調子さえもが混じっているようなのに気づいたのである。実際これほど丁重な扱いを受けたのはじめてだった。それまで司祭たちと話をしていた見知らぬ貴婦人が、立って彼に席を譲ってくれたし、副官は彼が落とした手袋を拾って手渡してくれたし、医者たちは彼が通りかかると恭しく沈黙し、身をよけて通路を開けてくれた。はじめピエールは、貴婦人の邪魔をしないよう別の場所に座ろうかと思ったし、落とした手袋は自分で拾おうとしたし、医者たちだって別に通路をふさいでいたわけではないので、よけて通ることもできたのだが、しかしふとそんなことをしたら礼に失すると感じたのだった。今夜の自分が何かしら恐ろしい、皆が期待する儀式を執り行うべき人物になっていて、それゆえに皆の奉仕を受け入れるべきなのだという気がしたのだ。黙って副官から手袋を受け取り、貴婦人が譲ってくれた席に着くと、彼はきちんとそろえた膝に大きな手を置き、エジプトの彫像のような素朴なポーズをとって、内心で決意した――何もかもまさにこうあるべきだ、今夜の自分はうろたえて愚かな真似をしでかさないように、自分の考えで行動するのではなく、導いてくれる人々の意志に自分を委ねるべきなのだと。

ものの二分もしないうちに、三つの星形勲章が付いた長上衣《カフタン》を纏ったワシーリー公爵が、昂然と頭をもたげて、堂々とした態度で部屋に入ってきた。昼間よりも少しやつれた様子で、部屋を見回してピエールの姿を見つけた時には、普段より大きく目を見開いた。ピエールに近寄って手を取ると（これは今までに一度もしなかったことだった）、まるで相手の手がしっかり付いているかどうかを試すように、ぐいと下に引っ張った。

「しっかりしたまえ、気を落とさずにな。あの方は君に会いたいと言った。よかったな……」そう言って公爵は去ろうとした。

だがピエールは訊ねる必要を感じた。

「ご容態はどうなんでしょう、あの……」彼が口ごもったのは、危篤の人を伯爵と呼ぶのが作法にかなっているかどうかわからなかったし、父と呼ぶのは恥ずかしかったからである。

「また発作《クー》があった、半時間前に、つまり発作《ウダール》がね。気を落とさないことだよ、君……」

ピエールは頭がぼんやりしていたために、「発作《ウダール》」という言葉を聞いて何か物が衝突《ウダール》したのかと錯覚した。それで要領を得ない顔でしばしぽかんとワシーリー公爵を見つめていたのだが、そのあとでようやく病気の発作《ウダール》のことだと納得したのであった。ワシーリー公爵は歩きながら医師のロランに二言三言声をかけ、それからつま先立ちでドアの奥へと入っていった。ただし文字通りのつま先歩きができなかったので、不器用そうに全身でぴょこぴょこ跳び上がるように歩いていく。公爵の後には一番上の公爵令嬢が続き、そのあとに神父たち、下僧たちが続いて、家の者（召使）たちも同じくドアの奥へと進んだ。ドアの向こうからひとしきり家具を移す音が聞こえてきたが、その後ようやく、相変わらず血の気のない顔に義務を果たそうという固い決意を浮かべたドルベツコイ公爵夫人が走り出てくると、ピエールの手に触れて言った。

「神のご慈悲は汲めども尽きません。ただいまから聖傅機密が始まります。まいりましょう」

ピエールは柔らかい絨毯を踏んでドアをくぐった。ふと気づくと、例の副官も見知らぬ貴婦人も、さらには召使の誰彼も、皆が彼の後から入ってくる。まるでいまはもうこの部屋に入るのに何の許可もいらないといった塩梅《あんばい》だった。

20章

円柱の列とアーチによって仕切られ、一面にペルシア絨毯が敷かれたその大きな部屋は、ピエールにはなじみだった。円柱の列の奥の部分は、一方に絹の帳《とばり》がかかった床高のマホガニーの寝台が置かれ、もう一方には聖像《イコン》を並べた巨大な聖像壇が置かれていたが、そこは今、夜の勤行のときの教会のように赤い灯が煌々とともっていた。金属の覆いをきらきら光らせた聖像が並ぶ壇の下には、長いヴォルテール式の安楽椅子が置かれ、その頭の側にはたった今取り換えたばかりと見える、純白で皺ひとつないクッションが並べられていた。そしてその安楽椅子の上に、彼の父ベズーホフ伯爵のなじみ深い堂々たる体が、鮮やかな緑の掛け布団に腰まで包まれた姿で横たわっていた。ライオンを思わせる広い額の上の白髪のたてがみも以前のままなら、赤みがかった黄色の美しい顔に刻まれた、特徴的な上品な大きな皺も以前のままだった。伯爵はまさに聖像の真下に横たわっているのだった。太い大きな両手は外に出て、掛布団の上に載っている。手のひらを伏せた形でおかれた右手の親指と人差し指の間にはろうそくが一本はさまれ、それを安楽椅子の背後から身を乗り出した老僕が、外れぬように支えていた。その安楽椅子に覆いかぶさるようにして、燦然《さんぜん》と輝く荘厳な衣をまとい、長い髪をその上に垂らした神父たちが、それぞれ火のついたろうそくを手にして立って、しずしずと厳かに勤行を執り行っている。少し後ろには年下の二人の公爵令嬢が、手にしたハンカチを目元に当てて立ち、二人の前には年上のエカテリーナが、憎しみに満ちた断固たる顔つきで、片時も聖像から目を離さずに立っている。まるでいったん後ろを振り返ったら最後、もはや自分がどうなるか責任は持てないと、皆に宣言しているかのようだった。静かな悲嘆と寛容を顔に浮かべたドルベッコイ公爵夫人と例の見知らぬ貴婦人は、ドアのそばに立っていた。ワシーリー公爵はドアの別の側、安楽椅子に近い側にある彫り模様の入ったビロード張りの椅子の向こうに立ち、背もたれが手前に来るように椅子を回して、ろうそくを持った左手の肘をそこに突き、右手で十字を切っていたが、その際、指が額に触れるたびに目を上方にあげていた。その顔は静かな敬神の念と神の意思への服従の気持を表していた。『もしも諸君がこの心情を理解できないとしたら、それこそ諸君の落ち度ですよ』――そんなふうに彼の顔は語っているようだった。

公爵の後ろには副官が、医師たちが、そして男の召使たちが立っていた。教会でと同じように、男性陣と女性陣が分かれていたのだ。皆、黙ったまま十字を切っており、耳に聞こえるのはただ聖典の読誦と抑えた太い低音で歌う聖歌、そして歌の切れ目に足の位置を変える音とため息だけだった。ドルベッコイ公爵夫人は自分のしていることをよくわきまえていることを示す意味ありげな顔つきで部屋全体を横切り、ピエールのもとまでやってくると、彼にろうそくを渡した。ピエールはそれに火をつけたが、周囲の者たちを観察するのに気をとられるあまり、ろうそくを持った方の手で十字を切り始めた。

いちばん年下の、血色が良くて笑い上戸の、黒子《ほくろ》のある公爵令嬢ソフィーが、そんな彼を観察していた。彼女はふっと笑うと顔をハンカチで隠し、長いことそのまま顔を覆っていたが、ちらりとピエールに目をやると、また吹き出した。どうやら彼を見て笑いをこらえる力はないと自覚してはいるのだが、我慢して見ないでいることもできないらしく、ついにはこの誘惑を逃れようと、そっと円柱のかげに身を隠してしまった。祈禱の途中でふと声が止み、司祭たちが何か互いにささやき交わした。するとそれまで伯爵の手を支えていた老僕が立ち上がって、女性たちのほうを向いた。ドルベツコイ公爵夫人がさっと前に出ると、病人の上に身を乗り出すようにしながら、後ろ手で医師のロランを呼び招いた。フランス人の医師は、灯したろうそくも持たずに円柱に寄りかかって立ち、信仰こそ違えど、いま行われようとしている儀式の重要性は十分理解し、是認さえしていることを、外国人流の恭しいポーズで示していたところだったが、いかにも男盛りの人物らしく足音も立てず患者に歩み寄ると、色白の細い指で緑の掛け布団に載っていた患者の空いた方の手を取り、脇を向いて脈を探り、考え込んだ。病人に何か飲み物が与えられ、ひとしきり彼の周囲で動きがあったが、その後また人々はめいめい元の位置に下がり、祈禱が再開されたのだった。この中断の間にピエールは気づいたのだが、ワシーリー公爵が、いかにも自分のしていることはわきまえている、もしも自分を理解できない人がいればそれは相手の落ち度だと言いたげな態度で、それまで立っていた椅子の背の後ろから離れると、病人に歩み寄るのではなく、その脇を通って年長の公爵令嬢と合流し、連れ立って寝室の奥の、絹の帳の下の床高の寝台へ近寄って行った。ベッドを離れると、二人そろって裏のドアの向こうに姿を隠したが、祈禱が終わる直前に相前後して元の場所に戻ってきたのだった。ピエールはそんな出来事にも、他のあらゆる出来事以上の注意を払いはしなかった。この晩に目の前で行われることはみな、どうしてもそうすべきことなのだと、頭の中できっぱりと割り切っていたからである。

聖歌詠唱の声が途絶え、司祭の一人の声がして、病人が聖傅機密を受けたことを恭しく祝った。病人は相変わらず生きた気配もないままにじっと横たわっている。その周囲では皆が動き出し、足音やささやき声が聞こえたが、中でもドルベツコイ公爵夫人のささやき声が一番はっきりと響いた。

ピエールには彼女がこう言っているのが聞こえた。

「ぜひとも寝台に移す必要があります。ここではどうしようもありませんから……」

医者たちや公爵令嬢たちや召使たちがすっかり病人を取り囲んでしまったので、祈禱の間ずっとピエールが、他の人々の顔を見ながら片時も視野から外すことはなかった白髪のたてがみのある赤黄色の例の頭部が、もはや見えなくなってしまった。安楽椅子を取り巻く人々の慎重な動作から、瀕死の病人を持ち上げて寝台に移そうとしているところだと見当がついた。

「俺の手をしっかりつかむんだ、それじゃ落としちまうぞ」召使の一人の慌てたささやき声を彼は耳にした。「下からだ……もう一人」そんな声がして、まるで自分たちの力を上回るほど重いものを運んでいるかのように、人々の重い息遣いと足音がせわしくなった。

運び手にはドルベツコイ公爵夫人も混じっていたが、一団がピエール青年のいるところに差し掛かると、一瞬彼には人々の背やうなじのかげから、脇の下を支えられた病人の高く盛り上がった脂ぎった胸、大きな肩、そして白髪の縮れ毛に覆われたライオンのような頭部が見えた。並はずれて広い額と大きな頬骨、美しい肉感的な唇、尊大な冷たいまなざしを備えたその頭部は、死が迫っているにもかかわらず端正さを失っていなかった。それはまさに三か月前、この伯爵にペテルブルグへ送り出されたとき、ピエールが見たままだった。しかしその頭が今は運び手たちの不規則な歩みによって頼りなく揺れ動き、冷たい無関心なまなざしは、留まるべき先を知らなかった。高い寝台の周囲で何分か騒ぎが続いたのち、病人を運んだ人々は散っていった。ドルベッコイ公爵夫人はピエールの腕に触れると、「行きましょう」と言った。ピエールが夫人とともに寝台に歩み寄ると、そこには明らかにたったいま執り行われたばかりの機密と関係した晴れがましい姿勢で、病人が横たえられていた。頭は枕で高い位置に支えられている。両手は緑の掛け布団の上に、手のひらを伏せた形で左右対称に置かれていた。ピエールが近づくと、伯爵はまっすぐ彼を見つめたが、しかしそのまなざしの意味も意図も、人知では理解できぬものだった。もしかしたら全く何の意味もなく、ただ目というものがある以上どこかに向けられなければならないということを物語っていたのかもしれないし、あるいは逆にあまりにも多くのことを語っていたのかもしれない。ピエールはどうしてよいか分からぬまま立ち止まり、指導者役のドルベッコイ公爵夫人を問いかける目で振り返った。夫人は素早く目の動きで病人の手を示し、それから唇で口づけの仕草をした。ピエールは掛け布団に引っかからないように精いっぱい首を伸ばすと、夫人の忠告通り骨太で肉厚な手に口づけした。伯爵の手も、顔の筋肉も、ピクリとも動かなかった。ピエールはもう一度、この先どうしたらいいかという問いを込めて公爵夫人を見つめた。夫人は目で、寝台のそばに置かれた安楽椅子を示す。ピエールは素直にその安楽椅子に腰を下ろし、これでいいのかと目顔で確認する。夫人は、それで良しとばかりにうなずいてみせた。ピエールはまたもやエジプトの彫刻のような左右対称の素朴な姿勢を取ったが、見るからに自分の不器用で太った体が大きな場所を取ることを申し訳なく思って、少しでも小さく見えるように心を砕いているといった様子だった。彼は伯爵に目をやった。伯爵はさっきまで立っていたピエールの顔があった場所を見つめていた。ドルベツコイ公爵夫人は、父子対面の最期の瞬間が持つ切々たる重みを感じ取っていることを、その表情で表していた。この状態は二分ばかり続いたが、それがピエールには一時間にも感じられた。すると突然、伯爵の顔の大きな筋肉と皺のただ中に震えが走った。震えは強まっていき、美しい唇が歪み（このときようやくピエールは、父親がどれほど死に近いところにいるかを理解したのだった）、大きく歪んだその口から、不明瞭なかすれた音が聞こえてきた。ドルベツコイ公爵夫人は懸命に病人の目を覗き込み、相手が何を必要としているのかを推測しようとして、ピエールを指さしたり、飲み物を指さしたり、問いかける調子でワシーリー公爵の名前をささやいたり、掛け布団を指さしたりしてみせる。病人の目と顔は、はっきりと苛立ちの色を示した。彼は何とかして、寝台の枕元にじっと控えている召使の方を振り向こうとした。

「寝返りを打ちたいというご希望です」小声でそう言うと、召使は立ち上がって伯爵の重い体を壁向きに反転させようとした。

ピエールも手助けに立ち上がった。

伯爵の体を反転させようとしているとき、片腕だけがぶらりと後ろに残ってしまったので、伯爵はその腕を回収しようとむなしい努力をした。その生気のない片腕をピエールはおびえた眼で見つめたが、その目つきに気付いたのか、あるいは何かほかの考えがこの瞬間死にゆく者の脳裏をよぎったのか、とにかく伯爵は言うことを聞かぬ自分の腕に目をやり、ピエールの顔に浮かんだ恐怖の表情に目をやり、それからまた自分の腕に目をやった。すると彼の顔にはいかにもその造作《ぞうさく》にそぐわない、弱く痛々しい苦笑いが浮かんだが、それはあたかも自分の無力さをあざ笑っているかのようであった。その笑みを見たとき、思いがけずもピエールは胸が震え、鼻の奥につんとするものを感じて、込み上げてくる涙で目が曇った。寝返りを打たされた病人の体が壁の方を向くと、彼はほっと息をついた。

「お眠りになりました」交代にやってきた公爵令嬢を見ると、ドルベツコイ公爵夫人は言った。「さあ、行きましょう」

ピエールは部屋を出た。

21章

応接室にはすでにワシーリー公爵と長女の公爵令嬢をのぞいて誰もおらず、その二人はエカテリーナ女帝の肖像画の下に座って、何か熱心に語り合っていた。ピエールと彼の指導者の姿を見るや否や、二人は黙り込んだ。令嬢はさっと何かを隠し（そうピエールには見えた）、そしてつぶやいた。

「あの女、見るのも嫌ですわ」

「エカテリーナの手配で、小さな客間の方で茶が飲めるようになっていますよ」ワシーリー公爵がドルベツコイ公爵夫人に声をかけた。「どうぞあちらに行って、何かつまんでください。さもないと、奥さま、体がもちませんよ」

公爵はピエールには何も言わず、ただ上腕の肩の下あたりをいたわるように握っただけだった。ピエールは夫人とともに小さな客間に向かった。

「徹夜の疲れを取るには、こういう上質のロシアンティーに限りますな」小さな円形の客間では、立ったまま取っ手のない薄手の中国風茶碗で茶をすすっていたロラン医師が、快活さを抑えたような表情でそう語りかけてきた。目の前のテーブルには茶器一式と冷菜の夜食が並んでいる。周りには今宵ベズーホフ伯爵の屋敷に居合わせた者たちがすべて集まり、腹ごしらえをしていた。いくつもの鏡と小テーブルが並んだこの小ぶりな円形の客間をピエールはよく覚えていた。伯爵家で舞踏会があると、踊りの苦手なピエールは好んでこの小さな鏡の間に座り込み、舞踏会服を着てむき出しの肩にダイヤや真珠を飾った貴婦人たちが、通りがかりに明るく照らされた鏡を覗き込み、そこに何重にも映った自分の姿を確かめるのを観察していたものだった。いまはその同じ部屋がわずか二本のろうそくでぼんやりと照明され、深夜なのでただ一つの小さなテーブルにだけ茶器と料理の皿が乱雑に並び、種々さまざまな陰気臭い人たちが座り込んでひそひそ話をかわしている。そしてその一挙手一投足が、一つ一つの言葉が、いまあの寝室で起こりつつあること、さらにこの先起こるであろうことを、誰一人忘れていないことを示しているのだった。ひどく空腹だったにもかかわらず、ピエールはすぐに食事にとりかかろうとはしなかった。どうしたものかという表情で指導者を振り返ると、相手は抜き足差し足でまたワシーリー公爵と長女の公爵令嬢が残っている先ほどの応接室に戻ろうとしている。これもまた必要なことなのだろうと思ったピエールは、しばしの間をおいてから夫人の後を追った。見るとドルベツコイ公爵夫人が公爵令嬢のすぐそばに立っている、そして二人が同時に、いきり立ったささやき声でまくしたてているところだった。

「失礼ですが、奥さま、何が必要で何が不必要かぐらい、いくら私だって分かっていますわ」そんなふうに言う公爵令嬢は、どうやら先ほど自室のドアをぴしゃりと閉めたときと同じような激昂状態にあるらしい。

「しかし、お嬢さま」ドルベツコイ公爵夫人は短く説き聞かすように応じながら、寝室への通路を塞いで公爵令嬢を通せんぼしていた。「それは伯父さまにとってあまりにもご負担ではないでしょうか？　休息を必要とされている今このときに、すでに御魂《みたま》のご準備が整ったこのときに、そのような世俗の話を持ち出すのは……」

ワシーリー公爵は例の脚を高く組んだくだけたポーズで、安楽椅子に座っていた。その頰はぴくぴくと激しく震えていたが、全体が垂れ下がっているせいで、下に行くほど肥えているように見えた。ただし彼は二人の婦人の掛け合いにはさして関心のないふりをしていた。

「まあまあ奥さま、このエカテリーナのしたいようにさせておくのですな。伯爵が彼女をどれほど愛しているか、ご存知でしょう」

「この紙に何が書かれているか、私は知りもしませんわ」両手に持ったモザイク柄の書類鞄を示しながら、公爵令嬢はワシーリー公爵に向かって言った。「私が知っているのはただ、伯父さまの本当の遺言状は書斎にあって、これはもう忘れられた書類にすぎないという……」

彼女はドルベッツコイ公爵夫人の脇をすり抜けようとしたが、夫人はぴょんとそちらに跳んでまた行く手をふさいでしまった。

「分かりますわ、優しい、親切なお嬢さま」そう言いながら夫人は片手でその書類鞄をむんずと摑んだが、その手に込められた力から、彼女がめったなことでは放しそうもないのが見て取れた。「優しいお嬢さま、お願いです、お願いですからあの方を憐れんであげてくださいな。お願いしますから……」

公爵令嬢は何も言わない。聞こえるのはただ書類鞄をめぐるもみあいの物音ばかり。仮に令嬢が口をきいたところで、出てくるのが、ドルベッツコイ公爵夫人に対する悪口であろうことは明白だった。公爵夫人はしっかりとつかんで離さなかったが、それでも、その声はいつもの甘たるい伸びと柔らかさを保っていた。

「ピエールさん、どうかこちらにいらして。ピエールさんも親族会議に参加されるべき方だと思いますが、いかがです、公爵？」

「なぜ黙っているの、お従兄《にい》さま？」公爵令嬢が急に大声を上げたので、客間にいた者たちも聞きつけてびっくりしたほどだった。「なぜ黙っているの、こんな得体のしれない人が首を突っ込んできて、瀕死の病人のいる部屋の入り口で騒動を起こしているというのに？　ああ、この陰謀家が！」憎々しげにそうつぶやくと、令嬢は全力を振り絞って鞄を引っ張ったが、公爵夫人も放すものかとばかり二三歩踏み出して、しっかりと握りなおした。

「もう！」ワシーリー公爵が非難と驚きの声で言う。彼は立ち上がった。「みっともないでしょう。さあ、手を放すんです。いいから言う通りにしなさい」

令嬢は手を放した。

「あなたもです！」

夫人は公爵に従おうとしなかった。

「さあさ、手を放すんです。すべて私が引き受けましょう。私が伯爵に伺ってきますから。私が……ほらもうたくさんですよ」

「でも公爵」ドルベツコイ公爵夫人が言い返す。「あんなに大きな式の後なのですから、しばらくは安静にしてあげてください。あら、ピエールさん、あなたもご自分の意見をおっしゃって」三人のすぐそばまでやって来て、恥も外聞もなく憎しみをむき出しにした公爵令嬢の様子と、ワシーリー公爵のぴくぴく動く頬を驚きの目で見つめていたピエールに向かって、夫人は言った。

「いいですか、何かあったらすべてあなたの責任ですよ」ワシーリー公爵が厳しい口調で言い放った。「あなたは自分のしていることが分かっていないんだ」

「この性悪女！」公爵令嬢はそう叫ぶと、やにわに夫人にとびかかり、書類鞄をもぎ取ろうとした。

ワシーリー公爵はお手上げとばかりに首を垂れて両手を広げた。

この瞬間、ピエールがずっと見つめていたあの恐ろしいドア、これまではそっと静かに開かれていたドアが、勢いよくギイと開け放たれて壁にバンとぶつかり、中から次女の公爵令嬢が駆けだしてくると、両手をぱちりと打ち合わせた。

「みんな何をしているの！」彼女は身も世もない声で言った。「あの方がお亡くなりになろうとしているのに、私を一人でほったらかしにして」

長女の公爵令嬢は持っていた書類鞄を落とした。ドルベツコイ公爵夫人がさっと身をかがめると、問題の物件をひっつかんで寝室に駆け込む。長女の公爵令嬢とワシーリー公爵は我に返ると、夫人の後を追った。何分か後、部屋から最初に出てきた長女の公爵令嬢は、青ざめた無愛想な顔をして下唇をぎゅっと嚙みしめていた。ピエールを見るとその顔に抑えがたい憎しみの念が浮かんだ。

「さあ、喜ぶがいいわ」彼女は言った。「あなたのご期待通りになったんだから」

そう言ってわっと泣き出すと、ハンカチで顔を隠して部屋から駆け出して行った。

令嬢の後からワシーリー公爵が出てきた。ピエールが座っているソファーによたよたとした足取りで歩み寄ると、彼はそこにくずおれて片手で目を覆った。ピエールが目をやると、公爵は蒼白で、その下顎がまるで熱病のおこりのようにぴくぴくと動いたり震えたりしている。

「ああ、君！」ピエールの肘をつかんで公爵は言った。その声にはこれまでピエールがこの人物に感じたことのない真摯さと弱さが表れていた。「私たちはどれほど罪を犯し、どれほど人をだますことだろう、それもみんな何のために？　私ももう五十を過ぎた身だよ、君……。この私だって……。何もかも、死ねばおしまいだ、何もかもね。死は恐ろしい」公爵は泣き出した。

ドルベツコイ公爵夫人が最後に出てくると、静かなゆっくりとした足取りでピエールに歩み寄った。

「ピエールさん！……」夫人は言った。

ピエールは問うように相手を見た。夫人は青年の額に口づけし、涙で濡らした。しばしの沈黙の後で彼女は言った。

「あの方はお亡くなりになられました……」

ピエールは眼鏡の奥から夫人を見つめた。

「ここを出ましょう、私がご一緒しますから。精一杯お泣きなさい。涙ほど心をいやしてくれるものはないのですから」

夫人は彼を暗い客間に案内したが、ピエールはそこなら誰にも顔を見られないのがうれしかった。夫人は一度立ち去ったが、再び戻ってくると、ピエールは腕を枕にぐっすりと眠りこんでいた。

翌朝、ドルベツコイ公爵夫人はピエールにこう言った。

「そうです、これは私たち全員にとって大きな喪失ですよ。言うまでもなくあなたにとってもね。しかし神さまがあなたを支えてくれます。あなたはお若いし、今やきっと巨万の富の持ち主になる身ですから。遺言はまだ開かれていませんけれど。私、あなたのことはよく存じています。このことで気が動転するようなことはよもやないでしょう。しかしあなたにかかってくる責任は重大です。ですから男らしく堂々としていらしてください」

ピエールは黙っていた。

「後からたぶんお話ししますが、もしも私があの場にいなかったら、どうなっていたかしれませんよ。ところで、伯父さまは一昨日私に、ボリスのことを忘れないとお約束されましたが、何かしてくださる暇はありませんでした。きっとあなたは、お父さまの望まれたことを実行してくださるでしょうね」

ピエールは何一つ分からぬまま、黙って恥ずかし気に顔を赤らめてドルベッコイ公爵夫人を見つめていた。ピエールとの話を終えると、ドルベッコイ公爵夫人はロストフ家に帰って寝た。昼のうちに目覚めると、夫人はロストフ家の人々と知り合いの全員にベズーホフ伯爵の死の顛末を詳しく物語った。夫人の言葉によれば、伯爵の末期はまさに手本とすべきものであり、その死は単に感動的であるばかりか、教訓を含むものだった。父親と息子の最期の会見も胸を打つものであり、涙なくしては思い起こせないし、そもそもあの恐ろしい瞬間に二人のうちどちらがより見事に振る舞ったのか、死の間際にすべての出来事、すべての人を思い出し、深く胸にしみる言葉を息子に残した父親なのか、それとも見るも哀れなほどに落胆しながら、死んでいく父を悲しませぬよう悲しみを押し隠していたピエールなのか、判断もつかない。「つらいけれども勉強させられますわ。老伯爵とその立派な息子さんのような人々を見ていると、心が気高くなりますもの」そんなふうに夫人は言うのだった。例の公爵令嬢とワシーリー公爵の振る舞いについても、夫人は非難の口調で同じく話題にしたが、ただし、ここだけの話として小声で話したものである。

22章

禿山《ルイスィエ・ゴールィ》と呼ばれるニコライ・アンドレーヴィチ・ボルコンスキー公爵の領地では、若公爵のアンドレイが妻を連れて訪れるのを、今日か明日かと心待ちにしていた。しかし待っているからといって、それが老公爵の家庭生活の整然たる秩序を乱すことはなかった。陸軍大将ニコライ・アンドレーヴィチ公爵は、世間ではプロイセン王の呼び名で通っていた人物であるが、先帝のパーヴェル一世の時代に自分の村に蟄居を命じられて以来ずっとこの禿山の領地にこもり、娘のマリヤとその侍女のフランス人女性マドモワゼル・ブリエンヌと共に暮らしていた。新帝の時代になって、両首都に出かける許可を得たにもかかわらず、相変わらず村にこもりきりで、もしもだれか自分を必要とする人間がいれば、モスクワから百五十キロばかりの禿山まで馬車で出向いてくればよい、自分の方は誰も何も必要としてはいない、とうそぶいているのだった。彼の言によれば、人間の諸悪の根源はただ二つ、すなわち怠惰と迷信であり、一方、善にもただ二つ、すなわち活動と知恵のみしかなかった。彼は自ら娘の教育を手掛け、娘のうちに善の二大要素をともに育むために算術と幾何の授業を行い、娘の生活時間を朝から晩までいろんな課業で満たしていた。自身も回想記の執筆やら、高等数学の計算やら、旋盤を使っての煙草入れづくりやら、庭仕事やら、領地で絶え間なく続く建築作業の監督やらで、常に忙しかった。活動の主要条件は秩序であるという考えから、その暮らしぶりにおける秩序は極端に厳密なものにまで高められていた。食堂に出てくるにも一律不変の約束事があって、毎日同じ時間というだけでなく、分の単位まできちんと決まっていた。娘から使用人に至るまで周囲の者たちに対しては厳格でつねに口やかましく、そのために冷酷な人物ではなかったにもかかわらず、どんなに冷酷な人間にも容易に得られぬほどの畏怖と尊敬を身に受けていた。すでに引退していまや国政上は何の力も持たぬ人間であるにもかかわらず、公爵の領地がある県の知事は誰もが彼のもとへ伺候するのを義務と心得て、雇いの建築技師や庭師や令嬢マリヤとまったく同列に、天井の高い控え室で指定された時刻まで公爵のお出ましを待つことになる。そんなふうに控え室で待っている時、書斎の大きな高いドアが開き、小さな乾いた手をした灰色の垂れ眉の小柄な老人の体が、髪粉を振りかけたかつらをかぶった姿で現れると、誰もが一様に敬意と、そして畏怖の念さえ覚えるのだった。その灰色の眉は、時折顰《ひそ》められると、公爵の目の知的で若々しい輝きをすっかり覆ってしまうのである。

若夫婦が到着する日の朝、いつものように娘のマリヤは定時に朝のあいさつのために控え室へと入っていき、こわごわと十字を切って心の中で祈りを唱えた。毎日この部屋に入るたびに、彼女は今日の面談がうまくいきますようにと祈るのだった。控え室に座っていた髪粉をかけた老僕が、静かに身を起こすと、小声で「どうぞ奥へ」と告げた。

ドアの向こうからは規則正しい旋盤の音が聞こえる。軽くすっと開くそのドアにおずおずと手を伸ばすと、マリヤは入り口のところで立ち止まった。公爵は旋盤作業中で、一度振り向いたが、また仕事を続けた。

巨大な書斎は物であふれ、おまけにそれがみな明らかに、絶えず使われている物だった。本や設計図が載った大きな机、扉に鍵がついた背の高いガラス張りの書棚、開いたままのノートが置かれたスタンディングデスク、旋盤、その周りに並べられた工具類やあたりに散らばった削りくず——すべてが不断の、多様な、秩序だった活動ぶりを見せつけるものだった。銀の縫い取りをしたタタール風のブーツを履いた小ぶりな片足の動きからも、筋張った痩せぎすの手でぐいと押さえる様からも、公爵がまだほんの初老にすぎず、多くのことに耐えうる頑健な体力を有しているのは明らかだった。何度か回した後で旋盤のペダルから足を外し、鑿《のみ》を拭って旋盤に作りつけられた革のポケットに放り込むと、公爵は机に歩み寄って娘を呼び寄せた。彼は決して子供に祝福の言葉を述べたことはなく、このときもただ娘に、今日はまだ剃っていない荒い髭の生えた頬を差し出し、厳しいと同時に注意深い親身な目で彼女を見ながら、こう言っただけだった。

「元気か？……じゃあ、座りなさい！」

彼は自分の手で書かれた幾何のノートを手に取ると、片足で安楽椅子を引き寄せた。

「明日の分だ！」必要なページを素早く見つけると、一つの節から別の節まで固い爪で印をつけて、そう告げる。

娘は机の上のノートにかがみ込んだ。

「待ちなさい、お前に手紙だ」やにわにそう言うと、老公爵は机の上方に作りつけられた状差しから女文字で書かれた封筒を取り出し、机の上に放った。

手紙を見るとマリヤの顔は朱に染まった。彼女は急いで手紙を手に取り、今度はこちらにかがみ込んだ。

「エロイーズからかね？[44]」冷たく笑ってまだ丈夫な黄色っぽい歯をむき出しにしながら公爵は訊ねた。

「はい、ジュリーからです」おずおずと目を上げておずおずと微笑みながらマリヤは答えた。

「あと二通は見逃してやるが、三通目が来たら読む」公爵は厳しい声で言った。

「きっと二人ともつまらんことばかり書いているのだろう。三通目は読むからな」

「これをお読みになっても構いません、お父さま」一層顔を赤らめて父に手紙を差し出しながら娘は答えた。

「三通目と言っただろう、三通目と」ぴしゃりと声で制して手紙を押しのけると、公爵は机に肘を突き、いくつもの幾何の図が書かれたノートを引き寄せた。

「さて、お嬢さん」娘に身を寄せてノートにかがみ込み、片手を娘が座っている安楽椅子の背に置いた格好で老人がそう切り出すと、娘はずっと前からなじみの父親のタバコのにおいと、強い老人臭に四方から包まれた気がした。「さて、お嬢さん、これらの三角形は相似形である。角abcを見よ……」

マリヤは間近にある父親のぎらぎらした目を、おびえた顔で見やった。その顔一面に赤い斑点が広がっていく。彼女が何ひとつ理解しておらず、恐れる気持ちが強くて、父親がこの先説明しようとしていることが仮にどれほど分かりやすくても、恐れが邪魔をして何ひとつ理解できないだろうことは、一目瞭然だった。教師が悪いのか生徒が悪いのかは別にして、毎日同じことが繰り返された。マリヤは目の前がぼんやりして何も見えず、何も聞こえぬまま、ただすぐそばに厳しい父親の乾いた顔があるのを意識し、その息遣いと臭いを感じるばかりで、とにかく一刻も早くこの書斎を抜け出し、広い自分の部屋でゆっくりと問題を理解したいと、ただそれだけを考えているのだった。老人はこれに苛立ち、大きな音を立てて自分の座っている椅子を机から遠ざけたりまた寄せたりしながら、かんしゃくを起こさぬように自分を抑えようとするのだが、結局はほとんどいつもかんしゃく玉を破裂させて、ののしったり、時にはノートを投げつけたりするのだった。

マリヤはこのときも答えを間違えた。

「いやはや、だからバカ娘だと言うんだ！」公爵はそう叫んでノートを押しやると、ぷいと脇を向いたが、しかしすぐに立ち上がって部屋をぐるりと一周し、戻ってきて両手で娘の髪を触ると、また腰を下ろした。

父はまた娘に身を寄せて説明を続けた。

「だめだよ、お嬢さん、これじゃだめだ」宿題の書かれたノートを手に取って閉じ、

44　マリヤとジュリーの文通をルソーの書簡体小説『ジュリーまたは新エロイーズ』の往復書簡になぞらえた発言。

すでに退出する準備をしているマリヤに、公爵は言った。「数学は立派な仕事なんだぞ、お嬢さん。お前には、その辺の愚かな奥さま連中みたいになってほしくないのだ。我慢して取り組めば、やがて好きになる」彼は娘の頬を片手で軽くたたいた。「ばかな考えは頭から飛んで消えるからな」

　マリヤは立ち去ろうとしたが、父は身振りで引き留め、高い机の上から新しい、まだページの切られていない本を手に取った。

「ほらお前のエロイーズが他にも『神秘の鍵』[45]とかいう本を送ってきているぞ。宗教書だ。私は誰の信仰にも介入しないがな……。ちょっと覗いてみたよ。持っていきなさい。さあ、帰った、帰った！」

　彼は娘の肩をポンポンとたたくと、送り出した後に自分でドアに錠を下ろした。

　自室に戻ったマリヤは憂鬱な、怯《おび》えたような顔をしていた。その表情はめったに彼女の顔から消えず、もともと美しくない病的な顔を、なおさら醜くさせているのだった。彼女が腰を下ろした書机にはミニチュアの肖像画がたくさん立ち並び、ノートや本が山と積まれていた。父親が几帳面な分、娘は整理整頓が苦手だった。幾何のノートを机に置くと、彼女はもどかしげに手紙の封を開けた。それは子供のころからの親友である公爵令嬢の手紙だった。その親友というのが、ロストフ家の聖名日の祝いにいた、あのカラーギン家のジュリーであった。

ジュリーはフランス語で次のように書いていた。

『いとしい、かけがえのない友よ、別離とは何とつらく恐ろしいものでしょうか！　私の存在の半分は、私の幸せの半分はあなたの内にある、どんなに遠く離れていても私たちの心は解けない絆で結ばれているのだと、いくら自分に言い聞かせても、私の心は運命に抗おうとし、身の回りにいくら楽しみや気晴らしがあっても、あなたとお別れしてから胸の奥で味わってきたひそかな悲しみを、どうしても押し殺せないでいるのです。どうして私たちは一緒にいられないのでしょう、この前の夏、あなたの大きなお部屋の、あの青いソファーで、あの「告白」のソファーで一緒に過ごしたように？　どうして私は三か月前のように、あなたのまなざしの中から新しい精神の力をくみ取ることができないのでしょうか？　あなたの控えめな、落ち着いた、しかも貫くようなまなざしが私は大好きで、こうして手紙を書いているときにも目の前に浮か

45　ドイツの神秘主義者カール・フォン・エッカルツハウゼン（一七五二〜一八〇三）の『自然の神秘の鍵』。ヨーロッパ各国語に翻訳され、フリーメイソンを中心に広く読まれた。

んでくるのです』

ここまで読むとマリヤは一つため息をつき、右手に立っている窓間の姿見を振り向いた。鏡が映しているのは醜い貧弱な体と痩せこけた顔だった。いつも悲しげな眼が、今は格別心細げに、鏡に映った自分の姿を見つめている。『ジュリーは私にお世辞を言っているんだ』そう思った令嬢は、顔を背けて続きを読んだ。しかしジュリーは別に親友にお世辞を書いたのではなかった。実際にマリヤの目は、大きくて深くて光に満ちていて(あたかも暖かな光線が束となって放射されているかのようなのだ)、とても感じがよく、しばしば、顔全体は美形ではないにもかかわらず、その目が美を上回る魅力を発揮するのだった。ところが本人は、自分の目の良き表情を一度も見たことがない。というのも、そうした表情は彼女が自分のことを考えていない時に現れるものだったからである。誰もがそうであるように、彼女が鏡に自分を映してみるや否や、その顔は取り繕った、不自然な、つまらぬ表情になってしまうのだった。彼女は先を読んだ。

『モスクワはすっかり戦争の話でもちきりです。私の二人の兄のうち一人はすでに国境の外にいますし、もう一人は近衛隊の一員として、国境に向かって進軍中です。私たちの敬愛する皇帝陛下は、ペテルブルグを出られて、皆の見込みでは、ご自身のかけがえのないお命を、自ら武運にゆだねるおつもりのようです。全能の神が慈悲深くもわれらの君主の地位に据えられた天使が、ヨーロッパの平安をかき乱すあのコルシカ生まれの怪物を退治してくださることを、心から祈ります。兄たちのことはもとより、この戦争はさらに私の心に最も親《ちか》しい知人の一人を奪い去りました。私の言うのはニコライ・ロストフさんのことです。彼は熱狂的な性格のゆえに何もせずにいることに耐えられず、大学を捨てて軍に入ったのです。優しいマリヤさん、あなたには本音を打ち明けますが、まだごく若い方とはいえ、彼が軍に行ってしまったことは私には大きな悲しみでした。この青年のことは前の夏にお話ししましたが、二十歳にしてすでに年老いた者だらけの現代にはめったに見られないような高貴さと本物の若さを備えた方なのです！　何よりも真っ正直な、熱い心の持ち主です。清純で詩心に満ちていて、彼とのおつきあいは、ほんのはかないものでしたが、すでにこんなにもたくさんの苦しみを味わってきた私の哀れな心にとって、最高に甘美な喜びの一つとなりました。いつかあなたに私たちの別れのことを、そしてそのとき何が語られたかをお話ししますね。今はまだすべてあまりにも記憶に新しいので……。ああ！　いとしい友よ、あなたは幸せです。だってこうした胸を焼く喜びを、胸を焼く悲しみをご存じないのですから。あなたが幸せだというわけは、通例、悲しみの方が喜びよりも激しいからです。十分承知しています、ニコライ伯爵はいまだあまりにも若くて、私にとっては親友以外の存在にはなれないということを。でもそんな甘美な友情、そうしたとことん詩的で純潔な関係こそ、私の心が求めているものなのです。でもこの話題はもうたくさんですね。モスクワ中を席巻した重大ニュースは、老ベズーホフ伯爵の死とその遺産の件です。まあ考えてみてください、例の三人の公爵令嬢はいくばくかのはした金しかもらえず、ワシーリー公爵はゼロ、ピエールさんが全財産の相続人となって、おまけに正式の息子と認定された、つまりベズーホフ伯爵となり、ロシアで最大の資産の所有者となったわけです。噂では、ワシーリー公爵がここに至る過程でひどく醜悪な役割を演じたあげく、ついにはいたたまれなくなってペテルブルグに引き上げたとか。

正直な話、私はこうした遺言状関連のことは全く疎いのですが、ただ分かっているのは、かつてみんながただのピエールという名で知っていた青年がベズーホフ伯爵に変身し、ロシアで最高の資産の一つの所有者となってから、(カッコ付きで本音を言えば)私にはいつもごくつまらない人間にしか見えなかったこの紳士に対して、年頃の娘を持つ母親たち、および当のお嬢さまたちの態度ががらりと変わってしまったことで、それはもう見ていて滑稽なほどです。すでにこの二年、みんなはこの私に結婚相手を、それもたいていは私の知りもしない人を、探し出そうという遊びに興じてきたので、今やモスクワの結婚情報誌は、私をベズーホフ伯爵夫人に仕立て上げようとしています。しかしお分かりと思いますが、私には全くそんな気はありません。ところで結婚話のついでですが、ご存知ですか、最近あのみんなの叔母さま役のドルベツコイ公爵夫人が極秘という触れ込みで私に打ち明けてくれたのが、あなたを結婚させようという計画なのですよ。相手は他でもない、あのワシーリー公爵の息子のアナトールさん。彼に身を固めさせるために金持ちで身分の高い女性と結婚させたいというので、親たちの白羽の矢があなたに立ったという次第。あなたがこれをどう思うか私は知りませんが、でもあらかじめお知らせしておくのが義務だと思ったわけです。噂では相手は大変な美男で大変な不良だとのこと。私が当人について知ることができるのはそれくらいです。

でも、無駄話はもうたくさんですね。二枚目の便箋も終わりかけて、母がアプラクシンさんのお宅へ食事に行くからと人をよこしました。一緒に神秘主義の本を送るので、どうかお読みになって。こちらでは大変評判の本です。そこには人間の乏しい知性では理解しにくいことも書かれていますが、素晴らしい本で、読むと心が落ち着き、かつ高められます。ではさようなら。お父さまとマドモワゼル・ブリエンヌにくれぐれもよろしく。心を込めて抱擁します。

ジュリー

追伸、あなたのお兄さまと素敵な奥さまのことを知らせてくださいね』

マリヤは少し考え込んでから静かな笑みを浮かべ（このときキラキラと光を放つ目のおかげでその顔が一変した）、不意に立ち上がると、いつもの重い足取りで机に向かった。便箋を取り出すと、その手が紙の表を軽快に滑り出す。そうして彼女は次のような返信を同じくフランス語で認《したた》めた。

『いとしい、かけがえのない友よ。十三日付けのあなたのお手紙は私に大きな喜びを与えてくれました。今でも変わらずに私のことを愛していてくださるのですね、詩人のジュリーさん。あなたは別離のつらさをさんざんお書きですけれど、でもどうやらその別離も、あなたにはさして痛手にはなっていないようにお見受けします。そのあなたでさえ別離を嘆かれるくらいですから、もしもこの私がその気になったら、いったい何を申しあげればいいのでしょう。だって私には、大事な人たちのだれ一人としてそばにいないのですから。ああ、もし私たちに宗教の慰めがなかったとしたら、人生はきっととても悲しいものになるでしょうね。ところであなたは、若い男性への思いを語られるとき、どうして私がそうしたことを厳しい目で見ていると決めつけられるのでしょうか？　そうしたことに関して私が厳しいのは、自分に対してだけです。人がそのような思いを抱くのは理解できますし、自分では経験がないので特に賛成もできませんが、非難することも致しません。私が思うのはただ、若い男性の美しい瞳があなたのように詩的で愛情深い若い娘にもたらす感情よりも、キリスト教の隣人愛や、敵に対する愛の方が、より大切で喜ばしい、優れたものだということだけです。

ベズーホフ伯爵が亡くなられたという知らせは、あなたのお手紙をいただく前にこちらにも伝わっていて、父は大変ショックを受けていました。父が言うには、伯爵は偉大なる時代の最後から二番目の代表者で、いよいよ次は自分の番だとのこと。ただし父はその順番がなるべくゆっくりと回ってくるよう、できる限りの努力をするということです。どうか、神がそのような不幸をまぬかれさせてくださりますように！

ピエールさんに関するあなたのご意見には賛成できません。あの方のことは子供のころから存じていますが、私の見たところ、あの方はいつもすばらしい心の持ち主でいらっしゃいました。それこそがまさに私には、人間に一番大事な資質だと思えるのです。あの方の相続された遺産と、ワシーリー公爵がこの件で果たした役割について言えば、いずれもお二人にとって、とても悲しむべきことです。ああ、愛する友よ、私たちの神なる救い主の言われた言葉——富める者が神の国に入るよりは、ラクダが針の穴を通る方が易しい[46]というあの言葉は、恐るべきほど正しいものです！　私はワシーリー公爵を哀れに思いますが、ピエールさんのことはなおさらです。あんなにもお若い身で、あれほどの財産を背負い込むなんて——あの方はこの先どれほどの誘惑を乗り越えて行かねばならないことでしょう！　もしもこの私が、この世で一番の望みは何かと聞かれたなら、最も貧しい乞食よりもさらに貧しい人間になることだと答えることでしょう。ご本をお送りくださったこと、しかもあなた方のところで大評判の本とのことで、幾重にも御礼を申し上げます。ただし、お手紙によれば、あの本の中にはたくさんの良きことに混じって、人間の乏しい知性では理解できないことも書かれているとのこと。だとすれば、理解できない本を読むのは無駄かとも思われます。だって理解できない以上は、きっと何の利益ももたらさないでしょうからね。神秘的な書物に読みふけって自分の考えを混乱させるようなある種の方々の嗜好が、私には決して理解できません。なぜならそうした書物は、単に自らの知性への疑いを掻き立て、想像力を刺激して、何でも大げさに考える性格を助長するばかりで、つまりはキリスト教的な素朴さの対極をなすものですから。それくらいならむしろ使徒行伝や福音書を読むべきです。いただいたような書物に含まれる神秘を解明しようとするのはよしましょう。だって、哀れな罪びとである私たちが、肉体の外皮をまとって存在し、その肉体が私たちと永遠の世界とを隔てる貫きがたい帳《とばり》をなしている限り、どうしてそんな私たちに神意の恐るべき、聖なる神秘を理解することができるでしょうか？　むしろ救い主さまがこの地上での手引きとして残してくださった偉大なる掟を学ぼうではありませんか。ひたすらその掟にしたがい、そして実感するべく努めようではありませんか——私たちが自分の理性の放縦を慎めば慎むほど、神ご自身より出たものでないあらゆる知恵を否定する神の御心にかなうのだということを、そして神が私たちから隠そうと望まれたものに立ち入ることが少なければ少ないほど、神はより速やかに神知によってそれを私たちに明かしてくださるのだということを。

父からは縁談のことは何も聞いていませんが、ただ手紙を受け取ってワシーリー公爵の来訪を待っているとだけ言われています。私の結婚の見通しということについて

46　マタイ福音書19章24節。

言えば、いとしいかけがえのない友よ、私の意見はつまり、結婚とは神さまの決められることで、それには従うほかはないということです。たとえそれが自分にとってどんなにつらいことだろうと、もしも全能の神が私に妻として母としての義務を課されることをお望みならば、私はそれを可能な限り忠実に果たすべく務めますし、神が私の伴侶として与えられる方についての自分の感情を詮索することは致しません。

兄から受け取った手紙によると、義姉を連れてこの禿山に来るそうです。しかしこのうれしい来訪も、長いものとはなりません。兄は、理由も目的も分からぬままわが国が巻き込まれつつあるこの戦争に加わるため、私たちのもとを去ろうとしているからです。あなたのいるような事件と社交の中心地ばかりでなく、都会の方々が普通片田舎として思い浮かべるようなこの農事と静かな暮らしの真っただ中にいても、戦争の反響が聞こえてきて、重苦しい実感がわいてきます。父はひたすら進撃とか反転進撃とかの話ばかりしていますが、私にはさっぱり分かりません。ただ一昨日、いつものように村の通りを散歩していた折に、私は胸が張り裂けるような光景を見ました。この土地で召集されて軍に送られていく新兵の一団に出くわし、兵隊にやられる者たちの母親や妻や子供たちの様子をこの目で見て、お互いの嘆きかわす声を聴く羽目になったのです！　人類は、愛を教え、侮辱に対する許しを教えてくださった神なる救い主の掟を忘れ、互いに殺しあう技術にこそ自らの最大の価値があると思い込んでいる——ついそんな風に思ってしまいます。

さようなら、愛する良き友よ。救い主さまと生神女《しょうしんじょ》[47]さまが、その浄く強い覆い布であなたを守ってくださりますよう。

マリヤ』

「あら、お嬢さまも手紙を出されるのですね。私も自分の手紙を送ったところですわ。かわいそうな母に書きましたの」笑顔のマドモワゼル・ブリエンヌが、早口の快い、響きのよい声で、rの音を喉にこもらせて発音しながら話しかけ、マリヤの思い詰めた、もの悲しい、どんよりとした気分に、まったく別種の、軽薄で朗らかで自分に満足した世界を持ち込んできた。

「お嬢さま、一つ警告しておきますわ」マドモワゼル・ブリエンヌは声を低くして言い添えた。「公爵さまは口論されましたわ」r音をとりわけ喉の奥で発音し、満足そうに自分の言葉に聞き入っている。「ミハイル・イワーノヴィチと口論されたので

47　聖母の東方正教会での呼び名。

す。ひどくご機嫌斜めで、頑《かたく》なになっていらっしゃいます。ですから申し上げておきますが、ご承知のように……」

「ああ、ちょっと待ってください！」マリヤは答えた。「父の気分の話など、決して私にしないでくださいって、お願いしておきましたでしょう。父の気持をとやかく言うつもりは私にはありませんし、ほかの人にも口出ししてほしくないのです」

時計を見たマリヤは、クラヴィコードの演奏に使うべき時間をすでに五分間無駄にしてしまったことに気付き、慌てた様子で休憩室に向かった。定められた日課では、十二時から午後二時までの間は、公爵は休憩、公爵令嬢はクラヴィコードの演奏をすることになっていたのだった。

23章

大きな書斎では、白髪頭の侍僕がまどろみながら、公爵のいびきに耳を傾けていた。家の奥でドゥシーク[48]のソナタの難しい楽節を二十回ずつ反復演奏しているのが、何枚もの閉ざされたドアを通して聞こえてくる。

そのとき表階段に旅行用の箱馬車と四輪馬車が乗り付け、箱馬車からアンドレイ公爵が出てくると、小柄な妻を馬車から降ろし、先へと行かせた。白髪頭にかつらをかぶったチーホンが控え室のドアから身を乗り出し、小声で公爵がお休み中だと告げると、急いでドアを閉めた。息子が来訪しようがどんな異例の出来事が起ころうが、日課を乱してはいけないことを、チーホンは承知しているのだった。どうやらアンドレイ公爵も、チーホンと同じくそのことをわきまえているらしい。会わないでいる間に父親の習慣が変わっていないか確かめるような様子で時計をちらりと見て、変化がないことを確認すると、彼は妻に言った。

「二十分で父は起きる。マリヤのところへ行こう」

小柄な公爵夫人はこの間にまた少しお腹が大きくなっていたが、口をきくとその目も、笑みをたたえた産毛の生えた短い鼻下《びか》の部分も、ともに楽しげに愛くるしく持ち上がるところは、以前通りだった。

「本当に、これはもう宮殿ね！」舞踏会の主人をほめる時のような表情であたりを見回しながら、夫人は夫に言った。「さあ、行きましょう……」きょろきょろと周囲を見回しながら、彼女はチーホンにも夫にも、案内に来た召使にも微笑みかけるの

48　ヤン・ラディスラフ・ドゥシーク（一七六〇～一八一二）、ボヘミア人作曲家・ピアニスト。

だった。

「お稽古しているのはマリヤさんね？　こっそり行きましょう、驚かせてあげなくちゃ」

アンドレイ公爵は慇懃ながら気の晴れぬような表情で妻の後についていく。

「お前もいささか老けたなあ、チーホン」老人の脇を通るとき、手に口づけを受けながら彼は言った。

クラヴィコードが聞こえてくる部屋の手前まで来たとき、脇のドアからきれいな顔をしたブロンドのフランス人女性が駆けだしてきた。マドモワゼル・ブリエンヌで、喜びに我を忘れているように見える。

「あら！　お嬢さまがどんなにお喜びでしょう」彼女は声を上げた。「とうとうお着きになったのね！　お嬢さまにお知らせしなくちゃ」

「いえ、いえ、結構ですわ……あなたがマドモワゼル・ブリエンヌですのね、義妹《いもうと》が親しくさせていただいているということで、私も存じあげておりますわ」公爵夫人は相手とキスを交わしながら言った。「あの子、私たちがこんなに早く着くとは思っていないんでしょうね！」

一同が休憩室のドアに近寄ると、中から同じ楽節が何度も繰り返し聞こえてくる。

アンドレイ公爵は足を止め、何か不快なことを予測するかのように顔を顰《しか》めた。

公爵夫人が入って行く。楽節が途中で途絶え、叫びが聞こえ、マリヤの重い足音が響き、キスの音が聞こえた。アンドレイ公爵が入って行くと、かつて彼の結婚式の際に一度、短時間会っただけの妹と妻がひしとかき抱き合って、互いにところかまわず強く唇を押し付けているところだった。マドモワゼル・ブリエンヌが脇に立って両手を胸に当てたまま、恭しく微笑んでいる。明らかに泣きたい気持と笑いたい気持が拮抗しているのだ。アンドレイ公爵は肩をすくめて顔を顰めたが、それはちょうど音楽の愛好家が調子はずれの音を聞いた時のような表情だった。二人の女性はひとたび抱擁を解いたが、それからまた後れを取るのを恐れるかのように、互いの手を取ってキスをしては手を離し、今度はまた互いの顔にキスをしている。そうしてアンドレイ公爵にとって全く意外なことに、二人ともわっと泣き出して、またもやキスをし始めたのだった。マドモワゼル・ブリエンヌも同じく泣き出した。アンドレイ公爵は見るからに気まずそうだった。しかし二人の女性にとってはどうやら泣くことこそが自然であって、この再会が涙なしで終わるなんて想像もできないというところだったようだ。

「ああ、お義姉さま！……」「ああ、マリヤさん！……」突然二人がそろって喋りだし、それがおかしくて笑った。「私、昨夜夢に見たのよ……」「じゃあ、私たちがすぐ来るなんて予想していなかったんでしょう？……ああ、マリヤさん、あなた痩せたわね……」「お義姉さまはちょっとふっくらされて……」

「私、奥さまだとすぐに分かりましたわ」マドモワゼル・ブリエンヌが口をはさんだ。

「私は夢にも思っていなかったわ！……ああ、アンドレイ兄さん、私、兄さんが目に入っていなかったわ」

アンドレイ公爵は妹と手を取り合ってキスをすると、相手に向かって昔とおんなじ泣き虫だねと言った。マリヤはすっかり兄の方に向き直った……すると、この瞬間とりわけ美しさを増した彼女の大きな光を放つ目の、愛に満ちた暖かで穏やかなまなざしが、涙越しにアンドレイ公爵の顔にとまった。

公爵夫人はとどまることなく喋り続けている。産毛の下の短い上唇が、いつものように瞬間的に下にすっと伸びて、赤い小さな下唇の必要な個所に触れると、また笑顔がほころびて輝く歯と目があらわになるのだった。夫人はここまでの道中スパッスカヤ・ガラで事故に遭遇し、身重の体で危険な目に遭いかけたことを話し、そしてその直後に、自分はドレスをみんなペテルブルグに置いてきてしまったので、ここではろくに着るものもないことを告げ、さらに夫がすっかり変わってしまったこと、オドゥインツォフ家のキティがある老人と結婚したこと、マリヤに本当に求婚者が現れたことを告げて、最後の件については後で話しましょうと言った。マリヤは変わらずに黙ったまま兄を見つめている。その美しい目には愛情と悲しみが浮かんでいた。明らかにいま彼女のうちには、義姉のお喋りとは無縁の、自分だけの思考の流れが形作られているのだった。この間のペテルブルグでの祝日について義姉が話している途中で、マリヤは兄に語り掛けた。

「では、兄さんはどうしても戦争に行くのね？」彼女はため息をついた。

リーザも同様にため息をつく。

「ああ、しかも明日《あした》な」兄は答えた。

「この人は私をここに置いてきぼりにするのよ、しかも何のためか分からないわ。このままで昇進できそうだったのに……」

自分の思考の糸をたどっていたマリヤは、義姉の話を最後まで聞かずに相手を振り向くと、優しい目をその腹のあたりに向けながら言った。

「本当なの？」

夫人の顔ががらりと変わり、ため息が出た。

「ええ、本当よ」夫人は答えた。「ああ、とても怖いわ……」

夫人の唇が力なく垂れた。彼女は義妹の顔に顔を寄せ、また唐突に泣き出した。

「妻は休む必要がある」アンドレイ公爵が渋面になって言う。「そうだね、リーザ？　部屋に連れて行ってやってくれ、僕はお父さんのところへ行くから。どうだい、あの人は相変わらずかい？」

「相変わらずよ、まったく変わらないわ。それは、兄さんから見たらどうか分かりませんけれど」マリヤはうれしそうに答えた。

「時間割も同じで、並木道の散歩も？　旋盤も？」訊ねるアンドレイ公爵はかろうじて見分けられるほどの笑みを浮かべている。それは父親を深く愛し尊敬してはいるものの、その欠点もまたわきまえているという意識を表していた。

「同じ時間割で旋盤も同じよ。おまけに数学も、私の幾何の授業もね」うれしげに答えるマリヤの様子は、まるで幾何の授業を受けるのが彼女の人生で最もうれしい経験の一つだと言わんばかりだった。

老公爵の起床までの二十分の待機時間が過ぎると、侍僕のチーホンがやってきて若公爵を父親の部屋に招いた。老公爵はせっかく帰ってきた息子に敬意を表して、日課に例外を設け、食事の前の着替えの時間に息子を自分の部屋に通すよう命じたのだった。老公爵は、長上衣《カフタン》を着て髪粉をつけるという昔風のファッションで過ごしていた。アンドレイ公爵が（よその家のサロンで見せるような気難しい表情や身ごなしではなく、ピエールと話しているときに見せたような、生き生きした表情をして）父の部屋に入った時も、老公爵は化粧部屋の、モロッコ革を張った幅の広い安楽椅子に髪粉用マントをつけて座り、頭をチーホンの手にゆだねているところだった。

「やあ！　勇士のお出ましか！　ボナパルトをやっつけに行くんだって？」そう言うと老公爵はチーホンの手に握られた編みかけの髪が許す範囲で、髪粉を振りかけた頭を振ってみせた。「まあお前あたりがとっちめてやらんとな、さもないとあの男は今にわれわれのことも自分の臣民扱いしかねんからな。ようこそお帰り！」そう言って片頬を差し出してみせる。

食前のひと眠りのせいで、老公爵は上機嫌だった（食後の睡眠は銀、食前の睡眠は金、というのが老公爵の口癖だった）。垂れ下がった濃い眉毛の奥からうれしそうに息子を横目で見ている。アンドレイ公爵は近寄っていくと、差し出された頰にキスをした。父親のお気に入りのテーマは現下の軍人たちを茶化すこと、とりわけボナパルトを茶化してみせることだったが、アンドレイはその話題には乗らなかった。

「ええ、帰ってまいりましたよ、父上、身重の妻を連れて」生気に満ちた恭しい目で父の目鼻の一つ一つの動きを追いながら、アンドレイ公爵は言った。「お体の調子はいかがですか?」

「健康でないのはな、お前、愚か者か放蕩者だけだよ。私のことはよく知っているだろう。朝から晩まで仕事をして、節制しているから、おかげで健康だよ」

「神さまのおかげですね」息子は微笑んで言った。

「神さまは関係ないさ。ところで、聞かせてくれ」父はまたお気に入りの話題に戻ろうとして、言葉を継いだ。「ドイツ人は今どきの新しい学問で、つまりあの戦術学というやつで、どんなふうにボナパルトと戦えとお前たちに教えているんだ?」

アンドレイ公爵はにやりと笑った。

「まずは一息つかせてくださいよ」こんな父の弱点も、彼を敬い、愛する邪魔にはならない、とその笑顔が語っていた。「だって僕はまだ泊まる部屋も決まっていないんですから」

「なに、いい加減なことを言うんじゃない」おさげの髪を振ってしっかり編まれているか確かめながら、老公爵は息子の腕を捕まえて吼えた。「お前の嫁さんの住む家は用意できている。マリヤが案内して説明して、それから散々お喋りすることだろうよ。それが女の仕事というやつだからな。お前の嫁さんが来てくれてよかった。まあ座って、話を聞かせてくれ。ミヘリソンの軍のことは分かっている、トルストイの軍も同じだ……同時上陸だな……。南方軍はどうするんだ？　プロイセンは中立で……それは承知だ。オーストリアはどうだ？」喋りながら老公爵が安楽椅子から立ち上がって部屋を歩き回ると、チーホンも一緒に駆け回って衣類を一枚一枚と渡していく。

「スウェーデンはどうだ？　ポメラニアはどう越えるのだ？[49]」

父親のしつこい問いに、はじめは乗り気でなかったアンドレイ公爵も、やがてだんだんと気合が入り、話の途中からは習慣で無意識にロシア語からフランス語に切り替えて、想定されている戦役の作戦計画を述べ始めた。彼が述べた計画の骨子は次のようなものであった──九万の軍がプロイセンに脅威を与え、その結果、中立を捨てて

49　ロシア軍のヴィンツィンゲローデ将軍による対ナポレオン戦争計画は、諸国家の連合軍が以下の複数の方向からフランスを攻撃することを想定していた。北方（ポメラニア、ハノーファー）からはスウェーデン、イギリス、ロシア軍（トルストイ指揮）、東方からはロシア、オーストリア軍（ミヘリソン、ベニグセン指揮）、ガリツィア（ドナウ作戦）では南方ロシア軍（クトゥーゾフ、ブクスゲヴデン指揮）とオーストリアのバヴァリア軍。さらに北イタリアではオーストリア軍、中部イタリアではロシア、イギリス軍、ナポリ王国軍が、それぞれ作戦を展開する予定だった。

参戦せざるを得なくする。その軍の一部がシュトラルズント[50]でスウェーデン軍と合流する。二十二万のオーストリア軍と十万のロシア軍が一つになって、イタリア及びラインで戦う。五万のロシア軍と五万のイギリス軍がナポリに上陸する。以上併せて五十万の軍が諸方向からフランスを攻撃する。話の間、老公爵は、まるで聞いてもいないかのように何の関心も示さず、歩きながら着替えを続け、三度唐突に息子の話を遮った。一度目は息子の話を止めて、こう叫んだ。

「白だ！　白！」

つまりチーホンが渡してよこしたチョッキが、自分の思うのと違うと言いたかったのだ。また次には足を止めて、こう訊ねた。

「それで、出産は近いのか？」そうして責めるように首を振り、言った。「感心せんな！　続けろ、続けろ！」

三度目は、すでにアンドレイ公爵が説明を終えようとしているときで、老公爵は調子はずれの年寄りくさい声で歌いだしたのだった。

《マールバラは戦《いくさ》に行った／いつ帰るかは神ぞ知る》[51]

息子はただニヤッと笑っただけだった。

「これが僕の推奨する計画だというわけではありません」息子は言った。「ただありのままをお話ししただけです。ナポレオンはすでにこれに劣らぬ自分の計画を立てていることでしょう」

「いやはや、お前の話には何も新しいことはないな」老公爵は何か思うところがあるように早口で《いつ帰るかは神ぞ知る》とつぶやくと、息子に言った。「食堂に行っていてくれ」

24章

決められた時刻に、髪粉をかけて髭《ひげ》をきれいに剃った姿で、老公爵は食堂に向かって部屋を出た。食堂では息子の嫁と娘のマリヤ、マドモワゼル・ブリエンヌ、そして公爵の建築技師が待ち構えていた。この建築技師はごく低い身分の者で、本来は決してこのような待遇に値しないのだが、公爵の奇妙な気まぐれから食事の席に加わることを許されていた。平素から身分の区別にうるさく、県の役人のお偉方でさえめった

50 バルト海岸の都市。この時代スウェーデン領だったが、後にプロイセン領となった。
51 一七〇四年、英軍を率いてフランスに大勝したジョン・チャーチル・マールバラ（マルボロー）公爵（一六五〇～一七二二）を題材にしたフランスの戯れ歌。

に食卓に呼ぼうとしない公爵が、部屋の片隅でチェックのハンカチで洟をかんでいたこのミハイル・イワーノヴィチという建築技師を、にわかに人間みな平等であることの証拠として扱うようになり、娘に対しても何度となく、ミハイル・イワーノヴィチは私やお前と何も劣らない人間なのだと言い聞かせたものだった。食事の席でも公爵は、何かというとこの無口なミハイル・イワーノヴィチに話しかけた。

この屋敷のすべての部屋と同様に広々として天井の高い食堂では、家族と、それぞれの椅子の背後に立ち控えた召使たちが、主人の登場を待っていた。片腕にナプキンを掛けた家令は、ほかの従僕たちに目配せをしながら食卓の飾りつけに目を配りつつ、しきりに壁の時計から主人が出てくるはずのドアへと落ち着きのない視線を走らせていた。息子のアンドレイ公爵は、初めて見る巨大な金張りの額を眺めていたが、そこには樹木の形をしたボルコンスキー公爵家の家系図が収められていた。反対側の壁には同じように巨大な額がかかり、そこには冠を戴いた領主たる公の、ひどく稚拙な（おそらくは当家のおかかえ絵師の手による）肖像画が収められていたが、これはかのリューリク[52]の血を引くボルコンスキー家の始祖たる人物にちがいなかった。アンドレイ公爵は家系図のほうを見ながら首を振っては、ちょうど人が滑稽なまでによく似た肖像画を目にした時のような、にやにや笑いを浮かべていた。

「これはまた、いかにもあの人らしいじゃないか！」彼は近寄ってきた妹のマリヤ嬢に話しかけた。

マリヤは驚いた顔で兄を見つめた。兄が何を笑っているのか、理解できなかったのだ。父親のすることはすべて、彼女には畏敬の念を喚起することばかりで、とやかく論評すべきものではなかったからである。

「人間だれしも弱点はあるが」とアンドレイ公爵は続けた。「それにしても、あれだけ巨大な頭脳に恵まれながら、こんな他愛ないものにはまるとはね！」

兄の思い切った論評に納得のいかないマリヤが反論しようとしたとき、書斎から待ちかねた足音が聞こえてきた。老公爵は、いつもながらに足早に、快活な様子で食堂に入ってきた。まるでわざとせわしい身振りをすることで、当家の厳格な秩序にコントラストをつけようとしているかのようだ。このときちょうど大時計が二時を告げると、客間のもう一つの時計が、か細い音色でこれに答えた。老公爵は歩みを止めた。垂れ下がった濃い眉の奥から生気に満ちた、ぎらぎらと光る厳しい目が一同を見回し

52　ノルマン出身のロシアの公。ロシア最古の歴史書『原初年代記』によれば、内紛に悩むロシアの民に招かれてノヴゴロドに最初の国を作り、その後十六世紀末まで続くリューリク朝の祖となった。

たかと思うと、若い公爵夫人リーザの上にとまった。このときリーザは、ちょうど皇帝が登場した際に廷臣たちが味わうような感覚を味わっていた。恐れと尊敬の入り混じったその感覚は、この老人が周囲の者すべてに呼び覚ます感覚だった。老公爵はリーザの頭をなでると、不器用な手つきでその首筋を優しくたたいた。

「よく来たな、よく来た」そう言ってまたひとしきり相手の目を見つめてから、足早にその場を離れて自分の席に着くと、「さあみんな座った、座った！　ミハイル・イワーノヴィチ、君も座りたまえ」と声をかける。

彼が嫁に自分の隣の席を示すと、召使が彼女のために椅子を引いた。

「ははあ！」丸々とした嫁の腹のあたりに目をやって、老公爵は言った。「それは少し早すぎる、いかんな！」

老公爵が浮かべた笑いはいつも通りの素っ気ない、冷ややかな、感じの悪い笑いだった――口だけで、目は笑っていないのだ。

「歩かなくちゃいかん、歩かなくちゃ、できるだけ、できるだけたくさんな」彼は言った。

リーザには、その言葉が聞きとれなかった。あるいは聞く気がなかった。黙り込んだままで、戸惑っているように見えた。老公爵が彼女の父親の様子を訊ねると、やっと言葉を発し、笑顔を浮かべた。老公爵がさらに共通の知人の様子を訊ねると、さらに元気づいて喋りだし、人々から託された老公爵へのあいさつを伝え、さらに町の噂を伝えた。

「あのアプラクシン伯爵のご夫人は、おかわいそうに、ご主人を亡くされて、泣き暮らしていらっしゃいますわ」ますます元気づきながら、彼女はそんなふうに物語るのだった。

こうして嫁が元気づくにつれて、老公爵はますます険しい目つきになって相手を観察していたが、不意に、もはやこの相手はすっかり研究し尽くして見極めがついたと言わんばかりにぷいと脇を向くと、ミハイル・イワーノヴィチに向かって話しかけた。

「ところで、ミハイル・イワーノヴィチ、われらがボナパルト君はひどい目に遭いそうだぞ。アンドレイ公爵が（彼は常に息子のことを、他人行儀に呼ぶ癖があった）話してくれたところによると、大変な軍勢が奴に立ち向かおうと結集しているようだからな！とはいえ私と君はいつもあの男を、空っぽな人間だとみなしていたがね」

ミハイル・イワーノヴィチは、いったいいつ「私と君」がボナパルトに関してそのような言葉を交わしたのか全く心当たりがなかったが、老公爵がお気に入りの会話を始める契機として自分が必要とされていることは自覚していたので、先行きどんなことになるか分からぬまま、まごついたような顔つきで若公爵を見た。

「この男はたいそうな戦略家でな」建築技師を手で示しながら老公爵は息子に言った。

こうして会話はまた戦争論、ボナパルト論、現今の将軍や政治家論になっていった。どうやら老公爵の信念は、現今の政治家が揃いも揃って戦争と政治のイロハもわきまえない青二才ぞろいであり、ボナパルトはくだらないフランスの小物で、ただ対抗すべきポチョムキンやスヴォーロフといった大物がもはやいないおかげで、成功を収めているに過ぎない、といったことにとどまらなかった。彼はさらに、ヨーロッパには何ら政治的な難問など存在せず、また戦争すらもなく、あるのは一種の滑稽な人形芝居で、現今の人間たちはその芝居に加わりながら、いかにも何か仕事をしているようなふりをしているに過ぎないと確信しているのだった。アンドレイ公爵は新しい人々に対する父親の嘲笑を愉快そうに受け止め、見るからに喜んでいるふうに話の先を促しては、その言葉に聞き入っていた。

「昔のことは何でも良く思えるものですが」[53]アンドレイ公爵は言った。「でも、まさにあのスヴォーロフにしても、モローの仕掛けた罠にはまって、かろうじて難を逃れたのではなかったですか？」

「そんなこと誰がお前に言った？　誰が言ったのだ？」公爵は声を荒らげた。「あのスヴォーロフがだと！」そう言って彼は皿を放り投げたが、チーホンがそれを素早く受け止めた。「スヴォーロフが！……ちょっと考えてみろ、アンドレイ。まともな人間は二人しかおらん――フリードリッヒ[54]とスヴォーロフだけだ……。モローだと！　モローなんてきっと捕縛されていたことだろうよ、もしもスヴォーロフの両手が自由でさえあったならな。ところが彼の両手の上には、あの宮廷軍事腸詰火酒会議《ホーフス・クリークス・ヴルスト・シュナプス・ラート》[55]というやつがでんと座り込んでいたんだ。悪魔も尻込みするような境遇だよ。お前たちも向こうに行けば、その宮廷軍事腸詰会議の何たるかを知るだろうさ！　スヴォーロフもあの会議には手を焼いたくらいだから、どうしてミハイル・クトゥーゾフあたりの手に負えようか？　いやいや」彼は続けた。「お前たちが今どきの将軍連中を押立ててボナパルトに立ち向かっても、勝ち目はないだろう。フランス人でも雇って、敵

53　ジャン・ヴィクトル・マリー・モローはフランスの将軍で、後にナポレオン転覆の陰謀に加わった廉《かど》でアメリカに追われた。アンドレイ公爵の発言は事実の歪曲で、実際はスヴォーロフはモローの罠には落ちず、一七九九年にはカサノの戦いでモローを打ち負かしている。

54　武勇に優れたプロイセン王フリードリッヒ二世（在位一七四〇～八六）のこと。

55　オーストリアの宮廷軍事会議（ホーフクリークスラート　Hofkriegsrath）に腸詰（ヴルスト　Wurst）と火酒（シュナプス　Schnaps）を織り込んだ誹謗語。

味方を分からなくさせて、同士討ちでもさせなくてはな。ドイツ人のパレンをアメリカのニューヨークに送って、あのフランス人のモローを勧誘しようとしたように」彼がこう言ったのは、この年にモローに対してロシア軍に仕えるようにとの勧誘がなされたことを当てつけているのだった。[56]「まったく奇天烈《きてれつ》な話だよ！　いったい、あのポチョムキンやスヴォーロフやオルロフ[57]といった人物たちが、はたしてドイツ人だったとでもいうのか？　いやいや、あちらにいるお前の仲間たちが揃って気がふれてしまったか、それともこの私の頭がぼけたのか。まあ、せいぜい頑張ることだな。われわれは見物していよう。まったく連中のせいで、ボナパルトが偉大なる司令官ということになってしまったな！　ふん！」

「僕は別に、ボナパルトの采配がすべて正しかったなどと言うつもりはありません」アンドレイ公爵は言った。「ただ僕に分からないのは、どうして父上がボナパルトのことをそのように酷評されるのかということです。嘲笑されるのはご自由ですが、しかしボナパルトはやはり偉大な司令官ですよ！」

「ミハイル・イワーノヴィチ！」老公爵は建築技師に声をかけたが、相手はもはや自分のことは忘れてもらったと思い込んで、あぶり肉にとりかかっていたところだった。「私は君に言ったな、ボナパルトは大した戦術家だと？　ほら、息子も同じことを言っているぞ」

「そうでございましょうとも、公爵さま」建築技師は答えた。

老公爵はまた例の冷たい笑みを浮かべた。

「ボナパルトは幸せな星のもとに生まれついたのさ。兵隊も揃って優秀だしな。おまけに彼は手始めにドイツを攻撃したが、ドイツ軍を破れないのは怠け者だけだ。開闢《かいびゃく》以来、ドイツはあらゆる国にやっつけられてきた。しかも自分は誰をも負かしたことがなく、ただ同士討ちするばかりだった。ボナパルトはこのドイツを踏み台にして自分の名声を築いたのだ」

こうして老公爵は、ボナパルトがかかわったあらゆる戦争、ひいてはあらゆる国事において犯してきたと彼が考える、すべての過ちをあげつらい始めた。息子はこれに反論はしなかったが、しかし、たとえどのような論拠を突き付けられたところで、彼も老公爵と同じことで、自分の見解を変える余地がほとんどないのは明らかだった。

56　一八〇五年にアレクサンドル一世がこの目的でドイツ人のフォン・パレン伯爵をニューヨークに派遣したが、アウステルリッツの会戦の帰趨を見て計画は中止された。
57　エカテリーナ二世の宮廷クーデターに貢献した近衛将校の兄弟。女帝の愛人だった次兄のグリゴリー・グリゴリエヴィチ・オルロフを筆頭に軍事、政治に活躍した。

反論を控えてひたすら聞いているうちに、アンドレイ公爵は、年老いたこの父親が、何年も一人で村にこもりきりでいながら、近年のヨーロッパのあらゆる軍事・政治状況を、どうしてこれほどまでに詳しく正確に知り、かつ論じることができるのかと、驚かずにはいられなかった。

「お前は私が年寄りだから、本当の世界情勢など分かりっこないと思っているだろう？」父親は最後に言った。「だがな、私は常にこの問題で心を痛めてきたのだ！夜も眠らずにな。それで、お前のその偉大なる司令官とやらは、いったいどこで真価を発揮してみせたのかな？」

「それを話し始めたら、長くなりますよ」息子は答えた。

「では、お気に入りのボナパルトのもとへ行くがいいさ。マドモワゼル・ブリエンヌ、ここにも一人、お国の下種《げす》な皇帝殿の崇拝者がいますぞ」老公爵は見事なフランス語で叫んだ。

「あら、公爵さま、私はボナパルト派ではありませんわ」

《いつ帰るかは神ぞ知る……》調子はずれの声で歌うと、老公爵はさらに調子はずれの笑い声をあげ、席を立ってテーブルを離れた。

リーザは議論の間もそのあとの食事の間もずっと黙り込んだまま、おびえたような顔で義妹マリヤの顔を見たり舅《しゅうと》の顔を見たりしていた。皆が食卓を離れると、彼女は義妹の手を取って、別室に呼び入れた。

「あなたのお父さまは、何と頭のいい方でしょう」彼女は言った。「もしかしたら、そのせいで私、お父さまが怖いの」

「あら、父はとっても優しい人よ！」公爵令嬢は答えた。

25章

その翌日、アンドレイ公爵は晩には出立することになっていた。老公爵は日課を厳守して、昼の食事の後には自室にこもった。リーザ夫人は義妹の部屋にいた。アンドレイ公爵は肩章のついていない旅行用の軍服を着て、自分に割り当てられた部屋で侍僕とともに荷造りにかかっていた。幌馬車の具合とトランク類の積み具合を自らチェックすると、彼は馬をつけるように命じた。部屋にはすでに公爵が常時携帯する貴重品の手箱、大きな銀製のポータブル・バー、二丁のトルコ製拳銃、そして父親がオチャコフ戦[58]の記念に持ち帰って贈ってくれた一振りの剣だけしか残っていない。こうしたアンドレイ公爵の旅行用具はきわめてきちんと整理されていて、すべてが新しく清潔で、ラシャのカバーで包んだ上に編み紐でしっかりと結わえられていた。旅立ちや人生の転機に際して、自分の行動を振り返る能力のある人間は、ひたむきに物を思う気持ちに駆られるものである。ふつうそんなときに過去が検討され、将来の計画が練られる。アンドレイ公爵も深く物思いに沈んだような、穏やかな顔をしていた。後ろ手を組んだ格好で部屋の片隅から別の片隅へと速足で行き来しながら、目はじっと前方を見据え、考え深げに首を振っている。戦争に行くのが恐ろしいのか、妻を捨てていくのが疚《やま》しいのか、もしかしたらその両方かもしれないが、ただ、どうやらそういう状態にある自分を人に見られたくないらしく、部屋の入り口あたりで足音がするのを聞きつけると、急いで組んだ手を外してテーブルの脇に立ち止まり、手箱のカバーをくるような格好をしながら、いつもの落ち着き払ったポーカーフェイスに戻った。重い足音は妹のマリヤのものだった。

「馬車に馬をつけるように命じたと聞いたけれど」息を切らして彼女は言った（明らかに駆けてきたのだ）。「ぜひ兄さんともう一度、二人で話したいと思ったから。今度お別れしたら、いつまた会えるか分からないしね。会いに来たりして、怒っていない？　兄さんはとても変わったから、アンドリューシャ」自分の質問への注釈のようにして、彼女はそんな言葉を付け加えた。

「アンドリューシャ」という子供のころの兄の呼び名を発する時、彼女はふっと笑みを浮かべた。どうやら彼女自身、この厳しい表情の美青年が、子供時代を一緒に過ごしたあのやせっぽちで腕白なアンドリューシャ少年と同一人物だと思うと、不思議な気がするようだった。

「リーザはどこ？」妹の質問に笑顔だけで答えると、彼は問いを返した。

「とっても疲れているようで、私の部屋のソファーで眠っているわ。ああ、兄さん！とっても素敵な奥さんをもらったわね」兄の向かいのソファーに腰を下ろしながら彼女は言った。「あの人は全くの子供、かわいらしい、明るい子供よ。私、大好きになったわ」

アンドレイ公爵は黙ったままだったが、妹はその顔に浮かんだ皮肉な、蔑むような表情を見逃さなかった。

「だって、小さな欠点には寛大でなくてはいけないわ。欠点のない人はいませんからね、兄さん！　忘れてはいけないわ、あの人は社交界で生まれ育って大きくなった

58　オチャコフはドニエプル河口の黒海岸の都市。一七八八年にスヴォーロフ将軍が対オスマン戦争でこの都市の要塞群を急襲し、陥落させた。

のですからね。しかも、今のあの人が置かれた状況はバラ色とは言えない。それぞれの人の立場になってみなくてはね。すべてを理解する人は、すべてを許す、と言うでしょ。だって考えてもみて——かわいそうにあの人は、すっかり馴染んできた暮らしを捨てて、夫と別れて一人ぼっちで田舎に残されるのよ。しかも身重の体で。さぞかしお辛いことでしょうよ」

妹を見ながらアンドレイ公爵は笑みを浮かべたが、それはわれわれが腹の底まで見透かしていると思う相手の話を聞くときに浮かべる笑みだった。

「お前は田舎に暮らしているが、別にひどい暮らしだなんて思わないだろう」彼は言った。

「私は話が別だわ。私のことを話しても意味がないでしょう！　私は別の暮らしがしたいなんて望まないし、望むべくもないわ。だって別の暮らしなんて全く知らないんですもの。ねえ、考えてみて、兄さん、若い社交界の女性が、人生の花の歳月を田舎に埋もれて、一人で過ごすのよ。だってお父さまはいつも忙しいし、私は……分かっているでしょう……私がどんなに退屈な女か、上流社会になじんだ女性からみれば。唯一マドモワゼル・ブリエンヌだけが……」

「僕はあの女性が大嫌いだよ、お前の言うそのブリエンヌが」アンドレイ公爵は言った。

「ひどいわ！　彼女はとても素敵な、良い人よ。何よりも、かわいそうな娘さんなの。だってあの人には誰一人、誰一人身寄りがないのよ！　それは正直に言えば、私にとってはあの人は必要ないばかりか、煩わしい感じがするわ。私は、兄さんも知っての通り、昔から人嫌いだったけれど、この頃はますますそれが募っているから！　一人でいるのが好きなの……。でもお父さまはあの方がとても気に入っているわ。あの人とミハイル・イワーノヴィチ——この二人には、お父さまはいつだって優しく親切だわ。二人ともお父さまの恩を受けた人たちですから。だってあのスターン[59]も言っているでしょう——『われわれは、人がわれわれに施してくれた恩のゆえによりも、むしろわれわれが人に施した恩のゆえに、その人を愛する』って。お父さまは街角の孤児だったあの人を拾ってきたのだけれど、それがとてもいい人だったの。それから、お父さまはあの人の朗読が気に入っているわ。あの人、毎晩お父さまの朗読係を務めているのだけれど、それがまた上手なのよ」

59　ローレンス・スターン（一七一三～六八）、イギリスの作家・聖職者。代表作『紳士トリストラム・シャンディの生活と意見』『センチメンタル・ジャーニー』。トルストイは一八五一年にコーカサスにいた際、後者の作品の翻訳を試みている。

「ところで正直なところ、マリヤ、お前さぞかし、父上のあの性格を持て余すこともあるだろうね？」アンドレイ公爵がだしぬけに訊ねた。

マリヤはこの質問にはじめ驚き、次に怯えを感じた。

「私が？……この私が⁉　持て余すですって⁉」

「あの人は昔から気性の激しい人だったけれど、この頃はそれが高じて手に負えなくなってきたと思うんだ」そう言うアンドレイ公爵は、明らかにそうした軽い口調で父をあげつらうことで、わざと妹を困惑させ、あるいは試してやろうとしているのだった。

「兄さん、兄さんはどこから見ても立派だけれど、どこか考え方に思い上がったところがあるわね」会話の流れよりもむしろ自分の思考の流れを受けて、妹はそう言った。「それは大きな罪よ。だいたいが、お父さまのことをそんな風に論評することが許されるかしら？　もしも許されるとしても、お父さまのような方が呼び起こす感情として、畏敬の念以外に何があるかしら？　私も、お父さまが大好きだし、一緒にいられて幸せだと思っているわ！　だから兄さんたちも、私と同じように幸せを感じてほしいと、それだけを願っているのよ」

兄は相手の真意を疑うように首を振ってみせた。

「ただ一つ、持て余すと言えば――これは正直に言うけれど、兄さん――宗教の問題に関するお父さまの考え方ね。あれほどの大きな知性の持ち主が、火を見るよりも明らかなことを理解できずに、あんなに迷っているのが、私には納得できないの。それだけが私の不幸ね。でもこの点でも、最近は改善の気配が感じられるわ。最近では宗教問題についてのお父さまの毒舌もそれほど鋭くはないし、それにある修道士をお迎えして、長いことお話ししていることもあったわ」

「いや、お前、僕はそれこそ心配だよ、お前たちが修道士なんかを相手にして、いたずらに生きる活力を浪費していやしないかってね」茶化す口調ながら、優しい顔でアンドレイ公爵は言った。

「ああ、兄さんたら。私はただ神さまにお祈りして、それが聞き届けられますようにって願うだけよ。アンドレイ兄さん」しばしの沈黙の後、彼女はおずおずと言った。

「ひとつ大きなお願いがあるの」

「何かな？」

「でも、まず約束して、断らないって。兄さんにとって何も難しいことではないし、沽券《こけん》にかかわるようなことでもないわ。ただ引き受けてくだされば、私はとってもうれしいの。約束して、アンドリューシャ」ハンドバッグに片手を入れながら妹は言った。バッグの中の手は何かをつかんでいるのだが、まだ見せようとしない。今手にしているのがこのお願いの対象なのだが、願いを聞くという約束を取りつけるまでは、バッグの中のその何かを出して見せるわけにはいかない、といった風情である。

彼女はおずおずと懇願するような眼で兄を見つめていた。

「もしも僕にとってかなり厄介なことになるんだったら……」何の話なのか察しがつきかけたような口調で、アンドレイ公爵は返答する。

「兄さんがどう思おうと構わないわ！　分かっているから、兄さんもお父さまとまったく同じだって。だからどう思っても構わないけど、ただ私のためだと思って言うとおりにしてちょうだい。どうかお願いよ！　これは、お父さまのお父さま、つまりお爺さまが、戦争のとき必ず身に着けていたものなの……」彼女はまだ手に持ったものをバッグから出そうとしない。「だから、約束してくれるわね？」

「もちろんするが、モノは何なのかな？」

「兄さん、私、兄さんの出征のはなむけに聖像《イコン》を進呈したいの。だから約束してね、決して体から外さないって……。約束してくれる？」

「もし三十キロもあって、首が痛くなるようなやつでなかったらね……。お前がそれで喜んでくれるなら……」そう言った途端、アンドレイ公爵は自分の冗談口に妹の表情がさっと曇ったのを見て取り、後悔した。「いやありがたい、本当に、とてもありがたいよ、お前」彼は言い添えた。

「たとえ兄さんが望まなくても、これは兄さんを救い、許し、自分の方へと導いてくれます。なぜなら、ただこの中にのみ真実も安らぎもあるからです」楕円形の古い小さな聖像を、厳かな身振りで兄の前に両手でかざしながら、妹は昂《たかぶ》った震える声で言った。それは黒い顔をした救世主の聖像で、銀の飾り枠に収まり、緻密な細工の銀の鎖がついていた。

妹は十字を切って聖像に口づけすると、それをアンドレイに差し出した。

「どうぞ、兄さん、私のために……」

彼女の大きな目が、優しい控えめな光を放っている。その目が、病弱そうな痩せた顔を隅々まで輝かせ、美しい顔へと変貌させていた。兄が聖像を受け取ろうとすると、妹はそれを制した。アンドレイはその意図を察して十字を切り、聖像に口づけした。その表情は優しさと――彼は感動していたのだ――そして嘲りを、同時に表していた。

「ありがとう《メルシイ・モナミ》」

妹は兄の額にキスをして、もう一度ソファーに腰を下ろした。しばし二人は沈黙していた。

「さっきも言ったけれど、兄さん、優しく寛大な人でいてね。兄さんがいつもそうだったように。リーザさんを厳しく責めたりしないで」妹が口を開いた。「あんなにも素敵な、いい人なんだし、今はとても大変な時なんだから」

「マーシャ〔マリヤの愛称〕、僕はお前に何ひとつ言ったつもりはないがね——僕が何かで妻を咎めたとか、妻に不満だとか。なのにどうしてお前は僕にそんな忠告ばかりするんだね？」

マリヤは朱を散らしたように顔を染めて口をつぐんだ。まるで自分の非を認めたかのようだった。

「僕がお前に何も話していないのに、すでにお前の耳に入っている。そのことを僕は憂えているのさ」

マリヤの額にも首筋にも頬にも、ますます濃い朱の斑点が広がった。何か話したいのだが、言い出せないでいるのだ。兄は察した——妻が食事の後で泣きながら、難産が予感されてそれが怖いことを告げ、自分の運命を嘆き、舅《しゅうと》や夫のことを嘆いたのだ。そうして泣いた後で眠り込んだのだ。アンドレイ公爵は妹が哀れになった。

「ひとつ言っておくが、マーシャ、僕は自分の妻のことを何ひとつ咎めだてすることはできないし、これまでもこれからも、決して咎めるつもりはない。そうしてまた妻に対する自分の態度についても、咎めるべきものは何もない。そうしてこれは、状況がどう変わろうとも、ずっとこのまま続くだろう。だが、もしお前が真実を知りたいというのなら……つまり、僕が幸せかどうかを知りたいのなら言うが、その答えは否だ。じゃあ、妻は幸せだろうか？　否だ。なぜそうなのか？　僕には分からない……」

そう言いながら彼は立ち上がり、妹に歩み寄ると、かがみこんでその額にキスをした。彼の美しい瞳は知的でかつ優しい、普段とは違う光に輝いていたが、しかし彼が見つめているのは妹ではなく、その頭の向こうにある、開いた扉の奥の暗がりだった。

「妻のところへ行こう、別れの挨拶をしなくては！　いや、先にお前が行って、あいつを起こしてくれ。僕はすぐに行くから。おい、ペトルーシカ！」彼は侍僕を呼んだ。「こっちに来て片付けてくれ。これは座席の下、これは右脇にしまうんだ」

マリヤは立ち上がってドアに向かったが、途中で足を止めた。

「もしも兄さんに信仰があったら、神にお祈りして、今自分が感じていない愛をめぐんでくださいとお願いすれば、その願いは聞き届けられるでしょうにね」

「いや、それはないな！」アンドレイ公爵は答えた。「じゃあな、マーシャ、すぐに行くから」

妹の部屋に行く途中、二つの棟をつなぐ廊下で、アンドレイ公爵は愛らしく微笑むマドモワゼル・ブリエンヌに出会った。人気《ひとけ》のない廊下でこのうれしそうなあけっぴろげの笑顔と出くわすのは、この日だけでもう三度目だった。

「あら！　あなたはご自分のお部屋にいらっしゃると思っていましたわ」相手はなぜか赤くなって目を伏せながらそう言った。

アンドレイ公爵は厳しい目つきで相手をにらみつけた。その顔には突然憎しみの色が浮かんだ。何も声を掛けず、目も合わせずに、ただ相手の額と髪をいかにも蔑んだように じっと睨んだので、フランス女性は顔を赤らめて、そのまま何も言わずに立ち去った。妹の部屋のあたりまで来ると、妻はもう目を覚ましていて、早口で矢継ぎ早に言葉を繰り出すその明るい声が、開けっ放しの戸口から聞こえてきた。まるで、長いこと我慢していたせいで失われた時間を、一気に埋め合わせようというような勢いである。

「いいえ、まあ想像してごらんなさいよ、あのご高齢のズーボフ伯爵の奥さまが、巻き毛の付け毛と入れ歯を付けたところは、まるで歳月に刃向かっているみたいだったのよ……オホホ、マリヤさん」

これとまったく同じズーボフ伯爵の夫人についてのセリフと、まったく同じ笑いを妻が他人の前で披露するのを、アンドレイ公爵はすでに五回ばかり聞いたことがあった。彼はそっと部屋に入って行った。妻は丸々とした血色のよい体で、手芸の道具を手にして安楽椅子に座り、ペテルブルグの思い出を個々の人間のセリフに至るまで一つ一つ拾い上げて、絶え間なく喋っていた。アンドレイ公爵は妻に歩み寄って頭を撫で、旅の疲れは取れたかと訊ねた。妻はそれに答えると、また同じ話を続けた。

六頭立ての幌馬車が車寄せに待機していた。外は暗い秋の夜。御者にはもう馬車の轅《ながえ》も見えない。表階段ではカンテラを持った召使たちが行き来していた。巨大な館が、広々とした窓から見える灯火で燃えているようだった。控えの間には、若公爵とお別れしようという使用人たちが詰めかけ、広間には身内のミハイル・イワーノヴィチ、マドモワゼル・ブリエンヌ、マリヤ、リーザ夫人がそろって待機していた。アンドレイ公爵は父親の書斎に呼ばれていた。差し向かいで別れの挨拶をしたいというのだった。皆は二人が出てくるのを待っていた。

アンドレイ公爵が書斎に入って行くと、老公爵は、机に向かって書き物をしていた。老眼鏡をかけて白い部屋着を着ていたが、そんな姿で面会する相手は息子をおいて他になかった。

「行くか？」そう言うと彼はまた書き物に戻った。父は振り向いた。

「ありがとう、ありがとうよ！」

「お別れに参りました」

「ここにキスしてくれ」父は片頰を示す。「ありがとう、ありがとうよ！」

「何で僕にありがとうなんて？」

「お前が出発を引き延ばしたりせず、女のスカートにしがみついたりしなかったからだ。勤めが第一だからな。ありがとう、ありがとうよ！」そう言って父は書き続けたが、その勢いは、キシキシ鳴るペンからインクが飛び散るほどだった。「もし何か言っておくべきことがあれば、言うがいい。書くのも聞くのも、両方同時にできるからな」父は付け加える。

「妻のことですが……。あれを父上の手元に残していくのは、大変気が咎めております」

「何をつまらん挨拶をしている。必要なことを言え」

「妻が出産のときになったら、モスクワから産科医を呼んでください……。立ち会ってもらうように」

老公爵は書く手を止め、解《げ》せぬといった様子で、厳しい目で息子を見据えた。

「分かっています、もし自然の助けがなければ、誰が助けても無駄だということは」アンドレイ公爵はいかにも極《き》まりが悪そうに言った。「不幸なケースというのは百万に一つくらいしかないということも承知しているのですが、しかし妻も私も疑心暗鬼にとりつかれています。妻に不吉なことを吹き込んだ者がおり、夢にも見て、怯えているのです」

「ふむ……ふむ……」老公爵は書き進めながら、つぶやいた。「引き受けよう」

書面に飾り書体で署名すると、不意にさっと息子の方に向き直り、笑い出した。

「うまくいかんのだろう、ああ？」

「何がですか、父上？」

「女房さ！」簡潔かつ意味深長に老公爵は告げた。

「僕には分かりません」アンドレイ公爵は答える。

「いやお前、仕方がないさ」老公爵は言った。「女はみんなあんなもんだし、離婚するわけにもいかんしな。心配するな、誰にも言わん。ただ自分で分かっておればいい」

老公爵は骨ばった小さな手で息子の片腕をつかんでゆすぶり、腹の中まで見通すかのような鋭い目で正面から相手の顔を見つめると、再び例の冷たい笑みを浮かべた。

息子はふっとため息をついたが、それで父の解釈が図星だと認めた形になった。老人はなおも作業を続け、いつも通りの手際の良さで、封蝋や印や紙を手に取ったり放り出したりしながら、手紙を折りたたみ、封印していた。

「仕方があるまい？　美人だしな！　すべて私に任せておけ。お前は安心しておればいい」封印をしながら、父は途切れ途切れに言うのだった。

アンドレイは黙ったままだった。父親に理解されたことがうれしくもあり、不快でもあったのだ。老人は立ち上がると、息子に手紙を渡した。

「いいか」老人は言った。「妻のことは心配するな。できる限りのことはしてやる。さて、いいか、この手紙をクトゥーゾフ将軍に渡すんだ。そこには、お前を立派な部署につけて活用してくれるように、いつまでも副官にしておかないように、と書いておいた。いやな職務だからな！　彼に伝えるがいい、この私が彼のことを覚えているし、好意をもっているとな。あの男がお前をどのように遇するか、書いてよこせ。もし立派な人物なら、仕えるがいい。ニコライ・アンドレーヴィチ・ボルコンスキーの息子たるもの、誰のもとにせよお情けで仕えさせてもらうような真似はするな。じゃあ、こちらに来い」

彼はひどい早口で、それぞれの言葉の半分も言い切らないくらいだったが、息子は慣れできちんと聞き取っていた。父は息子を事務机のところに連れて行き、上蓋を上げて引き出しを開けると、一冊のノートを取り出したが、それは大振りで縦長の、字間の詰まった父の書体でびっしりと書き込まれていた。

「当然ながら、私はお前より先に死ぬことになる。いいか、これは私の記録だから、私が死んだ後に皇帝に届けるのだ。それからこちらは、債券と手紙だ。これはスヴォーロフ将軍の戦史を書いた者への賞金に充てる。アカデミーに送ってくれ。これは私の覚書だ。私が死んだら自分の参考に読むがいい。役に立つだろう」

父上はきっとまだ長生きするでしょうというようなセリフを、アンドレイはあえて口にしなかった。そんなことは言うまでもないと理解していたからだ。

「すべてご指示通りにいたします、父上」彼はそう答えた。

「では、これでお別れだな！」父親は手を差し出して息子にキスをさせ、それから相手を抱いた。「ひとつ覚えておけ、アンドレイ公爵。もしもお前が戦死したら、年寄りの私には、さぞかしこたえることだろう……」彼はふと黙り込み、それから急に叫ぶような声で先を続けた。「だが、もしもお前がニコライ・ボルコンスキーの息子にあるまじき振る舞いをしたと知ったら、私はさぞかし……恥ずかしく思うことだろう！」彼は金切り声になっていた。

「それはおっしゃるまでもありませんでしたね、父上」にっこりと笑って息子は言った。

老人は口をつぐんだ。

「もう一つお願いしておきたかったことがあります」アンドレイ公爵は続けて言った。「もしも私が戦死して、もしも生まれてくる子が男だったら、その子を手元から離さず、昨日申し上げた通り、父上の手で育ててください……お願いします」

「嫁さんに渡すなというのだな？」老人はそう言って笑った。

二人は黙ったまま向かい合って立っていた。老人の鋭い目が正面から息子を見据えている。老公爵の顔の下部で何かがピクリと動いた。

「別れは済んだ……行け！」不意に彼は言った。「行くんだ！」書斎のドアを開けながら、怒ったような大声でそう叫ぶ。

「何なの、どうかしたの？」アンドレイ公爵の姿にくわえて、白い部屋着を着てかつらもつけず老眼鏡をかけた姿の老公爵が、怒声を上げながら一瞬ドアから顔を出したのを見た夫人と令嬢は、そんな風に問いかけた。

アンドレイ公爵は一つため息をついたまま、答えようとしなかった。

「さて」妻の方を向いて彼は言ったが、この「さて」には冷笑の響きがあって、あたかも「さて今度はお前さんたちが一幕演じる番だ」とでも言っているかのようだった。

「アンドレイ、もうなの？」小柄な夫人は青ざめた顔で恐々《こわごわ》と夫を見ながら問いかけた。

彼は妻を抱いた。妻は叫び声をあげ、気を失って夫の肩に倒れ込んだ。もたれかかられた肩をそっとずらすと、彼は妻の顔を覗き込んでから、慎重に安楽椅子へと移した。

「さよなら、マリヤ」小声で妹に告げると、手を取り合って接吻をかわし、速足で部屋を出て行く。

公爵夫人は安楽椅子に横たわったままで、マドモワゼル・ブリエンヌがこめかみのところをさすってやっていた。妹のマリヤは義姉の体を支えながら、涙に濡れた美しい目で、ひたすら兄の出て行ったドアを見つめ、十字を切って見送っていた。書斎からは老人がかんしゃくを起こしたように洟をかむ、まるで銃の発射音のような音が、何度も立て続けに聞こえてきた。アンドレイ公爵が出て行くとすぐに、書斎のドアがさっと開き、白い部屋着姿の老公爵が厳《いか》つい姿をのぞかせた。

「発《た》ったか？　それでいい！」気を失ったままの小柄な公爵夫人に腹立たしげな一瞥をくれてそんな声をかけると、老公爵は咎めるように首を振り、バタンとドアを閉めた。

第2編

1章

一八〇五年十月、ロシア軍はオーストリア大公国の村や町に駐屯していた。この先も内地から新たな軍勢が続々と到着する見込みで、駐留地の住民に負担を強いながら、ブラウナウ[1]要塞の近辺に陣取っていたのである。ブラウナウには総司令官クトゥーゾフ将軍の本営があった。

一八〇五年十月十一日、ブラウナウに到着したばかりの歩兵連隊の一つが、総司令官の閲兵を受けるために、町から半マイルのところに待機していた。果樹園、石垣、瓦《かわら》屋根、遠くに見える山並み、といった風土や景観はロシアとは異なっており、興

1　オーストリアのドイツ国境に面した都市。

味深げにロシア兵を見物している住民も、ロシア人ではなかったが、しかし連隊の様子は、どこかロシアの中央部で閲兵に備えているロシアの連隊一般と全く変わりはなかった。

前日の夕刻、最後の行程の途中で、総司令官が行軍中の連隊の査閲を行うという指令が届いていた。受けた連隊長には、指令書の文言が不明瞭に思われ、はたして行軍用の軍装で閲兵を受けるものと解釈すべきか否かという疑問を覚えたのだったが、大隊長会議で論じたあげく、正式軍装で閲兵を受けることに決定された。お辞儀の仕方と同じで、いずれぞんざいにするよりは馬鹿丁寧なほうがましという理屈である。そこで兵士たちは、三十キロ余りの行程の後にもかかわらず、一睡もせずに夜通し装備の修繕や手入れをし、副官や中隊長たちは、兵の員数点検や疾病者の名簿からの除外に追われた。そうして明け方には、前日の最後の行程の際にはだらりと伸びた無秩序な群衆の体をなしていた連隊が、二千人の整然とした一団と化し、しかもその一人一人が自分の場所、自分の任務をわきまえ、各自のボタンの一つ一つ、革帯の一本一本に至るまで、所定の位置にあってピカピカに磨き上げられていたのである。整然としていたのは外見ばかりではない。もしも総司令官が軍服の下まで点検しようという気を起こされれば、閣下はそれぞれの兵が等しく清潔なシャツを身に着け、それぞれの背嚢には規定通りの数量の物品、兵隊言葉でいう「縫い針に石鹼」が収納されているのをご覧になることだろう。ただ一点だけ、誰一人心穏やかでいられぬ事情があった。軍靴である。半数以上の兵が、破れた長靴を履いていたのだ。しかしこれは、連隊長の落ち度によるものではなかった。何度も要求したにもかかわらず、オーストリアの関係当局が物資の支給に応じなかったのだ。連隊は一千キロを踏破してきたというのにである。

連隊長は眉も頬髭も白髪混じりの、年配の多血質らしい将軍で、肩幅よりも胸板の厚さがまさっているような、がっしりとした体格だった。身にまとった軍服は仕立て下ろしの新品で、まだ畳み皺が残っており、分厚い金モールの肩章は、その肉付きのよい肩を押し下げるというよりは、むしろ上に持ち上げているようであった。連隊長はいかにも、人生で最も晴れがましい行事の一つを見事に成し遂げようとしている人物のように見えた。兵士の横隊の前を歩きながらも、彼はひと足ごとに軽く背を曲げて、ブルンと身を弾ませるのだった。彼が自分の連隊に見惚れ、満足し、全身全霊でひたすら連隊の仕事に打ち込んでいるのは明らかだった。だがそれにもかかわらず、その弾むような足取りは、軍事上の関心ばかりでなく、社交生活上の関心や女性の存在もまた、彼の心の小さからざる部分を占めていることを、物語っているかのようだった。

「なあ、ミハイロ・ミートリチよ」連隊長は大隊長の一人に声をかけた（その大隊長は笑顔で前に出てきたが、明らかにどちらも上機嫌だった）。「昨夜は大変な目に遭ったな。しかし、どうやら格好がついたようだ。うちの連隊もまあ、ましな方じゃないか……ええ？」

大隊長は愉快な皮肉だと理解して、吹き出した。

「これならツァリーツィン・ルーク[2]の閲兵式に出しても、追い返されることはないでしょう」

「何かな？」連隊長が言った。

ちょうどこのとき、町から通じる、手旗信号手が点々と配置された道路に、騎馬の者が二名姿を現したのだった。それは総司令官の副官と、随行のコサック兵だった。副官は、昨日の指令であいまいに表現されていた部分を、はっきりと連隊長に伝えるべく総司令部から派遣されてきたのだった。総司令官は連隊の兵たちをまさに行軍中の状態のままで、すなわち外套を着て防塵カバー付きの軍帽をかぶった、一切何の準備もない格好のまま、ご覧になりたいということであった。

実は昨日クトゥーゾフのもとへ、ウイーンからオーストリア宮廷軍事会議の一員がやって来て、一刻も早くフェルディナント大公[3]およびマック将軍の軍に合流されたしという提案かつ要求を伝えたのだったが、そうした合流を不利とみなすクトゥーゾフは、合流保留の立場を補強するための一根拠として、オーストリアの将軍にロシアからの軍勢がいかに悲惨な状態で到着するのかを見せてやろうと思い立ったのであった。彼がこの連隊の閲兵に出向いてくるのも、まさにそうした目的によるのであり、連隊の状態が悪ければ悪いほど、総司令官にとっては好ましかったのである。副官はそうした内幕までは知らなかったが、兵たちが外套と防塵カバー付き軍帽着用の姿でいるようにという総司令官の絶対命令を連隊長に伝えたうえで、もしこれに反した場合には、総司令官はご不満であろうと釘を刺したのだった。

この言葉を聞くと、連隊長はがっくりとうなだれ、黙って肩をすくめて、多血質らしい格好で両手を広げてみせた。

「ちょっとやりすぎたな！」彼は漏らした。「だから言っただろう、ミハイロ・ミートリチ、行軍中ということは、つまり外套着用のままだとな」彼は大隊長に非難の言

2　ペテルブルグ中央部にある広場で、パレードや閲兵式の会場。現軍神の原《マルソヴォ・ポーレ》。
3　オーストリア軍総司令官。

葉を向けた。「ああ、何ということか！」そう言い添えると彼は断固とした足取りで一歩前に出た。「中隊長諸君！」命令しなれた声で叫ぶ。「曹長を集めろ！……じきにお見えになりますかな？」到来の副官に向かって彼は敬意に満ちた慇懃な面持ちでたずねたが、その慇懃さは明らかに話題になっている総司令官に向けられたものだった。

「一時間後だと思います」

「着替える暇がありますかな？」

「分かりません、連隊長……」

連隊長は自ら隊列に歩み寄ると、再び外套に着替えさせる手配をした。中隊長たちがそれぞれの中隊に駆け戻り、曹長連中があくせく動き出し（外套はあまりまともなものではなかったのだ）、そしてその瞬間から、今まで整然とした無言の四角形をなしていた兵士の集団が、たちまち揺れ動き、伸び広がり、人声でどよめき始めた。兵士たちは右往左往して場所を確保し、背中の背嚢をゆすり上げて頭越しに外し、外套を取り出すと、両腕を高くあげ、袖に手を通している。

半時間後には再び以前の秩序が再現されたが、ただ四角形が黒から灰色に変貌していた。連隊長はまたもや弾むような歩き方で連隊の前に出ると、遠目に全体を見渡した。

「あれはまた何だ？　どうしたことだ？」彼は足を止めて怒鳴った。「第三中隊長！……」

「第三中隊長、連隊長がお呼びです！」「隊長を連隊長がお呼びだ！」「第三中隊を隊長がお呼びだ！……」列を伝って伝言の声が響き、副官がもたもたしている将校を探しに駆けだす。

　懸命な伝言も途中でメッセージがよれて、ついには「連隊長は第三中隊へ！」などとなる始末だったが、それがやっと相手に届くと、呼ばれた将校が中隊の奥から姿を見せた。もはや年配の人物で、平素から走りつけてはいなかったが、つま先をひっかけて転びそうな足取りながらも、まっしぐらに連隊長のもとに駆け付けてきたのだった。この大尉の顔は、ちゃんと覚えてこなかった宿題を暗唱せよと命じられた小学生のような不安を表していた。（明らかに不摂生による）赤ら顔に斑点が浮かび、口もとも締まりがなかった。息を切らしてこちらに向かいながら、近づくにつれて歩みを緩めつつある大尉を、連隊長は足の先から頭のてっぺんまで、しげしげと観察した。

「君はそのうち兵士たちにサラファン[4]でも着せるつもりか？　あれは何だ？」連隊

4　ロシア女性が着るジャンパースカートに似た民族衣装。

長はそう怒鳴りながら、第三中隊の中で一人、他の外套とは際立って異なった工場製の青いラシャ地の外套を着こんだ兵士を顎で示した。「それに、君自身は一体どこにいたのだ？　総司令官をお待ちしているところだというのに、部署を離れていたのだろう？　ええ？……ひとつ教えてやろうか、閲兵の時に兵士たちに妙な上っ張りなんか着せたらどうなるかをな！……ええ？」

中隊長は上官から目を離さぬまま、敬礼の二本指をますます強く帽子のひさしに押し付けた。あたかも今やそうして押し付けることにのみ、自らの活路を見出そうとしているかのようだった。

「おい、なぜ黙っている？　あの君の隊でハンガリー人を気取っているのは、いったいどなた様なのかな？」連隊長は厳しい口調でからかってみせる。

「閣下……」

「おい、何が『閣下』だ？　何かといえば閣下、閣下、と連呼しおって！　閣下がどうしたのか、さっぱり分かりはしないぞ」

「閣下、あれはドーロホフであります、あの降格された……」大尉は小声で答えた。

「何、その者は降格されて元帥にでもなったのか、それとも一兵卒に降格されたのか？　一兵卒だったら、皆と同じく制服を着用するはずだろう」

「閣下、あれは閣下ご自身が行軍中にあの者に許可されたものであります」

「許可した？ 許可しただと？ まったく諸君はすぐこれだ、若い連中は」幾分トーンの下がった声で連隊長は言った。「許可しただと？ まったく諸君に何かひとこと言うと、諸君は……」連隊長は一瞬口ごもった。「諸君に何かひとこと言うと、諸君は……。何だと？」再び苛立ちもあらわに彼は言った。「兵士たちにきちんとした服装をさせたまえ……」

そう言うと連隊長は、ちらりと副官を振り返ってから、例の弾むような足取りで兵士たちに向かって歩き出した。どうやら自分でもこの腹立ち具合が気に入ったようで、隊列の脇を歩きながらも、何か他にも怒りのタネを見つけようとしているようだった。徽章を磨いてないといって一人の将校を叱り飛ばし、列を乱しているといって別の将校を怒鳴りつけると、彼は第三中隊に近寄って行った。

「なあんという立ち方だ？ 足の位置は？ 足はどこだ？」青っぽい外套を着たドーロホフのいる位置からまだ五人ほども手前で、連隊長は声に悲愴な調子を込めて怒鳴りだした。

ドーロホフは曲げていた片足をゆっくりと伸ばすと、持前の明るい、人を食ったような目つきで、連隊長の顔を正面から見つめた。

「何で青い外套を着ている？　脱げ！……曹長！　着替えさせろ、こいつを……このろくでな……」彼はしまいまで言わせてもらえなかった。

「連隊長、私は命令に服する義務はありますが、しかし侮辱を我慢する義務は……」すかさずドーロホフが言い返す。

「整列中は口をきくな！……口をきくな、口をきいちゃいかん！……」

「侮辱を我慢する義務はありません」大きなよく通る声でドーロホフは言い切った。連隊長と兵卒の目が合った。連隊長は腹立たし気にきつい肩帯を下に引っ張りながら、黙り込んでしまった。

「着替えてくれ、頼んだぞ」彼はそう言ってその場を離れた。

2章

「お見えです！」そのとき手旗信号手の声が響いた。

連隊長は顔を紅潮させて馬に駆け寄ると、震える両手で鐙《あぶみ》をつかみ、身を投げるようにしてまたがって、馬上で姿勢を整えた。剣を抜き放ち、幸福そうな決然たる顔で口を横向きに開き、号令の準備をする。連隊は羽根を整える鳥のように一瞬ざわめき、それからしんと鎮まり返った。

「気をつけぇ、ぇ、ぇ！」連隊長は心胆を揺さぶるような大音声で号令を発した。本人にとっては快感を、連隊にとっては厳しさを、そして近寄ってくる上官にとっては歓迎を表す声だった。

左右に樹木が立ち並ぶ舗装のない広い街道を、スプリングの音を軽く響かせながら、ウイーン製の背の高い空色の六頭立て幌馬車が軽快なトロットでやってきた。馬車の後からは随員と、クロアチア人の護衛兵が騎馬で続いている。クトゥーゾフ将軍の隣には、一人のオーストリアの将軍が、黒ずくめのロシアの軍服の中では妙に目立つ白い軍服姿で座っていた。馬車は連隊の間近に停まった。クトゥーゾフとオーストリアの将軍は何か小声で話をかわしており、クトゥーゾフは重い足取りで昇降用の踏み台から片足を地面に下ろすとき、軽くにっこりと笑った。あたかも息をひそめて彼を、そして連隊長を注視している二千人の兵士など、眼中にないかのようだった。

ひと声号令が響き渡ると、再び連隊はガチャリという音とともに姿勢を変え、捧げ銃《つつ》の構えになった。死のような静けさの中に総司令官のか細い声が聞こえた。連隊の将兵が吼えるような音声で「総司令官閣下の御壮健を願ってぇ、ぇ、ぇ！」と叫び、そしてまたしんと鎮まった。はじめ連隊が動いている間は、クトゥーゾフは、じっと一か所に立っていたが、やがて例の白服の将軍と並んで、随員を従えながら徒歩で隊列に沿って歩き始めた。

連隊長は総司令官の顔を食い入るように見つめながら、身を伸ばして相手にすり寄るような格好で敬礼し、将軍たちが隊列に沿って歩く後を、前かがみになって例の弾むような動きをかろうじて抑えながら歩きつつ、総司令官の片言隻句、一挙手一投足に反応しては駆けよっていたが、その様子からは、この人物が上官としての務めよりも、むしろ部下としての務めを果たすことに大きな喜びを見出しているのが見て取れた。連隊はこの連隊長の厳しさと精勤ぶりのおかげで、同じ時期にブラウナウに到着したほかの連隊に比べても、良好なコンディションにあった。落伍兵や疾病兵はわずか二百十七名にすぎなかったし、それに、軍靴を別にすれば、すべての点で規則通りだった。

クトゥーゾフは隊列に沿って歩きながら時々立ち止まり、トルコ戦役で見知っていた将校や、時には兵卒にまで、それぞれ簡単にねぎらいの言葉をかけていた。将兵の軍靴に目をやった時には、彼は何度か痛ましげに首を振り、オーストリアの将軍にも注意を促したが、その顔つきは、この件で誰を叱責するつもりもないが、この惨状から目をそむけるわけにはいかない、といった心情を表現していた。連隊長はこうした一幕のたびに、連隊に対する総司令官のコメントを聞き逃すまいと、前へ駆けだすのだった。クトゥーゾフの後ろには、どんな小声の発言でも聞き取れる程度の距離を置いて、総勢二十名ほどの随員が従っていた。随員たちは互いに言葉をかわし、時には笑みをかわしている。総司令官に一番近い位置で随行しているのは、美男の副官だった。アンドレイ・ボルコンスキー公爵である。その隣を歩いているのが同僚のネスヴィツキー。これは長身の佐官で、思い切り肥えた体に、善良そうな笑顔の似合う美しいマスクとうるんだ眼をした人物であった。ネスヴィツキーはすぐそばを歩いている色黒の軽騎兵隊将校が掻き立てる笑いを、かろうじてこらえていた。この軽騎兵隊将校は、自分は笑いもせず、じっと動かぬ目の表情を変えることもなく、大真面目な顔で前を行く連隊長の背中を見つめながら、その一挙手一投足を真似してみせているのだった。連隊長がブルンと身を弾ませて前かがみになるたびに、まったく同じように、寸分も違えずに、この軽騎兵隊将校もブルンと身を弾ませて前かがみになるのだ。ネスヴィツキーはクスクス笑いながら、ほかの連中をつついて、このひょうきん者への注目を促していた。

眼窩から飛び出しそうになるほど大きく見張られた幾千もの目が総司令官をひたと見据える前を、クトゥーゾフ将軍はだらだらとゆっくりした歩みで進んでいく。第三中隊の位置まで来ると、彼は不意に足を止めた。急ストップを予期していなかった随員たちが、思わず将軍にぶつかりそうになった。

「おや、ティモーヒン！」先ほど青い外套の件で散々な目に遭った例の赤鼻の大尉に気付くと、総司令官は声をかけた。

先刻、連隊長の注意を受けていた時、このティモーヒンはもはやこれ以上は伸びないと思えるほどに背筋をしゃきっと伸ばしていたものだった。だがこうして総司令官に声をかけられた瞬間の背筋の伸びようときたら、もしもあと数瞬このまま総司令官に見つめられていたなら、きっともちこたえられまいと思えるほどであった。クトゥーゾフの側でもその気配を察して、大尉にもしものことがないようにという親心から、急いでそっぽを向いた。そのときクトゥーゾフのむくんだ、戦傷で歪んだ顔に、かすかにそれと分かるほどの笑みが浮かんだものである。

「イズマイル戦[5]からの戦友だよ」彼は言った。「勇敢な将校だ！　君は彼に満足しているか？」クトゥーゾフは連隊長に訊ねた。

すると連隊長は、目に見えぬところで例の軽騎兵隊将校に自分の所作がそっくりまねされているのも知らぬまま、ブルンと身を弾ませて前へ出ると、こう答えた。

「大変満足しております。総司令官閣下」

「われわれは誰しも弱点を持っているが」クトゥーゾフはにっこり笑って連隊長から遠ざかりながら言った。「あの男の弱点は、酒神バッカスを崇め奉るところだったな」

連隊長はそれも自分の落ち度に当たるかとドキッとして、何も答えなかった。例の将校はこのとき赤鼻で下腹の出た大尉の顔を認めると、その表情とポーズをそっくりに真似してみせたので、ネスヴィツキーはたまらずに笑い出した。クトゥーゾフがさっと振り向いた。だがどうやら将校は自由自在に自分の顔を操れるようで、クトゥーゾフが振り向く瞬間にまんまと顰め面を作ってみせたかと思うと、次の瞬間にはごくまじめな、恭しい、罪のない表情に戻っていたのである。

第三中隊は最後尾だったが、クトゥーゾフは何か思い出そうとするかのように考え込んでいた。するとアンドレイ公爵が随員の中から進み出て、フランス語で耳打ちした。

「降格されてこの連隊所属となったドーロホフという者について、閣下に一言《リマインド》する

5　イズマイルはウクライナのオデッサ州の都市。オスマン帝国の堅牢な要塞があったが、一七八七〜九二年の露土戦争の際、ロシア軍総司令官スヴォーロフの指揮のもとクトゥーゾフが果敢な攻撃を仕掛け、一七九〇年にこれを陥落させた。

ようにとのご指示でしたが」

「そのドーロホフはどこにいるか?」クトゥーゾフは訊ねた。

すでに兵卒用の灰色の外套に着替えていたドーロホフは、呼び出しを受けるまで待ってはいなかった。金髪で明るい青い目をした兵のスマートな姿が、隊列から歩み出てきた。そのまま総司令官に歩み寄ると、捧げ銃の姿勢をとる。

「要求でもあるのか?」ちょっと渋い顔になって、クトゥーゾフが訊ねた。

「これがドーロホフです」アンドレイ公爵が言った。

「ほう!」クトゥーゾフは言った。「今回の措置をよい薬として、精勤するよう期待する。皇帝陛下は慈悲深くあらせられる。この私も、君を忘れずにいよう、もしも君がそれに見合う働きをするならばな」

先ほど連隊長を見た時と同じように、青い明るい目がふてぶてしく総司令官に向けられていた。あたかもその眼力によって、総司令官と一兵卒の間を遠くへだてている約束事の帳《とばり》を、引き裂いてやろうとしているかのようであった。

「一つお願いがあります、総司令官閣下」持前のよく通る、力強い、悠揚迫らぬ声でドーロホフは言った。「わが身の罪を償い、皇帝陛下およびロシアに対する忠誠を証明する機会を、私に与えてください」

クトゥーゾフは顔を背《そむ》けた。ちょうどさっきティモーヒン大尉から顔を背けた時とそっくり同じ笑みが、その目顔《めがお》に浮かんだ。彼は背けた顔に渋面を浮かべたが、あたかもそれによって、今ドーロホフが自分に発した問いも、自分が彼に与えうる答えも、すべて自分には前々から分かっており、すべて自分には退屈きわまるものであり、まったく無用なものであることを、伝えようとしているかのようだった。彼はそっぽを向くと馬車に向かって歩き出した。

連隊は中隊単位に分散し、ブラウナウからほど遠からぬところにある指定の宿営に向かって出発した。宿営に行けば新しい靴を手に入れ、着衣のつくろいをし、困難な行軍の疲れを癒すこともできるはずだった。

「私のことを悪く思わないでくれたまえよ、ティモーヒン大尉！」目的地に向かって行進中の第三中隊を回り込む形で先頭を行くティモーヒン大尉のところまで馬を寄せると、連隊長はそう声をかけた。閲兵を無事済ませた後だったので、連隊長の顔には抑えがたい喜びの色が浮かんでいた。「なにせ皇帝にお仕えする仕事だからな……手を抜くわけにはいかんのだ……とくに閲兵式となればこちらの気も立ってな……とにかく、ここは私から先に謝っておく、私の気性は君も知っているだろう……大変感謝していたんだぞ！」そう言って彼は中隊長に握手の手を差し出した。

「何をおっしゃいますか、連隊長、自分ごときが悪く思うなんて！」大尉は鼻を赤くしてにっこり笑いながら答えたが、笑みほころびた口の中に、イズマイル戦で敵の銃床が当たって欠けた二本の歯の空洞が見えた。

「それからあのドーロホフ君にも伝えてくれたまえ、彼のことは忘れないから心配するなと。それから、どうか教えてくれ、一度聞いておきたかったんだ、彼がどんな人間で、態度はどうか。それだけだ」

「勤務に関しては、至極まともです、連隊長閣下……ただし性格《カラフテル》が……」ティモーヒンは答えた。

「何だ、性格《ハラクテル》がどうかしたのか？」連隊長が問いただす。

「大変な気まぐれでありまして、連隊長閣下、日によって違うのであります」大尉は答える。「時によっては賢くて物知りで思いやりのある好人物ですが、かと思うと、急にけだもののようなまねをします。実のところ、ポーランドでは危うくユダヤ人を一人殺しかけたような次第で……」

「そうか、そうか」連隊長は言った。「しかしやはり、苦境にある若者には情けをかけてやらねばな。縁故も広い男だし……。そのへんを君もひとつよろしくな……」

「了解しました、連隊長閣下」ティモーヒンはそう答えるとともに、笑顔で上官の希望を了解した旨を伝えた。

「そうか、そうか」

連隊長は隊列の中にドーロホフを見つけ、馬の歩みを緩めた。

「最初の戦闘に入るまでには、将校肩章も戻っているだろうな」連隊長は相手に言った。

ドーロホフは振り向いたが、何の言葉も返さず、あざ笑うような口の表情を改めもしなかった。

「さて、これで一件落着だ」連隊長は続けた。「皆にウオッカを一杯ずつ振る舞ってやれ、私のおごりだ」兵士たちに聞こえるよう、彼は大声で付け加えた。「諸君全員に感謝する！　おかげで成功だ！」そう言うと連隊長は第三中隊を追い越して、次の中隊へと馬を進めた。

「どうだい、うちの連隊長、本当に良い人だろう。あの人となら、一緒にご奉公できるってもんだ」ティモーヒンは隣を歩く下士官に語り掛けた。

「まさにハートのでかい人ですね！……」下士官は笑顔でそう答えた（連隊長のあだ名はハートのキングというのだった）。

閲兵の後の上官の安堵感は兵士たちにも伝染した。中隊は楽しげに進んでいった。

四方八方から話をかわす兵士たちの声が響いてくる。

「いったい誰がぬかしやがった、クトゥーゾフは片眼だ、目が一つしかねえって?」

「何がおかしい! 本当に片眼じゃねえか」

「何だと……おい、お前なんかよりはずっと目が利くんだよ。軍靴だってゲートルだって、一つも見逃しゃしねえさ」

「なあ兄弟、あの人が俺の足をちらっと見た時の眼つきといったら……いやはや、あれはきっと……」

「もう一人のあの、総司令官と一緒にいたオーストリア人は、あれはチョークで塗り固めたように真っ白だったなあ。まるで小麦粉みてえにさ! たぶん、俺たちの装具みてえに手入れが行き届いているんだろうな!」

「ところで、フェデショウよ!……総司令官は戦闘がいつおっ始まるか言っていたか? お前は俺たちより近いところにいたんだろう。噂ではすっかり、ブルノフ(＝ブラウナウ)にブナパルト[6]本人が出張ってきていることになっているがな」

「ブナパルトが出張ってきているって! でたらめ言うな、馬鹿野郎! 何にも知らねえんだな! 今はプロイセン人が反乱を起こしているところよ。オーストリア軍は、要するにこれを鎮圧にかかっているわけさ。これが収まりさえすりゃあ、いよいよブナパルトとの戦争開始っていう段取りよ。それを、ブルノフにブナパルトが出張ってきているなんてぬかしやがって！　馬鹿丸出しじゃねえか。もっと人の話をよく聞きやがれ」

「くそ、宿営係の役立たずどもめ！　見ろ、第五中隊はもう村の方に曲がろうとしていやがる。あいつらの粥が炊ける頃になっても、俺たちはまだ到着もしていねえってわけだ」

「くそ、乾パンをよこせ」

「昨日タバコをもらったっけな？　じゃあいいだろう。ほら、食いなよ」

「せめてこの辺で休憩でも入らんかな。さもないと、すきっ腹であと五キロばかりもてくてく歩かなけりゃならんぞ」

「ドイツ人がわが軍に馬車をよこしたときは、[7]あれはよかったなあ。何しろ自分の足で歩かなくていいなんて、もう最高だぜ！」

6　ナポレオンの姓ボナパルトがなまったもので、元のコルシカ姓ブオナパルテに近い。
7　一八〇五年九月、予想外に早くドナウ近辺に出現してウイーンを狙っているナポレオン軍に対抗するため、オーストリアがクトゥーゾフに馬車や荷馬車を提供し、高速でロシア軍を移動させた事情を示す。

「ところが兄弟、このあたりは、住んでいる連中も全くあか抜けねえ奴らさ。あちらじゃあ、言ってみりゃあみんながポーランド人で、土地はぜんぶロシアの領土だったが、このあたりで目にするのはドイツ人ばっかりじゃねえか」

「軍歌隊員、前へ！」大尉の号令が聞こえた。

すると中隊の前面に、あちこちの列からばらばらと、二十人ばかりが駆けだしてきた。音頭取りの鼓手が軍歌隊に顔を向け、片手を振り上げると、ゆっくりとしたテンポの兵士の歌を朗々と声を伸ばして歌いだす。それは《もはや夜明けか、曙光が空を焼き……》と始まり、《そうだ兄弟、栄光はわれらと父なるカメーンスキー[8]のもの》という文句で終わる歌だった。トルコでできたこの歌が今ではオーストリアの地で歌われているわけで、ただ《父なるカメーンスキー》のくだりが《父なるクトゥーゾフ》に入れ替わっているのであった。

この最後の一節をいかにも兵隊式にぶつりと切るように歌い終え、まるで何かを地面に投げつけるかのように両手を大きく一振りすると、四十がらみのやせた美男の鼓手は厳しい目つきで軍歌隊を振り向き、半眼になった。それから、全員の目が自分に向けられていることを確信すると、今度は何か目に見えぬ高価な品物を頭上に持ち上げるかのようにそっと両手を振りかざし、そのまま何秒か空中で支えたあげく、突然、一気に振り下ろした。

　おお、わが家、わが家のその戸口！

《真新しきわが家の戸口よ……》二十人の声がこれに応えて後を続けると、木匙楽器[9]奏者が一名、装具の重みをものともせずに勢いよく前に飛び出し、中隊の先頭に立ってこちらに顔を向けた形で後ずさりながら、しきりに両肩を躍らせて、誰かを木匙で驚かすようなしぐさを始めた。兵士たちも歌の拍子に合わせて腕を振り、無意識に足取りをそろえて大股で行進している。中隊の後方から車輪の音、スプリングの軋みと馬の足音が響いてきた。クトゥーゾフ将軍と随員たちが町に帰ろうとしているのだ。総司令官は兵士たちがこの自由な行進を続けるように合図を送っている。歌の響きを聞き、踊る木匙楽器奏者や愉快にはつらつと進む中隊の兵士たちを見るうちに、クトゥーゾフの顔にも、随員たちすべての顔にも、満足そうな表情が浮かんでいた。

8　ミハイル・フェドートヴィチ・カメーンスキー伯爵（一七三八〜一八〇九）、エカテリーナ女帝時代の将軍。対プロイセン、対オスマン帝国戦争で活躍した。

9　木製の匙をカスタネット状に組み合わせた打楽器。

馬車は右翼の側から中隊を追い越していくところだったが、その二列目にいる青い目の兵士が否応なく目に飛び込んできた。それは例のドーロホフで、歌の拍子に合わせてひときわ元気よくしかも優雅に歩を進めながら、馬車で通り過ぎる者たちの顔を見やっていたが、その表情にはこの瞬間中隊とともに行進していないすべての者に対する憐れみのようなものが浮かんでいるのだった。クトゥーゾフの随員の一人で、連隊長の真似ばかりしていた例の軽騎兵隊少尉が、馬車から離れてドーロホフのもとに馬を進めてきた。

ジェルコーフというこの軽騎兵隊少尉は、かつてペテルブルグでドーロホフが率いる放埒な将校グループに属していた。国を出てからも、一度兵卒に降格されたドーロホフを見かけたことがあったが、そのときは別に相手に気付いたそぶりを見せるまでもないと思っていた。ところが今は、クトゥーゾフがこの降格兵と話を交わした後だったので、昔なじみらしく再会の喜びを表して話しかけたのである。

「やあ懐かしいな、どんな調子だい?」馬の歩度を中隊の歩みに合わせながら、彼は歌声に負けぬ声であいさつした。

「俺の調子か?」ドーロホフは素っ気なく返答する。「見ての通りさ」

威勢のいい歌声が、ジェルコーフのざっくばらんな明るい口調と、答えるドーロホフの故意に冷淡な口調に、一種独特な意味合いを添えていた。

「それで、上官連中とはうまくやっているのか？」ジェルコーフは訊ねた。

「まあな、いい連中だよ。お前の方はどんなふうに司令部に入り込んだんだ？」

「一時配属さ、当番でね」

二人はしばらく黙っていた。

《鷹は放たれた、右の袖から》そんな歌詞がおのずと勇壮な、陽気な気分を掻き立てている。もしも二人が歌の聞こえない場所で話していたら、おそらく違った会話になっていたことだろう。

「オーストリア軍がやっつけられたというのは、本当か？」ドーロホフが訊ねた。

「知るもんか、うわさだよ」

「ならよかったな」ドーロホフは簡潔明瞭に応じた。歌のせいでそうなるのだった。

「なあ、そのうち晩に俺たちのところへ来いよ。ファラオの勝負でもやろうぜ」

ジェルコーフが誘う。

「というと、金でもしこたま貯めたのか？」

「まあ来いよ」

「だめだ。誓ったんだ。将校に返り咲くまでは酒も賭け事もしないってな」

「なに、つまりは最初の戦闘までのことじゃないか……」

「まあ、時が来てみなければ分からん」

また二人はしばし黙り込んだ。

「なあ、もし必要なものがあれば訪ねて来てくれ。司令部に言えば何でも用が足りるから……」

ドーロホフは薄笑いを浮かべた。

「心配してくれなくていいぞ。必要なものがあれば、俺は人には頼まん。自分で手に入れるからな」

「いや、俺はただその……」

「いや、俺もただ言っただけだ」

「じゃあ、失敬」

「達者でな……」

……空高く、はるばると
祖国めがけて……

ジェルコーフが拍車で馬を促すと、馬はいきり立って、どちらの足から踏み出したらいいか分からずに三度ほどその場で足踏みをしたが、やっと折り合いをつけると、同じく歌の拍子に合わせて駆けだし、中隊を追い越して馬車の後を追って行った。

3章

閲兵から戻ったクトゥーゾフは、オーストリアの将軍を引き連れたまま自分の執務室に入ると、副官を呼びつけ、到着したロシア軍の状況に関する何件かの書類と、前線部隊を指揮しているフェルディナント大公から届いた書状一式を届けるよう命じた。副官であるアンドレイ・ボルコンスキー公爵が要求された書類を持って総司令官の執務室に入って行くと、机上に広げられた地図を前にして、クトゥーゾフとオーストリア宮廷軍事会議のメンバーである例の将軍が腰を下ろしていた。

「ああ……」クトゥーゾフはボルコンスキーを見るとそう言った。あたかもその一言で副官にそのまま控えていろと促すかのようで、本人はそれまでの会話をフランス語で続けた。

「私が申すべきことは一言に尽きますよ、将軍」洗練された表現ぶりといい抑揚といい、クトゥーゾフの言葉はいたって耳に快いもので、聞く者はついついゆっくりと繰り出される一語一語に聞き入ってしまうのだった。明らかにクトゥーゾフ本人も、自分の発言に聞きほれていた。「私が申すべきことは一言に尽きますよ、将軍。つまり、もしも事態が私の個人的な希望次第で決まるのだとしたら、フランツ皇帝陛下のご意志はとうに実現されていただろうということです。この私もとっくに大公の軍に合流していたことでしょう。これは私の本音と受け取っていただきたいのですが、私個人にしてみれば、もしも軍の最高指揮権を、どなたか貴オーストリア軍に数多くいるような、小生よりも事情に通じ、戦略に秀でた将軍の手にゆだねて、この重責からすっかり解放されうるものならば、一個人としてひたすら欣快《きんかい》と思う次第です。しかしながら、状況の力というものはしばしばわれわれの思惑を超えるものでしてね、将軍」

そう言ってクトゥーゾフはにっこりと笑ったが、その表情はあたかもこう言っているかのようだった——『私の言うことをお信じにならないのは全くの御勝手ですし、またお信じいただけようといただけなかろうと、私には全くどうでもいいことなのですが、ただしあなたはあえて信不信を私に対して口にする理由をお持ちでない。まさにそこが肝心なところなのですよ』

オーストリアの将軍は不満な顔をしていたが、しかしクトゥーゾフに向かって無作法な応答をすることはできなかった。

「何をおっしゃいますか」言葉自体にはへつらいの意味が込められていたが、それを言う口調は裏腹な、不平がましい、怒ったような口調だった。「それどころか、閣下がこの共同作戦にご参画くださることに、陛下はきわめて高い価値を認めておられます。ただしわれわれは、現在のこの遅滞ぶりによって、栄えあるロシア軍とその最高指揮官諸氏が、過去のあまたの戦闘を通じて絶えず獲得してきた栄光を失いはしないかと案ずるものです」オーストリアの将軍は、明らかにあらかじめ用意してきたセリフを言い終えた。

クトゥーゾフは一礼したが、笑顔は元のままだった。

「私が確信し、またフェルディナント大公閣下からいただいた最近の書状に基づいて想定するところでは、オーストリア軍はマック将軍のような練達の副司令官の指揮のもと、今やすでに決定的な勝利をおさめており、もはやわが軍の助力を必要としてはいないのではないでしょうか」クトゥーゾフは言った。

将軍は顔をしかめた。オーストリア軍の敗北に関するはっきりとした知らせはまだないものの、あちこちで聞こえる悪い噂を裏書きするような事実が、あまりにも多かった。そんなわけで、オーストリア軍の勝利というクトゥーゾフの想定は、ほとんど冷やかしに等しいものだったのだ。だが当のクトゥーゾフは控えめな笑みを浮かべ、その表情で、自分にはそういう見込みを立てる権利があるのだと表現している。実際、マックの軍から届いた最新の書状は、軍が勝利し、戦略的に最も有利な状況にあると伝えていたのだった。

「その手紙をこっちにくれ」クトゥーゾフはアンドレイ公爵に向かって言った。「ほら、ここにこうありますよ」そう言うとクトゥーゾフは唇の端っこに嘲笑を浮かべたまま、フェルディナント大公の書状から次のような一節を、ドイツ語のままオーストリアの将軍に読み聞かせたのだった。「わが軍はおよそ七万のきわめて密集した勢力を保持しているゆえに、敵軍がレッヒ川[10]を渡ろうとすれば、突撃をかけてこれを撃破することができます。わが軍はすでにウルム[11]を占拠しておりますので、ドナウの両岸を制するという利を自らに担保しており、したがって仮に敵軍がレッヒ川を渡河しない場合には、ドナウ川を渡って敵軍の連絡路を襲撃し、さらに下流を渡河して戻るということもいつでも可能ですし、仮に敵軍が全勢力をわが軍の信頼すべき同盟軍に向けて結集しようとしても、その意図を未然に押し止めることが可能です。したがって、わが軍はロシア帝国軍が十分なる準備を終える時を、敢然として待つことが可能であり、そのうえで両軍が力を合わせれば、敵軍にふさわしい運命を用意する可能性はたやすく見いだせるでしょう」

この長たらしい文を読み終えるとクトゥーゾフは重いため息をつき、それから宮廷軍事会議のメンバーの顔を、注意深さと優しさのこもった目でしばし見つめた。

「しかし総司令官閣下、ご存知の通り、箴言《しんげん》は最悪の予測に備えることこそが肝心だと説いております」オーストリアの将軍は言った。明らかに冗談は終わりにして本題に入ろうとしているのだ。

ふと将軍は副官に目をやった。

「ちょっとお待ちください、将軍」クトゥーゾフは相手を遮ると、同じくアンドレイ公爵を振り向いて言った。「ひとつ君に頼みだが、コズロフスキーのところにあるわが軍の斥候たちの報告を全部集めてくれ。それからこの二通はノスティッツ伯爵の書状、これはフェルディナント大公閣下の書状、それからこれも」そんな風に言って彼はいくつかの書類をアンドレイ公爵に渡した。「それで、そのすべてをもとに、きれ

10　ドナウ川の支流。
11　ドナウ川左岸の都市。

いにフランス語でメモランダムを作ってくれ。つまり我々がこれまで得たオーストリア軍の軍事行動に関するすべての報告が一目で分かるようにまとめられた覚書だ。そうしてできたら、それをこちらの閣下に御覧いただくのだ」

アンドレイ公爵は最初の数語を聞いただけで、クトゥーゾフが言ったことばかりか、言いたかったことまで了解し、そのしるしに頭を下げた。書類をまとめると、彼は両者に向けて一礼し、絨毯の上を音もなく歩を進めて応接室へと出て行った。

ロシアを後にしてからまだ日が浅いにもかかわらず、アンドレイ公爵はこの間にずいぶん様変わりしていた。顔の表情にも体の動きにも足取りにも、かつてのような取り繕った様子や、疲労感、倦怠感はほとんど感じられない。いかにも働き甲斐のある面白い仕事にかかりきりで、自分が他人に与える印象などに気を配っている暇などない、といった様子に見えた。その表情には自分と周囲に対する満足感が強まり、笑みと目つきは一層快活で魅力的になった。

先行していたクトゥーゾフにはまだポーランドにいるうちに追いつく形になったが、クトゥーゾフは彼をとても愛想よく受け入れて、彼のことを心に留めておくと約束し、ほかの副官たちとは別扱いにして、ウイーンにも随行させ、ほかの者よりも重要な任務を与えていた。ウイーンからクトゥーゾフは古き同僚であるアンドレイの父親のボルコンスキー公爵に向けて、次のような手紙を書いている。

『ご子息は、並外れた知識、不屈さ、実行力を備えた、立派な将校となる見込みがあります。ご子息のような部下を手元に置ける自分を、果報者と思う次第です』

クトゥーゾフの司令部付きの同僚の間でも、また軍全体の中でも、アンドレイ公爵はペテルブルグの社交界にいた時と同様、まったく正反対の二様の評価を得ていた。ある者たちは（これは少数派だったが）アンドレイ公爵を自分たちとも他のすべての者たちとも一味違う特殊な存在と見なして、将来の大出世を予測すると同時に、彼の言葉を傾聴し、彼を崇拝し、模倣しようとしていた。そうした者たちに対しては、アンドレイ公爵の側も率直で好意的な態度をとった。他の、比較的多数派の者たちは、アンドレイ公爵を好まず、高慢で冷淡で不愉快な人間と見なしていた。しかしそうした者たちに対しても、アンドレイ公爵はきちんと自らを持することができたので、尊敬どころか畏怖さえも勝ち得ていたのである。

クトゥーゾフの執務室を出て応接室に入ると、アンドレイ公爵は書類を携えたまま、窓辺で本を読んでいる同僚の当直副官コズロフスキーに歩み寄った。

「さて、どうだった、公爵？」コズロフスキーが訊ねた。

「覚書を作成せよとのご命令だ、わが軍がなぜ前進しないのかについて」

「それで、なぜなんだ?」

アンドレイ公爵は肩をすくめた。

「マックからの知らせはないのか?」コズロフスキーが訊ねる。

「ない」

「マックが撃破されたというのが本当なら、知らせが来そうなものだろう」

「おそらくな」そう言ってアンドレイ公爵は出口のドアに向かったが、ちょうどそのとき彼のゆく手から、ドアをバタンと開けて、長身の、一目で遠来の客と分かるオーストリアの将軍が、足早に応接室に入ってきた。フロックコートを着て黒の三角巾で頭部に包帯をし、マリア=テレジア勲章を首にかけた姿である。アンドレイ公爵は足を止めた。

「クトゥーゾフ総司令官は?」左右に目を配りながらまっしぐらに執務室のドアに歩を進めつつ、遠来の将軍はきついドイツ語なまりの早口で言った。

「総司令官は執務中です」コズロフスキーが急いで見知らぬ将軍に歩み寄り、ドアへの通路を遮るようにしながら言った。「どなたがいらしたとお伝えすればよろしいでしょうか?」

見知らぬ将軍は蔑むような眼で、背の低いコズロフスキーを上から下まで眺めまわしたが、その様子は自分を知らぬ者がいることに驚いているかのようだった。

「総司令官は執務中です」コズロフスキーは平然と繰り返した。

将軍の顔が曇り、唇がピクリと引きつって震えだした。彼は手帳を取り出すと、鉛筆で何かをさらさらと書きつけ、そのページを破って渡すと、速足でつかつかと窓辺に歩み寄り、椅子に身を投げた。そうして部屋にいる二人の方を、どうしてこちらを見つめているのだと問いただすような目つきで見返した。それから将軍は頭をもたげ首筋を伸ばして何か言いそうな様子を見せたかと思うと、まるでのんきに鼻歌を歌うような調子で奇妙な音を発したが、それもすぐに途絶えた。執務室のドアが開き、戸口にクトゥーゾフが姿を見せたのである。頭に包帯をした将軍は、危機をまぬかれたと言わんばかりに、身をかがめて、痩せた脚でつかつかと大股にクトゥーゾフのもとに歩み寄った。

「悲運のマックが参上しました」調子はずれの声でフランス語で名乗る。

数瞬の間、戸口に立つクトゥーゾフはピクリとも顔を動かさなかった。それから、彼の顔面をまるで波のように一筋の皺が走り抜けたかと思うと、また額が平らに戻った。恭しく一礼し、目を閉じると、クトゥーゾフは黙ったまま身をよけてマックを中に招じ入れ、自ら後ろ手でドアを閉じた。

オーストリア軍が撃破され、ウルム近辺で全面降伏したという、以前から広まっていた噂が正しかったことが判明した。半時間後にはすでに副官たちが諸方面に派遣され、これまで無為に過ごしていたロシア軍が、いよいよ敵と相まみえるべき事態となったことを示す指令を伝えたのだった。

アンドレイ公爵は、戦争全体の経緯に主な関心を寄せているという、司令部付きの将校の中でもまれな存在の一人だった。マックの姿を見てその敗戦の状況をつぶさに聞くことで、彼はこの戦いが半ば敗北したことを知り、ロシア軍が置かれた困難な状況を余さず理解して、この先、軍を待ち受けているものと、そこで自分が果たすべき役割とを、ありありと思い浮かべた。自信満々だったオーストリアが屈辱的な敗北を味わったことを思い、そして一週間後にはスヴォーロフ将軍以降初めての露仏の軍事衝突を目撃し、それに参加することになるかも知れぬと考えると、思わず喜びの感情に胸が沸き立つのを覚えた。ただし彼は、ロシア軍の勇猛果敢さをしのぐかもしれぬボナパルトの天才ぶりに恐れを感じていた。しかも同時に、自らが英雄とたたえる人物の屈辱を許すこともできなかったのである。

こうした思いに胸を沸き立たせ、またかき乱されながら、アンドレイ公爵は父親に手紙を書こうとして自室に向かった。父には毎日手紙を書いていたのだ。廊下で同室のネスヴィツキーがひょうきん者のジェルコーフと二人でいるのに出くわしたが、二人はいつもの通り何かに笑い興じていた。

「何でそんなに不景気な顔をしているんだ?」青ざめた顔に目だけ光らせているアンドレイ公爵の顔を見ると、ネスヴィツキーは訊ねた。

「何も楽しむべきことなんてないからな」公爵は答える。

アンドレイ公爵がネスヴィツキーとジェルコーフのいる場所まで来たとき、廊下の向こうの方からロシア軍の食糧事情監督官としてクトゥーゾフの司令部に配属されたオーストリア軍のシュトラウフ将軍と、もう一名の宮廷軍事会議のメンバーがやって来た。両者とも昨晩到着したのである。廊下は十分広かったので、将軍たちが三名の将校と楽にすれ違うだけの余地は十分にあったのだが、ジェルコーフはネスヴィツキーを押しのけると、声を弾ませてこう言った。

「お通りだ!……お通りだ……!　脇に退いて道を開けるんだ!　さあ、道を開けて!」

将軍たちは、ありがた迷惑な表敬をやり過ごしたいといった表情で、通り過ぎようとした。このときふとひょうきん者のジェルコーフの顔に、どうしても喜びを抑えきれないといった風情の、愚かしい笑みが浮かんだ。

「将軍閣下」彼は前に出ると、オーストリアの将軍に向かってドイツ語で話しかけた。「謹んでお祝いを申し上げます」

彼は頭を垂れると、ちょうどダンスを習う子供たちがすり足をするように、いかにも不器用に右足を後ろに引いたり左足を後ろに引いたりを繰り返した。

宮廷軍事委員の将軍は、険しい目で相手を見つめたが、相手の愚かしい笑みが真剣なものだと見て取ると、一顧もせずに通り過ぎるわけにもいかなかった。彼は聞いているというしるしに半ば目を閉じた。

「謹んでお祝い申し上げます、マック将軍がすこぶる元気で帰還されたことを。ただしここのところを少しお怪我されたようですが」笑顔をほころばせながら自分の頭を指でさして、彼は言い添えた。

将軍はむっと顰《しか》め面をすると、くるりと向きを変えて先へと進んだ。

「いやはや、何と軽薄な！」何歩か離れたところで、彼は腹立たしげにそう漏らした。

ネスヴィツキーは高笑いしてアンドレイ公爵に抱きついたが、公爵はさらに蒼白になり、憎々しげな表情を浮かべると、ネスヴィツキーを押しのけてジェルコーフに向き直った。先ほどのマックの様子、その敗北の知らせ、ロシア軍を待ち構えるものへの思い——そうしたものに触発された神経の苛立ちが、ジェルコーフの場違いな悪ふざけに対する憤りにはけ口を見出したのだった。

「いいかい、君」下顎をかすかに震わせながら、彼はよく通る声で言った。「もし君が道化のまねごとをしたいのなら、僕にはそれをやめさせることはできない。しかしはっきり言っておくが、もし君があえてもう一度、僕のいる前で大道芸人並みの振る舞いをしたら、僕が礼儀作法というものを教えてやるからな」

ネスヴィツキーとジェルコーフはこの反応にすっかり肝をつぶして、黙ったまま目をむき出してアンドレイ公爵を見つめている。

「だって、僕はただあいさつしただけじゃないか」ジェルコーフが言った。

「僕は冗談で言っているんじゃない、黙りたまえ！」そう怒鳴るとアンドレイ公爵は、ネスヴィツキーの手を取って、返す言葉を見出せないでいるジェルコーフから引き離して脇に連れて行った。

「なあ、どうしたんだい、君」なだめるようにネスヴィツキーが言う。

「どうしたとは何だ？」興奮のあまり足を停めてアンドレイは言った。「いいか、よく考えてくれ、われわれははたして何者なんだ？　皇帝と祖国に仕え、全体の成功を喜び、全体の失敗を悲しむ将校なのか、あるいはご主人様の仕事にはわれ関せずという下僕風情なのか。四万の兵が戦死し、わが国の同盟軍が壊滅したというのに、君たちはよくも笑っていられるな」あたかもこのフランス語のフレーズによって自分の意見を補強しようとするかのように、彼は言った。「そんなことは、君が友人扱いしているあの役立たずの小僧っ子なら許されるが、君はダメだ、君には許されない。あんなことが遊びで通るのは、ガキどもだけだからな」最後の一言をアンドレイ公爵はロシア語で付け加えたが、ジェルコーフの耳に届くかもしれないと思って、フランス語風のアクセントで発音したのだった。

彼は少尉が何か返答するかと思ってしばし待ったが、少尉はくるりと脇を向いて廊下から出て行ってしまった。

4章

パヴログラード軽騎兵連隊はブラウナウから二マイルのところに駐屯していた。ニコライ・ロストフが見習士官として勤務する中隊は、ザルツェネックというドイツ人の村に配置されていた。全騎兵師団にワーシカ・デニーソフの愛称で知られていた中隊長のワシーリー・デニーソフ大尉には、村で一番の宿所が割り当てられていた。見習士官のニコライは、ポーランドで連隊に追いついた時以来、この中隊長と寝起きを共にしていた。

十月八日、本営ではマック敗北の報に皆が騒然としていたころ、騎兵中隊の本部ではこれまで通りのんびりとした遠征生活が営まれていた。一晩中カードで負け続けたデニーソフ大尉は、ニコライが早朝に馬糧徴発を済ませて馬で戻って来た時にも、いまだ宿舎に帰っていなかった。見習士官の軍服を着たニコライは、表階段に乗り付けると、馬の体をポンと一つはたいて、しなやかな若々しい身振りで片足を外したまま、しばし馬との別れを惜しむかのようにもう一つの鐙《あぶみ》に片足で立っていたが、やがてぴょんと飛び降りると、伝令兵を呼んだ。

「やあ、ボンダレンコ、おはよう」まっしぐらに彼の馬に駆け寄ってきた軽騎兵に向かって彼は言った。「こいつを引き回して息を鎮《しず》めてやってくれ、頼んだぞ」良き若者たちが幸せな気分でいる時に誰に対しても見せる例の兄弟同士のような快活な優しさを込めて、彼はそう言った。

「かしこまりました、見習士官殿」ウクライナ人の軽騎兵が陽気に首を振って答える。

「いいか、しっかり引き回してやってくれよ！」

もう一人の軽騎兵が同じく馬に駆け寄ってきたが、しかしボンダレンコはすでに轡《くつわ》の手綱を馬の首に投げ掛けた後だった。どうやらこの見習士官殿は酒手もたっぷり弾んでくれるので、お仕えし甲斐があるようだ。ニコライは馬の首を撫で、さらに尻を撫でて、入り口階段の上にしばし立ち止まった。

「いいなあ！　きっといい馬になるぞ！」そんな独りごとを言うと、にっこりと笑ってサーベルを携えたまま、拍車の音高く階段を駆け上っていった。網ジャケットに円帽子姿のドイツ人の家主が、牛糞を掃除していた熊手を手にしたまま、牛小屋から顔を覗かせる。ニコライを見た途端、その顔がにわかに輝いた。にっこりとうれしそうに笑ってウインクをしながら「おはようございます！　おはようございます！」と繰り返す。いかにもこの青年に挨拶するのが楽しそうだ。

「ご精がでますね！」その生気あふれる顔から決して消えることがない朗らかな、友愛に満ちた笑みを浮かべたまま、ニコライは応ずる。「オーストリア人万歳！　ロシア人万歳！　アレクサンドル皇帝万歳！」ドイツ人の家主がしばしば繰り返す言葉をまねて、彼は挨拶を返した。

ドイツ人は笑い出し、牛小屋のドアからすっかり外に出てくると、帽子をひっつかんで頭上に振り上げ、大声を上げた。

「おまけに全世界万歳！」

ニコライの方もドイツ人と同じく軍帽を頭上に振り上げると、笑いながら叫んだ。

「おまけに全世界万歳！」牛小屋の掃除をしていたこのドイツ人にも、小隊を引き連れて干し草の調達に行ってきたニコライにも、取り分けて喜ぶ理由は何もなかったのだが、二人とも幸福な歓びと友愛に満ちた目でしばし互いを見つめあい、互いが好きであるというしるしに何度か首を振ってみせると、笑顔のまま別れて行った——ドイツ人は牛小屋に、ニコライはデニーソフと共に住んでいる母屋へと。

「ご主人は？」彼はラヴルーシカに訊ねた。これは海千山千ぶりで連隊中に有名な、デニーソフの従卒である。

「昨晩からお見えでありません。きっとすっかり負けなさったのでしょう」ラヴルーシカは答えた。「これはもうはっきりしていますが、勝った時には早くお帰りになって、自慢なさいます。それが朝までお帰りにならないということは、すっからかんになられたということで、きっと荒れてお帰りですよ。コーヒーをお召し上がりですか？」

「ああ、くれたまえ」

十分後にはラヴルーシカがコーヒーを持ってきた。

「お帰りですよ」彼は言った。「さあ、大変だ」

ニコライが窓を覗くと、帰ってくるデニーソフの姿が見えた。小柄な男で、赤ら顔にキラキラした黒い目、もじゃもじゃの口髭も髪も黒である。マントの前がはだけ、幅広の乗馬ズボンはずり下がってしわくちゃ、後頭部にはよれよれの軽騎兵帽が乗っかっている。陰気な顔で頭を垂れたまま、表階段に近寄ってくる。

「ラヴーシカ」rの発音に難のある大きな声で腹立たしげにデニーソフは怒鳴った。「おい、靴を脱がせんか、でくの坊！」

「おっしゃるまでもなくお脱がせしますよ」ラヴルーシカの声が答えた。

「おや！　君はもう起きていたのか」部屋に入って来たデニーソフが言った。

「だいぶ前ですよ」ニコライは答えた。「もう飼葉の徴発を済ませてきましたし、マチルデ嬢とも会ってきましたよ」

「へえ、そうか！　こっちは、ゆうべはすっかあかんにやあえちまってな、畜生め！」相変わらずrの音が出ないままデニーソフは叫び散らす。「いや全くツイていない！　ツキに見放さえたってやつだ！　君が出て行った途端に、ツキも俺《おえ》を見放しやがった。おい、茶をくえ！」

デニーソフは笑顔のつもりか顰め面になって、短い丈夫そうな歯並を見せると、両手の短い指を総動員して、森林のようにもじゃもじゃ生えている黒い濃い髪を掻き毟《むし》った。

「あのネズミ（将校のあだ名）の奴のとこへなんか行ったのが運の尽きさ」額や顔を両手で擦りながら彼は言った。「いいかい、まともなカードなんてただの一枚も、まったく、ただの一枚も配ってよこさなかったんだぜ」

デニーソフは出された火のついたパイプを手に取ると、拳に握りしめ、火の粉を散らしながら床にたたきつけて、さらに叫んだ。

「単賭けは勝たせて倍賭けで稼ぐ、単賭けは勝たせて倍賭けで稼ぐって寸法だ」

彼は火の粉を散らしてパイプを叩き折ると、それを放り投げた。それからしばし黙り込んでいたが、不意に黒い目を輝かせてうれしそうにロストフを見上げた。

「せめて女でもおあんかね。さもないと、ここじゃ飲むしかやうことがない。いっそさっさと戦が始まってくええば……」

「おや、客は誰《だえ》だ？」ドアの外で大きなブーツが拍車の音を響かせて立ち止まり、恭しく咳払いをするのを聞きつけて、そちらに向かって声をかける。

「曹長殿です！」ラヴルーシカが答えた。

デニーソフは一段と顔を顰めた。

「厄介だな」そう言って彼はいくらかの金貨が入った財布を投げてよこした。「オストフ、中にいくああうか数えて、その財布を枕《まくあ》の下に突っ込んどいてくえ」そう言い残して、彼は曹長の応対に出て行った。

　ニコライは金を取り出すと、古い金貨と新しい金貨を機械的な手つきで小分けし、それぞれを数え始めた。

「ああ、テリャーニン君！　やあやあ！　いや、ゆうべはさんざんやあえてな」別室でデニーソフの声がする。

「誰のところで？　ブイコフですか、ネズミですか？……やっぱりね」別の細い声が聞こえたかと思うと、すぐ後に当のテリャーニン中尉がこちらの部屋に入ってきた。同じ騎兵中隊の小柄な将校である。

　ニコライは枕の下に財布を放り込むと、こちらに差し出された小さな湿った手を握った。テリャーニンはこの遠征の直前に、何かの理由で近衛騎兵隊から転属してきたのである。連隊での勤務態度はきわめて良好だったが、同僚には好かれず、とりわけニコライは、この将校に対する理由のない嫌悪感を乗り越えることも押し隠すこともできないでいた。

「で、どうですか、若い軽騎兵君、僕のグラチクはお役に立っていますか？」相手は訊ねた（グラチクは訓練明けの若い乗用馬で、テリャーニンがニコライに売った馬だった）。

この中尉は決して話し相手の目を見ようとせず、その視線は一点に定まることなく、絶えずきょろきょろと動いていた。

「見かけましたよ、今朝君が馬で通るところを……」

「ええ、まあまあですよ、気のいい馬だし」ニコライはそう答えたが、実は彼が七百ルーブリも出して買ったその馬は、本当はその半分の値打ちもなかったのである。

「左の前足がびっこを引くようになりましたが……」彼は付け加えた。

「蹄が割れたんですよ！　大丈夫。どんな鋲を打てばいいか、僕が教えましょう。やって見せてあげますよ」

「ええ、どうか教えてください、お願いします」ニコライは言った。

「教えます、教えますとも、秘密でもないし。あの馬については、感謝していただけると思いますよ」

「では、馬を連れてくるように言いましょう」テリャーニンから逃れたい気持ちでそう言うと、ニコライは馬を引いてくるよう命じるために部屋を出た。

玄関部屋へ行くと、デニーソフがパイプをくわえて敷居際にしゃがみこみ、目の前の曹長から何やら報告を受けていた。ニコライの姿を見るとデニーソフは顔を顰め、親指で肩越しにテリャーニンのいる部屋を示しながら、眉をひそめておぞましそうに身を震わせた。

「ああ、いけ好かない奴だよ」曹長のいるのもはばからず、彼はそう言い切った。

ニコライは肩をすくめて、『僕も同感ですが、でも仕方ないでしょう！』といった気持を表現すると、馬の手配を済ませてテリャーニンのところへと戻った。

テリャーニンはさっきニコライが出て行った時と同じだらりとした姿勢で座り込み、小さな白い手を撫で合わせていた。

『世の中にはこういういけ好かない人間もいるものだなあ』部屋に入りながらニコライはふとそんなことを思った。

「それで、馬を連れてくるよう命じましたか？」テリャーニンは立ち上がると、漠然とあたりを見回しながら言った。

「命じました」

「じゃあ、こちらから出向きましょう。僕はただ、デニーソフに昨日の指令について訊くために寄っただけですから。指令は受け取っているかい、デニーソフ？」

「いや、まだだ。諸君はどこへ行くんだ？」

「この青年に馬の蹄鉄の付け方をお教えしようと思ってね」テリャーニンは答える。

二人は表階段を下りて厩舎に向かった。中尉は鋲の打ち方を教えて、帰っていった。

ニコライが部屋に戻ると、テーブルにウオッカの瓶とサラミが載っている。デニーソフはテーブルに向かい、紙にペンをきしらせていた。まいったような目でニコライの顔を見る。

「彼女に手紙を書いてうのさ」彼は言った。

ペンを持った腕でテーブルに肘をつくと、書きたかったことをそっくり手っ取り早く言葉で喋ることができるのがうれしくてたまらぬ様子で、手紙の内容をニコライに披露したのだった。

「いいかい」と彼は語った。「恋をしていない時、俺《おえ》たちは惰眠をむさぼっていう。俺《おえ》たちはただの塵《ちい》くずにすぎない……。だがひとたび恋をすえば、人間は神であい、創造の第一日目のように清純だ……。おや、また誰《だえ》が来やがったんだ？　追い払《はあ》え！　忙しいんだ！」彼はラヴルーシカにそう命じたが、ラヴルーシカは臆する気配もなく主人に歩み寄った。

「ほかに誰が来ましょうか？　ご自身でお呼びになったでしょう。曹長が金を受け取りに来たんですよ」

デニーソフは顔を顰めて、何か怒鳴りかけたが、口をつぐんだ。

「まずいな」彼はつぶやいた。「財布にはいくら残っていた？」ニコライに訊ねる。

「新しいのが七枚、古いのが三枚です」

「おや、まずいな！　おい、何を突っ立っていう、かかし野郎《やおう》、曹長を連れて来い！」デニーソフはラヴルーシカに命じた。

「お願いだ、デニーソフ、僕の金を使ってくれ。僕には金があるんだから」ニコライが顔を赤らめて言った。

「仲間の金を借りるのは好きじゃない、好みじゃないんだ」デニーソフはつぶやいた。

「仲間として僕の金を使ってくれなければ、僕を侮辱することになるよ。本当に、僕は金を持っているんだから」ニコライは繰り返し勧めた。

「いや、やめておく」

そう言うとデニーソフはベッドに歩み寄って、枕の下から財布を取り出そうとした。

「どこに置いたんだ、オストフ？」

「下側の枕の下だよ」

「いや、ないぞ」

デニーソフは枕を二つとも床に放った。財布はなかった。

「何がどうなっていうんだ！」

「待ってくれ、落としたんじゃないのか？」そう言うとニコライは、枕を一つ一つ拾い上げて振ってみた。

彼は毛布も引きはがして、はたいてみた。財布は出てこなかった。

「まさか、僕が忘れているんだろうか？　いや、僕はあの時、君が財布をまるで宝物みたいに頭の下にしまうんだなと考えたんだ」ニコライが言った。「僕はまさにそこに置いたんだ。どこに行ったんだろう？」彼はラヴルーシカに問いかけた。

「私は部屋に入っておりません。置いた所にあるはずでしょう」

「いや、ないんだ」

「あなた方はいつもそうなんですよ、どこかに放り出して、そのまま忘れてしまうんですから。ポケットの中を調べてみられたら」

「いや、僕が宝物のことなんか連想しなかったなら別だけれど」ニコライは言った。「僕はそこへ置いたことをはっきり覚えているんだ」

ラヴルーシカはベッドの隅から隅まで調べ上げ、ベッドの下もテーブルの下ものぞき、部屋中を調べ上げたあげく、部屋の真ん中に立ち尽くした。デニーソフは黙ってラヴルーシカの動きを追っていたが、相手がついにあきれた風情で両手を広げ、どこにもないというポーズをしてみせると、ロストフを振り向いた。

「オストフ、いいかげんに小学生みたいなまねは……」

ニコライはデニーソフの視線をわが身に感じると、ふと目を上げたが、すぐにまた伏せた。それまでどこか喉の下あたりに抑え込まれていた血が、一挙にどっと顔と目に上ってきた。彼は息も継げなかった。

「部屋には中尉殿とお二人ご自身の他には誰もいなかったのですよ。ですから、どこかそのへんにあるはずですが」ラヴルーシカが言う。

「おい、お前、このでくの坊め、さっさと探しやがえ」デニーソフは突然わめきだすと、怒りに赤黒い顔になって、脅すような身振りで従卒に飛び掛かっていった。「財布を見つけ出せ、さもないと鞭をくあわすぞ。どいつもこいつも鞭打ちだ！」

ニコライはデニーソフに視線を這わせながら、ジャケットのボタンをはめ、サーベルを装着し、軍帽をかぶった。

「財布を見つけおと言ってうんだ」デニーソフは従卒の肩を持って揺さぶり、壁にガンガンとぶつけている。

「デニーソフ、そいつは放っておけ。僕は誰が盗ったか知っている」ドアに歩み寄り、目を上げぬままニコライは言った。

デニーソフは足を停め、ちょっと考えてから、ニコライの言う意味を解したようで、彼の腕をつかんだ。

「ばかを言うな！」ものすごい形相になって叫ぶと、彼の首にも額にも縄目のように血管が浮き上がった。「おい、血迷ったか、そんな真似は許《ゆう》さんぞ。財布はここにあう。この罰当たいの皮をはいでやえば、出てくうはずだ」

「僕は盗った人間を知っている」震える声で繰り返すと、ニコライはドアへ向かった。

「まて、そんな真似はやめお」見習士官を停めようと飛び掛かりながら、デニーソフは叫んだ。

しかしニコライは腕をもぎ放すと、まるでデニーソフが最大の敵ででもあるかのように、まっすぐにしっかりと相手の目を睨み据えた。

「あんたは自分の言っていることが分かっているのか？」彼は震える声で言った。

「僕のほかには誰も部屋にいなかったんだ。ということは、もしもあいつでなかったら、つまり……」

最後まで言い切れずに、彼は部屋から駆けだして行った。

「えい、くそ、勝手にしやがえ、まったくどいつもこいつも」これがニコライの耳に届いた最後の言葉だった。

ニコライはテリャーニンの宿舎へとやってきた。

「旦那様はお留守です、司令部へ出かけられました」彼の問いにテリャーニンの従卒が答えた。「もしかして何か変事でしょうか？」見習士官のただならぬ表情に驚いて従卒は言い添えた。

「いや、何でもない」

「ほんの一足違いでした」従卒は言った。

司令部はザルツェネックから三キロほどのところにあった。ニコライは自分の宿舎には寄らぬまま、馬を出して司令部へ向かった。司令部が置かれている村には、将校たちが通う酒場があった。その酒場にやってきたニコライは、表階段のそばにテリャーニンの馬がいるのに気づいた。

酒場の二つ目の部屋に当の中尉がソーセージを盛った皿とワインの瓶を前にして座っていた。

「ああ、君も来たんですね」にっこり笑って眉を高く吊り上げながら彼は言った。

「ええ」そのひとことを言うのが大仕事だといった口ぶりで答えると、ニコライは隣のテーブルに席を占めた。

二人とも黙ったままだった。部屋にはほかにドイツ人が二人とロシア人将校が一人いた。皆が黙り込んでいるので、皿に当たるフォークの音と、隣の中尉がむしゃむしゃ食べる音が聞こえてくる。テリャーニンは朝食を終えると、ポケットから二つ折りの財布を取り出して、上に反った小さな白い指で口金を開け、金貨を一枚取り出すと、眉を吊り上げてボーイに渡した。

「頼む、早くしてくれ」彼は言った。

金貨は新しいものだった。ニコライは席を立ってテリャーニンに歩み寄った。

「失礼、財布を拝見させてください」彼は静かな、かろうじて聞き取れるような声で言った。

テリャーニンは目を泳がせながら、しかし相変わらず眉を吊り上げたまま、財布を渡してよこした。

「ね、いい財布でしょう……ほらね……ほら……」そう言うと彼は急に真っ青になった。「まあ、よくごらんなさいよ」彼はそう付け加えた。

ニコライは財布を手に取ると、財布そのものと、中に入っている金と、テリャーニンとを、順番に見つめた。中尉はいつもの癖できょろきょろと周囲を見回していたかと思うと、突然はしゃいだ様子になった。

「ウィーンにでもいればそっくりはたいてしまうんだが、この辺のみすぼらしい町にいたんじゃ使い道もないからね」彼は言った。「じゃあ、返してくれたまえ。僕は行くから」

ニコライは黙っていた。

「君はどうなの、やっぱり朝食かい？　ここの朝食はなかなかだぜ」テリャーニンは続けた。「さあ、返してくれ」

彼は腕を伸ばして財布に手を掛けた。ニコライは財布を放した。テリャーニンは財布を手にすると、乗馬ズボンのポケットにしまいにかかったが、そうする間も何気なさそうに眉を吊り上げ、軽く口を開けて、まるで『そうそう、自分の財布をポケットに入れているだけさ。当り前のことで、誰にもとやかく言われることじゃない』と断っているかのような様子だった。

「じゃあな、君」一つため息をつき、吊り上げた眉の奥からニコライの目を見つめて、彼はそう言った。一条の怪しい眼光が電気の火花さながらの速度でテリャーニンの目からニコライの目へと走ってまたニコライからテリャーニンへと戻り、また走っては戻りと往復した。すべては一瞬の間の出来事だった。

「ちょっとこちらへ」ニコライがテリャーニンの腕をつかんで言った。そのまま相手を引きずるようにして窓辺へ連れて行く。「それはデニーソフの金です。あなたは盗みましたね……」彼は相手の耳の上からささやきかけた。

「ええ？……何だって？……よくも君はそんな？……何だって？……」テリャーニンはつぶやいた。

しかしこうした言葉は、すがるような必死の叫び、許してくれという哀願のように響いた。この声音《こわね》を聞いた途端、ニコライの胸を圧していた疑念の巨石が取り除かれた。彼は喜びを覚えたが、同時に目の前に立っているこの不幸な人間が哀れになった。しかしいったん始めたからには、最後まで貫徹するほかはなかった。

「ここでは人にどう思われるか知れやしないから」そうつぶやきながらテリャーニンは軍帽をつかむと、空いた小部屋へと向かった。「よく話し合わなくちゃ……」

「僕は何があったか分かっているし、証明することができる」ニコライは言った。

「僕は……」

怯えて真っ青になったテリャーニンの顔中の筋肉がすべて震えだし、目は相変わらずきょろきょろと泳いでいたが、しかしどこか下の方を向くばかりで、ニコライの顔にまでは上がってこなかった。それからすすり泣きが聞こえてきた。

「伯爵！……だめにしないでくれ……若い人間の一生を……ほら、この因果な……

金を、持って行ってくれ……」彼は金をテーブルに投げた。「僕には老いた父がいる、母も！……」

ニコライは金を手に取ると、テリャーニンの目を避けて、一言も喋らずに部屋を出た。だが戸口のところで立ち止まると、引き返した。

「まったく」彼は目に涙を浮かべて言った。「どうして君はこんなことができたんですか？」

「伯爵」テリャーニンは見習士官に歩み寄りながら言った。

「僕に触らないでください」ニコライは身をよけて言った。「もし金が必要なら、これを取るがいい」彼は相手に財布を投げつけると、酒場から駆け出して行った。

5章

同じ日の晩、デニーソフの宿舎では中隊の将校たちの白熱した会話が交わされていた。

「俺が言うのはだな、ロストフ、君は連隊長に詫びる必要があるということだよ」興奮で顔を真っ赤にしているニコライに向かって、半白髪で大きな口髭を生やし、目鼻立ちの大きな皺だらけの顔をした背の高い二等大尉が説いている。

二等大尉のキルステンは決闘事件で二度兵卒に降格され、二度とも無事勤め上げて復位したという人物だった。

「僕が嘘をついているなんて、誰にも言わせません！」ニコライは叫んだ。「相手が僕を嘘つきだと言ったから、僕は相手こそ嘘つきだと言ったのです。僕の言い分は変わりません。毎日当直を当てられようと、営倉に入れられようとかまわないが、僕を無理やり謝らせることなんて誰にもできません。相手が連隊長だから、僕の顔を立てるのが沽券にかかわるというのなら、そのときは……」

「いや待てよ、君、俺の言うことを聞け」二等大尉は長い口髭を平然と撫でながら、低音で相手を遮った。「君はほかの将校連中がいる前で、連隊長に向かって、あの将校が盗みをしたと言ったんだぞ……」

「ほかの将校たちのいるところでこの話になったからといって、僕の落ち度ではありません。もしかしたら彼らの前で話すべきではなかったのかもしれませんが、しかし僕は外交官ではない。軽騎兵隊に入ったのも、ここならその種の微妙な気遣いは無用と考えたからです。それをあの人は、僕を嘘つきだなんて……そんなことを言われたら、僕だって名誉回復の機会を要求します……」

「分かっているさ、誰も君を臆病者なんて思わないし、問題はそこじゃないんだ。デニーソフにも聞いてみろ、それじゃまるで、見習士官が連隊長に決闘でも申し込んでいるようじゃないか？」

デニーソフは口髭を咥《くわ》えながら暗い顔つきで会話に耳を傾けていたが、明らかに話に加わりたくはない様子だった。二等大尉の質問に対しては、彼は否定するように首を振った。

「君が将校たちのいるところで連隊長に向かってこの恥ずべき事件を口にしたから」二等大尉は続けた。「ボグダーヌィチは（連隊長はそんなふうに父称で呼ばれていた）君をたしなめたのだ」

「たしなめたのではありません、僕が嘘を言っていると言ったのです」

「そうだ、それで君が連隊長にあれこれとたわけたことを言い散らしたから、それを謝れと言っているんだ」

「絶対に嫌です！」ニコライは叫んだ。

「君がそういう態度をとるとは思わなかったよ」二等大尉は真顔になって、厳しい口調で言った。「君は謝りたくないと言うが、君はな、連隊長に対してだけではなく、連隊全体に対して、われわれ全員に対して、まぎれもない罪を犯したんだぞ。考えてみろ、君はまずこの事件をどう扱うべきかを考え、誰かに相談すべきだったのだ。それを君はいきなり、しかも将校たちのいる場で、ぶちまけてしまった。となれば、連隊長としてはどう出ればいい？　問題の将校を裁判にかけて、全連隊の名誉を汚すべきか？　たった一人のろくでなしのために、全連隊に恥をかかすのか？　君に言わせれば、そうするべきなんだろうな？　だが、俺たちに言わせればそうじゃない。だからボグダーヌイチは賢明にも、君の言うのは嘘だと答えたんだ。それは気分が悪かろうが、仕方ないさ、自分で蒔いた種なんだ。それで今こうして、人が丸く収めてやろうと来てみれば、君は自分のプライドとやらにこだわって、謝るのは嫌だという。それどころか、何もかも喋るつもりだという。当直の罰を食らうのは不名誉なことだが、古参の立派な将校に謝罪することなど何でもないじゃないか！　ところが君にとっては、ボグダーヌイチがいかに立派で勇猛な古参の連隊長であろうが、謝るのはプライドにかかわるというわけだ。そうして連隊の名誉を汚すのは、君には何でもないのだ！」二等大尉の声が震えだした。「君はな、連隊に来て日が浅い。しかも今日ここにいたかと思えば、明日にはどこかの副官にでもなって出て行くような立場だ。だから『パヴログラード連隊の将校の中に泥棒がいる！』などと噂がたっても、君には痛くもかゆくもないわけだ。だが、俺たちはそんなことを見過ごせない。そうじゃないか、デニーソフ？　見過ごせないだろう？」

デニーソフは終始黙り込んで、身じろぎひとつせず、ただ時折例のキラキラした黒い目でニコライの方を見やっていた。

「君は自分のプライドが大事だから、謝るのを拒否している」二等大尉はさらに続けた。「ところが俺たち古参兵にしてみれば、いわば一人前に育ったのもこの連隊なら、天命次第で死んでいくのもこの連隊だ。だから俺達には連隊の名誉が大事だし、ボグダーヌイチもそれが分かっている。それはもう、何物にも代えがたいほど大事なんだよ！　だから大きな心得違いだよ！　誰が気を悪くしようがしまいが、俺は常に本当のことを言ってやる、なんてのはな。心得違いだとも！」

そう言うと二等大尉は立ち上がり、ニコライから顔をそむけた。

「その通りだ、畜生！」デニーソフが立ち上がって叫ぶ。「なあ、オストフ、そうだおう！」

ニコライは赤くなったり青くなったりしながら、二人の将校を交互に見つめた。

「いや、そうじゃありません……そういうつもりじゃなくて……僕もよく分かっていますし、僕のことをそんな風に思われるのは誤解です……僕は……僕にとっては……僕だって連隊の名誉のためなら……いや何でもありませんよ、実際に証明してみせます、僕にだって連隊旗の名誉は……いやどうだっていい、その通り、僕が悪いんですよ！……」彼の眼には涙がたまっていた。「僕が悪い、何もかも僕が悪いんです！……さあ、ほかに何が要るんですか？……」

「そう、それでいいんだ、伯爵！」二等大尉はくるりと振り向くと、大きな手で彼の肩を叩いてそう言った。

「そう言ってうだおう」デニーソフが叫ぶ。「こいつはいい奴だって」

「そうするのが一番だよ、伯爵」二等大尉は繰り返した。まるで相手が罪を認めたのを契機に、称号で呼んで称えているかのようだった。「では、行って謝ってくるんですな、伯爵」

「ですから、僕は何でもしますし、僕からはもう誰にもこのことを漏らしません」懇願するような声でニコライは言った。「でも、謝ることはできません。絶対に、何が何でもできませんから！　子供みたいに謝って、許しを請えというんですか？」

デニーソフは笑い出した。

「君のためにならないよ。ボグダーヌィチは執念深いから、我を張っているとしっぺ返しを食らうことになるから」キルステン二等大尉が言った。

「だから、我《が》を張っているわけじゃありません！　僕がどんな気持でいるか、皆さんには説明できません、とても無理です……」

「まあ、ご自由に」二等大尉が言った。「それで、あのくず野郎はいったいどこへ行ったんだい？」彼はデニーソフに訊ねた。

「自分で病気だと名乗い出た。明日、除隊命令《めいえい》が出うはずだ」デニーソフが言った。

「あれは病気さ、ほかに説明がつかん」二等大尉が言う。

「病気だおうがどうだおうが、二度と俺《おえ》の目の前に面《つぁ》を出さんことだな――息の根を止めてやう！」デニーソフが残忍な声で宣言した。

そのとき部屋にジェルコーフが入ってきた。

「君、どうしたんだ？」将校たちが客に向かって声をかけた。

「進軍だぞ、諸君。マックが投降した。全軍引き連れての全面降伏だ」

「嘘をつけ！」

「この目で見たんだよ」

「何だと？　生きているマックを見たのか？　手足もちゃんとあったか？」

「進軍だ！　進軍だ！　こんな大ニュースを持ってきたこの男に酒を一本ふるまってやれ。ところで君は一体どうしてここへ来たんだ」

「連隊へもう一度送り返されたのさ。あのいまいましいマックのせいでな。オーストリアの将軍が告げ口したんだ。俺がそいつにマックの帰還祝いを言ってみせたものだから……。どうした君、ロストフ、まるで風呂から上がったばかりみたいじゃないか？」

「ここでもな、昨日からごたごた続きなのさ」

連隊付きの副官が入ってきて、ジェルコーフが伝えたニュースを裏書きした。明日出陣の指令が下ったのだ。

「進軍だ、諸君！」

「やれやれありがたい、待ちくたびれたぜ」

6章

クトゥーゾフはブラウナウでイン川を渡り、リンツでトラウン川を渡って、その都度後に残る橋を破壊しながら、ウイーンめがけて撤退した。十月二十三日、ロシア軍はエンス川を渡ろうとしていた。この日の昼には、ロシア軍の物資輸送隊、砲兵隊、その他の部隊が縦隊で、エンス市を貫く形で、橋の向こうとこちらに長々と伸びて移動していた。

暖かな秋の、小雨の一日だった。橋を掩護《えんご》するロシア軍の砲兵中隊が陣取っている小高い丘の上からは、目の前に開けた広大な景観が、斜めに降る雨のモスリンのような薄膜ににわかに覆われたかと思うと、またにわかにからりと開け、日の光を浴びて、一つ一つのものがまるでニスを塗ったように遠くまでくっきりと見えるのだった。足下にはこの小さな町の白い家並みと赤い屋根、聖堂と橋が望まれ、その橋の両側にロシア軍の大集団がひしめき合って流れるように動いていくのが見える。ドナウ川が向きを変えるあたりには、船と島と、エンス川がドナウに注ぐ河口の水に囲まれた城塞と庭園が見え、高い崖になっている左岸の松林に覆われた一帯のさらに向こうには、緑なす山々の頂と青みを帯びた峡谷の神秘的な光景が広がっている。全く手つかずとも見える松の原生林の背後から、修道院の何本かの尖塔がくっきりと姿を現し、はるかその先、エンスの対岸の山上には、敵軍の騎兵斥候の姿が見えた。

こちらの高台の砲列の間には、後衛部隊長の将軍が、随員の将校を引き連れて立ち、望遠鏡で地形を観察していた。その少し後方には、総司令官が後衛部隊に派遣した例のネスヴィツキー公爵が、砲架尾《ほうかび》に腰を下ろしている。随行のコサックが雑嚢《ざつのう》と水筒を渡すと、ネスヴィツキーは将校たちにピロシキと本物のドッペルキュンメル[12]をふるまった。将校たちはうれしそうな顔で彼を取り巻き、濡れた草の上に、ある者は膝立ちで、あるものはトルコ人風に胡坐《あぐら》をかいて陣取った。

「なるほどオーストリアの公爵さまとやらも、伊達《だて》や酔狂であそこにお城を作ったんじゃないわけだ。いい場所じゃないか。諸君、どうして食べないんだい？」ネスヴィツキーが言う。

「どうもありがとうございます、公爵」このような司令部のお偉方と口が利けるのを喜びながら、一人の将校が答えた。「本当に良い場所ですね。庭園のすぐそばを通ってきましたが、鹿を二頭見かけましたし、屋敷も実に立派でした！」

「ご覧ください、公爵」もう一人が言う。この将校はピロシキがもう一つ欲しいのだが、気が引けるので、地形を眺めているふりをしているのだった。「ほらご覧ください、わが軍の歩兵たちが城に入って行きました。あちらの、あの村のかげの草原では、三人連れが何かを引きずっていきます。城をすっからかんにするつもりですね」

将校は明らかに是認する口調で言った。

「なるほど、なるほど」ネスヴィツキーが言った。「でもそうだな、俺だったら」端正なうるおいのある口でピロシキをもぐもぐ嚙みながら、彼は付け加えた。「俺だっ

12　ヒメウイキョウの種で風味をつけたオランダ原産の蒸留酒。

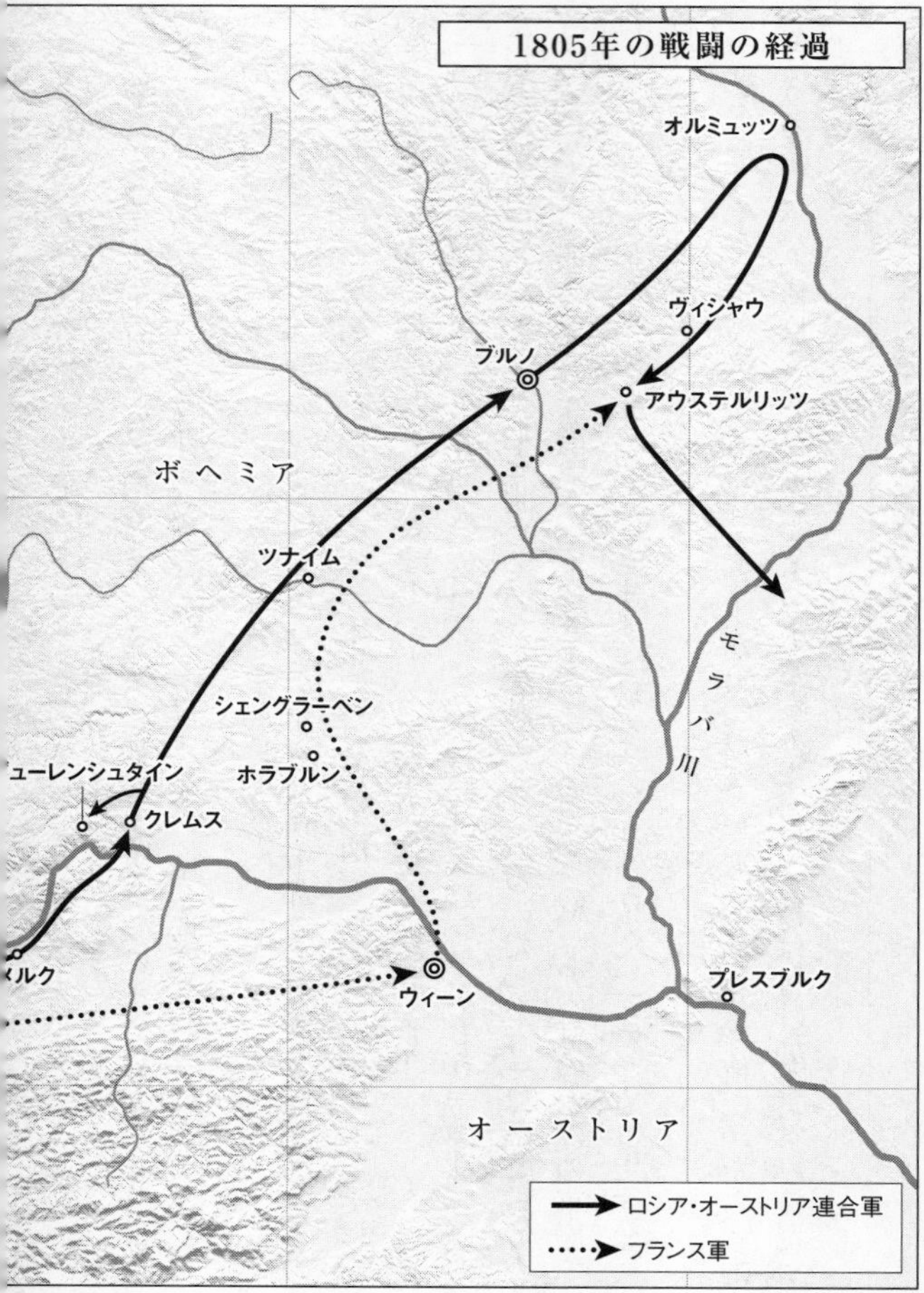
1805年の戦闘の経過
オルミュッツ
ヴィシャウ
ブルノ
アウステルリッツ
ボ ヘ ミ ア
ツナイム
シェングラーベン
ホラブルン
ューレンシュタイン
クレムス
ルク
ウィーン
プレスブルク
モラバ川
オ ー ス ト リ ア
ロシア・オーストリア連合軍
フランス軍

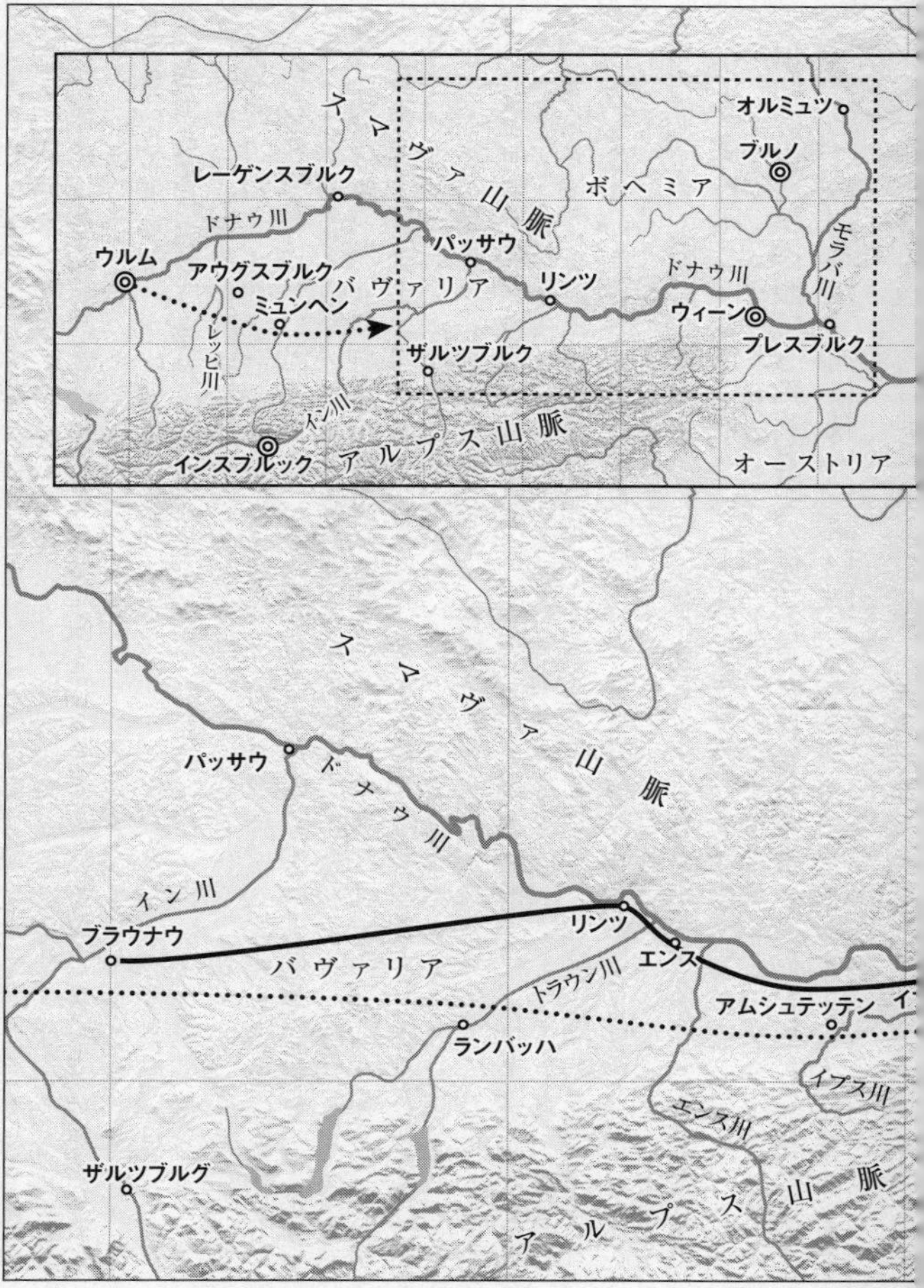
オルミュッツ
ブルノ
レーゲンスブルク
ボヘミア
ドナウ川
スマヴァ山脈
パッサウ
モラバ川
ウルム
アウグスブルク
バヴァリア
リンツ
ドナウ川
ミュンヘン
ウィーン
プレスブルク
レッヒ川
ザルツブルク
イン川
インスブルック
アルプス山脈
オーストリア
スマヴァ山脈
パッサウ
ドナウ川
イン川
ブラウナウ
リンツ
エンス
バヴァリア
トラウン川
アムシュテッテン
ランバッハ
イプス川
エンス川
ザルツブルグ
アルプス山脈

たら、ほらあっちの方へ潜り込むな」

彼は山の上の方に見える塔のある修道院を指さした。にやりと笑うと、細められた目が輝きだす。

「きっと楽しいぞ、諸君！」

将校たちもにやにや笑った。

「せめてあそこにいる尼さんたちを驚かしてみたいですな。ぴちぴちしたイタリア娘が何人もいるそうですよ。正直、人生の五年ばかり棒に振ってもいいですな！」

「尼さんたちだって退屈しているでしょうからね」ほかの者より幾分大胆な将校が笑って言った。

一方、前の方に立っていた随員の将校は、何かを将軍に指さし、将軍は望遠鏡をのぞいている。

「なるほど、たしかに君の言うとおりだ」望遠鏡から目を離して肩をすくめながら、将軍は腹立たしげな口調で言った。「たしかに、わが軍が渡河するところを攻撃するつもりだ。それにしても、あいつらは何をぐずぐずしているのか？」

川の対岸には肉眼でも敵兵と敵の砲台が見分けられ、今しも砲台に真っ白な煙が上がったところだった。煙に続いて遠い砲声が響く。すると味方の兵たちが慌てて渡河の足取りを速めた。

ネスヴィッキーがふうっと息を吐きながら立ち上がると、笑顔で将軍に歩み寄ってきた。

「将軍も一口召し上がりませんか？」彼は声をかける。

「まずいぞ」問いに答えずに将軍は言った。「わが軍は立ち遅れてしまった」

「馬で行ってまいりましょうか、閣下？」ネスヴィッキーが言った。

「そうだな、行ってきてくれたまえ」そう言うと将軍は、すでに詳細に命じてあったことを繰り返した。「軽騎兵諸君には、すでに命じた通り、しんがりで渡河して橋を焼き払えと伝えてくれ。それから橋に仕掛けた可燃材を再度点検しておけとな」

「承知いたしました」ネスヴィッキーは答えた。

馬を預けたコサック兵を呼びつけると、雑嚢と水筒を片付けるように命じてから、重い体をひらりとおどらせて鞍《くら》にまたがった。

「じゃあ、本気で尼さんたちの顔を見てくるぞ」にやにや笑いながらこちらを見ている将校たちにそんな声をかけると、ネスヴィッキーはうねうねとした小道を下って行った。

「よおし、大尉、どこまで届くか試してみんか！」将軍が砲兵将校に向かって言った。「ひとつ退屈しのぎにぶっ放してやれ」

「砲手、砲につけ！」将校が号令を発するとすぐさま、焚火にあたっていた砲兵たちが喜々として駆けつけてきて、砲弾を装着した。

「第一号砲！」命令が響く。

第一号砲が発射の反動で勢いよく後ずさりする。大砲が耳をつんざくような金属音を立てると、榴弾がひゅるひゅると口笛のような音を立てて麓《ふもと》にいる味方全員の頭上を飛び越えていき、敵軍のはるか手前の着弾点を煙で示すと、そこで破裂した。

その音を聞くと、兵士も将校も晴れ晴れと明るい顔になった。皆が立ち上がって、麓にいるわが軍と、遠くの方から接近してくる敵軍の、それぞれ掌《たなごころ》を指すようにはっきりと見える動きを眺めだした。折しも太陽が黒雲の間からすっかり姿を現したので、一発だけの発砲の美しい響きと明るい陽光とが互いに溶け合って、一つの雄々しくも喜ばしい印象を作り上げたのだった。

7章

すでに敵の砲弾が二発も橋の上空を飛び越していたので、橋の上は押し合いへし合いの状況になっていた。橋の真ん中あたりにネスヴィツキー公爵が馬を下りたまま、太った体を欄干に押し付けられた状態で立ち尽くしている。彼は苦笑いしながら、二頭の馬の手綱を持って何歩か後ろにたたずんでいる供のコサック兵を振り返った。いざ前へ進もうとすると、またもや兵士や荷馬車が押し寄せてきて、またもや彼の体を欄干に押し付けるので、もはや笑うしかない状態なのだった。

「おいおい、兄弟！」荷馬車を引いた輸送兵が、車輪のそばにも馬のそばにも兵士がひしめいている中を強引に突っ切ろうとしているのを見て、コサック兵が声をかける。「おいおい！　少しは待ちなよ。みろ、将軍のお通りだぜ」

だが輸送兵は、将軍の肩書に何の反応も示さず、道をふさいでいる兵士たちに向かって怒鳴りたてた。

「おい！　みんな！　左に寄って、じっとしてるんだ！」

だが兵士たちは肩がこすれあうほどのぎゅう詰め状態で、銃剣を絡ませあいながら、切れ目のないひとつながりの集団として、ひたすら橋の上を動いていく。欄干から下に目をやったネスヴィツキーは、滔々《とうとう》と音をたてて流れるエンス川のあまり高くない波頭が、ぶつかり合ってしぶきを立てたり、橋の杭のあたりでカーブを描いたりしながら、互いに追いかけ合うように先へ先へと進んでいくのを目にした。橋上に目をやれば、見えるのはまた同じように単調な生きた兵士たちの波であり、軍帽の房や、カバーの付いた胴の高い軍帽や、背嚢や、銃剣や、長い銃や、軍帽の下に覗く、頬骨は張っていながら落ちくぼんだ頬をして、屈託もなくただ疲れた表情を浮かべた顔や、橋板の上まで運ばれてきたべとべとした泥を踏みしめていく兵士たちの足だった。時折、一様な兵士たちの群れの中を、ちょうどエンス川の波に浮かぶ白い飛沫のように、兵士たちとは顔立ちの違うマント姿の将校が、無理やり押し通ろうとする。また時折、川面をくねりながら流れていく木っ端のように、橋上を歩兵たちの波に揉まれて、徒歩の軽騎兵が、従卒が、あるいは一般住民が運ばれていく。また時折、川面に浮かぶ丸太さながらに、橋の上を四方から人波に取り巻かれながら、うずたかく荷を積んだ荷台を革のカバーで覆った中隊用の、もしくは将校用の荷馬車が流れていくのだった。

「いやはや、まるで堤防が決壊したみたいな人波《ひとなみ》だ」なすすべもなく足を停めたまま、コサック兵が言った。「あっちにはまだたくさん残っているのかい?」

「百万に一人足りねえくらいかな!」破れ外套を着て脇を通りかかった陽気な兵士が目配せしながらそう言うと、そのまま姿を消した。続いて別の、年寄りの兵士が通りかかる。

「今に奴が（奴というのは敵のことだった）この橋に火をかけてきたら」老兵士は陰鬱な口調で同僚に話しかけていた。「こちとら尻を掻いている暇もないぞ」

そのまま兵士も通り過ぎていく。後からは別の兵士が荷馬車で通りかかった。

「ちくしょうめ、どこへゲートルを突っ込みやがった？」駆け足で荷馬車を追う従卒が、荷台の後部を手さぐりしながらそんなことを言っている。

この男もまた荷馬車と共に去っていった。

そのあとから陽気な、見るからに一杯機嫌の兵士たちが通りかかった。

「あいつがあの男のな、いいかい、ちょうど歯のところをな、銃床でな、ぶん殴ったわけよ……」集団の一人で、外套の裾を高くからげた格好の兵士が、片腕を大きく振り回しながらうれしそうに喋っていた。

「そうそう、うまいハムだったなあ」別の一人が大笑いしながら答えている。

そうしてこの兵士たちも通り過ぎて行ったので、ネスヴィツキーには誰が歯を殴られたのかも、どうしてハムが出てくるのかも、分からずじまいだった。

「まったく、慌てふためいているじゃねえか！　奴にぞっとするようなのをぶっ放されたもんだから、さて皆殺しだぞと怯えてやがる」一人の下士官が腹立たしげな口調で叱るように語っていた。

「俺のすぐ脇をあれが、あの弾丸が飛んで行ったときはさ」かろうじて笑いをこらえるようにして、口の大きな若い兵士が喋っている。「俺はもう凍り付いたね。いや本当に、あれにはたまげたよ！」まるで自分がたまげたのを自慢するかのように、兵士は語るのだった。

そしてこの兵士も通り過ぎて行った。その後からは、これまでとは全く違う荷馬車がやって来た。二頭立てのドイツの荷馬車で、どうやら家財道具一式を載せているらしい。ドイツ人の男がこの荷馬車を引き、馬車の後ろにはきれいな、斑《まだら》模様の、乳の大きな牝牛がつながれていた。羽根布団を敷いた上に乳飲み子を抱いた女と老婆と、真っ赤な頬をした、若い健康そうなドイツ娘が座っている。どうやら特別な許可を得て避難移住する一家のようだ。全兵士の目が女性に集まり、馬車がのろのろと進んでいく間、兵士たちはひたすら若い方の二人の女性について評定した。誰の顔もまったく同じ、女に関するみだらな妄想を表す薄笑いを浮かべている。

「おやおや、ドイツの腸詰連中も一緒に退却だとさ！」

「売っていきなよ、母ちゃんをさ」最後の音節にアクセントをつけて別の兵士がドイツ人に声をかける。ドイツ人は目を伏せたまま、怒ったような怯えたような顔で大股に歩を進めている。

「いやいや、めかし込んだじゃねえか！　たまらねえな！」

「お前、この連中のところに宿営したらどうだ、フェドートフ！」

「前にもそんなことがあったよ、兄弟！」

「どこへ行くんだね？」リンゴをかじっていた歩兵隊の将校が、同じように薄笑いを浮かべて美しい娘に目をやりながらたずねた。

ドイツ人の男は目を閉じて、言葉が通じないという仕草をした。

「欲しかったらあげるよ」将校が娘にリンゴを差し出す。

娘はにっこり笑って受け取った。ネスヴィツキーも橋の上にいたすべての連中と同じく、ドイツ人の一家が通り過ぎるまで、女性から目を離さなかった。一家が通り過ぎた後にはまた前と同じような連中が同じような話をしながら通りかかり、そしてあげくのはてに全員の足がぴたりと止まってしまった。よくあることだが、橋の出口で中隊の荷馬車を引いていた馬が強情を張りだしたので、皆が待たされることになったのだ。

「何で止まっちまうんだよ？　まったくだらしのねえ連中だぜ！」兵士たちがぶつぶつ言っている。「おい、押すんじゃねえ！　畜生め！　待つことも満足に出来ねえんだから。これで奴が橋に火でも放ったら、もっとひどいことになるぜ。見ろよ、将校さんまでぺしゃんこに押し付けられてるぜ」立ち止まった群衆のあちこちでこんな風に話す声が聞こえた。皆互いに顔を見合わせ、ひしめき合って少しでも早く前方の橋の出口に達しようとしている。

橋の下のエンス川の水に目をやったネスヴィッキーは、不意に聞き覚えのない音が急速に近づいてくるのを聞きつけた……何か大きなもので、それが水にばしゃりと落ちたのだった。

「おいおい、とんでもないところまで届くもんだな!」近くに立っていた兵隊が、音の方を振りかえって厳しい口調で言う。

「早く渡れと煽《あお》っているんだぜ」答えるもう一人の声も不安げだ。

人群れがまた動き出した。ネスヴィッキーはさっきの音が砲弾だったと理解した。

「おい、コサック兵、馬をよこせ」彼は言った。「さあみんな、ちょっと脇に寄ってくれ! 道を開けろ!」

彼は必死の努力で馬のところまでたどり着いた。そのまま終始怒鳴り続けて、前に進む。兵士たちは彼に道を譲ろうと縮こまるが、それがまた反動で彼を押し返し、足を踏みつけてくる。別に近くの者たちのせいではなく、彼らもまたより強い力で押し付けられているのだった。

ネスヴィツキー！ ネスヴィツキー！ おい、こあ！」そのとき後方からしゃがれた声が聞こえてきた。

「ネスヴィツキーが振り返ると、動く歩兵の波に隔てられた十五歩くらい後ろに、赤ら顔に黒のもじゃもじゃ髪、軍帽を頭の後ろにずらし、いなせな振りで毛裏のマントを片方の肩に掛けたワーシカ・デニーソフの姿が見えた。

「おい、そのいまいましい連中《えん》に道を開けおと言ってやえ」デニーソフが怒鳴る。見るからに怒り狂っているらしく、炭団《たどん》のように真っ黒な目玉を血走った白目の上でぎらぎらとうごめかせ、鞘をかぶったままのサーベルを、顔と同じように真っ赤な、小さな手に持って振り回している。

「やあ、ワーシカ！」ネスヴィツキーはうれしそうに答えた。「どうしてこんなところに？」

「騎兵中隊が通せんぼを食あっていうのさ」いまいましげに白い歯をむき出しながらワーシカ・デニーソフが大声で答える。美しい黒馬のベドゥインに拍車をかけるが、馬はひっきりなしにぶつかってくる銃剣をうるさがって耳をはためかせ、鼻息を吹いて轡《くつわ》から周囲に泡を飛ばし、音高く橋板を蹄《ひづめ》で蹴り立てている。もしも騎手が許してくれたら、すぐにでも欄干を越えて飛び出す覚悟に見える。

「こいつはあきえた。まうで羊だ！　羊の群えそっくいじゃないか！　どけ……道を開けうんだ！……おい待て！　そこの荷馬車。畜生め、サーベウで真っ二つにしてやうぞ！」そう叫ぶと彼は、本当にサーベルの鞘を払って振り回し始めた。

兵士たちが慌てふためいた顔で互いにひしと身を寄せ合うと、デニーソフはその隙にネスヴィツキーと合流した。

「どうした、今日は飲んでいないようじゃないか？」近寄ってくるデニーソフにネスヴィツキーが聞いた。

「いや、満足に酒を飲む時間も、あいゃしない！」ワーシカ・デニーソフは言った。「一日中連《えん》隊を率いてあっちへ行ったいこっちへ行ったいだからな。戦うんならさっさと戦えばいいんだ。こえじゃ何をしてうのか、さっぱい分かあん！」

「今日はまたえらくお洒落じゃないか！」デニーソフの新しいマントと鞍カバーをしげしげ見てネスヴィツキーが言った。

デニーソフはにっこりと笑うと、膝下に付けた図嚢《ずのう》から香水のにおいを放つハンカチを取り出して、ネスヴィツキーの鼻先に突き付けた。

「いよいよ本番だかあな！　髭を剃って歯を磨いて、香水もつけてきたのさ」

コサック兵を従えたネスヴィツキーの堂々とした押し出しと、サーベルを振りかざしてやみくもに怒鳴り散らすデニーソフの断固とした態度が功を奏して、二人は人ごみを抜けて橋の向こう側に渡り、歩兵隊にストップをかけることができた。ネスヴィツキーは橋の出口で指令を伝えるべき相手の連隊長を見つけ、無事務めを果たして帰路に就く。

デニーソフは邪魔者を排除して進路を確保すると、橋のたもとに馬を停めた。仲間の馬のところへ行きたがって片足を踏み出そうとする牡馬を無造作に制しながら、彼は自分の方に向かってくる中隊を見つめていた。橋板にわずか数頭の馬が駆けるような、澄んだ蹄の音が響き、中隊が将校連を先頭に四列縦隊になって橋に広がると、対岸に向かって進み始めた。

足止めを食った歩兵たちは、橋のたもとに広がるぬかるみの上に固まって、種類の違う隊同士がすれ違う時によく見せるよそよそしさと侮りを含んだ特殊な悪感情をあらわにしながら、傍らを整然と進む小ぎれいで粋な身なりの軽騎兵たちを眺めていた。

「派手な格好をした連中じゃねえか！　こりゃ、モスクワあたりのお祭り広場むきだな！」

「こんな奴ら、いったい何の役に立つんだ！　見せかけで引き回されているだけじゃねえか！」別の兵が言った。

「歩兵、埃を立てるな！」馬が跳ねて歩兵に泥を撥ねかけると、乗っていた軽騎兵がそんな冗談口をたたいた。

「この野郎、ひとつ背嚢をしょわせて二行程ばかり追いたててやろうか。その飾り紐も擦り切れちまうくらいにな」服の袖で顔の泥を拭いながら、歩兵が言った。「今のままじゃ、人間さまじゃなくて鳥が馬に乗ってるみてえだぜ」

「そういうお前こそ、ジーキン、馬に乗せてみたら、さぞかし器用なことだろうさ」上等兵が背嚢の重みで背が曲がった小柄な兵をからかった。

「両足の間に丸太ん棒でも挟んでみろ、お前にお似合いの馬ができるぞ」軽騎兵が言い返した。

8章

残っていた歩兵も、橋の入り口に漏斗《じょうご》のような形で群がったあげく、急いで渡っていった。最後に荷馬車がすべて渡河を済ませると、混雑も緩和され、おしまいの大隊が橋を渡っていく。これでもう、橋の手前に残って敵と対峙しているのは、デニーソフの中隊の軽騎兵ばかりになった。対岸の遠い山の上からなら見える敵の姿が、下の橋からはまだ見えなかった。川が流れている低地では、敵のいる側にせいぜい五百メートルばかり行ったところの丘で地平線が尽きて、視界が閉ざされてしまうからである。前方は荒れ野で、そこにちらほらとわが軍のコサックの騎兵斥候の小集団がうごめいている。と突然、正面の道が丘に差し掛かるあたりに、青い外套を着た兵士たちと砲の姿が見えた。フランス軍である。コサックの騎兵斥候たちは速足で山のふもとに退却する。デニーソフの中隊の将兵は皆、つとめて別のことを話題にし、別の方角を見ようとしてはいたが、実はひたすら正面の、山の上のことが気になってたまらず、視界の端に登場する染みのようなものについつい目をやってしまう。それは紛れもない敵軍の姿だった。昼をすぎて天気はまた回復し、ドナウ川とそれを取り巻く黒い山々の上にまばゆい太陽が沈もうとしていた。静けさの中を、時折正面の山の上から敵のラッパの音と雄叫びが聞こえてくる。軽騎兵中隊と敵との間には、もはやまばらな騎兵斥候を除いて誰ひとりいない。六百メートルばかりのがらんとした空間が、敵と味方を隔てていた。敵はこのとき発砲をやめていたが、それだけに敵対する両軍を隔てるこの峻厳で威嚇的な、取りつく島も捉えるすべもない境界の存在が、なおさらはっきりと実感されるのだった。

『ちょうど生者と死者との境界を思わせるこの線を一歩踏み越えれば、そこは未知の、苦しみと死の世界だ。そこには、あの野原と木と日の光を浴びた屋根の向こうには、いったい何があり、誰がいるのか？　それは誰も知らないが、知りたい気がする。あの一線を越えるのは怖いが、同時に越えてみたい気がする。どうせ遅かれ早かれ、あの一線を越え、その向こうに何があるかを知ることになる――それは分かっているのだ。ちょうど死の向こうに何があるかを、いつかは知らざるを得ないように。ところが今の自分はまだ力があり、健康で、陽気で、気を張っており、同じように健康で気を張った、血気盛んな者たちに取り巻かれている』――敵の姿を前にした者は誰でもこのようなことを、仮に考えないとしても、感じるものであり、そうした感覚がこの瞬間に生じるあらゆる出来事に、格別の輝きと、喜ばしい鮮烈な印象を与えるのである。

敵のいる丘の上で砲煙が上がり、砲弾がうなりを上げて軽騎兵中隊の頭上を飛び越えていった。ひとまとまりになっていた将校たちが分散して配置に着く。軽騎兵たちはせっせと馬の位置を揃えにかかった。中隊の将兵は皆黙り込んだ。皆が前方の敵と中隊長に目を向け、号令を待っている。二発目、三発目の砲弾が頭上を飛び越えていく。明らかにこの軽騎兵隊を狙って撃っているのだが、砲弾はみな同じ速度で風を切る音を立てながら、軽騎兵隊の頭上を飛び越えて、どこか後方に着弾するのだった。

軽騎兵たちはいちいち振り向きはしないが、飛びゆく砲弾の音がするたびに、皆似ているようでそれぞれ違った顔をした中隊の全員が、まるでそう命令されたかのように、砲弾が飛んでいる間一斉に息をひそめ、鐙《あぶみ》の上に立ち上がっては、また腰を下ろすのだった。兵たちは首を動かさずに、ただ横目で互いの顔を見て、興味深げに同僚の反応を窺っている。中隊長のデニーソフからラッパ手に至るまで、それぞれの顔の唇や顎のあたりに、皆一様に戦争特有の緊張と興奮の色が漂っている。曹長は兵士たちの顔を見渡すと、罰を食らわすぞと脅すかのように、苦い表情をしてみせた。見習士官のミローノフは、砲弾が飛び過ぎるたびに身をかがめていた。ニコライは左翼にいて、足を痛めてはいるが見た目は立派な馬グラチクにまたがり、うれしそうな顔をしている。それはちょうど、優秀な成績を収める自信のある試験を受けるために大観衆の前に呼び出された、小学生の様な表情だった。まるで自分が砲弾を前にどれほど平然と立っているかを見てくれと言わんばかりに、彼は晴れ晴れとした明るい表情で皆を見回していた。だがその彼の顔でさえ、本人の意思に反して唇のあたりに、皆とまったく同じような、何かしら見慣れぬ、厳しい表情を覗かせていたのである。

「あそこで砲弾にお辞儀をしているのは誰《だえ》だ？　見習士官《なあい》ミオーノフか！　だめだ、俺を見ていお！」一か所にじっとしていられないデニーソフは、馬に乗ったまま中隊の前をぐるぐると動きながらそう叫んだ。

　獅子鼻で髪も髭も黒いワーシカ・デニーソフの顔と小柄ながらがっしりとしたその体軀、および抜き身のサーベルの柄を握っている筋張った手首（とその毛むくじゃらの短い指）は、まったくいつも通り、とりわけ夕刻に酒を二瓶も飲んだ後の彼の姿そのものだった。ただ普段よりももっと赤い顔をして、鳥が水を飲むときのように毛むくじゃらの頭をそらし、小ぶりな足を気のいい馬ベドゥインのわき腹に容赦なく食い込ませると、後ろに倒れんばかりに身を反らして中隊の別の翼に駆け寄り、かすれた声でピストルの点検をしろと命じた。それから彼はキルステンに近寄って行った。キルステン二等大尉は横幅の広いしっかりとした牝馬にまたがって、並足で自分からデニーソフを出迎えた。長い口髭の二等大尉は、いつも通りまじめな顔つきで、ただ眼だけがいつもよりキラキラしている。

「どうですかね？」二等大尉はデニーソフに言った。「これは戦闘にはならんでしょうな。見ていてごらんなさい、退却することになりますから」

「奴あがどう出うかなんて、分かうもんか！」デニーソフはぼそっと言った。「おや！　オストフ！」見習士官ニコライ・ロストフの陽気な顔を見かけて、彼は声をかけた。「さて、ようやく始まったな」

いかにも見習士官に会えたのがうれしいらしく、彼は激励するように微笑んだ。ニコライは自分を全くの幸せ者と感じていた。そのとき、連隊長が橋の上に姿を現した。デニーソフが彼に駆け寄っていく。

「閣下、攻撃をお命じください！　私が敵を追い散あします」

「攻撃など論外だ」連隊長はうんざりしたような声で応じた。うるさいハエに付きまとわれたように顔を顰めている。「それに諸君はなぜここにとどまっているのか？　見ろ、側衛隊も退却しているぞ。中隊を退却させるんだ」

軽騎兵中隊は橋を渡り、一兵も失わぬまま敵の射程圏外に出た。続いて哨兵線にいた第二軽騎兵中隊も橋を渡って、しんがりにコサック兵たちが対岸から引き揚げた。

パヴログラード連隊の二個軽騎兵中隊は、橋を渡ると相前後して山上を目指して出発した。連隊長のカルル・ボグダーノヴィチ〔ボグダーヌィチ〕・シューベルトは、デニーソフの中隊を馬で出迎える際に、並足でニコライからほど近いところを通ったが、例のテリャーニンをめぐる衝突があってから初めての顔合わせであるにもかかわらず、彼に何の注意も向けなかった。自分が今前線にあってこの人物の支配下に置かれているのを実感し、しかも今では自分が悪かったと反省しているニコライは、連隊長の筋骨隆々たる背中と金髪のうなじ、赤い首筋をじっと目を離さずに見つめていた。どうかすると、連隊長は単に気づかないそぶりをしているだけで、内心ではこの見習士官の度胸を試してやろうともくろんでいるのだと思えて、ニコライはしゃきっと背を伸ばして陽気な顔であたりを見回した。またどうかすると、わざわざ彼の脇を通ってみせることで、連隊長が自分の度胸を誇示しているようにも思えた。またどうかすると、自分の敵となったこの連隊長が、彼ニコライのいる中隊に成算のない突撃をさせて、罰を食らわせようとしているようにも思えた。そしてまたどうかすると、突撃の後で連隊長が自分に歩み寄り、傷を負った自分に寛大にも和解の手を差し伸べる場面が頭に浮かんだりするのだった。

そこへパヴログラード連隊の軽騎兵たちにはおなじみの、極端ないかり肩のジェルコーフ——彼は最近この連隊から転出したばかりだった——が姿を現し、連隊長に馬で近寄って行った。ジェルコーフは総司令部を追われたあと、せっかく総司令部で何もせずにいい給料をもらっていたのに、いまさら前線で下積み仕事をするほど馬鹿じゃないと言い捨てて、連隊を去り、そして手際よくバグラチオン公爵[13]の伝令将校の地位に納まったのであった。そして今、元の上官のところへ後衛軍司令官からの指令を届けに来たわけである。

「連隊長殿」持前の暗いまじめくさった声でニコライの敵に呼び掛けると、ジェルルコーフは元の同僚たちを見回しながら言った。「停止して橋を焼けとの命令です」

「誰、命令か?」連隊長はドイツなまりのロシア語で不機嫌そうに聞き返す。[14]

「誰、命令かは、連隊長、私も存じませんが」少尉はまじめくさって答える。「公爵から私へのご命令は『軽騎兵隊は即刻引き返して橋を焼くべし』と、行って連隊長に伝えよ』とのことでした」

ジェルコーフに続いて幕僚将校も軽騎兵連隊長のもとに馬で駆けつけ、同じ命令を伝えた。幕僚将校の後からは、小柄なコサック馬を無理やりギャロップで走らせて、太ったネスヴィツキーが駆けつけてきた。

「どうしたんですか、連隊長」まだ馬の背にいるうちから彼は怒鳴った。「私が橋を焼くようお伝えしたのに、今になって誰かが話をゆがめてしまったのですね。全くみんなどうかしていて、さっぱり要領を得ない」

連隊長はゆっくりと隊を停止させると、ネスヴィツキーに向き直った。

13　ピョートル・イワーノヴィチ・バグラチオン（一七六五～一八一二）、グルジアの王族でロシア軍に入り、ヨーロッパ戦線で頭角を現し、対ナポレオン戦争ではクトゥーゾフの右腕として活躍した将軍。

14　この連隊長はカルル・シューベルトという名と姓から明らかにドイツ人である。

「君は、私に、言った、可燃材のこと」彼は言った。「だが、火をつけること、君は、何も、私に、言ってない」

「まいったな、親父さん!」ネスヴィツキーは足を停めて軍帽を取ると、汗に濡れた髪をふっくらとした片手で整えながら言った。「可燃材が仕掛けられているというのに、橋を焼けとは言わなかったなんて、いったいあり得ますか?」

「私は、君の『親父さん』ではない、少佐殿、君は、私に、橋を焼け、言ってない! 私は、勤め、知っている、命令、厳密に、実行の、習慣ある。君は言った、橋を焼くと、しかし、誰焼くかのこと、神かけて、私は、知らない……」

「いやはや、いつもこの調子だ」ネスヴィツキーが片手を一振りして言った。「君はどうしてここに?」今度はジェルコーフに向かって訊ねる。

「いや、同じ要件さ。しかし君、汗でぐしょ濡れだな。一つ絞ってやろうか」

「少佐殿、君は、言った……」連隊長はむっとした口調でなおも続けようとする。

「連隊長」幕僚将校がこれを遮った。「急いでください。ぐずぐずしていると、敵が榴散弾の射程距離に砲を繰り出してきますから」

連隊長は無言で幕僚将校を、太った少佐を、ジェルコーフをにらみつけ、顔を顰めた。

「私が、橋、焼く」彼は厳粛な口調でそう言った。あたかもそれによって、散々不快な目には遭ったが、なおかつ自分は必要なことを遂行するのだ、という気持を表現したいかのようであった。

まるで何もかも馬のせいだとでも言わんばかりに長くたくましい脚で馬を蹴りつけ、前に進み出ると、連隊長はまさにニコライがデニーソフの指揮下で勤務する第二軽騎兵中隊に向かって、橋へ引き返せと命じた。

『ほら、案の定』とニコライは思った。『連隊長は僕を試そうとしているんだ！』心臓がぎゅっと締め付けられ、血が顔面に上ってきた。『よし見てもらおうじゃないか、僕が臆病者かどうか』彼は思った。

またもやそろって陽気な中隊の兵士たちの顔に、さっき砲弾の下にたたずんでいた時と同じ、真剣な表情が浮かんだ。ニコライは自分の敵となった連隊長を、じっと目をそらさずに見つめながら、その顔に自分の推測を裏付ける証拠を見出そうとしたが、相手は一度としてニコライに目を向けようともせず、前線では常にそうであるように、近寄りがたい厳粛な表情をしている。号令が聞こえた。

「急げ！　急げ！」彼の周りで何人かの声がした。

サーベルを手綱に引っかけたり、拍車をガチャガチャいわせたりしながら、軽騎兵たちは自分が何をしようとしているのかも分からぬまま、慌てて馬を下りた。皆が十字を切る。ニコライはもはや連隊長を見てはいない。そんな暇はなかった。仲間の軽騎兵たちに後れを取ったらと思うと、彼は恐ろしかった。心臓も止まりそうなほど恐ろしかった。当番兵に馬を渡すときも手が震え、ドキドキという鼓動と共に心臓に血が流れ込んでくるのを感じた。デニーソフが鞍上に身をのけぞらせて何かを叫びながら彼の脇を駆け抜けていった。拍車を突っかけたりサーベルをガチャガチャいわせたりしながらあたりを駆けまわっている軽騎兵たちのほかは、何ひとつニコライの目に映っていなかった。

「担架を！」後ろで誰かの声がした。

担架の要求が何を意味するのか、ニコライは考えもしなかった。とにかく皆に後れを取るまいとして、彼は走り出した。しかし橋のすぐ手前で、足元に気を付けていなかった彼はさんざん人に踏まれて粘っこくなった泥に足をとられ、つまずいてべったりと両手を突いた。皆が彼を追い越して行った。

「橋の両側、進ませろ、大尉」彼の耳に連隊長の声が聞こえてきた。先頭を切って馬を進め、橋のすぐ手前のところで、騎馬のまま勝ち誇ったような明るい顔でたたずんでいる。

ニコライは泥まみれの両手を乗馬ズボンで拭いながらこの自分の敵の姿を窺うと、とにかく先へ進むに越したことはないと思い、そのまま前方へ駆けだそうとした。しかし連隊長ボグダーヌィチは、こちらの顔を見もせず、彼と気づきもせぬまま、声でニコライを制した。

「橋の真ん中、走っているの、誰だ？　右に寄れ！　見習士官、引き返せ！」怒った声でそう怒鳴ると、今度は命知らずを気取って橋板の上にまで馬を進めていたデニーソフに声をかける。

「大尉、どうして、危険な真似する！　馬から下りなさい」連隊長は言った。

「なあに！　運否天賦、当たうときは当たいますよ」ワーシカ・デニーソフが鞍の上で振り向いて答える。

このときネスヴィツキー、ジェルコーフと先ほどの幕僚将校は、そろって敵弾の射程圏外にたたずんで、橋のあたりでうごめいている黄色い軍帽にモールで縫い取りした暗緑色の上着、青い乗馬ズボンという姿の小さな人群れを眺めたり、また遠方から近づいてくる青い外套の者たちや、明らかに砲だと分かるものを馬に引かせて運んでくる集団を眺めたりしていた。

『橋は焼かれるか、それとも焼かれないか？　どちらが先手を取るだろう？　味方が先に駆け付けて焼き払うか、それともフランス軍が榴散弾の射程距離に先着し、こちらの兵を皆殺しにするか？』橋を見下ろす位置に立って、明々とした夕日に照らされながら、眼下の橋と軽騎兵たちを、そして対岸から銃剣を携え砲を引いて押し寄せてくる青い外套の者たちを見つめていたたくさんの将兵たちの一人一人が、胸も凍るような思いで、思わずそんな問いを自分に発していたのだった。

「ああ！　軽騎兵たちはやられるぞ！」ネスヴィツキーが言った。「もはや榴散弾の射程に入っちまっているからな」

「あんなにたくさん兵を連れて行くことはなかったんだ」幕僚将校が言った。

「その通り」ネスヴィツキーが応える。「気の利いた奴を二人行かせるだけで足りただろうに」

「いや、閣下」ジェルコーフが口をはさんだ。軽騎兵たちから目を離さぬままだが、口調はいつもどおり、本気で言っているのかどうか判断がつかないような、邪気のない口調だった。「いや、閣下！　それは難しいところですな！　二人だけ送り出した場合、誰がわれわれに佩綬《はいじゅ》付きのヴラジーミル勲章をくれるでしょうか？　でも、ああしておけば、たとえ全滅しても、中隊の勲功を上申して、自分は佩綬付き勲章が手に入るじゃないですか。ボグダーヌィチはその辺の仕組みはわきまえていますよ」

「おや」幕僚将校が言った。「あれは榴散弾だ！」

彼が指さしたのは数門のフランス軍の大砲で、前車を外してさっと後方に下がるところだった。

フランス軍側の、砲を運んできた集団の真ん中で砲煙が上がった。時を移さずに第二、第三の砲煙が上がり、第一弾の発射音がこちらに届いた時には、第四の砲煙が上がっていた。続いて二発の音が前後して届き、さらに第四の発射音が聞こえた。

「あっ、ああっ！」焼けつくような痛みを覚えたかのごとく、ネスヴィツキーが幕僚将校の腕をつかんでうめいた。「見ろ、一人やられたぞ、やられた、やられた！」

「二名じゃないですか？」

「もしも俺が皇帝だったら、決して戦争なんかしないぞ」ネスヴィツキーは顔をそむけて言った。

フランス軍の砲はまた素早く装填された。青い外套の歩兵部隊が駆け足で橋を目指して進んでくる。またもや、まちまちな間隔で砲煙が上がり、榴散弾が橋にはじけてバチバチという音を立てた。しかし今度はネスヴィツキーの目には、橋の上で起こっていることが識別できなかった。橋自体から濃い煙が上がっていたからだ。軽騎兵たちが首尾よく橋に火をつけたのである。今やフランス軍の砲兵部隊は、軽騎兵たちの作業を妨害するためにではなく、砲がすでに照準され、射撃目標がそこにいるから撃っているのだった。

軽騎兵たちが馬を預けた馬丁のところに戻るまでに、フランス軍はなお三発の榴散弾を撃ってきた。そのうち二発は狙いが外れて、弾は見当はずれのところに飛んで行ったが、最後の一発は軽騎兵集団の真ん中に当たって、三名を倒した。

ニコライはボグダーヌィチとの関係のことで頭をいっぱいにしたまま、何をすべきかも分からずに橋の上にたたずんでいた。(いつも頭の中で想像してきた戦闘場面とは違って)斬り殺す相手はいないし、他の兵士とは違って編み藁《わら》を携行してこなかったため、橋を焼く手伝いをすることもできなかった。立ち尽くしたままふと振り向いた時、突然橋の上で、まるでクルミをばらまいたようにバチバチと撥ねる音がしたかと思うと、彼のすぐそばにいた軽騎兵の一人が、うめき声をあげながら欄干に倒れ込んだ。ニコライは他の兵士たちとともに駆け寄った。「担架を!」誰かが叫ぶ。軽騎兵を四人がかりで抱え、持ち上げようとする。

「あああっ!……放っておいてくれ、頼む」負傷兵が叫んだが、それでも皆は彼を抱え上げ、担架に乗せたのだった。

ニコライは顔を背けると、何かを探し求めるかのように遠くに目をやり、ドナウの水を、空を、太陽を眺めだした。何というきれいな空、何と青く、静かな、深い空だろうか！　何と明るく、厳《おごそ》かに夕陽が輝いていることか！　遠くに見えるドナウの水が、何と優しく艶やかに輝いていることか！　それにもまして素晴らしいのは、より遠く、ドナウの向こうに青みを帯びて見える山々、修道院、神秘的な渓谷、天辺《てっぺん》まで霧に包まれた松林の姿だ……そこは静かな、幸せな世界だった……『何ひとつ、本当に何ひとつ僕は望みはしないだろう、もしもあそこに行くことさえできたなら』ニコライは思った。『ただ僕一人とそしてあの太陽の内にはこんなにも幸せがあふれているのに、ここにあるのは……うめき声と苦しみと恐怖と、そしてこの割り切れぬ気持とこの焦り……ほらまた何か叫んでいる。そしてまた皆がどこかへ駆け足で戻っていき、僕も一緒に駆けて行く。そしてほら、あいつが、あいつが、死神の奴が、僕の頭上を、僕の周りを飛んでいる……一瞬後にはもはやこの僕も、あの太陽を、水を、峡谷を、二度と見られない身になっているだろう……』

ちょうどこのとき、太陽が黒雲の後ろに隠れ始め、ニコライの前方には別の担架がいくつか姿を現した。死や担架への恐怖と、太陽や命への愛とが、すべて混じり合い、一つの病的で不安な印象へと収斂していった。

『神よ！　あの空の上におわします神よ、この僕を救い、許し、護りたまえ！』ニコライはひそかにそうつぶやいた。

軽騎兵たちが馬丁のところに駆け戻り、人声がひときわ高く、かつ落ち着いた調子になって、担架は視界から姿を消した。

「どうだい、兄弟、火薬の臭いを嗅いだかい？」彼の耳のすぐ上でワーシカ・デニーソフが怒鳴った。

『すべては終わった。だが僕は臆病者だ、臆病者だ』そんな風に考えながらニコライは重いため息をつき、痛めた脚をかばっている愛馬グラチクを馬丁の手から受け取ると、鞍にまたがった。

「あれは何だったんですか、榴散弾でしょう？」彼はデニーソフに訊いた。

「そう、しかも飛び切いの奴さ」デニーソフが大声で言う。「まあ、みんな立派《いっぱ》に任務を果たしたじゃないか！　しかも冴えない任務をな！　これが突撃なあお手のもので、敵を滅多斬いにしてやえば済むんだが、今度のはわけの分かあん任務で、しかも射的みたいに撃たえうんだかあな」

ニコライからほど近いところに一団の人々が立ち止まったので、デニーソフもそちらに移っていった。連隊長、ネスヴィツキー、ジェルコーフと幕僚将校である。

『でもどうやら誰も気が付かなかったようだ』ニコライは内心で思った。実際、誰も何も目に留めはしなかった。というのも、生まれてはじめて砲撃を浴びた見習士官の感覚は、誰しも馴染みのものだったからだ。

「これで連隊長も立派な報告ができますね」ジェルコーフが言った。「見ていてください、私も中尉に昇進しますよ」

「公爵殿に、報告頼む、私が、橋を、焼いた」連隊長が誇らしげに陽気な声で言った。

「もしも損害を聞かれたらどう答えましょう？」

「軽微だ！」連隊長は低音を響かせた。「軽騎兵二名が、負傷、一名が、即死」見るからにうれしそうに、幸せな笑みをこらえきれぬ様子で、彼は即死という美しい言葉を朗々と言い放ったのだった。

9章

ボナパルトの率いる十万のフランス軍に追われ、敵意を持った住民に迎えられ、もはや同盟軍はあてにならず、食糧の不足を味わい、予測された戦闘条件をすべて裏切った状況で行動することを強いられながら、クトゥーゾフの率いる三万五千のロシア軍は、大急ぎでドナウ沿いに下流へと退却していた。敵に追いつかれたところでは停止し、後衛軍が反撃をくわえたが、それも重装備を失わずに退却するための、必要最低限のものだった。そうした戦闘がランバッハ、アムシュテッテン、メルク近辺で行われた。ただし敵も一目置くロシア兵の勇猛さと不屈さにもかかわらず、そうした戦闘の結果は、退却の速度をさらに増しただけでしかなかった。ウルム近郊で捕虜となることをまぬかれ、ブラウナウでクトゥーゾフ軍に合流したオーストリア軍は、今はもうロシア軍からは離れており、クトゥーゾフの指揮下にあるのは、弱り疲弊した自軍のみであった。もはやウイーンを防衛するなど、考えるのも無理だった。ウイーンにいる時、クトゥーゾフはオーストリアの宮廷軍事会議から戦術学という新しい学問の原理にのっとって熟慮された攻撃戦の計画を渡されたものだが、いまやそれに代わってクトゥーゾフに課された唯一の、ほとんど達成不可能な目標となっているのは、ウルム近郊におけるマック将軍の様に自軍を壊滅させずに、ロシアから遠征してくる軍と合流することだった。

十月二十八日、クトゥーゾフと彼の軍はドナウ左岸に渡り、自軍とフランス軍本体との間にドナウをはさんだ形で、初めて停止した。三十日、彼はドナウ左岸にいたモルチエの師団に攻撃を加え、これを撃破した。この戦闘は初めて戦利品をもたらしたが、それは軍旗と数門の砲と敵の将官二名だった。二週間の退却の後、ロシア軍は初めて腰を据えて戦闘した末に、戦場を確保したばかりか、フランス軍を追い払ったのである。ロシア兵は着るものも無しで疲労困憊しており、落伍、負傷、死亡、疾病で、三分の一の戦力を失っていたにもかかわらず、またドナウの対岸には疾病兵や負傷兵が、敵の人類愛にこれを委ねる旨のクトゥーゾフ将軍の書状とともに残されていたにもかかわらず、さらに野戦病院に徴用されたクレムスの大病院や民家には、もはや疾病者・負傷者のすべてを収容する余地がないにもかかわらず――そのすべてにもかかわらず、クレムスでの行軍停止とモルチエに対する勝利は、兵士たちの士気を大いに高揚させた。全軍にも本営にも、心躍るような、とはいえ間違ったうわさが飛び交っていたが、それによれば、ロシアからの援軍が近くまで来つつあるということだし、オーストリア軍がどこかでの戦闘に勝利して、驚いたボナパルトが退却したということだった。

戦闘の間、アンドレイ公爵はオーストリア軍のシュミット将軍に随行していたが、将軍はこの戦闘で戦死した。アンドレイ公爵の乗っていた馬も負傷し、彼自身も片手に軽い弾傷を負った。その彼が、総司令官に特に目をかけられているしるしとして、この勝利の報をたずさえてオーストリア宮廷に派遣されることになった。宮廷はもはやフランス軍の脅威に直面しているウイーンを去って、ブルノに移っていた。会戦の日の夜、興奮状態ではあったが疲れはないままに（アンドレイ公爵は一見ひ弱そうな体格をしているが、身体疲労に耐える力はどんな猛者よりも上だった）、騎馬でドーフトゥロフ将軍[15]からクレムスのクトゥーゾフ将軍への戦況報告を届けたアンドレイ公爵は、早速その夜に、急使としてブルノに送り出されたのである。急使として派遣されることは、恩賞は別にして、昇進への重要な一歩を意味していた。

暗い、星の夜だった。前日の、会戦の日に降った雪が白む中を、黒い道が続いていた。過ぎ去った会戦の印象をあれこれと手繰《たぐ》ったり、自分が届けた勝利の報がもたらした効果を喜ばしい気持で思い浮かべたり、出立の際に総司令官と同僚が見送ってくれたことを思い出したりしながら、アンドレイ公爵は疾走する駅馬車に揺られていた。このときの彼の心境は、ちょうど長いこと願い待ちわびていた幸せの端緒にようやく手が届いた人間の心境そのものであった。目を閉じるとたちまち、銃や砲の一斉射撃の音が耳に響き、それが馬車の車輪の響きや勝利の印象と一つに溶け合っていく。ともすると頭の中に、ロシア軍が敗走して自分は戦死しているという絵が浮かびかけるが、慌てて目を覚ますと、それは全く根も葉もないことで、敗走したのはフランス軍だったことを、まるで初めてのように認識して安心するのだった。そんな時は改めて勝ち戦の模様をつぶさに思い起こし、また会戦における自らの落ち着いた雄姿を思い起こしては、安心してまたまどろみ始める……。暗い星の夜が明けると明るい、晴れ晴れとした朝だった。雪は朝日に溶けて馬たちは疾走し、馬車の右手にも左手にも、目新しい、いろんな姿の森が、野が、村が現れては飛び退っていく。

ある駅逓《えきてい》[16]で、彼はロシア軍の負傷兵を運ぶ輸送隊を追い越した。輸送隊を指揮するロシア人将校は、先頭の荷馬車にふんぞり返って何か怒鳴り散らし、口汚く兵士をののしっていた。全体はドイツ製の長い荷馬車をつないだもので、それぞれに六人かそれ以上の顔色の悪い、包帯だらけの薄汚れた負傷兵たちが乗せられて、石ころだらけのでこぼこ道をごとごと揺られていくのだった。話をしている兵士たちもいれば（ロシア語を話しているのが聞こえてきた）、パンを食べている者もいる。最も重傷の兵士たちは口もきかず、おとなしく病的な、子供じみた関心をあらわにして、脇を駆け抜けていく急使に目を向けてきた。

15　ドミートリー・セルゲーヴィチ・ドーフトゥロフ（一七五六～一八一六）、ロシアの将軍で、一八一二年の祖国戦争でも活躍した。
16　駅馬車や旅行馬車が馬を替えて旅行者が休憩する施設で、幹線道路沿いに設けられていた。

アンドレイ公爵は停車を命じると、一人の兵士に、どの戦闘で負傷したのかと訊ねた。

「一昨日のドナウ河畔の戦いです」相手は答えた。アンドレイ公爵は財布を出すと、その兵士に金貨を三枚与えた。

「皆の分だ」近寄って来た将校に向かって彼はそう付け加えた。「諸君、回復を祈る」彼は兵士たちに言った。「まだ仕事はたくさんあるからな」

「副官殿、何かニュースがあるのですか？」いかにも話に飢えているように将校がたずねてきた。

「いいニュースだ！　前進」御者に声をかけて彼は先へと馬車を走らせた。

アンドレイ公爵がブルノの町に馬車を乗り入れたときには、すでにとっぷりと日が暮れていた。気がつくとあたりは高い建物、商店や家々の窓や街灯の明かり、敷石道を騒々しく行き交うきれいな馬車、そして野営生活の後の軍人には常にたまらなく魅力的な、大きな生き生きとした都会の雰囲気そのものに満たされている。夜もろくに眠らずに馬車を飛ばしてきたにもかかわらず、王宮に向かうアンドレイ公爵は、昨夜よりもさらに爽快な気分だった。ただ目の輝きには熱病めいた色があり、頭の中は一つの想念から別の想念へと目まぐるしく、しかもはっきりと入れ替わっていた。あらためて会戦の詳しい状況が生き生きと頭に浮かんできたが、もはや先刻の様に漠然とではなく、明白に要約された叙述として浮かんだのであり、彼はそれを想像裡でフランツ皇帝に報告しているのであった。その際に自分に投げかけられるであろうたまさかの質問のいくつかも、そしてそれに対する自分の答えも、ありありと思い浮かんだ。彼はすぐにでも皇帝に引き合わされるというつもりでいた。しかし宮殿の大きな車寄せに着いたとき、一人の役人が駆けだしてきて、彼が急使だと知ると、別の車寄せへと案内した。

「廊下の右手です。そちらに、急使殿、当直の侍従武官がおります」役人は彼に言った。「その者が軍事大臣のところへご案内いたします」

当直の侍従武官はアンドレイ公爵を迎えると、しばらくお待ちくださいと言いおいて、軍事大臣のところへ行った。五分後に戻ってくると、飛び切り鄭重に身を屈めながら、アンドレイ公爵を先に立てて、廊下の先にある大臣の執務室へと案内した。この侍従武官は、持ち前の洗練された鄭重な身振りを盾にして、ロシア人の副官がなれなれしく話しかけてくるのを防ごうとしているかのようだった。大臣の執務室の戸口に着くころには、アンドレイ公爵の晴れ晴れした気分はだいぶ萎んでしまっていた。彼は自分が侮辱されたと感じ、そしてその屈辱の感覚がそのまま、自分でも気づかぬうちに、何の根拠もない軽蔑の感情へと変化していた。機転の利く彼の頭脳がこの瞬間、相手の侍従武官と軍事大臣とを共に軽蔑する権利を提供してくれるような見地を、そっと教えてくれたのだ。『この連中にとっては、勝利を収めることなど実にたやすいと見えるに違いない。なにせ火薬の臭いも嗅いでいないのだからな!』そう彼は思ったのだった。その目がいかにも侮蔑的に細められ、そのまま格別にゆっくりとした足取りで彼は軍事大臣の部屋に入って行った。当の軍事大臣は大きなデスクにかぶさるように腰を据えたまま、最初の二分間は訪問者に注意を向けもしなかったが、その姿を見た時、アンドレイ公爵の侮蔑感は一層募った。軍事大臣は鬢に白髪を残した禿げ頭を二本の燭台の間に垂らして、鉛筆で線を引きながら書類を読んでいるところだった。ドアが開いて人の足音が聞こえた時も、そのまま頭をあげずに最後まで読み終えたのである。

「これを持って行って渡しなさい」軍事大臣は侍従武官に書類を渡して指示したが、このときもまだ急使には注意を向けなかった。

軍事大臣のあらゆる関心事のうちで、クトゥーゾフの軍の動向などは最もどうでもよい事柄にすぎないのか、それとも、そのことをこのロシア人の急使に思い知らせてやる必要があると思っているのか、二つに一つだ――アンドレイ公爵はそんなふうに感じた。『しかしそんなことは俺の知ったことではない』彼は思った。軍事大臣は残りの書類を片付け、端がそろうようにまとめると、頭を上げた。それはいかにも賢くて意志の強そうな頭部だった。しかしアンドレイ公爵の方を向いた瞬間、軍事大臣の賢そうな毅然たる表情に、たぶん習慣になっている意図的な変化が現れた。その顔に愚かしい、作り物の、そしてそれが作り物だということを隠そうともしない笑みが浮かんだまま、消えなくなったのだ。それはたくさんの請願者を次から次へと受け付けている人物特有の笑みだった。

「クトゥーゾフ元帥からですな？」彼は訊ねた。「さぞかし吉報でしょうな？　モルチエと会戦したのですな？　勝ち戦でしょう？　そろそろ勝ってもいい頃ですからな！」

大臣は自分の宛て名が書かれた至急便を手に取ると、浮かない表情で読み始めた。

「ああ、何ということだ！　いやはや！　あのシュミットが！」彼はドイツ語で慨嘆した。「何という悲運、何という悲運だ！」

至急便を走り読みすると、彼はそれをデスクに置き、目をあげてアンドレイ公爵を見た。いかにも何か頭の中で考えている様子だった。

「ああ、何という悲運だろう！　で、あなた方はこれを決定的な会戦だったとみなすわけですな？　ただしモルチエは取り逃がしたと。（大臣はしばし考え込んだ）いや、吉報を届けていただいてありがとうございます、とはいえシュミットの戦死は勝利の高価な代償でしたがな。きっと陛下も接見を望まれるでしょうが、ただし本日ではありません。ありがとうございます、どうかお休みください。明日閲兵式の後の拝謁式にお越しください。まあ、改めてお知らせしますが」

会話の間に消えていたあの愚かしい笑みが、再び軍事大臣の顔に浮かんだ。

「ではまた、深く感謝しております。皇帝陛下もきっと接見を望まれることでしょう」大臣は同じことを繰り返し、頭を下げた。

宮殿を出たとき、アンドレイ公爵は、せっかく勝利によって授かった感興と幸福感を、今や自分が置き去りにして、あの軍事大臣と慇懃な侍従武官の無関心な手にゆだねてしまったのを感じた。頭の中ががらりと一変して、もはやあの会戦が昔の、遠い記憶のように思われたのである。

10章

ブルノでアンドレイ公爵が身を置いたのは、知人のロシア人外交官ビリービンの住居だった。

「ああ、公爵、よく来てくれたな」アンドレイ公爵を出迎えてビリービンは言った。「フランツ、公爵の荷物を私の寝室へ運んでおけ」客を案内してきた召使に彼は命じた。「そうか、勝利の報の使者というわけか？　そいつはいい。僕の方はご覧のとおり、病気でこもっているところさ」

洗面と着替えを済ませると、アンドレイ公爵はこの外交官の贅沢な書斎に行き、用意されていたディナーの食卓に着いた。主人のビリービンはゆったりと暖炉の脇に座を占めている。

今度の旅の後だったからばかりでなく、総じて長い行軍を終えた後だったせいで、アンドレイ公爵は少年期からなじみの贅沢な生活環境の中で心地よい休息感を味わっていた。行軍中は清潔さや洗練された生活のための一切の利便が奪われていたからである。それに加えて、先ほどのようなオーストリア式のあしらいを受けた後では、たとえロシア語でないまでも（二人はフランス語で会話していた）ロシア人一般が持つオーストリア人への嫌悪感（現今ではそれがひときわ強く感じられるのだが）をどうやら共有できそうなロシア人と話をすること自体、彼には快かった。

ビリービンは年の頃三十五歳ばかりの独身男性で、アンドレイ公爵と同じ貴族社会に属していた。すでにペテルブルグにいたころから二人は知り合い同士だったが、このたびアンドレイ公爵がクトゥーゾフとともにウイーンに来てから、一段と親しい間柄になった。アンドレイ公爵が軍における輝かしい出世を予測させる有為の青年であるのと同様、あるいはそれ以上に、ビリービンも外交畑における一大有望株だった。いまだ年齢こそ若かったが、十六歳にしてこの道に入ったおかげで外交官としてはすでに老練であり、パリにもコペンハーゲンにも駐在して、いまやウイーンでかなり重要な地位についていた。オーストリアの首相も在ウィーン・ロシア公使も、彼を知り、高く買っていた。多くの外交官は、ただ消極的な長所のみを備えること、すなわちある種のことはせず、ひたすらフランス語で喋ることを、良き外交官になるための要諦と考えているが、彼はそうした者たちとは一線を画していた。仕事が好きでまた有能な外交官の一人であり、生来のものぐさにもかかわらず、ときとすると幾晩も書卓に向かってすごすこともあった。つまりどんな仕事も分け隔てせず、一律によく働いたのである。彼に興味があるのは「なぜ?」という問いではなく、「いかに?」という問いであった。外交という仕事の要諦がどこにあろうが、彼にとってはどうでもよかった。回状やメモランダムや報告を巧みに、的確かつ上品に仕上げることにこそ、大きな喜びを見出していたのだ。書類仕事のほかに、上流社会で挨拶したり発言したりする技術の点でも、ビリービンの功績は高く評価されていた。

ビリービンは仕事を好むのと同様に談話も好んだが、ただしそれは優雅で機知に富んだ会話を行いうる場合に限られた。社交界では、彼はいつも何か目の覚めるような発言のできる機会を待ち望んでおり、そうした見込みがなければ話に加わろうとはしなかった。ビリービンの談話には絶えず独創的で機知に富んだ、完璧な警句《けいく》が織り込まれており、しかもそれらは一般の関心にも添うものだった。そうした警句はビリービンの頭の中の実験室で開発されたもので、あえて持ち運びに適したように作られているかのようだった。つまり何のとりえもない社交界人士でもやすやすと覚え込んで、貴族の客間から客間へと、次々と伝えることができるようにできていたのである。そして実際、「ビリービンの警句はウイーンのサロンで引っ張りだこ」と世間でも言われるような状態になっており、しかもそれがいわゆる重要問題にも影響を及ぼしていたのである。

痩せて憔悴《しょうすい》した、黄色味を帯びたビリービンの顔は、全体が深い皺に覆われていて、しかもその皺のひと襞ひと襞がいつも、ちょうど風呂上がりの指先のように、こざっぱりと丁寧に洗い清められているように見えた。そうした皺の動きこそが、この人物の表情の演技の中心をなしていた。眉が上に吊りあがって、額に幾層もの広い皺ができているかと思えば、今度は眉が下におりて、頰に深い皺が刻まれている、といった具合である。引っ込んだ大きな目は、いつも快活そうに正面を向いていた。

「ではひとつ、君たちの武勲の話をわれわれにも聞かせてくれたまえ」ビリービンは言った。

アンドレイ公爵は極めて控えめに、自分のことには一度も触れず戦闘の様子を語り、それから例の軍事大臣との会見の模様を語った。

「この知らせを届けた僕は、まるで九柱戯《きゅうちゅうぎ》17のコートに迷い込んだ邪魔な犬ころのようなあしらいを受けたわけだ」彼はそう締めくくった。

ビリービンは苦笑して顔の皺を伸ばした。

「しかし君」遠くから自分の指の爪をしげしげと見つめながら、彼は左目の上の皮膚を持ち上げてみせた。「いわゆる『正教ロシア軍』に敬意を払うのはやぶさかではないが、しかし僕が思うに、今回の諸君の勝利はあまり輝かしいものとは言えないな」

彼は相変わらずフランス語で話していて、ただ今の『正教ロシア軍』のように何か侮蔑的に強調したい言葉がある場合だけ、その部分をロシア語で言うのだった。

「だってそうだろう?　君たちは軍の総力を挙げて、一個師団しか持たぬ哀れなモルチエに襲い掛かったのに、肝心のモルチエは君たちの手の間をすり抜けてしまったというんだろう？　いったいどこが勝利なんだい？」

「しかし、まじめな話」アンドレイ公爵は応じた。「別に自慢するわけじゃないが、あのウルムの会戦よりはいくらかましだとは言えるんじゃないか……」

「どうして一人くらい、せめて一人くらい、元帥あたりを捕まえられなかったんだ？」

「どうしてって、それはすべてが予測通りに進むわけではないし、閲兵式の様に規則正しく動くわけでもないからだよ。例えば、すでに言ったように、われわれは午前七時には敵軍の背後に回っているはずだったのが、午後の五時になってもまだそこまで行けなかったのだ」

「でもどうして午前七時までに回り込めなかったんだね？　だって午前七時には回り込んでいるはずだったんだろう」ビリービンがにやにやしながら言う。「だったら午前七時に間に合わせなくては」

「じゃあ君たちはどうしてあのボナパルトに、外交的な手法で、ジェノヴァを放棄

17　ボールを転がして9本のピンを倒すゲームで、ボウリングの前身といわれる。

するべきだと言い聞かせられなかったんだい？」相手と同じ口調でアンドレイ公爵が問い返す。

「分かるよ」ビリービンが遮った。「僕の言うのは机上の空論で、暖炉の前のソファーに座って元帥を捕まえる話をするのは簡単だと言いたいんだろう？　それはその通りだが、それでもやはりなぜ相手を捕虜にできなかったかと僕は問いたいんだ。君には意外かもしれないが、軍事大臣ばかりでなく、皇帝陛下であられるフランツ国王[18]までが君たちの勝利をさほど喜ばなかったとしても、別に不思議ではない。いや、しがないロシア公使館の書記官にすぎぬこの僕でさえ、べつに取り分けて喜ばしいこととは感じないのだから……」

彼は正面からアンドレイ公爵を見つめていたかと思うと、不意に額に寄せた皺を緩めた。

「じゃあ今度は僕が君に『なぜ』と質問させてもらう番だね」アンドレイは言った。「打ち明けて言うが、僕には分からないんだ。もしかしたら僕の弱いおつむでは理解できないような外交上の細かい機微が絡んでいるのかもしれないが、それにしても納得がいかない。あのマックは軍を丸ごと失ったし、フェルディナント大公とカール大公は、生きている気配さえ全く見せずに、ひたすら失敗を重ねている。そこへようやく一人クトゥーゾフのみが実際の勝利をおさめ、フランス軍の守り神を破ってみせたのに、軍事大臣は知らん顔で、詳しい話を聞こうとさえしないとはね！」

「まさにそこのところだよ、君。いいかい、皇帝万歳、ロシア万歳、信仰万歳と、何から何までロシア一色じゃないか！　もちろんそれは結構だけれど、あっちから見れば、お宅の軍の勝利がわれわれにとって、つまりオーストリアの宮廷にとって何の意味がある、というわけだよ。もしも君がその意味で良い知らせをもたらしてくれたなら、つまりカール大公かフェルディナント大公の（君も承知のように、どちらの大公も値打ちは同じだからね）勝利の報を届けてくれたなら、たとえそれがボナパルトの消防中隊相手の勝利だったとしても、話は全く別で、オーストリアは大砲を撃って祝ったことだろう。ところが今度の知らせは、まるでわざとのように、オーストリアを苛立たせるばかりじゃないか。カール大公は何もしない、フェルディナント大公は恥辱にまみれている。諸君はウイーンを放棄して、もはや護ろうとしない。まるで『神はわが軍とともにあり、諸君も諸君の首都も、運命に任せよう』とでも言うかの

18　フランツ二世は神聖ローマ帝国の最後の皇帝（在位一七九二～一八〇六）をつとめると同時に、この時点でオーストリア皇帝、ハンガリー国王、ベーメン国王の地位にあった。

ように。あのシュミット将軍は全オーストリア国民が愛した人物だったが、諸君はそ
の人物を敵の砲火のもとにさらしておいて、わが国の勝利を祝おうというのだ！……
分かると思うが、およそこれ以上腹立たしいものは思いつけないほどの知らせを、君
はもたらしたことになるんだよ。まるでわざとのように、わざとのようにね。それに、
仮に諸君が本当に輝かしい勝利を収めたところで、あるいはあのカール大公が勝利を
収めたところで、はたしてそれが事態の趨勢にどれほどの変化をもたらすだろうか？
ウイーンがフランス軍に占領された今となっては、もはや手遅れさ」

「占領されたって？　ウイーンが占領された？」

「占領されたどころか、ボナパルトはシェーンブルン城に収まっていて、伯爵が、
われらの愛するヴルブナ伯爵が、そのボナパルトの指令を仰ぐために赴こうとしてい
るところだよ」

疲れていた上に旅や会見で様々な印象を味わい、またとりわけ食事を済ませたばか
りだったせいで、アンドレイは耳に聞こえてくる言葉の意味がすべては理解できない
ような感じを覚えていた。

「今朝ここにリヒテンフェルス伯爵が来てね」ビリービンは先を続けた。「見せてく
れた手紙には、フランス軍がウイーンで行った閲兵式の模様が詳細に書かれていたよ。

ミュラ公[19]はじめ諸々の面々が云々かんぬんと……。お分かりだろう、君たちの勝利はあまり喜ばしいものではないし、君たちが救いの神として迎えられる状況ではないんだよ……」

「いや、そんなことは僕にはどうでもいい、全くどうでもいいんだ！」自分のもたらしたクレムス近郊の会戦に関する情報などは、オーストリアの首都の占領というような重大事件の前では、まったく取るに足らないものだったという事情が、アンドレイ公爵にも分かりかけてきた。「いったいどうしてウイーンが占領されたんだろう？　橋は、有名な橋頭堡は、アウエルスペルク公爵は？　我々の間ではアウエルスペルク公爵がウイーンを防衛しているという噂だったが」彼は言った。

「アウエルスペルク公爵は河のこちら側に、われわれのいる側に陣取って、われわれを護ってくれているよ。思うに、大変稚拙な防衛だが、しかし護ってくれているのだ。しかしウイーンは向こう岸だからね。いや、橋はまだ敵に奪われてはいないし、奪われることはないだろう。というのも地雷が仕掛けられていて、何かの際には爆破

19　ジョアシャン・ミュラ（一七六七～一八一五）、一七九五年のヴァンデミエールの王党派襲撃以来ナポレオンを支え続け、その妹と結婚して義弟となった軍人。この時点ではフランス軍元帥。

すべしとの命令が下っているからだ。もしもあれが敵の手に落ちていたら、われわれはとうにボヘミアの山岳地帯に逃げ込んでいただろうし、君と君の軍も、両面からの砲火に挟まれて、悲惨な十五分を過ごしたことだろう」

「しかしそうはいっても、これで戦争が終了というわけにはならないだろうね」アンドレイ公爵は言った。

「僕は終了だと思うがね。このへんのお偉方だってそう思っているよ、ただ口に出すのをはばかっているだけで。開戦当初に僕が言ったとおりになったんだ。『戦争の帰趨《きすう》を決定するのは、デューレンシュタインでの撃ち合いではないし、また総じて火薬ではなく、火薬を発明した人間たちだ』というわけさ」自分の警句の一つを披瀝すると、ビリービンは額の皺を伸ばし、ちょっと間を置いた。「問題は、ベルリンにおけるアレクサンドル皇帝とプロイセン王との会見がどう出るかだ。もしもプロイセンが同盟に加われば、オーストリアもやめるわけにはいかず、戦争が続くだろう。もしそうでなければ、問題はもはや新たなるカンポ・フォルミオ条約[20]の草稿を何処で作成するかの決定のみになる」

「それにしても、なんと非凡な天才だろうか！」不意にアンドレイ公爵が小ぶりなこぶしを固めてテーブルを叩いて言った。「そしてまた、何と幸運がついて回る人物だろうか」

「ブオナパルテのこと？」額に寄せた皺によって今にも警句を吐くぞと予告しながら、ビリービンは問いかける口調で言った。「ブオナパルテ[21]のことだね？」ブの音を特別強調しながら彼は言った。「思うに、今や彼はシェーンブルン城からオーストリアの法を左右する立場になったのだから、そろそろ名前もフランス式に呼んであげるべきだろうな。僕も新機軸を断行して、彼を単にボナパルトと呼ぶことにするよ」

「いや、冗談は別にして」アンドレイ公爵は言った。「君は本気で、今度の戦争が終わったと考えているのかい？」

「僕の考えはこうだ。オーストリアは馬鹿な目を見たが、この国はそういう立場に慣れていない。だからきっと仕返しをする。ところでこの国が馬鹿な目に遭ったというのも、まず地方が荒廃し（噂によると正教の軍隊はひどい略奪にいそしんでいるそうじゃないか）、軍隊が壊滅し、首都が占領されたからだが、それというのももとは

20　一七九七年、ナポレオンとオーストリアとの間で結ばれた講和条約。

21　Buonaparte。ナポレオンの本来のイタリア（コルシカ）語の姓。後にフランス語つづりのボナパルト（Bonaparte）と改姓したが、彼の批判者はしばしば揶揄のニュアンスであえて元の姓で呼ぼうとした。

と言えば、すべてサルデーニャ国王[22]の機嫌を取ろうとしたからだ。そこで、これは君、ここだけの話だが、僕の勘がささやくところによれば、われわれは裏切られるね。彼らがフランスと交渉し、和平協定、それも秘密和平協定を、単独で結ぼうとしているのが感じられるのだよ」

「まさか！」アンドレイ公爵は言った。「それじゃあまりにも卑劣だ」

「いずれはっきりするよ」そう言うとビリービンは、会話は終わりというしるしに、改めて顔の皺を伸ばしてみせた。

自分用に用意された部屋に入って清潔な下着に着替え、羽根布団に横たわって、温められていい香りのする枕に頭を乗せた時、アンドレイ公爵は自分が報告を届けたあの会戦が、もはや自分から遠くへ、とても遠くへ行ってしまった気がした。プロイセンとの同盟、オーストリアの裏切り、ボナパルトの新たなる勝利、明日の参内と閲兵式とフランツ皇帝の引見――そうしたものが彼の心を捉えていたのだ。

彼は目を閉じたが、しかしその瞬間、耳には猛砲撃の、一斉射撃の轟音が響き、馬車の車輪の音がしたかと思うと、またもや山の上から長い糸を引いたように銃兵たちが下りてきて、フランス兵たちの射撃が始まった。どきどきと胸が高鳴るのを覚えながらシュミット将軍と馬を並べて前進していくと、周囲を銃弾が楽しげにうなりをあげて飛んでいく。そして彼は小さな子供のころから一度も経験したことのないような、十倍にも拡大された生の喜びの感覚を味わうのだった。

ふと目が覚めた……。

「そうだ、あれは全部本当にあったことなんだ！……」幸せな口調で、子供のような笑みをうかべてそう言うと、彼は深い、若者の眠りに就いた。

11章

翌日、彼は遅く目覚めた。過ぎた出来事の印象を新たに思い起こしながらも、彼は何よりもまず、今日こそフランツ皇帝に拝謁しなくてはならぬことを思い起こし、そして例の軍事大臣や慇懃なオーストリアの侍従武官のこと、ビリービンと、昨夜の会話のことを思い起こしたのだった。宮殿に参内するためにずいぶん久しぶりの完全正装を整えると、この若々しいはつらつとした美男は、片手に包帯をした姿で、ビリー

22　北イタリアの領邦国家サルデーニャはこの時期サヴォア、ニース、ピエモンテをナポレオンのフランスに併合され、王家はイギリスの保護下のサルデーニャ島に避難していた。

ビンの書斎に入って行った。書斎には外交団に属する四人の人物がいた。そのうち公使館書記官のイッポリート・クラーギン公爵とは、アンドレイ公爵は顔見知りだった。ほかの者たちとはビリービンが紹介の労を執った。

ビリービンの家に集っていた客たちは、上流社会に属する、若く豊かな、陽気な人物ぞろいで、ウイーンでもこの地でも一つの独立したサークルを作っており、主宰者に当たるビリービンはこの者たちを単に身内、つまり仲間《レ・ノートル》と呼んでいた。ほとんど全員が外交官からなるこのサークルには、戦争にも政治にもかかわりのない自分たちだけの関心事項があるらしく、それには社交界とか、ある種の女性とのかかわりとか、勤務の事務的な側面といったものが含まれるようであった。彼らは喜んでアンドレイ公爵を自分たちのサークルに身内として受け入れたようだった（これはごく限られた相手に与えられる名誉であった）。礼儀上の配慮から、また会話の糸口として、皆は彼に軍のことや会戦のことについていくらかの質問をしたが、その後、会話はまたばらけて、脈絡のない愉快な冗談や陰口に移っていった。

「しかし極めつけは」中の一人が同僚である外交官の失敗談を披露しながら言った。「極めつけは、首相がじかに本人に向かって、このロンドン出向は栄転であるから、君もそう受け止めたまえと告げたことだよ。このときの彼の様子が想像できるかい？……」

「しかし諸君、何よりひどいことに、ひとつこのクラーギンの所業《しょぎょう》をばらせば、人が困り果てているというのに、このドン・ファン君は、そんな相手の窮状を利用しようというんだぜ。まったくひどい男だよ」

話題のイッポリート公爵はヴォルテール式の安楽椅子に身を横たえ、両足を肘掛けに乗せている。彼は笑い出した。

「いいから話してみろよ」彼は言った。

「いやはや、ドン・ファンだねえ！」「まったく蛇だよ！」いろんな声があがる。

「知っているかい、ボルコンスキー君」ビリービンがアンドレイ公爵に話しかけた。「フランス軍の悪行をすべて集めたとしても（ついロシア軍の悪行と言いそうになったけれどね）、この男が女性たち相手にしまくった悪行とはまるで比べ物にならないんだよ」

「女は男の友達さ」イッポリート公爵はそう言うと、肘掛けに乗せた自分の足を柄つき眼鏡で点検しだした。

ビリービンと仲間たちはイッポリートの目を見て大笑いした。アンドレイ公爵は、かつて自分が（白状すれば）妻に関してほとんど嫉妬心を覚えかけたこのイッポリートが、この仲間では道化役であると見て取った。

「いや、ひとつこのクラーギン君を堪能《たんのう》してくれたまえ」ビリービンが小声でアンドレイに言った。「政治を論じさせると実におもしろいんだ。あのもったいぶった様子は一見に値するよ」

ビリービンはイッポリートのそばに腰を下ろすと、額に例の皺を寄せて、彼と政治の話を始めた。アンドレイ公爵とほかの者たちは、二人を取り巻く形になった。

「ベルリンの内閣は同盟についての意見を表明できないので」イッポリートは意味ありげに皆の顔を見回して話しだした。「表明するとしたら……最近の覚書のような形をとるしかないんですよ……お分かりでしょう、分かりますよね……ただし、もし皇帝陛下がわれわれの同盟の精神を裏切るような真似をされなければ……」

「待ってくれ、まだ話は終わっていない……」アンドレイ公爵の腕をつかんでいさめるようにイッポリートは言った。「僕が思うに、干渉のほうが不干渉よりも確実性が高い。それに……」彼は一瞬口をつぐんだ。「十一月二十八日付けのわれわれの至急報が受理されなかったからと言って、それで話が終わったと思ってはいけません。それこそすべてが終わってしまいますからね」

そう言うと彼はアンドレイ公爵の腕を放して、自分の話が済んだことを表現した。

「デモステネス、その黄金の口の中に隠した石によって、僕は君の心中を見抜くのだ[23]」そう言うビリービンのもじゃもじゃ髪が頭の上で満足げに踊った。

皆がどっと笑った。イッポリートが誰よりも大声で笑っている。見るからに息が切れて苦しそうなのに、普段はじっと動きのないその顔をだらしなく緩めるほどの、凶暴な笑いをどうしてもこらえることができないようだった。

「さて諸君」ビリービンは言った。「このボルコンスキー君はわが家の客でありまたこのブルノの客である。だから僕としてはできる限り、当地の生活で可能なあらゆる歓楽をもってもてなしたいのだ。もしもこれがウイーンだったら、ことは簡単だろう。しかしこの忌まわしいモラヴィアの穴ぼこの中では、なかなか難しい。そこで諸君全員に手を貸していただきたいのだ。ブルノをあげてこの人物に敬意を表しなくてはならない。君は芝居を担当してくれたまえ。僕は社交界を受け持つし、君は、イッポリート君、もちろん女性担当だ」

「ぜひアメリイを御覧に入れなくちゃ、美人だからね！」身内の一人が自分の指先

23　アテネの雄弁家デモステネスが、若い頃滑舌の悪さを克服するために口中に小石を入れて発音練習をしたという故事を踏まえている。

に口づけしながら言った。

「総じてこの血に飢えた兵隊さんに」ビリービンが言った。「もっと人間的なものの見方を教えなくてはならない」

「どうやら僕は、せっかくの皆さんのご歓待を享受することができません。もう出かける時間なので」時計に目をやってアンドレイ公爵が言った。

「どこへ出かけるのだ?」

「皇帝のところさ」

「ええ、何と! それはそれは!」

「じゃあ、また今度だな、ボルコンスキー君!」「また会いましょう、公爵。早めに食事にいらしてください」皆の声が飛び交った。「皆でせいぜいお相手しますから」

「皇帝と話すときには、食糧調達や交通の秩序が整っているとでも言って、精一杯ほめておくことだね」アンドレイ公爵を玄関まで送って来たビリービンが言った。

「ほめたいのはやまやまですが、知る限りほめる余地はないですね」アンドレイ公爵が笑顔で応える。

「まあ、せいぜい喋ることを心がけるんだね。皇帝は接見が大好きだが、自分で話すのは苦手だ。口下手なんだよ、まあ会えば分かるさ」

謁見式の際、フランツ皇帝は、決められた場所にオーストリア将校に挟まれて立っているアンドレイ公爵の顔をただじっと見つめ、特徴的な長い頭で一つ頷いてみせただけだった。だが式が終わると、昨晩の侍従武官が現れ、恭しい態度で、皇帝が直接の接見を希望されている旨を伝えてきた。フランツ皇帝は部屋の中央に立ったまま彼を迎えた。まだ会話が始まる前、アンドレイ公爵が驚いたことに、皇帝は何を話してよいか分からずどぎまぎしている様子で、顔を赤らめているのだった。

「それで、戦闘はいつ始まったのですか?」皇帝はせわしい口調で言った。アンドレイ公爵は答えた。この質問の後には、同じように単純な質問がいくつか続いた。「クトゥーゾフは元気ですか? 彼がクレムスを出てどのくらいになりますか?」といった調子である。話す皇帝の表情は、あたかも自分の目的はただ一定数の質問をすることであると言いたいかのようであった。質問に対する答えに皇帝が興味を持つはずがないことは、あまりにも明白だったのである。

「何時に戦闘は始まりましたか?」皇帝は訊ねた。

「前線で何時に戦闘が始まったのかは、ご報告できませんが、私がおりましたデューレンシュタインで軍が攻撃を開始したのは午後五時すぎでありました」そう答えるとともにアンドレイ公爵は、これを機に自分の知っていること、見たことのすべてを、あらかじめ頭の中で準備していたとおり、正確に披露できると思って色めき立った。

しかし皇帝はにっこりと笑って彼を遮った。

「何マイルですか？」

「どこからどこまででしょうか、陛下？」

「デューレンシュタインからクレムスまでです」

「三マイル半です、陛下」

「フランス軍は左岸を放棄したのですね？」

「斥候の報告では、深夜に筏《いかだ》で最後の兵たちが渡河したとのことです」

「クレムスでは軍馬の飼料は足りていますか？」

「飼料は、必要な量は届いておりませんで……」

皇帝は彼を遮った。

「シュミット将軍が戦死したのは何時ですか？」

「七時だったと思われます」

「七時？　実に痛ましいことです！　実に痛ましい！」

皇帝は感謝すると述べ、一礼した。部屋を出たアンドレイ公爵は、たちまち廷臣たちに四方から取り囲まれた。四方八方から親愛のまなざしが向けられ、親愛に満ちた言葉が聞こえてくる。昨晩の侍従武官は、彼がなぜ宮殿に泊まらなかったのかと責めて、この先自分の家に泊まるよう勧めた。軍事大臣が近づいてきて、皇帝から彼にマリア・テレジア三等勲章が授与される旨を告げ、祝いを述べた。后妃の侍従は彼を后妃陛下のもとに招待した。大公妃もまた彼との会見を希望していた。彼は誰に返事をするべきかも分からず、しばし考えを巡らせていた。ロシアの公使は彼の肩をつかむようにして窓辺へいざない、差しで話し始めた。

ビリービンの言葉とは裏腹に、アンドレイ公爵がもたらした知らせは歓びをもって迎えられた。感謝の祈禱式の日取りが決定された。クトゥーゾフはマリア・テレジア大十字章を授与され、軍全体が褒賞された。アンドレイ公爵はあらゆる方面から招待を受けて、日中いっぱいオーストリアの主要な貴顕のもとを訪問して回らねばならなかった。午後の四時過ぎにそうした訪問を終えた彼は、頭の中で今度の会戦と自分のブルノへの旅について父に書いてやる手紙の文面を考えながら、馬車でビリービン宅への帰途に就いた。目的地に向かう前に、公爵は行軍中に読む本を仕入れるために書店に立ち寄り、そこに長居した。ビリービンの家に戻ると、表階段のところに半分ほどまで荷物を詰め込んだ馬車が停まっていて、ビリービンの従僕のフランツが、苦労してトランクを引きずりながらドアから出てきたところだった。

「どうしたんだ？」アンドレイ公爵は訊ねた。

「ああ、公爵さま！」やっとのことでトランクを馬車に乗せながらフランツは答えた。「さらに遠くまで避難することになりました。敵がまたすぐそこまで迫ってきましたので」

「何だと？　いったいどうなっているんだ？」アンドレイ公爵は訊ねた。

ビリービンが迎えに出てきた。いつも冷静なその顔に動揺の色が浮かんでいる。

「いやはや、あれは見事だと認めざるを得ないだろう」彼は言った。「あのタボール橋（ウイーンの橋）の一件は。連中は抵抗も受けずに渡ってしまったんだからね」

アンドレイ公爵は何ひとつ理解できなかった。

「君はどこで道草を食っていたんだい、町中の御者が知っていることをまだ知らないなんて」

「大公妃のところに行っていたんだ。あそこでは何も聞かなかったが」

「では、あちこちで荷造りをしているのも気がつかなかったのかい？」

「気がつかなかったな……。それで、いったいどうしたんだ？」アンドレイ公爵はじれったそうに聞いた。

「どうしたって？　つまりね、例のアウエルスペルクが護っていた橋をフランス軍が渡ってしまったんだ。橋は爆破されていない。だからミュラは目下このブルノへ続く街道をひた走っているところで、今日明日中には連中はここへ着くだろう」

「ここへ来るだって？　でも、あの橋はどうして爆破されなかったんだ、地雷が仕掛けられていたのに？」

「それは僕の方が聞きたいな。その理由は誰にも、ボナパルト自身にさえ分からないだろう」

アンドレイ公爵は肩をすくめた。

「しかし、橋を渡られたとなると、つまりは軍もおしまいだな。分断されてしまうから」彼は言った。

「そこだよ、問題は」ビリービンは答える。「いいかい、君に話したとおり、フランス軍はウイーンに入った。何の問題もなくね。そしてその翌日、つまり昨日のことだが、ミュラとランヌとベリヤールという三人の元帥がそろって乗馬姿で、例の橋に出かけたんだよ（ちなみに、三人ともガスコーニュ人[24]だ）。『諸君』と中の一人が言った。

『ご承知のようにあのタボール橋には地雷も敷設されていれば抗敵坑道も作られている。そして手前には厳めしい橋頭堡があって、守備に就く一万五千の兵には、橋を爆破してでもわれわれを通すなという命令が下っている。そこでもしもわれわれがあの橋を奪えば、ナポレオン皇帝は、お喜びになるだろう。ひとつ三人で出かけて行って、あの橋を奪おうじゃないか』『行こう』と別の二人が応じた。そこで彼らは出かけて行って、まんまと橋を奪って渡河し、そして今や全軍を引き連れてドナウのこちら側に渡ったうえで、われわれめがけて、つまり諸君と諸君の連絡路めがけて押しよせてくるというわけだよ」

「冗談はよしてくれ」悲痛な、そしてまじめな口調でアンドレイ公爵は言った。

この知らせはアンドレイ公爵にとって嘆かわしいと同時に喜ばしくもあった。ロシア軍がこのような絶望的な状況にあると分かった途端、まさに自分こそがこの状況からロシア軍を救い出す使命を帯びており、これこそがかのトゥーロン[25]となって彼を無名の将校の列から引き上げ、栄光への最初の道を切り開いてくれるチャンスだという考えが、頭に浮かんだのだった！　ビリービンの言葉を聞きながら、彼はすでに、軍に戻った自分が作戦会議において唯一軍を救うであろう意見を提起し、一人でその計画の実行の任を委ねられる場面を頭に思い描いていた。

「冗談はよしてくれ」彼は言った。

「冗談じゃないよ」ビリービンは言った。「比類なく正確な、そして悲しい事実なのだ。さっき言った連中は三人だけで橋まで馬を乗りつけると、おもむろに白いハンカチを掲げたうえで、和平が成立したので、自分たち元帥がアウエルスペルク公爵との交渉に向かうのだと告げたものだ。当直将校は彼らを橋頭堡に迎え入れた。すると連中は将校に向かってガスコーニュ仕込みの与太話を喋り散らし、戦争は終わりだ、フランツ皇帝はナポレオンとの会見の日取りを決めた、自分たちはアウエルスペルクと会いたい、などなどと吹きまくった。将校はアウエルスペルクを呼びにやる。連中は敵の将校たちと抱き合い、冗談を言って大砲に座り込んで見せたりする。そうしている間にフランス軍の一個大隊がひそかに橋に侵入し、可燃材を詰めた袋を水に投げ込んでから、橋頭堡に迫る。そしてついに愛すべきわれらが公爵、アウエルスペルク・

24　フランス南西部の州。シラノ・ド・ベルジュラックの属したガスコン青年隊や、デュマ『三銃士』のダルタニヤンの出身地としても有名で、ここではガスコーニュ人に陽気で勇猛な策士といったイメージが付与されている。

25　フランスの軍港。フランス革命後のイギリス・スペインの干渉軍との戦いでナポレオンが砲兵士官として一躍名をあげたトゥーロン攻囲戦で有名。

フォン・マウテルン中将ご自身がお出ましになったわけだ。『愛すべきわが敵よ！　オーストリア軍の精華、トルコ戦争の勇者よ！　今や反目は終わり、われわれは手を差し伸べ合うことができます……ナポレオン皇帝はアウエルスペルク公爵とお近づきになるのを切望されています』ひとことで言えば、連中はガスコーニュ人らしさを十二分に発揮して、アウエルスペルクに歯の浮くようなお世辞を浴びせかけ、相手もこれほど瞬く間にフランス軍元帥諸氏との間に親密な関係が築かれたことに有頂天になり、ミュラの外套や駝鳥の羽根に目がくらんでしまったため、ついついこの珍客たちが繰り出す友愛の炎の方に目が奪われて、自分の炎、すなわち敵に対して開くべき砲火のほうはとんと忘れてしまったのだよ（話が佳境に入ってきたにもかかわらず、ビリービンはこの自前の警句の後にしばし間を置いて、相手にその出来栄えを堪能させる余裕を与えるのを忘れなかった）。この間にフランス軍の大隊は橋頭堡に駆け込み、大砲の火門を塞いで、橋を占拠してしまった。いや、一番傑作なのはその先だよ」募る興奮を自身のさわやかな弁舌で冷ますようにしながら、ビリービンは先を続けた。「地雷に点火して橋を破壊する合図の号砲を発するべき大砲があって、その大砲に張り付いていた軍曹が、フランス兵たちが橋に駆け寄ってくるのに気づいて発射しようとしたのだが、間際でランヌ元帥がその手をはねのけたのだ。軍曹は、明らかに自分の仕える将軍よりは頭のまわる人物だったので、アウエルスペルクのところに行って伝えた。『公爵、閣下は騙されています、ご覧ください、フランス兵が！』ミュラはこの軍曹に口を利かせたら作戦は失敗だと悟った。それで驚いたふりを装うと（これこそガスコーニュ人の本領発揮というやつだが）先手を打ってアウエルスペルクにこう言ったのだ。『いやはやオーストリアの軍紀の厳しさは世界にとどろいていると理解しておりましたが、なんと閣下は目下の者にこのような口利きを許されるのですか！』これこそ天才的な悪知恵だよ。アウエルスペルク公爵は恥をかかされたと思い、軍曹の逮捕を命じた。いや、正直な話、傑作だろう、このタボール橋の一件は。これは愚行とも呼べないし、卑劣な行為とも呼べない……」

「もしかしたら、背信とか」アンドレイ公爵はそう答えたが、頭の中でまざまざと思い浮かべているのは、兵士の灰色の外套、戦傷、火薬の煙、一斉射撃の音、そして自分を待ち受けている名声だった。

「それも違うね。これで宮廷の立場はひどく悪化した」ビリービンは先を続けた。「これは背信でも卑劣な行為でも愚行でもない。これはウルムのケースと同じだよ。つまり……」彼はぴたりとあてはまる表現を探し求めるように考えこんだ。「つまりあのマック将軍の二の舞さ。要するにわれわれはマ、ッ、ク、の二番煎じをしてるんだよ」

そう締めくくった彼は自分がまた警句を、新しい警句を吐いたのを意識していた。いつまでも語り継がれるであろう警句を。

それまで額に集まっていた皺が満足のしるしにほどけて散り、ビリービンは薄ら笑いを浮かべて自分の爪に見入った。

「どこへ行くんだ?」ふと立ち上がって自室に向かおうとするアンドレイ公爵に彼は声をかけた。

「出立する」

「どこへ?」

「軍へ」

「でも君はあと二日滞在するつもりだっただろう?」

「でもこうなったからには、いますぐ発つよ」

アンドレイ公爵は出立の手配をしてから自分の部屋に引き下がった。

「あのね、君」ビリービンが彼の部屋に入ってきて言った。「君のことを考えてみたんだが、何のために発つのだい?」

そう言うと、この議論は譲れないというしるしのように、彼の顔から皺がすっかり消えた。

アンドレイ公爵は不思議そうな顔でしばし相手を見つめたが、何も返事はしなかった。

「何のために発つのか？　それは僕だって分かるよ、君は軍が危機に瀕している今このときこそ、軍に駆け戻ることが自分の務めだと考えているんだろう。理解するよ、つまりヒロイズムだね」

「全く違うよ」アンドレイ公爵は言った。

「でも君はそもそも哲学者なのだから、もっと哲学者らしく、ものごとの裏を見なさいよ。そうすれば、君の務めは自分を大事にすることだということが分かるだろう。今君が考えているような務めは、他に何の役にも立たないような連中に任せておけばいいんだよ……。君は戻れという命を受けているわけではないし、こちら側もまだ君を解放したわけではない。とすれば、君はこちらに残って、われわれと一緒に、不幸な運命が導くところへ行けばいいのだ。噂ではオルミュッツ［オロモウツ］が避難先だそうだよ。オルミュッツはとてもいい町だ。僕の馬車で一緒にのんびりと行こうじゃないか」

「冗談はやめてくれ、ビリービン」アンドレイ公爵は言った。

「僕は本気で、親友として言っているんだよ。よく考えてみたまえ。こんな状況下でせっかくここに残ることができるというのに、わざわざどこへ、何のために行こうというのか？　君を待っているのは二つに一つ（そう言って彼は左のこめかみの上に皺を寄せた）——軍に帰り着けずにそのまま和平が成立するか、それともクトゥーゾフの軍とともに敗北と屈辱を味わうかだ」

ビリービンはこのジレンマからは逃げられまいと感じて皺を消した。

「それは僕に判断できる問題ではない」アンドレイ公爵は素っ気なく言ったが、頭の中では『僕は軍を救いに行くのだ』と考えていた。

「なるほど、君はヒーローなんだね」ビリービンは言った。

13章

その日の夜、軍事大臣に暇乞《いとまご》いをすると、アンドレイ公爵は自軍を目指して出立した。とはいえ軍がどこにいるかも分からなかったし、クレムスまでの道中でフランス軍に捕まる恐れもあったのである。

ブルノの宮廷人たちは皆旅支度の最中で、重い荷はすでにオルミュッツに向けて送り出していた。ヘッツェルスドルフ近辺でアンドレイ公爵が街道に出ると、ちょうどそこをロシア軍が大慌てで、乱れに乱れた状態で移動しているところだった。街道はおびただしい数の荷馬車で埋まっていたため、そのまま馬車で進むのは不可能だった。コサックの隊長から馬とコサック兵一名を借り受けると、アンドレイ公爵は空腹のうえ疲れ果てた状態のまま、総司令官と自分の荷を積んだ馬車を探して、荷馬車の群れを追い越しながら先へ進んだ。道中、軍の置かれた状況についてきわめて不吉なうわさが聞こえてきたが、無秩序に逃げ惑う軍の姿は、そうしたうわさを裏書きするかのようだった。

「イギリスの富の力で地の果てからはるばると運ばれてきたこのロシア軍に、われわれは（あのウルムの軍と）同じ運命を味わわせてやろう」ボナパルトが遠征を前にして自軍に発したそんな指令の文句を彼は思い起こしていたが、その言葉は彼のうちに、天才的な英雄への讃嘆と、誇りを汚された屈辱感と、名声への期待という、複数の感情を同時に呼び起こすものだった。『もし仮に、ただ死ぬ以外に道がないとしたら？』彼はふと考えた。『いや、必要とあればそれもやむを得ない！　俺は誰にも引けを取らずにそれを成し遂げてやろう』

小隊、荷馬車、物資輸送隊、砲兵隊、そしてまたありとあらゆる種類の荷馬車、荷馬車、荷馬車が、互いにまじりあい、追い越したり追い越されたりしながら、三列にも四列にもなって泥まみれの街道を埋め尽くし、果てしなく流れていくさまを、アンドレイ公爵は軽蔑のまなざしで見つめていた。後ろからも前からも、耳で捉えうる限りありとあらゆる方角から、車輪の軋み、馬車や砲架の車体のとどろき、馬の足音、鞭音、兵や従卒や将校たちの叫び、掛け声、ののしり声が聞こえてくる。街道の両脇には、倒れて皮を剝がれた馬や、まだ剝がれていない馬、壊れた荷馬車とその脇にぽつねんとしゃがみこんで何かを待っている兵士たち、小隊からはぐれて三々五々近隣の村に向かう兵士たちや、すでに村々から雌鶏、羊、乾草あるいは何かの詰まった袋を引きずって来た兵士たちが次々と姿を現した。下り坂や上り坂では、人波がぐっと密になり、絶えず叫びやうめきが立ち込めている。兵士たちは膝まで泥濘《でいねい》に埋まりながら、両手で大砲やら大型の馬車やらに縋《すが》りついている。鞭音が響き、馬の蹄が滑り、引き革がはじけ飛び、胸の裂けるような叫びが発せられる。移動を監督する役の将校たちが、馬車の合間を前へ後ろへと行き交っている。だがその声は全体の狂騒に呑まれて聞こえず、顔にはもはやこの無秩序を押しとどめることに見切りをつけている様子がうかがえた。

『これがかの愛すべき正教の軍隊というわけだ』アンドレイ公爵はビリービンの言葉を思い起こしながら考えた。

あたりにいる誰かに総司令官の居場所を聞いてみようというつもりで、彼は輸送隊の列に馬を向けた。すると正面を風変わりな一頭立ての馬車が通りかかった。見るからに兵隊が自前の材料で作った馬車で、荷馬車と一人乗り二輪馬車《カブリオレット》と四輪幌馬車の折衷版のような格好をしている。馬車を御しているのは兵士であり、革製の幌の下、泥除けのかげには、何枚ものプラトーク[26]で身をくるんだ一人の女性が座っていた。アンドレイ公爵は馬を寄せて兵士に質問をしようとしたが、そのときその変わった幌馬車に乗っていた女性が身も世もないような叫び声を上げたので、そちらに注意が惹きつけられた。輸送隊を管理している将校が、皆を追い越して先に行こうとしたこの幌馬車の御者役の兵士を制しようと鞭を振るい、その鞭が泥除けにもぴしぴしと当たっていたのだ。女性は金切り声を上げていたが、アンドレイ公爵を見つけると、泥除けのかげから身を乗り出し、厚地のプラトークの下から出た細い両腕を振り回して叫んだ。

「副官！　副官の方！……どうかお願い……助けてください……。どうしてこんな目にあうのでしょう？……私は第七狙撃兵連隊付きの軍医の妻ですが……先に行けなくて困っています。遅れをとって、隊からはぐれてしまったのです……」

26　ロシアのウールストール。

「下がれ、下がらんとひっぱたいて煎餅《せんべい》にしてやるぞ！」かんかんになった将校が兵士に怒鳴っていた。「下がるんだ、その売女《ばいた》を連れてな！」

「副官の方、助けてください。これはいったいどういうことでしょう？」軍医の妻はわめきたてる。

「この馬車を通してやってください。お気づきでしょう、こちらは女性じゃないですか」アンドレイ公爵は将校のところに馬を寄せて声をかけた。

将校は彼をじろりと見たが、答えはせずに、また兵士に向けて言った。

「こっちが先だ……下がれ！」

「通してやれと言っているのです」アンドレイ公爵は唇を噛みしめるようにしてもう一度言った。

「お前はどこのどいつだ？」不意に将校が泥酔した勢いで彼に絡んできた。「お前は何さまなんだ？　お前は（お前という言葉に彼は特に力を込めて言った）、上官さまだとでもいうのか？　ここでは俺さまが上官だ、お前じゃない。お前は引っ込んでいろ」それから彼はまた繰り返した。「ひっぱたいて煎餅にしてやるぞ」

どうやらこの言い回しが、将校のお気に入りのようだった。

「副官さまもえらくなめられたもんだぜ」背後からそんな声が聞こえた。

見たところ将校は、酔っぱらったあげくにわけもなく狂憤の発作にかられたもので、こうなると人間は自分が何を喋っているのか、全く自覚がないのである。幌馬車に乗った軍医の妻に肩入れした自分の行為が、彼がこの世で一番避けたいと思っている、いわゆる滑稽なるものに満ちているのをアンドレイ公爵は悟ったが、しかし本能が告げるところは別だった。将校がまだ最後のセリフを言い終わらないうちに、公爵は激しい怒りに顔をゆがめて相手に近寄ると、さっと鞭を振り上げた。

「通して・やれと・言っているのだ！」

将校は片手を振ると、そそくさと離れて行った。

「全部奴らの、あの司令部の連中のせいだ。規律もへったくれもありゃしないぜ」将校はぶつぶつ文句を言っていた。「まあ、好きなようにやりゃあいいさ」

彼を恩人と呼んで感謝する軍医の妻に目もくれず、この屈辱的な場面の細かな部分を嫌な気持で思い起こしながら、アンドレイ公爵は急ぎ足でその場を離れ、総司令官がいると聞いた村を目指して馬を駆った。

村に乗り入れると彼は馬を下り、一番手前の家に向かった。せめて一瞬でも体を休めて何か腹に入れ、自分を苦しめているこの屈辱的な思いをすっきりさせたかったのだ。『これはもはや人でなしの集まりだ、軍隊じゃない』そんな思いを抱きながらとっつきの家の窓辺に歩み寄ると、聞き覚えのある声が彼の名を呼んだ。

声のした方を振り向くと、小さな窓からネスヴィツキーの男前の顔が覗いていた。艶々した口でしきりに何か嚙みながら、両手を振って彼を呼び招いている。

「ボルコンスキー、ボルコンスキー！　どうした、聞こえないのか？　早く来いよ」彼は叫んでいた。

家に入って行くと、ネスヴィツキーのほかにもう一人副官がいて、二人して何かつまんでいるところだった。何か新しい情報を持っていないかと、せっかちに問いかけてくる。なじみ深い彼らの顔に、アンドレイ公爵は不安と動揺の表情を読み取った。いつもにやにやしているネスヴィツキーの顔に、とりわけその表情が目立った。

「総司令官はどこに？」アンドレイ公爵は訊ねた。

「ここです、あそこの家におられますよ」副官が答えた。

「ところで本当かい、和平だ降伏だというのは？」ネスヴィツキーが訊いてくる。

「僕が君たちに訊きたいよ。僕は何も知らないし、知っているのは自分が必死に君たちのところまでたどり着いたことだけさ」

「こちらも大変だぞ！　ひどいもんさ！　実はね、君、あのマックを笑いものにして済まなかったと思っているんだ。自分たちの方がよっぽどみじめな状況になっているからね」ネスヴィツキーは言った。「まあ、座って何か食べたまえ」

「公爵、こうなるともう馬車にしろ何にしろ、何ひとつ見つかりはしませんよ。お宅のピョートルだって、果たしてどこにいるやら分かりませんから」副官が言った。

「本営はどこにあるのです？」

「ツナイムで宿営しています」

「僕は必要なものを全部まとめて、二頭の馬に積んである」ネスヴィツキーが言った。「荷駄の出来もすこぶるいい。いざとなればボヘミアの山地だって越えられそうだ。まったく情けないことになったものだよ、兄弟。おや、どうしたんだ、そんなにぶるぶる震えて、具合でも悪いんじゃないか？」アンドレイ公爵がまるでライデン瓶[27]にでも触れたようにビクッと身を震わせたのに気づいて、ネスヴィツキーは訊ねた。

「何でもない」アンドレイ公爵は答えた。

このとき彼は、ついさっき出くわした軍医の妻と輸送隊の将校のことを思い出したのだった。

「総司令官はここで何をなさっているのだ？」彼は訊ねた。

27　静電気を蓄える装置。

「まるきり分からないよ」ネスヴィツキーは答えた。

「僕には一つだけ分かっている。それは一から十までおぞましい、おぞましい、おぞましいことだらけだということだ」そう言い放つとアンドレイ公爵は総司令官が詰めている家を目指した。

クトゥーゾフの馬車と幕僚将校たちが乗るくたびれた馬と、大声で内輪話をしているコサック兵たちの脇を通って、アンドレイ公爵はその家の玄関に入って行った。聞いたとおり、クトゥーゾフはバグラチオン公爵とワイローターとともにこの農家に陣取っていたのだ。ワイローターというのは戦死したシュミットに代わるオーストリアの将軍であった。玄関口に小柄なコズロフスキーが書記官を前にしてしゃがみこんでいる。書記官はひっくり返した桶を机代わりに、軍服の袖口を折り返して、急いで筆記しているところだった。コズロフスキーの顔は疲れ切っていた。明らかに彼も徹夜したのだ。アンドレイ公爵をちらりと見たが、頷きもしなかった。

「第二線は……書き終えたか?」彼は書記官への口述を続けた。「キエフ擲弾兵連隊、ポドリスク……」

「それじゃついていけません、上官殿」書記官はコズロフスキーの顔をちらりと見て、敬意も何もないぷりぷりした口調で言った。

このときドアの向こうから、何かに不満を表明するクトゥーゾフの威勢のいい声と、それを遮る別の、聞き覚えのない声が聞こえてきた。そうした声の響きから、コズロフスキーが自分に目を向けた時の投げやりな様子から、へとへとになった書記官のぞんざいな態度から、書記官とコズロフスキーが総司令官からこんなにも近いところの床に座り込んで桶を囲んでいる様子から、そして馬を預かっているコサックたちが同じ家の窓のすぐ外で声高に笑い興じている様子から――そうしたすべての兆候から、アンドレイ公爵はきっと何か深刻な、不吉な出来事が生じつつあるに違いないと感じたのだった。

アンドレイ公爵は、コズロフスキーをしつこく問い詰めた。

「ちょっと待ってくれ、公爵」コズロフスキーは答える。「バグラチオンへの作戦指令を書いているんだ」

「じゃあ、降伏というのは？」

「根も葉もない話だ。戦闘命令が出ている」

アンドレイ公爵は声の聞こえる部屋のドアに向かった。しかし彼がそのドアを開けようとした時、部屋の中の声が急に止んで、ドアが向こうから開いたかと思うと、例のむくんだ顔に鷲鼻のクトゥーゾフ将軍が、敷居際に姿を現した。アンドレイ公爵はそのクトゥーゾフの正面の位置に立っていたが、見える方の片目の表情から察するに、考え事や心配事に気を取られるあまり、何も目に入っていないのは明らかだった。正面から自分の副官の顔を見ながら、それが誰だか気づきもしなかったのである。

「どうだ、できたか？」クトゥーゾフはコズロフスキーに訊いた。

「ただ今、総司令官閣下」

総司令官の後からバグラチオン公爵が出てきたが、これは小柄で東洋風の引き締まった無表情な顔立ちの、痩せた、まだ老齢には届かぬ人物だった。

「ご報告申し上げます」アンドレイ公爵はかなり大きな声で改めてそうあいさつすると、封筒を差し出した。

「ああ、ウイーンからか？　よろしい。後で、後で聞こう！」

クトゥーゾフ将軍はバグラチオン公爵と連れ立って表階段に出て行った。

「では公爵、さらばだ」彼はバグラチオンに言った。「キリストのご加護がありますよう。立派な武勲を祈って祝福しよう」

クトゥーゾフの顔が不意に緩み、目には涙が浮かんだ。左手でバグラチオンの体を引き寄せると、指輪のはまった右手で、見るからに慣れたしぐさで相手に十字を切ってやり、それから膨れた頰を差し出したが、バグラチオンはその頰ではなく首筋にキスを返した。

「キリストのご加護がありますよう！」そう繰り返すと、クトゥーゾフは自分の馬車に歩み寄った。「一緒に乗りたまえ」彼はアンドレイ公爵に言った。

「総司令官閣下、私はここでお役に立ちたいと思います。どうかバグラチオン公爵の部隊に残ることをお許しください」

「乗りなさい」アンドレイ公爵がためらっているのを見て取ると、クトゥーゾフは重ねて言った。「良き将校は私自身にも必要なのだよ、私自身にもね」

二人は馬車に乗り、黙ったまま何分か走った。

「まだこの先たくさんの、たくさんのことが控えている」老人らしい洞察力に満ちた表情で、いかにもアンドレイ公爵の心中で起こっていることをすべて見抜いているかのように、クトゥーゾフは言った。「バグラチオンの部隊にしても、もしも明日十分の一が生きて戻ってくれれば、私は神に感謝するだろう」まるで自分に言い聞かせるかのように将軍は言い添えた。

ふと相手を振り向いたアンドレイ公爵の目に飛び込んできたのは、ほんの三十センチ余りの距離にあるクトゥーゾフのこめかみのところに、イズマイル戦の際に彼の頭部を貫通した銃弾が残した、きれいに洗い上げられたような傷跡と、その潰れた片眼だった。『そうだこの人にはあの者たちの破滅を平然と口にする権利があるのだ！』アンドレイ公爵はそう思った。

「それだからこそ、私もあの部隊に遣わしてくださいとお願いしております」彼は言った。

クトゥーゾフ将軍は返事をしなかった。どうやら自分が言ったこともはや忘れてしまったようで、座ったまま深い物思いにふけっている。そうして五分ほどたった後、やわらかなスプリングに揺られながら、クトゥーゾフはアンドレイ公爵を振り向いた。その顔にはもはや動揺の名残さえ残っていなかった。そうして微妙な嘲りのこもった口調で、皇帝との会見の詳細や、クレムス戦について宮廷で聞いた評定や、共通の知人である何人かの女性のことなどを、アンドレイ公爵に訊ねるのだった。

14章

十一月一日にクトゥーゾフが自分の斥候から受け取った知らせは、彼の指揮下の軍をほとんど絶体絶命の窮地に追い込んだ。斥候の知らせによれば、強大なフランス軍がウイーンの橋を越え、クトゥーゾフとロシアからの援軍との連絡路を目指して進撃中とのことだった。もしもクトゥーゾフがクレムスに残る決断をすれば、十五万のナポレオン軍に彼の連絡路がすべて遮断され、指揮下の四万の疲弊しきった兵が包囲されて、彼はウルム近郊におけるマックと同じ状況に追い込まれる恐れがあった。もしもクトゥーゾフがロシアからの援軍につながる連絡路を放棄する決断をすれば、戦力において勝《まさ》る敵から身を守るために見知らぬボヘミアの山地の道なき道に入り込む羽目になり、ブクスホーデン[28]と連絡する可能性をすっかり断念せざるを得ないだろう。もしクトゥーゾフがロシアからの援軍との合流を目指してクレムスからオルミュッツへの街道沿いに退却する決断をすれば、彼は道中で、ウイーンの橋を越えてきたフランス軍に先を越される恐れがあった。そうなれば行軍中に重砲類を抱え、輸送隊を引き連れたまま、自分の三倍もの戦力を持ち、しかも両面から包囲してくる敵を相手に戦う羽目になるだろう。

クトゥーゾフが突破口に選んだのは、この最後の道だった。

斥候の報告では、ウイーンで橋を越えたフランス軍は、ツナイムを目指して強行軍中とのことだった。ツナイムはクトゥーゾフの退路の途中に位置する町で、そこまで

28　援軍を率いて移動中のロシア軍の将軍。

は現在の場所からまだ百キロ以上あった。フランス軍より先にツナイムに着けば、軍が命拾いする可能性は大きくなる。逆にフランス軍がツナイムに先着するのを許せば、まちがいなく全軍をウルムのケースと同じような屈辱にさらすか、もしくは全滅の憂き目を見ることだろう。だが全軍を率いてフランス軍に先行するのは不可能だった。ウイーンからツナイムへというフランス軍の進路は、クレムスからツナイムへのロシア軍の進路よりも短くて、しかも良い道だったからである。

この情報を得た日の深夜、クトゥーゾフはバグラチオン率いる四千の前衛部隊を、クレムス＝ツナイム街道を右に逸れ、山岳地帯を越えて、ウイーン＝ツナイム街道に達するべく送り出した。バグラチオンの使命は、この山越えを休憩抜きで敢行したうえで、ウイーンが前、ツナイムが後ろという形で軍を据え、フランス軍が遅れてやってきたら、力の及ぶ限り相手の足を止めるという計画だった。そうしておいてクトゥーゾフ自身は、重い荷をそっくり抱えて、ツナイム目指して軍を進めたのである。

腹をすかせた裸足同然の兵士たちを引き連れて、嵐の夜に道もない山中を四十五キロも踏破し、三分の一もの落伍兵を出したあげく、バグラチオンはウイーン＝ツナイム街道の途中に位置するホラブルンに着いたが、これはウイーンからやってくるフランス軍に何時間か先んじていた。輸送隊を従えたクトゥーゾフの軍がツナイムに到着するには、まだこの先丸々一昼夜が必要だったので、軍を救うためには、バグラチオンはわずか四千の腹を空かせ疲れ切った兵士たちの力で、迎え撃つ敵の全軍を一昼夜にわたってこのホラブルンに足止めしなければならなかったが、これは明らかに不可能だった。しかし奇妙な成り行きのおかげで、不可能が可能になったのである。舌先三寸の出まかせで、戦わずしてウイーンの橋をフランス軍の手中にしたことに味をしめたミュラが、同じ手法でクトゥーゾフも煙に巻いてやろうという気を起こしたのである。ツナイムへの街道で脆弱なバグラチオンの部隊と遭遇したミュラは、それがクトゥーゾフの全軍であると勘違いした。敵軍を確実に全滅させるために、彼はウイーンからの行軍中後れを取った本隊を待つことにしたが、その余裕を稼ごうと、両軍ともに陣形を変えず、現在の位置を動かないという条件付きで、三日間の休戦を申し入れたのである。目下すでに和平交渉が進んでいることに鑑み、無益な流血を避ける目的から休戦を申し入れるというのが、その表向きの説明であった。前哨をつとめていたオーストリアの将軍ノスティッツ伯爵は、ミュラの軍使の言葉を鵜呑みにして、バグラチオンの兵列を敵前にさらしたまま後方に退いた。ロシア軍の散兵線にも別の軍使が派遣され、同じ和平協定に関するニュースを伝えて、三日間の休戦を申し入れた。

バグラチオンは休戦の受諾不受諾は自分の一存では決められないと回答するとともに、休戦の提案に関して上申するために、クトゥーゾフのもとに自分の副官を派遣した。

休戦はクトゥーゾフにとって唯一の時間稼ぎの手段だった。それを利して疲弊しきったバグラチオンの部隊を休憩させ、輸送隊と重砲類をたとえ一日分でも、ツナイムへ向けて移動させることができるのである（こうした移動はフランス軍には隠して行われていたのだ）。休戦提案は軍を救うための唯一の、思いがけぬ可能性を与えてくれるものだった。この知らせを受け取ると、クトゥーゾフは直ちに自分のもとにいる侍従将官ヴィンツィンゲローデを敵陣に派遣した。ヴィンツィンゲローデは休戦を受け入れるばかりでなく、降伏条件の提案もすることになっていた。そしてその一方でクトゥーゾフは副官たちを後方に送り、クレムス＝ツナイム街道における全軍の輸送隊の動きを、できる限り急がせた。疲れ果て、腹をすかせたバグラチオンの部隊ばかりが、こうした輸送隊と全軍の動きを自分の身一つで覆い隠し、八倍もの兵力を持つ敵軍の前にじっと居残っていなければならなかったのである。

クトゥーゾフの読みは、降伏に関する提案が何の拘束力も持たぬものでありながら、輸送隊の一部を先に進ませる時間の余裕を生むだろうという点でも当たっていたが、同時に、ミュラの過ちが早晩明るみに出るだろうという点でも当たっていた。ホラブルンの二十五キロ手前のシェーンブルンにいたボナパルトは、ミュラの報告を受け、休戦と降伏のプランを知るや否や、ただちに欺瞞を見破り、ミュラに次のような手紙を書いたのだった。

『シェーンブルン、一八〇五年霧月《ブリュメール》二十五日、午前八時。

ミュラ親王《プランス・ミュラ》殿

貴下には筆舌に尽くしがたいほどの不満を覚える。貴下は余の前衛部隊を指揮するのみの立場であり、余の命令なしに休戦協議を行う権利を有してはいない。貴下は余に全作戦の果実を失わせようとしている。直ちに休戦協定を破棄し、敵と戦いたまえ。この降伏文書に署名した将軍は、その権利を持たぬ者であり、ロシア皇帝の他に何人たりともその権利を持つ者はいないと、敵に通告したまえ。

たしかに、もしもロシア皇帝が提起されたような条件を飲むならば、余もそれを受け入れるだろうが、しかしこれはまさに奸計に他ならない。行ってロシア軍を叩き潰すのだ……。貴下はロシア軍の輸送隊と砲を捕捉できるはずだ。

ロシア皇帝の侍従将官なる者はペテン師にすぎない……。全権を持たない将校など、何の意味もないが、問題の人物も全権を持っていない……。ウイーンの橋を渡る際にはオーストリア軍が騙されたが、今度は貴下がロシア皇帝の侍従将官に騙されたのだ。

ナポレオン』

この恐るべき書簡を携えて、ボナパルトの副官がミュラのもとへと全力で馬を走らせた。ボナパルト自身も、掌中《しょうちゅう》の獲物を逃すのを恐れて、将軍たちに任せてはおけぬとばかり、全近衛隊を引き連れて戦場に急いだ。一方バグラチオンの部隊の四千の兵たちは、楽しげに焚火を起こして服を乾かし、体を温め、三日ぶりの粥を炊いていた。誰一人この先に直面する事態を知りもしなければ、考えてもみなかったのである。

15章

午後三時すぎ、アンドレイ公爵はクトゥーゾフへの頼みを押し通した形で、グルントの村に到着、バグラチオン公爵のもとに参上した。ボナパルトの副官はまだミュラの部隊に到着しておらず、戦闘はいまだ始まる気配はなかった。バグラチオンの部隊でも全体状況の推移は知られていなかったので、和平を語る者もその可能性を信じきれず、戦闘を語る者もまた、それが迫っているとは信じきれない状態だった。

バグラチオンはアンドレイ公爵が総司令官閣下お気に入りの、信頼の厚い副官だとわきまえていたので、上官としては破格の丁重さと寛大さで相手を迎え、おそらく今日明日中には戦闘が始まるだろうと前置きしたうえで、戦闘の際に自分と一緒にいるか、それとも、「これもまた非常に重要な任務だが」後衛の位置にいて退却の秩序を監督するかは、完全に貴官の自由な裁量に任す、と告げた。

「とはいえ、今日のところはおそらく戦闘はないだろうがね」アンドレイを安心させるような口ぶりでバグラチオンは言い添えた。

『もしこの男がよくいる司令部付きの伊達《だて》男で、後々十字勲章をもらうために回されてきたのだったら、後衛にいても受章できるだろう。だが、もしも私と一緒にいたいのなら、好きにさせよう……もし勇敢な将校ならば、役に立つだろう』バグラチオンはそう思った。アンドレイ公爵は何も答えぬまま、何か指令を受けた場合、行く先をわきまえておきたいので、軍の配置を知るために陣地を馬で巡察する許可をいただきたいと申し出た。部隊の当直将校がアンドレイ公爵の案内役を買って出たが、これは美男でお洒落で、人差し指にダイヤの指輪をはめた人物で、下手なくせに好んでフランス語で話したがった。

いたるところに、ずぶ濡れになって何か探しているような、暗い顔をした将校や、村から家の戸や長椅子や塀を引きずって来る兵士たちの姿が見えた。

「いやはや、公爵、こうした連中には本当に手を焼きますね」案内役の佐官が彼らを指さして言った。「指揮官たちが放任しているからですよ。ほら、こんなところに」そう言って相手はテント張りの従軍酒保《じゅうぐんしゅほ》を示した。「集まって腰を据えているでしょう。今朝一斉に追い払ったばかりなのに、ほら、また満員ですよ。ちょっと寄って、脅《おど》かしてやらなくては。すぐですから」

「一緒に行きましょう。僕もチーズとパンを買いますから」まだ食事をしていなかったアンドレイ公爵が言った。

「なぜそうおっしゃってくださらなかったのですか、公爵？　何かあり合わせのものでおもてなししましたのに」

二人は馬を下りると、従軍酒保のテントに入って行った。中には何人かの将校が、疲れ果てた顔を真っ赤に染めてテーブルに陣取り、飲んだり食ったりしていた。

「おい、これはどういうことだ、諸君！」佐官がなじるような勢いで言ったが、それはすでに何度も同じことを繰り返してきた者の口調だった。「こんなふうに持ち場を離れていてはいかんだろう。部隊長から、誰一人ここに入れてはいかんとのご命令だ。おや、また君か、二等大尉」そう言って彼は小柄な、薄汚れた、痩せた砲兵将校に話しかけた。相手は長靴を脱いだ靴下姿で（長靴は酒保の店主に頼んで乾かしてもらっているところだった）、入って来た者たちの前に立ち、なんだかとってつけたような薄笑いを浮かべている。

「おい、トゥーシン大尉、よくも恥ずかしくないものだな」佐官はさらに言った。「君は砲兵将校として模範を示すべき立場ではないか。それが、長靴も履かないでいるとはな。もしもいま警報が鳴ったら、君は長靴も無しで、さぞかし見栄えのすることだろうよ（佐官はにやりと笑った）。各自の持ち場に帰りたまえ、諸君、ほら全員だ、全員」彼は上官の口調でそう言い添えた。

アンドレイ公爵はトゥーシン大尉の顔をちらりと見て、思わずニヤリと笑った。トゥーシンは口もきかずに笑みを浮かべ、靴下姿のままその場で足踏みをしながら、大きく賢そうな、いかにも人のよさそうな目で、まるで問いかけるようにアンドレイ公爵と佐官の顔を交互に見つめているのだった。

「兵隊たちが言うには、裸足の方が仕事も進むそうで」トゥーシン大尉は笑顔のままおずおずとそんなことを言ったが、どうやら冗談口を利いてこの間の悪い状況を切り抜けようと思ったらしい。

しかし最後まで言い切らないうちに、彼は自分の冗談が通らず、逆効果だったことを悟ったのだった。彼はすっかり困惑してしまった。

「出て行きたまえ」佐官は真剣な調子を崩すまいと努めながら言い放った。

アンドレイ公爵はあらためて砲兵二等大尉の姿を一瞥した。それは何か特別な、まったく軍人らしくない、幾分滑稽でいて、しかもとびきり魅力的な姿だった。

佐官とアンドレイ公爵は馬に乗って先へと進んでいった。

いろんな小隊の兵士や将校が歩いているのをひっきりなしに追い越したりすれ違ったりしながら、村の外に出ると、左手に新たに掘り起こされた新鮮な粘土で赤く染まった、造成中の堡塁《ほうるい》が見えてきた。堡塁の上では、数個大隊の兵士たちが、寒風をものともせずにシャツ一枚の姿で、白アリのようにうごめいている。土壁のかげからは誰やら見えない者たちの手が、シャベルでどんどん赤い粘土を投げ上げてくる。二人は堡塁に馬を寄せ、ひとしきり観察してから、さらに先へと進んだ。堡塁の裏手に出ると、何十人もの兵士たちが入れ代わり立ち代わりして、堡塁から駆けおりてくるのに出くわした。彼らは鼻をつまみ、馬を速歩にして、胸の悪くなるような空気から逃れねばならなかった。

「これも陣中のお楽しみという奴ですよ、公爵」当直の佐官は言った。

二人は正面の山の上に出た。そこからはすでにフランス軍の兵士たちが見えた。アンドレイ公爵は歩みを止め、観察し始めた。

「あそこにわが軍の砲兵中隊が陣取っています」佐官は最も高い地点を指さして言った。「長靴も履かずに酒保に陣取っていた、あの変わり者の隊ですよ。あそこからならすべてが見晴らせます。まいりましょう、公爵」

「いやどうもありがとうございます、もう僕ひとりで行けますから」アンドレイ公爵は佐官から逃れたくてそう言った。「どうかお気遣いなく」

佐官はその場に残り、アンドレイ公爵は独りで先へと進んだ。

先に進んで敵の陣営に近づけば近づくほど、部隊の者たちの様子はますます秩序だって、しかも快活になっていった。何といっても一番無秩序で無気力だったのは、今朝がたツナイムの手前で通りがかりに見た輸送隊だったが、それはフランス軍から十キロほども離れた場所でのことだった。グルントでも同じく、ある種の動揺と、何ものかへの恐れが感じられた。ところがこうしてフランス軍の散兵線に近づくほどに、ロシア軍のたたずまいがどんどん自信に満ちたものへと変わってきたのだった。あるところでは外套を着た兵士たちが整列して、曹長と中隊長が分隊の一番端の兵士の胸を指でつついて片手をあげろと命じながら、人員を数えている。そうかと思うと、あたり一面に散らばった兵士たちが、薪や枯れ枝を引きずってきて、陽気に笑い、相談しながら、仮小舎を建てている。あちこちの焚火の周りでは、着衣の、また裸の兵士たちが鍋と炊事係を取り囲むように座り込んで、シャツやゲートルを乾かしたり、長靴や外套を繕ったりしている。ある中隊では昼食の準備ができて、兵士たちがむさぼるような顔で湯気の立つ鍋を見つめながら、補給係が木の椀に盛って運んで行った試食の一杯を、仮小舎の向かいの丸太に座った将校殿が食べ終わるのを待っていた。

他の、もっと恵まれた中隊では、兵士たちがあばた顔の肩幅の広い曹長の周りにひしめき、順番に水筒のキャップを差し出して、曹長が樽を傾けて注いでくれるウオッカを受けていた（全中隊にウオッカが行き渡っているわけではなかった）。注がれた兵士は神妙な顔つきでキャップを口元まで持っていき、一気にあおって口を漱《すす》ぐと、外套の袖口で口元を拭いながら、晴れやかな顔になって曹長のもとを離れて行く。どの顔もみな穏やかで、これが敵を目の前にした戦闘直前の出来事で、いざ戦いになれば少なくとも部隊の半数はこの場から生きて帰れないという状況とはとても思えず、むしろ祖国のどこかでこれから平穏な宿営に入るところのように感じられた。狙撃連隊の脇を通り越し、同じように平和な営みにかまけている、いかにも勇ましそうなキエフ擲弾兵《てきだんへい》の隊列の中を行くうちに、アンドレイ公爵は、ほかの仮小舎とは違って丈の高い連隊長用の仮小舎のすぐそばに、擲弾《てきだん》兵の小隊が整列しているのに出くわした。その前には一人の男が裸で横たわっており、二人の兵士がこれを押さえつけ、別の二人がよくしなる鞭を振り上げては、一定のリズムで裸の背中を打ち据えているのだった。罰を受けている男はわざとらしい叫び声をあげている。太った少佐が隊列の前を行きつ戻りつしながら、叫び声には耳も貸さず、ひたすら一つのことを繰り返していた。

「兵士の身で盗みをするとはもっての外《ほか》だ。兵士は、誠実で高潔で勇敢でなくてはならん。自分の仲間のものを盗むような奴は、恥知らずだ。この悪党め。もっとひっぱたいてやれ、もっとだ！」

そうしてまたひとしきりしなやかな鞭の音が響き、身も世もない、とはいえ作り物の叫び声が続く。

「もっとだ、もっとやれ！」少佐はさらに命じるのだった。

若い将校が一人、納得がいかずやりきれないといった表情を顔に浮かべて、罰を受けている兵士のもとを離れて行ったが、その際通りがかりの副官を不審そうな目で振り向いた。

最前線に出ると、アンドレイ公爵は戦線沿いに馬を進めた。味方と敵の散兵線は左翼でも右翼でも互いに遠く離れているが、中央の、今朝がた軍使が往来したあたりでは、散兵線同士がごく接近していて、互いの顔が見え、話が交わせるほどだった。この辺りには散兵線を固めている兵士以外に、双方ともたくさんのやじ馬が交じっていて、にやにやしながら、おかしな見慣れぬ風体の敵をじろじろ見物していた。散兵線に近寄ってはならぬという命令が出ているにもかかわらず早朝からやってくる野次馬を追い払うのに、上官たちは四苦八苦していた。散兵線に着いている兵士たちの方は、ちょうど何か珍品の展示会の係員のように、もはやフランス軍の方には目もくれず、もっぱら見物客の品定めにかまけながら、退屈そうに交代の時を待っている。アンドレイ公爵は馬を止めてフランス軍の観察にかかった。

「おい見ろよ、ほら」一人の兵士がロシア軍の狙撃兵を指さして同僚に声をかけた。指さされた兵士は、一人の将校に伴われて散兵線のそばまで行き、フランス軍の擲弾兵を相手に何か早口で熱くなってまくしたてているところだった。「いやいや、なかなか達者に喋るもんだなあ！　ほら、フランス人でも追い付けねえくらいだ。なあおい、シードロフ……」

「待て、聞くんだ。いや、うまいもんだなあ！」フランス語会話の名人と見なされているシードロフが答えた。

笑顔の見物人たちが指さした相手は、ドーロホフであった。アンドレイ公爵もそれに気づいて、会話に聞き耳を立てた。ドーロホフは自分の部隊が位置する左翼の側から、中隊長と一緒に散兵線に出てきたのだった。

「ほら、もっと喋れ、もっとだ！」中隊長が前かがみになって、自分には分からぬ言葉をひとことも聞き漏らすまいと努めながら急き立てている。「さあ、もっとぺらぺらまくし立ててやれよ。相手は何と言っているんだ？」

ドーロホフは中隊長の問いに返事もしなかった。フランス兵の擲弾兵との議論に熱が入って、それどころではなかったのだ。二人が交わしていたのは、言わずと知れた戦況論だった。フランス兵がオーストリア軍とロシア軍を一緒くたにして、ロシア軍は降伏し、あのウルムを放棄して敗走したのだと言い張るのに対して、ドーロホフは、ロシア軍は降伏するどころか、フランス軍を撃退したのだと主張していたのである。

「ここでお前たちを蹴散らせとの命令が下っているから、その通り蹴散らしてやるさ」ドーロホフが言った。

「せいぜい自分たちがコサック兵ともども捕虜にならないよう気を付けるんだな」フランスの擲弾兵が言い返す。

フランス軍側の見物人や聴衆がどっと笑った。

「お前らを踊らせてやるよ、むかしスヴォーロフ将軍の前で踊ったようにな」ドーロホフが言う。

「あいつは何を歌っているんだ？」一人のフランス兵が訊ねた。

「大昔の話さ」前の戦争の時の話をしているのだと悟った別の一人が答えた。「なに、皇帝陛下がお前らのスヴァーラとやらに、一泡吹かせてやるさ、ほかのやつらと同じようにな……」

「ボナパルトが……」とドーロホフが言いかけると、フランス兵が遮った。

「ボナパルトだと。皇帝陛下だ！　この罰当たりめ……」兵士は激して言った。

「へん、お前らの皇帝陛下なんぞ、くそくらえだ！」

ドーロホフはロシア語になって兵隊流に口ぎたなくののしると、銃を引っ担いでぷいとその場を離れた。

「行きましょう、イワン・ルキッチ」彼は中隊長に声をかけた。

「ほら、フランス語っていうのはああいう風に喋るんだ」戦列に着いている兵士たちがざわめいた。「なあシードロフ、やってみろよ！」

シードロフは一つウインクしてみせると、フランス兵に向かって、猛烈な早口でわけの分からない言葉をまくしたて始めた。

「カリー、マラー、タファー、サフィー、ムテール、カスカー」でたらめな片言にいかにも情緒豊かな抑揚をつけようとしながら、ぺらぺらと喋り続ける。

「オッホッホッ！」「ワッハッハッ！」「ウッフ！　ウッフ！」兵士たちの間にいかにも健康で陽気な哄笑が沸き起こり、それが自然に戦列を越えてフランス兵たちにも伝染したので、もはやこうなったからには、さっさと銃から弾を抜いて弾薬を爆発させ、みんな解散して一刻も早く家に帰るしかない、という気がしてきた。

しかしやはり銃は装塡されたままであり、家々や堡塁の銃眼は相変わらず威嚇するように前方を見張っており、前車を外された両軍の大砲も、相変わらず互いの方を向き合ったままだったのである。

16章

右翼から左翼まで軍の戦線を一巡すると、アンドレイ公爵は砲台に上った。例の佐官の話では、砲台から戦場がすべて見晴らせるということだった。砲台に着くと彼は馬を下り、前車から外された四門の大砲のうち一番端の一門のそばに立った。大砲の前を砲兵の歩哨が歩いていて、将校の姿を見ると気をつけの姿勢を取ろうとしたが、こちらが敬礼不要の合図をしてやると、また元の規則正しい、退屈そうな歩みを始めた。大砲の後ろには外された前車が置かれ、さらにその後ろには馬をつなぐ杭と砲兵たちの焚火が見えた。左手の、端の大砲からほど近いところには、新しく木の枝で編んだ仮小舎が立っていて、中から威勢のいい将校たちの声が聞こえてくる。

実際、砲台からはロシア軍の布陣のほぼ全容と、敵の布陣の大半を見渡すことができた。砲台の正面に位置する丘のふもとには、シェングラーベンの村が見える。その左右三か所に、焚火の煙越しにフランス兵たちが固まっているのが見えたが、明らかに大半の兵は村の中に、そして山のかげに潜んでいるのだ。村の左手には、立ち上る煙の中に、何か砲台のようなものが見えるが、裸眼で細かく見分けるのは不可能だ。ロシア軍の右翼は、フランス軍の陣地を見下ろすような、かなり険しい高台に位置していた。その高台に歩兵隊も配置され、一番端には竜騎兵部隊も見える。中央部には例のトゥーシンの砲兵中隊が陣取り、そこからアンドレイ公爵も陣地を視察しているのだが、その中央部はいちばんなだらかでまっすぐな下り坂になっており、それが最後に上りになって、味方の軍をシェングラーベンから隔てる小川に達していた。ロシア軍の左翼は森に接しており、そのあたりでは薪を伐って来た歩兵たちの焚火の煙が上っている。フランス軍の戦線はロシア軍のよりも広く、敵が両面から簡単に味方の背後に回り込めそうなことが一目で分かった。味方の陣地の背後は険しくて深い谷になっているので、砲兵隊や騎兵隊がそこを下るのは難しいだろう。アンドレイ公爵は大砲に肘を突いた格好で手帳を取り出すと、自分用に部隊の配置図を描き取った。バグラチオンに報告するつもりで、二か所に鉛筆で印をつける。彼が想定したのは、第一に砲兵隊をすべて中央に集める、第二に騎兵隊を後方の谷を越えたところまで移動させる、の二点だった。いつも総司令官につきっきりで、大規模な人間の動きと全般的な配置に留意し、常に会戦の歴史的な記述に親しんできたアンドレイ公爵は、この目前に迫った戦いに際しても、作戦の展開を予測するに際して、おのずともっぱら大局的な考え方しかできなかった。頭に浮かぶのはマクロレベルの想定だけで、それは以下のような形をしていた。『もしも敵が右翼に攻撃を仕掛けてきたら』と彼は自分に向かって言うのだった。『キエフ擲弾兵連隊とポドリスク狙撃兵連隊が迎え撃ち、中央の予備軍が支援に回るまで陣地を守り抜く。そうすれば竜騎兵連隊が側面に攻撃を加えて、撃退することも可能だ。中央攻撃を仕掛けられた場合には、わが軍はこの高台に中央砲兵連隊を据え置いて、その掩護《えんご》下に左翼を中央に寄せ、梯隊形《ていたいけい》[29]で谷まで後退する』そんな調子で彼は自分を相手に考えを進めていくのだった……。

29　隊を縦長の梯《はしご》の形に配置した陣形。敵の火砲による損害が少なく、指揮掌握に便利とされる。

砲台の大砲の脇に立っている間ずっと、よくあることだが、彼は仮小舎の中で語らっている将校たちの声を耳にしていながら、彼らの言葉を一つも聞き分けてはいなかった。ところが突然、仮小舎の中から聞こえる声の一つが驚くほど親身な調子で響いてきたので、彼は思わず耳を傾けた。

「いやそうじゃないよ」耳に快い、何か聞き覚えのあるような気のする声がそんな風に語っていた。「俺が言うのはね、もしも死んだ後にどうなるのか知ることができたなら、俺たちはみんな、死さえ恐れなくなるだろうということだよ。きっとそうに違いないさ！」

別の、もっと若い声が、これを遮った。

「いや、恐れようが恐れまいが、同じことでしょう。どうせみんな死ぬんですから」

「なに、どっちみち恐ろしいのは変わらんさ！　だいたい諸君は学がありすぎるんだ」第三の勇ましげな声が、二人を押しのけて言った。「何といっても砲兵将校というのは、学のあるお方だよ。その証拠に、行軍中にも何から何まで携帯していらっしゃる。ウオッカでもおつまみでも」

そう言うと、どうやら歩兵将校らしい勇ましげな声の持ち主はゲラゲラと笑った。

「それはやっぱり恐ろしいさ」最初の、聞き覚えのある声がなおも言った。「分からないから恐ろしい、それが理由だよ。いくら魂は天国に昇るのだって言われても……俺たちには分かっているからね、天国などない、あるのは大気だけだってね」

またもや勇ましい声が砲兵将校を遮った。

「おい、ひとつ薬草酒でもごちそうしてくれよ、トゥーシン」彼は言った。

『そうか、従軍酒保で長靴を脱いで立っていた、あの大尉だったのか』哲学めいた話をする気持のいい声の持ち主の正体が分かって、アンドレイはうれしかった。

「薬草酒はごちそうするが」トゥーシンは言った。「やはり来世を理解するということは……」彼の言葉は途中で断ち切られた。

この瞬間空中でヒューという音が聞こえてきた。その音は次第に近くなり、どんどん速く大きく、大きく速くなり、そして砲弾が、まるで言うべきことを言い終えなかったかのように、人間業でない怪力で土煙をあげながら、仮小舎からほど近い地面で炸裂した。恐ろしい衝撃に、大地があっと驚きの声をあげたかのようだった。

その瞬間、小柄なトゥーシンがパイプを横ぐわえにしたまま、誰よりも早く仮小舎から飛び出した。その善良そうな知的な顔は、いささか青ざめていた。その後から例の勇ましげな声の持ち主である血気盛んな歩兵将校が飛び出し、服のボタンを掛けながら、自分の中隊めがけて駆けだして行った。

17章

アンドレイ公爵は馬に乗って砲台の上にたたずみ、弾丸が発射された砲のあたりにたなびく煙を眺めていた。広い範囲に目を走らせたが、見届けることができたのは、さっきまではじっとしていたフランス軍の集団に動きがみられること、そして村の左手に、本当に砲台があったことだけだった。そのあたりの煙は、まだ完全に散ってはいなかった。馬に乗ったフランス人が二名、おそらく副官であろうが、山を駆けていく。山のふもとをめがけて、おそらく散兵線の補強のために、小ぶりな敵軍の縦隊が移動していくのがはっきりと見える。最初の発砲の煙がまだ消えないうちに、第二弾の煙が立ち上り、発射されるのが見えた。戦闘が始まったのだ。アンドレイ公爵は馬を回れ右させ、グルントの村に戻ってバグラチオンを探しだそうと、駆けだした。背後で響く砲撃音がますます頻繁に、ますます大きくなっていく。どうやら味方が反撃を開始したのだ。下の方の、軍使が往来していたあたりでは、小銃の発射音が聞こえた。

ボナパルトの恐るべき手紙を携えたルマロワがミュラのもとへ駆けつけたのはつい

今しがたのことであり、面目をつぶされたミュラは失敗を埋め合わせようというつもりで、すぐさま軍を中央攻撃と両翼迂回の両面作戦で展開し、晩に皇帝がお見えになるまでに、目の前の木っ端のごとき部隊を殲滅してしまおうともくろんだのだった。『始まったぞ！　いよいよだ！』心臓にどんどん血が流れ込んでくるのを感じながら、アンドレイ公爵は思った。『だがいったいどこにあるんだろう？　俺のトゥーロンはどんな風に出現するのだろうか？』彼は考えた。

ほんの十五分前には兵士たちが粥を食べたりウオッカを飲んだりしていた中隊の間を進んでいくと、いたるところに整列してめいめいの銃を取り分けている兵士たちのきびきびした動きがみられ、そしてどの顔にも、彼の胸の内にあるのと同じ躍動感が認められた。『始まったぞ！　いよいよだ！　恐ろしいが面白いぜ！』どの兵士の顔も将校の顔も、そう語りかけていた。

造成中の堡塁のところまで行かぬうちに、彼はどんよりと曇った秋の日の夕明かりの中に、こちらへ向かって進んでくる騎馬の一団を見出した。先頭の騎手はフェルトの袖なしマントを羽織って子羊皮の耳当て付き帽子《カルトゥース》をかぶった姿で、白馬にまたがっている。バグラチオン公爵だった。アンドレイ公爵は馬を止めて相手を待った。バグラチオン公爵も一瞬馬を止め、アンドレイ公爵を認めると、一つ頷いてみせた。アンドレイ公爵は見てきたことを伝えたが、その間相手はずっと前方を見つめ続けていた。

バグラチオン公爵はまるで睡眠不足のように半分閉じた、ぼんやりとした目をしていたが、そんな公爵の頑健そうな褐色の顔にさえ、『始まったぞ！　いよいよだ！』という表情が浮かんでいた。アンドレイ公爵は並々ならぬ好奇心に駆られて、その動きのない顔にじっと見入った。はたしてこの人物はこの瞬間、考えたり感じたりしているのだろうか、もしそうだとしたら、何を考え、何を感じているのか、知りたかったのである。『この動きのない顔の背後に、そもそも何かが存在しているのだろうか？』相手に目を向けながら、アンドレイ公爵はそんな風に自問していた。バグラチオン公爵はアンドレイ公爵の話を承知したというしるしに一つ頷き、「よろしい」と言ったが、そのときの表情はまるで起こった出来事も自分に報告された事柄もすべて、まさに自分がすでに予見していたとおりであると言っているかのようだった。早駆けの後のアンドレイ公爵が息を切らして早口で話すのに対して、バグラチオン公爵は持ち前の東洋風の訛りでひときわゆっくりと言葉を発していた[30]。それはまるで、何もあわてる必要はないと言い聞かせているようだった。とはいえその彼も、馬を速歩にしてトゥーシンの砲兵部隊のいる方へと進みだした。アンドレイ公爵も随員に混じって後を追う。バグラチオン公爵のお供をしていたのは、公爵の副官である幕僚将校、伝令将校のジェルコーフ、尾を短く切った美しい馬に乗った当直佐官、および文官の法務官で、法務官は好奇心から戦場に行くことを志願したのだった。これは太った丸顔の男で、馬に揺られながら無邪気な喜びの笑顔で周囲を見回している。ラクダ織の外套を着て輸送兵用の鞍にまたがった姿は、軽騎兵やコサックや副官の居並ぶ中でいかにも場違いだった。

「こちらの方が戦闘を見たいというのだがね」ジェルコーフが法務官を手で示しながらアンドレイ公爵に向かって言った。「そろそろ鳩尾《みずおち》のあたりが痛くなってきたことだろうよ」

「いや、どうかお手柔らかに」法務官は無邪気ながら抜け目はないといった笑みに顔を輝かせてそう言った。どうやらジェルコーフの冗談の種にされるのがまんざらでもないらしく、またどうやらわざと実際の自分よりも間抜けに見えるように努めているようであった。

「なんとも滑稽ですね、公爵さま《モン・ムシュー・ブランス》」当直の佐官が言った（佐官は公爵の爵位はフランス語でもっと特別な表現があるということは分かっていたが、どうも思い出せず、

30　バグラチオンはグルジア王家の子孫で、ロシア語にも民族的な訛りがあった。

ムシュー・プランスで済ませたのである)。

皆はすでにトゥーシンの中隊のいる砲台の間近まで来ていたが、そのとき彼らの行く手に砲弾が落下した。

「いったい何が落ちたんですか?」無邪気な笑顔を浮かべて法務官が訊ねた。

「フランス製のパンケーキ」ジェルコーフが答えた。

「はあ、あんなもので殺そうというんですか?」と法務官。「いやはや、怖い怖い!」彼はどうやら満足して、全身の力を抜いたようだった。しかし彼がしまいまで言い切るか言い切らないかのうちに、またもや唐突にヒューという恐ろしいうなりが聞こえたかと思うと、急に何か柔らかなものにピシャリと当たって途切れ、続いてズズ、ズシンという音がした。少し右手を法務官の後から進んでいたコサック兵が、馬もろとも地面に倒れたのだった。ジェルコーフと当直の佐官は鞍に身を伏せて、馬を脇に寄せた。法務官はコサックの前に立ち止まったまま、しげしげと興味深げに観察している。コサックは絶命していたが、馬はまだもがいていた。

バグラチオン公爵は薄目になって振り返ったが、生じた混乱の原因を確認すると、「つまらぬことにかまっていられるか!」とでも言いたげに、平然と顔をそむけた。乗馬の名手らしい仕方で馬を止め、ちょっと身を屈めて、マントに引っかかった剣を直す。その剣は、今どきのものと違う古い剣だった。アンドレイ公爵はかつてスヴォーロフがイタリアで自分の剣をバグラチオンに与えたという話をふと思い出したが、まさにこの瞬間それを思い出したことが、何かしらとてもうれしかった。一行は、先ほどアンドレイ公爵が立ち止まって戦場を観察した砲台に到着した。

「誰の中隊だ？」弾薬箱の脇にたたずんでいる砲兵下士官にバグラチオン公爵が訊ねた。

質問は「誰の中隊だ？」というものだが、問いの真意は「諸君は早くも臆病風に吹かれてはおらぬか？」というものであり、砲兵下士官もそれを読み取っていた。

「トゥーシン大尉の中隊であります、閣下」そばかすだらけの顔をした赤毛の砲兵下士官は、さっと直立姿勢をとると、陽気な大声で答えた。

「なるほどなるほど」バグラチオンは何か考える様子でつぶやくと、前車の脇を通って一番端の大砲に向かって馬を進めた。

彼が近寄って行く間に、当の大砲から発射の轟音が響いて彼と随員の耳を聾《ろう》し、そしてにわかに大砲を包み込んだ煙の中に、砲兵たちが発射でずれた大砲を大急ぎで押さえ、力を合わせて元の位置に押し戻そうとしている姿が見えた。洗矢《あらいや》[31]を携えた肩幅の広い巨漢の第一砲手が、両足を大きく開いて車輪の脇に身を避ける。第二砲手が震える手で砲口に砲弾を詰める。そこへ小柄で猫背ぎみのトゥーシン将校が、砲架尾《ほうかび》につまずきながら飛び出して来て、将軍に気付かぬまま、小さな手をひさしにして目測を始める。

「あと十分の二インチ上げろ。それでちょうどだろう」か細い声でトゥーシンは叫んだ。本人はその声に勇猛な響きを与えようと頑張っているのだが、それはいかにも彼の風貌に似合わなかった。「第二砲」と彼は甲高い声で続けた。「ぶっ放せ、メドヴェージェフ！」

バグラチオンが声をかけると、トゥーシンはおずおずとしたぎこちない動きになり、軍人の敬礼とは似ても似つかない、まるで司祭が祝福を与えるような手つきで帽子のひさしに三本指をあてて、将軍に近寄ってきた。トゥーシンの砲は窪地を砲撃する使命を帯びていたが、彼は前方に見えるシェングラーベンの村に焼夷弾を撃ち込んでいた。その村の手前にフランス軍の大きな集団が姿を現したからである。

どこにどんな砲弾を撃つべきかをトゥーシンに命令する者はいなかったので、彼は深く信頼する曹長のザハルチェンコと相談したうえで、当の村を焼くのが妥当だと判断したのだった。「よろしい」バグラチオンはトゥーシン大尉の報告にそう答えると、何か考えているような目つきで、目の前に開けた戦場の全域をつぶさに見回し始めた。

フランス軍が一番接近しているのは右翼だった。キエフ連隊が陣取っている高台の下に位置する小川の窪地からは、胸をえぐるような調子で連射される小銃の発射音が響き、そのはるか右手の竜騎兵部隊の背後には、ロシア軍の翼を迂回しようとしているフランス軍の隊列が見える。それを幕僚将校がバグラチオンに指さしてみせた。左手は最寄りの森で視界が遮断されている。バグラチオンは二個大隊を守備固めのために中央から右翼に回すよう指令したが、これに対して幕僚将校が、あの二個大隊がいなくなると砲は掩護《えんご》なしに孤立することになりますと、あえて異を唱えた。バグラチオンは幕僚将校を振り返ると、何も言わずにぼんやりとした目でしばし相手の顔を見つめた。アンドレイ公爵には、幕僚将校の意見は正しく、まったく反論の余地のないものと思えた。そのとき、窪地にいた連隊長の副官が馬で駆けつけてきて、膨大な数のフランス兵が低地伝いに来襲し、連隊は隊形を乱してキエフ擲弾《てきだん》兵連隊のもとへ退却中と告げた。バグラチオンは了解と同意のしるしに頷いた。並足で右手に馬を進めると、バグラチオンは副官にフランス軍を攻撃せよという命令を託して竜騎兵連隊に送った。しかし送られた副官は半時間後に戻ってきて、竜騎兵連隊の連隊長はすでに

31　砲口を掃除するための柄の長いモップ。

谷の背後に退却したと告げた。連隊が激しい砲火を浴びて、そのままでは兵を犬死にさせかねないため、急遽射撃兵たちを下馬させ、森の中に引かせたということだった。

「よろしい！」バグラチオンは言った。

砲台から離れようとしたとき、左翼の森の中からも発砲の音が聞こえてきたが、左翼からは非常に離れていて自分で行っても間に合わないため、バグラチオンはジェルコーフをそこに派遣した。左翼に詰めているのはブラウナウでクトゥーゾフに連隊の閲兵をしてもらったあの老将軍であったが、その将軍に可及的速やかに谷の背後に退却するよう伝えさせたのである。おそらく右翼も敵の攻撃を長くは持ちこたえられないという判断からであった。肝心のトゥーシンと彼を掩護している大隊のことは忘却されていた。バグラチオン公爵と隊長たちとの間で交わされる会話や、公爵が与える命令にじっくりと耳を澄ましていたアンドレイ公爵は、驚きの念とともに悟った。実は命令など一切発せられておらず、バグラチオン公爵はただ必要と偶然と個々の隊長の意志によってなされたことが、すべて彼の命令で行われたとは言わぬまでも、あたかも彼の思惑に沿って行われたかのような振りをしようとしていただけなのだ。ただし同じく彼は気づいたのだが、そうした絶妙な演技のおかげで、事態の進行がまさに偶然によるものであり、指揮官の意志とは無関係であったにもかかわらず、バグラチオンの存在は極めて大きな効果を発揮したのである。取り乱した顔で報告に乗り付けてくる指揮官たちは、バグラチオン公爵に会うと落ち着きを取り戻したし、兵士や将校は明るい顔で彼を歓迎し、彼の前では活気づいて、明らかに自分たちの勇ましさをひけらかそうとするのであった。

18章

ロシア軍の右翼の一番の高地まで登った後、バグラチオン公爵は坂を下り始めたが、下の方からは小銃の連射音が聞こえ、立ち込める硝煙で何も見えなかった。窪地に降りていくにつれてますます視界が悪くなったが、それだけいっそう主戦場に近づいたことが感じられるのだった。負傷兵にも出くわすようになった。一人は頭を血まみれにして帽子もなくしたまま、二人の兵士に腕を支えられて運ばれていくところだった。ゼイゼイと荒い息をつき、しきりに唾を吐いている。きっと口か喉に弾丸が当たったのだ。行き合ったもう一人の負傷兵は、勇ましく一人で歩いていたが、小銃も持たず、受けたばかりの傷の痛みに大声でうめきながら片腕を振っていた。その腕からは、瓶をひっくり返したような勢いで血が噴き出し、外套を汚していた。その顔は負傷者というよりは度肝を抜かれた人間のように見えた。ほんの一分前に負傷したばかりだったのだ。道を横切ると下りは急になったが、一行はその途中でも何人かが倒れているのを見かけた。兵士の集団で、負傷者でない者が混じっているのにも出会った。兵士たちは坂を上っていくところで、息を切らしており、将軍の姿を見ても、変わらず大声で話したり、腕を振り回したりしていた。前方の硝煙の中にはすでに灰色の外套を着た者たちの隊列が見えており、一人の将校がバグラチオンに気付くと、集団で歩いていく兵士たちを追いかけ、大声で引き返せと命じた。バグラチオンは戦列の間近まで馬を寄せたが、列のそこここで頻繁な発砲の音がするため、話し声も命令の叫びもかき消されてしまうのだった。大気はすべて硝煙をたっぷりと含んでいた。兵士の顔もみな火薬でいぶされ、そして活気に満ちていた。槊杖《さくじょう》[32]で弾込めする者、火皿に火薬を注いでは、弾薬盒《だんやくごう》から銃弾を取り出す者、発砲する者。しかし誰に向けて撃っているのかは、硝煙が風に吹き消されずに立ち込めているため、見ていても分からなかった。シューとかヒューといった快い音がかなり頻繁に響いていた。

『これはいったい何なのか？』兵士たちの集団に馬を近づけながらアンドレイ公爵は考えた。『密集しているからには、散兵線ではありえない！　じっとしているからには、突撃とは言えない。また方陣でもありえない。立ち位置が違うからだ』

連隊長は痩せぎすで虚弱そうな見かけの、笑顔のいい老人で、垂れ下がった瞼《まぶた》が年寄りくさい目の半分以上を隠していたが、それがこの人物に柔和な印象を与えていた。連隊長は馬に乗ったままバグラチオン公爵に近寄ると、貴賓を迎える家の主人のような態度で挨拶をした。彼の報告するところでは、連隊はフランス軍の騎兵隊の襲撃を受け、撃退はしたものの、半数以上の兵を失ったとのことだった。連隊長は、敵襲は撃退したという言い方をしたが、それは自分の連隊で起こった出来事に彼が考えて付けた軍事的な呼称にすぎず、実のところこの半時間に彼に委ねられた軍で何が起こったのか、彼自身も把握しておらず、果たして敵襲が撃退されたのか、それとも彼の連隊が敵襲で壊滅したのかさえ、確信をもって言うことはできなかったのである。事態が起こった時点で彼が認識したのは、ただ連隊の全域にわたって砲弾や榴弾が飛来して兵たちが被弾しだしたこと、そこで誰かが「騎兵隊だ」と叫び、味方も応射し始めたことだけであった。そうして応射しているうちに、気づくと標的の騎兵隊はすでに姿を隠し、相手は窪地に姿を現してこちらに発砲してくる敵の歩兵隊になっていたのだった。報告を聞いたバグラチオン公爵は、すべては完全に自分が願いかつ予測して

32　先込め式の銃砲に弾を装填するための金属製の棒。

いたとおりであるというしるしに、一つうなずいてみせた。彼は副官に向き直ると、自分たちが今その脇を通って来たばかりの第六狙撃兵連隊の二個大隊を、高台からこちらに回すように命じた。この瞬間バグラチオン公爵の顔に生じた変化は、アンドレイ公爵を驚かせた。その顔は、ちょうど暑い日に水に飛び込もうと決めて最後の助走を始める人のような、ひたむきで喜ばしい決意を表していた。寝ぼけたような曇った眼も、作り物の沈思のポーズも消えていた。動きには先ほどまでの緩慢さと節度が残っていたが、まん丸で険しいその鷹のような目は、明らかに何を注視するでもなく、熱狂と若干の侮蔑を含んで、ひたすら前方に向けられていたのである。

連隊長はバグラチオン公爵に向かって、ここは危険すぎるから後方に下がっていただきたいと懇願した。「どうかお下がりください、閣下、お願いでございます！」そう言って彼は同意を求めようと幕僚将校を見やったが、相手は顔を背けるのだった。「ほら、ご覧ください！」彼は周囲に小止みなく飛来して、引き裂くような、歌うような、口笛を吹くような音を立てている銃弾に注意を促した。懇願と叱責をないまぜにしたその口調は、ちょうど大工が斧を手にした貴族の旦那を見とがめて「わしらは慣れているからいいですが、旦那さまはお手に肉刺《まめ》を作るだけですよ」と言うのに似ていた。まるで自分自身はこんな弾にやられるわけはないと言わんばかりの態度であり、瞼《まぶた》で半分塞がれた目が、その言葉に一層の説得力を与えているのだった。佐官も連隊長の諫言に味方したが、バグラチオン公爵は返事もせず、ただ射撃を中止して隊形を整え、やがて到着する二個大隊に場所を譲れと命じただけだった。ちょうど彼がこの命令を発しているとき一陣の風が巻き起こり、窪地を隠していた煙の帳《とばり》が、まるで見えない手に引かれるように右から左へとたなびいたので、正面の山とその斜面を伝い歩くフランス兵たちの姿が、一同の目の前に現れた。凹凸の多い土地を蛇行しながらひたすらこちらに向かってくるフランス軍の隊列に、皆は思わず目を引きつけられた。すでにモワモワした兵隊の帽子も見えるし、将校と兵卒の見わけもつけば、敵の軍旗が竿にはためいているのも見えた。

「見事な行進ぶりだ」バグラチオンの随員の一人が言った。

隊列の先頭はすでに窪地に降り立っている。衝突が起こるのはきっとこちら側の斜面であろう……。

戦闘に従事していた味方の連隊の残兵があわただしく隊列を組むと、右手に移動していく。するとその背後から、もたもたしている者たちを追い散らすように、第六狙撃兵連隊の二個大隊が整然と進んできた。まだバグラチオンのいる位置までは達しないが、すでに大勢の集団が足並みをそろえて進むときの、ズシンズシンという重い足音が聞こえてきた。左翼のバグラチオンに一番近い位置を歩んでいる中隊長は、丸顔に愚鈍そうな、うれしげな表情を浮かべたすらりとした体つきの男で、これはついさっき仮小舎から駆け出していった人物だった。彼はどうやらこの瞬間、司令官の脇を勇ましく通ってみせること以外、何ひとつ考えてはいないようだった。

中隊長は前線に立つのがいかにも誇らしげな様子で、筋肉質の足をまるで泳ぐように軽々と動かし、無理なく背筋を伸ばして歩いていたが、その軽快な足取りは、彼の歩度に合わせて歩む兵士たちの重い足取りと好対照をなしていた。薄い細身の剣（武器らしくない反り返った短剣）を抜き身で脚の脇につけるように持ち、力強い全身をしなやかに回転させて、司令官の方をうかがったり背後を振り返ったりしながら、歩度を緩めることはなかった。司令官のそばを最高の形で通過することに精神力のすべてを注ぎ、それを見事に遂行していると感じるのがうれしいようだった。「左……左……左……」どうやら一歩おきに胸の内でそんな風に唱えている様子で、その拍子に合わせて、多様ながらそれぞれ厳しい顔つきをした、背嚢と銃の重みにあえぐ兵士たちの体軀が作る壁が、進んでいく。あたかも何百という数の兵士たちもまた胸の内で一歩おきに「左……左……左……」と唱えているかのようだった。一人の太った少佐が、息を弾ませて足並みを乱し、道端の茂みをよけた。後れを取った兵士が一人、喘ぎながら自分の失態に怯えた顔で、駆け足で中隊を追いかける。そのとき砲弾が、空気を圧するようにバグラチオン公爵と随員の頭上に飛来し、「左……左！」のリズムに合わせて、隊列に命中した。「密集隊形！」中隊長の気取った声が響き渡る。兵士たちは砲弾が落ちた箇所にある何かを弓型になって迂回していく。爆死した兵たちのそばに一時とどまった古参の勲章所持者である側面担当下士官は、自分の隊列に追いつくと、ちょっとジャンプする形で足を踏みかえ、他と足並みをそろえてから、怒った顔で後ろを振り返った。「左……左……左……」威嚇的な沈黙と、皆が同時に大地を踏みつける単調な足音の背後から、そんな声が聞こえてくるように思えた。

「健闘を祈るぞ、諸君！」バグラチオン公爵が言った。

「……閣下のため健闘を誓います！」隊列が一斉に応じ、「閣下」のところだけが「か、か、か、か」と輪唱のように響いた。左手を歩いていた気難しそうな兵士は、声を張り上げながら目でバグラチオンをちらりと見たが、その目は「言われずとも分かっています」と語っているようだった。別の兵士はこちらに目もくれず、まるで気が散るのを恐れるかのように、口を大きく開いて叫びながら通り過ぎて行った。

停止し背嚢《はいのう》を外せとの命令が下った。

バグラチオンは追い越して行った隊列の前まで馬を進めると、馬から降りた。手綱をコサック兵にあずけ、マントを脱いでそれも渡すと、両足をピンと伸ばし、頭の軍帽をかぶり直す。フランス軍の隊列の先頭が、将校たちを前に立てた形で、丘のふもとに姿を現した。

「武運を祈る!」しっかりとしたよく通る声で言い放つと、バグラチオンは一瞬だけ前線兵士たちを振り返り、軽く両腕を振りながら、騎兵らしくぎこちない足取りで、なんだか歩きにくそうにでこぼこした原っぱを前へと歩んでいく。アンドレイ公爵は何か抗いがたい力によって前方へと導かれていく気がして、大いなる満足を味わっていた。[33]

すでにフランス軍が近づいていた。バグラチオンの脇を歩いていたアンドレイ公爵には、もはやフランス将校たちの負い革や赤い肩章や、顔さえもが見分けられた(彼は一人の年寄りのフランス将校が、ゲートルを巻いたがに股の足で、灌木につかまりながら苦労して坂を上ってくるのをはっきりと目撃した)。バグラチオン公爵は新しい命令を出そうとはせず、ひたすら黙ったまま隊列の前を歩いていく。突然フランス兵の間で一発の銃声が響き、二発、三発と続いて、やがて乱れた敵の隊列の全域に、硝煙と発射音が広がって行った。味方の何名かが倒れたが、あんなにも明るく懸命に歩いていた例の丸顔の将校もそれに含まれていた。だがすでに一発目の銃声が聞こえた瞬間に、バグラチオンは皆を振り返り「ウラー!」と叫んで突撃を促していた。「ウラーアーアー!」味方の隊列に長い喚声が響き渡り、そして兵たちはバグラチオン公爵を追い越し、互いに追いつ追われつしながら、乱れてはいるが陽気な活気に満ちた集団となって、算を乱したフランス軍を追って斜面を駆けおりていった。

19章

第六狙撃兵連隊の攻撃が、右翼の撤退を可能にした。中央では、忘れられていたトゥーシンの砲兵中隊がうまくシェングラーベンの村を焼いたおかげで、フランス軍の動きに歯止めがかかった。風にあおられて広がる火事をフランス軍が消している間に、撤退の時間を稼ぐことができたのである。谷の背後への中央軍の撤退は、あわただしい騒ぎの中で行われたが、撤退する軍が指揮系統の乱れで混乱する事態は生じな

33　トルストイによる原注　ここで起こった攻撃について、ティエールは次のように語っている。「ロシア軍は立派にふるまった。戦争においてはまれなことであるが、両軍の歩兵部隊が互いに真正面から進撃し、ぶつかり合うまで、どちらも一歩も譲ろうとしなかったのである」。一方ナポレオンは、セントヘレナ島で語っている。「ロシア軍の数個大隊は不屈さを示した」

かった。ところが戦力で上回るランヌ指揮下のフランス軍によって正面突破と迂回作戦の同時両面攻撃を受けることになった左翼陣は、アゾフとポドリスクの歩兵連隊と、パヴログラード騎兵連隊の混成だっただけに、総崩れ状態となった。バグラチオンは、ジェルコーフに即刻撤退の命令を託して左翼陣の将軍のもとに差し向けた。

ジェルコーフは敬礼した手を軍帽のひさしから離す間もなく、威勢よく馬を促して駆けだして行った。しかしバグラチオンのもとを離れるや否や、その元気はたちまち萎えてしまった。打ち勝ちがたい恐怖心にとりつかれて、危険な地帯に馬を進めることができなくなってしまったのだ。

左翼軍の陣地の手前まで来た時、彼はその先の銃声のする場所まで進もうとせず、全く見当はずれの場所に将軍や指揮官を探そうとした。そしてその結果、命令を伝えることができなかったのである。

左翼軍の指揮権は、年功によって、かつてブラウナウ近郊でクトゥーゾフの閲兵を受けた例の連隊の連隊長が握っていた。ドーロホフが兵卒として勤務する連隊である。ところが最左翼の指揮権は、そもそもニコライ・ロストフが勤務するパヴログラード騎兵連隊の連隊長に属すはずだったので、これが悶着の種になった。二人の指揮官は強く反発しあい、右翼ではとうに戦闘が始まってフランス軍が進撃を開始していたまさにその頃合いになっても、この両指揮官は相互の折衝にうつつを抜かしている始末で、しかもその折衝の目的とは、互いを侮辱することに他ならなかった。連隊自体、騎兵連隊も歩兵連隊も同様に、差し迫った戦いへの準備がほとんどなされていなかった。両連隊の者たちは、一兵卒から将軍に至るまで、会戦待機もせず、淡々と平時の仕事に従事していた。つまり騎兵隊では馬に餌をやり、歩兵隊では薪を集めていたのである。

「あの男は、しかし、階級は、私より上です」軽騎兵連隊長であるドイツ人の大佐は、近寄ってきた副官に向かって、顔を真っ赤にして言うのだった。「だから、あの男、好きにさせれば、いいのです。私は、自分の軽騎兵を、犠牲には、できない。おい、ラッパ手、退却ラッパを吹きなさい！」

しかし事態は急を告げてきた。砲撃と銃撃がまじりあって、右手にも中央にも轟き、ランヌの率いる外套姿のフランス軍狙撃兵たちが、すでに水車小屋の堤防を越えてこちら側に二段の銃射隊形を作ろうとしていた。歩兵連隊長は足がつったような歩き方で馬に近寄り、よじ登るようにしてまたがると、体をしゃきっと伸ばし、背も伸びたようになって、パヴログラード騎兵連隊長のもとへ赴いた。両連隊長は出会うと、憎しみを胸に秘めながら慇懃な礼を交し合った。

「繰り返しになりますが、大佐」歩兵連隊長は話しかけた。「やはり兵員の半数を森の中に残しておくわけにはいきません。貴官にお願いします、貴官にお願いしますから」彼は繰り返した。「陣を敷いて、攻撃に備えていただきたい」

「こちらが、あなたに、お願いします、ご自分の、領分じゃないこと、口を、出さない」大佐はかっとなって叫んだ。「もしも、あなたが、騎兵だったら……」

「私は騎兵ではありません、大佐、ただしロシア軍の将軍です。もしもご存知でなかったなら……」

「よく存じています、閣下」大佐は顔を赤黒く染めてだしぬけに馬を歩ませながら、甲高い声で叫んだ。「では、一緒に、散兵線まで、来てください。そうすれば、私たち、分かります、こんな陣地、何の役にも立たない。私、あなたの満足のために、全滅させたくない、自分の連隊を」

「血迷っていらっしゃいますな、大佐。私は自分の満足のためにやっているわけではないし、そういう口の利き方も許しません」

歩兵連隊長は度胸比べのような大佐の誘いを受け入れると、胸を張り、眉根を寄せて、相手とともに散兵線の方に馬を進めた。あたかも散兵線の敵の銃弾の下でこそ、二人の対立がすべて解決されるはずだと言わんばかりであった。散兵線に着き、何発かの銃弾が頭上を飛んで行ったところで、彼らは黙ったまま歩みを止めた。わざわざ散兵線まで来て見るべきものは何もなかった。あちこちの灌木の茂みや窪地に騎兵を配しても戦闘は不可能なこと、およびフランス軍が味方の左翼を迂回して兵を進めようとしていることは、さっきまで立っていた場所から見ても一目瞭然だったからである。両連隊長は、まるで戦いを前にした二羽の軍鶏《しゃも》のように、険しい目つきで威圧するようににらみ合いながら、互いに相手が臆した気配を見せるのをむなしく待ち構えていた。二人ともこの試練によく耐えた。いまさら語るべきことはなかったし、どちらの側も、お前が先に弾雨の下から逃げたのだと相手に言われたくない一心だったからである。もしも何事もなければ、二人はそのまま度胸比べで長いこと立ち尽くしていたことだろうが、このとき森の中の、ほとんど彼らの真後ろに当たる場所で、小銃の連射の音が響き、一つに溶けあった鈍い叫びが聞こえた。フランス軍が森で薪集めをしていた兵士たちを襲撃したのだ。もはや騎兵は歩兵とともに退却することができなくなった。左手のフランス軍の散兵線によって、退路が遮断されてしまったのである。こうなるともはや、地形的な不利を顧みず、突撃をかけて退路を切り開くしかなかった。

ニコライの所属する騎兵中隊は、やっと馬にまたがったばかりのところで、敵に直面して停止させられてしまった。ちょうどあのエンス川の橋の時と同じく、中隊と敵の間には誰一人いなかった。両者の間に横たわり、両者を隔てているのが、かの恐るべき未知と恐怖の一線で、それはあたかも生者と死者とを隔てる境界のようであった。全員がその境界を意識しており、自分たちはその境界を越えるのか否か、越えるとしたらどう越えるのかという問題が、彼らの胸を騒がせていた。

前線に戻った大佐は、ぶすっとした顔で将校たちの問いに答えると、何があっても自説を曲げない頑固者らしい態度で、何かの命令を与えた。何かしらはっきりしたことを言う者は一人もいなかったが、騎兵中隊には突撃のうわさが広がった。整列の号令が響きわたり、その後ガチャガチャとサーベルの鞘を払う音がした。だがいまだ誰一人動こうとはしない。左翼軍は歩兵も騎兵も、指揮官自身が何をすべきかをわきまえていないのを感じ取っており、指揮官たちのためらいが兵にまで伝染していたのである。

『さあ早く、早くしてくれ』同僚の軽騎兵たちから何度も聞かされていた突撃の歓びをついに知る時が来たのを感じて、ニコライはそんな風に心に念じていた。

「武運を祈うぞ、諸君」デニーソフ大尉の声が響いた。「速歩、前進！」

前列の馬の尻が揺れだす。ニコライの愛馬グラチクは自分から手綱を引っ張って歩き出した。

ニコライの右手に見えるのは自軍の軽騎兵隊の最前列で、さらに遠方には黒っぽい帯状のものが見える。それは彼には見分けがつかなかったが、敵であろうと判断した。銃声は聞こえてきたが、遠いものにすぎなかった。

「歩度上げよ！」の号令が聞こえ、ニコライはグラチクが尻を躍らせるようにして駆歩《ギャロップ》に移るのを感じた。

馬の動きがあらかじめ読めて、彼はますます愉快な気分になった。行く手にぽつんと一本立っている木が見えた。この木ははじめずっと前方にあって、あんなにも恐ろしく思われたあの境界線の中心に立っていたのだ。今はこうしてその境界線を越えたが、なにも恐ろしいことはなかったどころか、むしろますます愉快で陽気な気分になってくる。『よし、ぶった切ってやるぞ』サーベルの柄を握りしめながらニコライは思った。

「ウラーアーアー！」うなりのような喊声が響く。

『さて、こうなったら誰でもかかってこい』グラチクの体に拍車を食い込ませるようにして他の者たちを追い越しながら、彼は全速で疾駆していた。前方にはすでに敵の姿が見える。突然、何かがまるで大きな枝箒《えだぼうき》で中隊全体を薙《な》ぎ払ったような感じがした。ニコライはサーベルを振り上げて斬りかかる構えをしたが、そのとき前を行く兵ニキチェンコの体が自分から離れて行き、ちょうど夢の中でのように、ものすごいスピードで前へ前へと進みながら同時に一か所にとどまっているような、不思議な気分になった。後ろにいた馴染みの軽騎兵バンダルチュクがぶつかりそうになって、むっとした目でにらむ。バンダルチュクの馬がさっと飛びのいて、彼の脇を駆け抜けて行った。

『どうなっているんだ？　俺は動いていないのか？　落馬した、殺《や》られたんだ……』一瞬のうちにニコライは問いかけてそれに答えた。彼はすでに一人で原っぱの真ん中に取り残されていた。躍動する馬や軽騎兵たちの背中の代わりに、周囲に見えるのは動かぬ地面と刈り取った後の株ばかりだった。体の下に暖かい血だまりがある。『いや、俺は負傷し、馬が死んだんだ』グラチクは前脚で立ち上がろうとしたができずに、乗っていたニコライの片足を押しつぶすように倒れた。馬の頭部から血が流れている。もがいても馬は立ち上がれなかった。ニコライも立ち上がろうとしたが、同じく倒れた。図嚢《ずのう》が鞍に引っかかったのだ。どこに味方がいてどこにフランス軍がいるのか、彼には分からなかった。周囲には誰もいなかった。

馬の下から片足を抜いて、彼は身を起こした。『あれほどはっきりと両軍を隔てていたあの境界は、今はどの方向にあるんだろうか？』彼は自分に訊ねたが、答えることはできなかった。『すでに俺の身には何か悪いことが起こったのだろうか？　こういうケースはよくあるのだろうか、そしてこういう場合、何をすればいいのか？』立ち上がりながら彼はそんな風に自問していた。するとその時、しびれて感覚を失った左手に、何か余計なものが垂れ下がっているのを感じた。手首から先が他人のもののようだった。彼はその手をしげしげと見ながら、出血がないか調べたが見つからなかった。『ほら、誰かいるじゃないか』何人かの人間が自分の方に駆けてくるのを見て、彼は喜ばしい気持でそう思った。『あの人たちが助けてくれる！』先頭に立って駆け寄って来るのは、風変わりな高い帽子をかぶり、青い外套を着こんで、真っ黒に日焼けした鉤鼻の男だった。そのほかにさらに二人、そしてさらに多くの者たちが後ろから駆けてくる。中の一人が何か奇妙な、ロシア語でない言葉を発した。後方にいる同じような帽子をかぶった同じような人間たちの中に、一人だけロシアの軽騎兵が立っていた。彼は両腕を拘束され、背後には彼の馬も捉えられていた。

『きっと捕虜になったロシア兵だな……そうだ。すると俺も捕虜にしようというのか？　あの連中はいったい何者だ？』わが目が信じられぬままニコライは考えた。『まさか、フランス軍？』彼は近寄ってくるフランス兵たちをじっと見つめていた。

ついさっきまではひたすらこのフランス兵たちをひっとらえて斬り殺してやろうというつもりで馬を走らせていたにもかかわらず、いまや敵が近寄って来るのが恐ろしくてたまらず、自分の目が信じられなかったのだ。『あれは何者だ？　なぜ走っている？　まさか俺が目標か？　連中は俺をめがけて駆け寄ってくるのか？　でも何で？　この俺を殺そうというのか？　皆にあれほど愛されているこの俺を？』母の、家族の、友たちの自分に対する愛情を思い起こすにつれ、自分を殺そうという敵の意図が、あり得ないものと思えた。『でも、本当に殺されるかもしれない！』十秒以上もその場を動かず、自分の状況も分からぬままに、彼はじっと立ち尽くしていた。先頭の鉤鼻のフランス人はすでにかなり近くまで達しており、その表情までうかがえるほどだった。銃剣の銃口を前に向けて持ち、息を殺して軽々と駆け寄ってくるその人物の激昂した見慣れぬ顔つきに、ニコライは心底怯えた。彼はピストルを手に取ると、発砲する代わりにフランス兵に向かって投げつけ、自分は全力で茂みに向かって駆けだした。かつてエンス川の橋めがけて進んでいた時の彼は、ためらいと戦いの感情に駆られていたが、今こうして駆けている彼を支配しているのは、猟犬から逃げるウサギの感情だった。ただ一つ、自分の若い、幸福な命を失うことへのやみくもな恐怖感のみが、彼の全身を支配していたのだった。かつて鬼ごっこで走った時のように無我夢中になって、急スピードであぜ道を越えながら、彼は飛ぶように野原を走った。時折その青ざめた、人のよさそうな、うら若い顔で振り向くと、背筋に恐怖の冷や汗が滴る。『いや、見ない方がいい』そんな風に思いながらも、茂みのそばまで駆け寄った彼は、もう一度後ろを振り返った。フランス兵たちは後れを取っていて、彼が振り返ったまさにそのときも、先頭の者が駆け足をやめて歩き出し、くるりと振り向いて、後方にいる同僚に何か大声で呼びかけているところだった。ニコライは足を停めた。『何か変だぞ』彼は思った。『彼らが俺を殺そうとするはずがない』とはいえ彼の左手は、まるで二プードもの分銅をくりつけられたように重くなっていた。これ以上は走れない。フランス兵を見ると、同じく立ち止まり、こちらを銃で狙っている。ニコライは目をつぶって身を屈めた。銃弾が一発二発とうなりをあげて彼の脇を飛んで行った。彼は最後の力を振り絞り、右手で左手を摑んで茂みまで駆けた。その茂みの中にロシアの狙撃兵たちがいたのだった。

20章

森にいたところを不意に襲われた歩兵連隊は、森から飛び出すと、中隊同士の区別もない無秩序な集団となって逃げて行った。一人の兵士が驚きのあまり、「退路を断たれたぞ！」という、戦場では恐るべき、しかも無意味な言葉を発すると、この言葉は恐怖感とともに集団全体に伝わって行った。

「迂回された！　退路を断たれた！　おしまいだ！」逃げる者たちは口々にそう叫んでいた。

歩兵連隊長は後方で湧き起こった銃声と叫び声を聞きつけて、自分の連隊に何か恐るべきことが生じたのを悟ると、長い年月を何の落ち度もなく勤め上げた模範的将校である自分が、怠慢ないし統率力欠如の咎めを受けるかもしれないという思いに愕然とするあまり、この瞬間、いうことを聞かない例の騎兵連隊長のことも、自分の将軍としての威信のことも忘れ、あげくは危険や護身の感覚さえ全く喪失して、鞍橋《くらぼね》にしがみつき馬に拍車を当てながら、雨あられと降りかかる銃弾の中を連隊に向けて走り出したが、幸いにも弾は彼をよけて飛んだのだった。このとき彼が願っていたのはただ一つ、何が起きたのかを確かめ、力を貸し、もしも何か自分の落ち度があったなら何としてもそれを改め、勤続二十二年で経歴に何の傷もない模範将校の自分が、罪を負わないようにすることだけであった。

フランス兵の間を運よく駆け抜けると、連隊長は森の裏の野原に馬を進めたが、そこはちょうど逃げるロシア兵たちの通り道で、彼らは命令に耳も貸さず、坂を駆けおりようとしていた。この瞬間がまさに戦闘の帰趨を左右する精神の岐路であった。算を乱した兵士集団が指揮官の命令に従うか、あるいはちらりと目をくれたまま さっさと逃げていくか——それが決定的な意味を持っていた。だが兵士たちは、かつてあれほど恐ろしかった連隊長が必死で怒鳴る声を聴いても、憤激で赤黒く染まった、ただならぬ形相で剣を振るっているその姿を目にしても、ひたすら走り、喋り、空中に発砲するばかりで、命令に耳を傾けようとはしなかった。会戦の帰趨を左右する精神の岐路において、恐怖が勝利したのだった。

連隊長は怒鳴ったためと硝煙のせいで咳き込んだまま、絶望して立ち止まった。すべてが失われたかに思えたが、しかしその瞬間、襲撃をかけていたフランス軍が急に、見た目には何の理由もなく、逆向きに駆けだし、森のはずれから姿を消した。すると森の中にロシアの狙撃兵の一団が出現したのだった。これは例のティモーヒン大尉の中隊で、一隊だけ森の中で隊形を保ち、森蔭の溝に身をひそめて、フランス兵たちを急襲したのだった。ティモーヒン大尉は必死の叫びをあげてフランス兵に襲い掛かり、酔っぱらいのような常軌を逸した大胆さで剣だけを振りかざして敵に向かっていったので、フランス兵たちはわれに返る暇もなく、武器を捨てて逃げだしたのだ。ティモーヒン大尉と並んで駆けだしたドーロホフは、至近距離から一人のフランス兵を殺すと、降伏した将校の襟を真っ先につかんだ。逃げかけたロシア兵たちが戻ってきて、大隊も立て直され、左翼軍を分断しかかっていたフランス兵たちも、一瞬にして排除された。予備部隊も無事合流し、逃げていた者も足を停めた。連隊長がエコノーモフ少佐と橋のたもとに立ち、撤退していく中隊を見送っていると、一人の兵士が近寄ってきて、彼の鐙《あぶみ》に手を掛け、ほとんど寄りかかるような形になった。兵士は青っぽい工場製ラシャの外套を着て、背嚢もなければ軍帽もかぶらず、頭には包帯をして、肩にはフランス兵の弾薬盒《ごう》をかけている。手には将校の剣を握っていた。顔は青ざめ、青い目は無遠慮に連隊長の顔を見つめ、口には笑いを浮かべている。エコノーモフ少佐に命令を出すのに忙しかったにもかかわらず、連隊長はこの兵士に注意を向けずにはいられなかった。

「連隊長殿、戦利品を、二つ、お届けします」兵士ドーロホフはフランス軍の剣と弾薬盒を示して言った。「自分は、将校を一名、捕まえました。中隊を、止めたのも、自分です」ドーロホフは疲れ果て、息を切らしていた。喋り方も切れ切れである。「中隊全員が、証人です。どうか、このことを、ご記憶ください、連隊長殿！」

「分かった、分かった」連隊長はそう答えると、エコノーモフ少佐の方に振り向いた。

しかしドーロホフは去らない。彼は頭に巻いた包帯の結び目をほどいてむしり取り、髪にこびりついた血痕を見せた。

「銃剣の、傷です。自分は、前線に、とどまりました。ご記憶ください、連隊長殿」

トゥーシン大尉の砲兵中隊は忘れられていて、まさにもう戦闘が終わるというときになって、いつまでも中央で砲撃の音がするのに気づいたバグラチオン公爵が、中隊に即刻撤退を命じるため、まず当直の幕僚将校を、次にアンドレイ公爵を派遣したのだった。トゥーシン大尉の大砲の脇を固めていた掩護部隊は、何者かの命令で戦闘の半ばで撤退していたのだが、砲台そのものは依然砲撃を続けていて、それでもフランス軍に奪取されなかったのは、ひとえに敵が、四門の大砲が誰にも掩護されずに砲撃を続けるなどという、人を食ったような事態を想定できなかったためである。それどころか敵は、この中隊の精力的な戦闘ぶりから見て、この中央にこそロシア軍の主力が結集していると想定し、二回もこの拠点に攻撃を仕掛けたのだが、二度とも、この高台にぽつんと置かれた四門の砲の榴散弾砲撃によって、撃退されたのだった。

先ほどバグラチオン公爵が立ち去って間もなく、トゥーシン大尉はシェングラーベンの村に火を放つことに成功した。

「ほら、連中、泡を食っているぞ！　燃えている！　ほら、煙が！　うまい！　大したもんだ！　煙が、煙が！」砲手たちが勢いづいて喋りだした。

命令されるまでもなく、全門が火の手の上がった方角に向けて発砲するようになった。兵たちは一発ごとに、けしかけるような掛け声を浴びせる。「うまいぞ！　そう、そのとおりだ！　おいお前……やるじゃないか！」火事は風にあおられてどんどん広がっていく。フランス軍の隊列が村の裏手に出てきて、後退していったが、しかし敵はこの失敗を埋め合わせようとするかのように、村の右手に十門の砲を据えると、トゥーシン大尉の砲台めがけて発砲し始めた。

火事を見て子供のように歓び、砲撃がフランス兵に当たったといってははしゃいでいたおかげで、砲兵たちが敵の新たな砲台に気付いたときには、すでに二発の砲弾と、それに続くさらに四発の砲弾が味方の砲の間に着弾して、一発が二頭の馬を倒し、別の一発が弾薬箱運搬手の片足をもぎ取っていた。しかしひとたび高まった士気は衰えることなく、ただ気分が変わっただけだった。馬は予備の砲架に付けられていた別の馬に替えられ、負傷者は場所を移され、砲は四門とも敵の十門の砲台へと向けられた。トゥーシン大尉の補佐役の将校は戦闘の初めに戦死しており、その後一時間で四十名の砲手のうち十七名を失っていたが、砲兵たちは相変わらず明るく元気だった。彼らは二度、斜面の下の近いところにフランス兵の姿を見かけたが、そのたびに榴散弾を浴びせたのだった。

よたよたと不器用な動きをする小柄なトゥーシン大尉は「今のを祝ってもう一服」、などと言いながらしきりに従卒にパイプを詰めさせては、そのパイプの火の粉をまき散らしつつ前に駆けだし、小さな手をかざしてフランス軍をうかがっていた。

「さあみんな、ぶちのめしてやるんだ！」そんなふうに景気をつけては、自分から砲の車輪をつかんだり、ねじを外したりしている。

濛々《もうもう》たる砲煙に包まれ、一発ごとに体を震わせる砲の連射に耳を聾《ろう》されながら、トゥーシン大尉は短いパイプを口にくわえたまま、一つの砲から別の砲へと飛び移っては、照準を合わせたり、砲弾の数を数えたり、死傷した馬の交代や付け替えの算段をしたりしながら、弱くか細い、頼りない声で、号令をかけ続けるのだった。その顔はますます活気を帯びていた。ただ兵が死傷した時だけ、顔を顰めて、死んだ兵からは顔を背け、いつもながら負傷兵や死んだ兵を抱え上げるのを躊躇《ためら》ってもたついている兵士たちを怒鳴りつける。大半が美丈夫の兵たちはみな（砲兵中隊での通例どおり、兵卒は上官の将校より頭二つ分背が高く、横幅も二倍あった）、ちょうど困った子供がするように司令官の方ばかり見ていて、司令官の顔に浮かぶ表情が、そっくりそのまま彼らの顔にも浮かぶのだった。

すさまじい轟きと喧騒の中で気を張って動き回っているせいで、トゥーシン大尉は不愉快な恐怖感などかけらも覚えず、自分が戦死したりひどく負傷したりするかもしれないという考えは、片時も頭に浮かばなかった。それどころか彼はますます陽気になってきた。最初に敵の姿を見て第一弾を発射したあの時が、すでにだいぶ前の、ほとんど昨日のことのようで、今自分が立っているこの原っぱの一角が、昔からなじみの懐かしい場所のような気がした。すべてを記憶し、すべてを考え合わせ、こうした状況に置かれた最優秀の将校がなしうることをすべて行いながらも、今の彼は熱病で夢うつつの人間、あるいは酔っぱらった人間と同じ状態だった。

四方から耳を聾するように響く自軍の砲の発射音、ヒューと飛んできてドンと落ちる敵の砲弾の音、汗にまみれ真っ赤になって砲の周りで忙しく動きまわっている砲手たちの姿、敵陣で上がる砲煙の光景（その後では必ず砲弾が飛来して、地面に、兵に、砲に、あるいは馬に当たるのだった）——そうしたものが相まって脳裏に独自の幻想世界が形成され、それがこの瞬間の彼の慰めになっていた。敵の大砲は彼の空想の中では大砲ではなくパイプであり、目に見えない愛煙家がそのパイプをくゆらせて、時たまモクモクと煙を吐いているのだった。

「やれやれ、また煙を吐きやがった」向こうの山に砲煙が立ち、風で左手に帯のようにたなびくと、トゥーシン大尉はそっと小声でつぶやくのだ。「さて、弾が飛んでくるのを待って、投げ返してやるか」

「何かおっしゃいましたか、中隊長殿?」近くに立って彼が何かつぶやくのを聞きつけた砲兵下士官が訊ねる。

「何でもない、榴弾を一発だ……」彼は答える。

「さて、われらがマトヴェーエヴナよ」トゥーシン大尉はまた独りごとを言う。彼の空想世界で「マトヴェーエヴナ」という名の女性役を演じるのは、一番端っこの大きな旧式の大砲だった。敵の砲の周りにたむろするフランス兵は、「蟻んこ」ということになっていた。一番砲の第一砲手をつとめる美男の酒飲みは、彼の世界では「大男《ジャージャ》」である。トゥーシン大尉は他の誰よりも頻繁にこの男に目をやっては、その動きの一つ一つに見惚れていた。途絶えたかと思うとまた勢いを盛り返す、斜面の下方で行われている小銃の撃ち合いの音は、彼に何者かの息遣いを思い起こさせた。鎮まってはまた高まるその音に彼は耳を澄ました。

「おや、また息をし始めた、生き返ったな」そんな風に彼は一人ごとを言った。

自分自身はその空想の中では背の高い怪力の巨漢で、フランス兵に向かって両腕で砲弾を投げつけているのだった。

「さあて、マトヴェーエヴナ、頼んだぞ、しっかりしてくれよ！」そう言って大砲から離れた途端、頭上から誰か他所の人間の、なじみのない声が響いた。

「トゥーシン大尉！　大尉！」

トゥーシンはびっくりして振り向いた。見ると彼を酒保から追い出したあの佐官である。相手は息切れした声で叫んでいた。

「どうした君は、正気か？　二度も撤退命令が出ているのに、君は……」

『はあ、何だって俺が責められるんだ……』恐れ入った眼で上官を見ながらトゥーシン大尉は思った。

「私は……いや、何でもありません」軍帽のひさしに二本指をあてて彼は答えた。

「私は……」

だが命令を届けた大佐は、言いたいことのすべてを言えなかった。砲弾が間近に飛来したために、身をよけて馬上に伏せなくてはならなかったのだ。黙り込んだ彼がもう一度何か言おうとした瞬間、またもや砲弾が彼を押しとどめた。彼は馬を返すと、駆け足でその場を離れた。

「撤退だ！　全員撤退！」離れたところから彼は叫んだ。

兵士たちはゲラゲラ笑った。そして一分後に同じ命令を携えた副官がやって来た。

それはアンドレイ公爵だった。トゥーシン大尉の大砲が置かれている場所に馬で乗り付けた時、彼が初めて目にしたのは、脚を撃たれて砲車から外された馬が、つながれた馬たちのそばでいなないている姿だった。その脚からは、噴水のように血が噴き出していた。前車の間には何体かの遺体が横たわっていた。騎馬で近づいていく間も次々と砲弾が頭上をかすめ、彼は背筋の神経が震えるのを覚えた。しかし自分は恐れているのだと考えたとたんに、彼は再び気持を奮い起こしていた。『この俺が怖がってたまるもんか』そう考えると、彼は大砲の間でゆっくりと馬から降りた。命令を伝えても、彼は砲台を去ろうとはしなかった。陣地から砲を撤去し、搬送するまで立ちあおうと決めたのだ。トゥーシン大尉とともに死体をまたぎ越えながら、フランス軍の恐るべき砲火の下、彼は砲の撤収を行ったのだった。

「さっきもお偉いさんが来たけれど、さっさとずらかって行きましたよ」砲兵下士官がアンドレイ公爵に声をかけた。「副官殿とは大違いですよ」

アンドレイ公爵はトゥーシン大尉とはまだ口もきいていなかった。二人とも忙しくて、互いに目も合わせなかったほどである。四門の砲のうち無事に残った二門を前車に着けて、坂を下りかけた時（破損した一門と一角砲[34]は放棄された）、アンドレイ公爵はトゥーシン大尉に馬を寄せた。

「では、また会いましょう」アンドレイ公爵はトゥーシン大尉に握手の手を差し伸べた。

「ではまたな、若い衆」トゥーシン大尉は言った。「あんたはいい人だ！　じゃあな、若い衆」トゥーシン大尉は涙を流していた。なぜか知らず不意に目に涙があふれてきたのである。

21章

風が止み、黒雲が戦場の上に低く垂れこめて、はるか地平線上で硝煙と混ざり合っていた。暗くなってきたおかげで、二か所で燃えている火事の赤みが、なおさらくっきりと見える。砲撃は弱まってきたが、小銃の連射音はまだ後方や右手から頻繁に、間近に聞こえてくる。砲列を率いたトゥーシン大尉が、負傷兵たちの体をよけ、時には轢きそうになりながら、砲火を逃れて窪地に降りると、司令官や副官たちが彼を出迎えた。中には例の佐官と、二度トゥーシン大尉の砲台に派遣されながら一度も行きつけなかった伝令将校のジェルコーフも混じっていた。彼らは皆、互いの言葉を遮るようにして、ああしろとかこうしろとか、ここへ行けとかの指示をトゥーシンに与えたり伝えたりし、また叱責や注意を与えた。トゥーシン大尉は何の処置も取らず、また一言でも口をきくとなぜか知らず泣き出しそうになるので、じっと黙り込んだまま、砲兵中隊のやせ馬にまたがって後ろからついていった。負傷者は放置せよとの命令にもかかわらず、多くの負傷兵が身を引きずるようにして軍の後についてきて、砲車に乗せてくれとせがんでいる。戦闘の前にトゥーシンのバラックから飛び出して行ったあの血気盛んな歩兵隊将校が、腹に銃弾を食らって「マトヴェーエヴナ」の上に乗せられていた。坂のふもとでは青ざめた顔の軽騎兵隊見習士官が、片腕をもう一つの腕で支えながら、トゥーシンに歩み寄り、乗せてくれとせがんだ。

「大尉、お願いします、腕を打撲したのです」彼はおずおずと言った。「お願いです、歩けません。どうかお願いします！」

見たところこの見習士官はすでにあちこちで何度も便乗を申し入れてきたが、どこでも承知してもらえなかったらしい。頼み込む声もためらいを含んだ、哀れな声

34　高角射撃用の長身の榴弾砲で、一角獣のマークが付いていたことからこう呼ばれた。

だった。

「乗せてくださるようご指示いただけませんか、お願いです」

「乗せてやんなさい、乗せて」トゥーシンは命じた。「おい大男、外套を敷いてやりなよ、ほら」お気に入りの兵士に向かって指示する。「ところで、負傷したあの将校はどうした？」

「下ろしました。死んだので」誰かが答えた。

「乗せてやんなさい。さあ、お乗りなさい、お乗りなさい。外套を敷いてやれ、アントーノフ」

拾われた見習士官はニコライ・ロストフだった。片手でもう一方の手を支え、顔は蒼白で、下顎が悪寒でがくがく震えている。彼は例の「マトヴェーエヴナ」に乗せられたが、それはついさっき死んだ将校を下ろしたばかりの大砲だった。敷かれた外套には血がついていたので、ニコライの乗馬ズボンも手も、その血に染まった。

「傷を負ったのかね、あんた？」ニコライが腰を下ろした大砲に歩み寄ってトゥーシンは話しかけた。

「いや、ただの打撲です」

「じゃあなぜ砲架に血がついているんだね？」トゥーシンは問いただす。

「これは前の将校さんの血ですよ、大尉」砲兵が外套の袖で血を拭いながら、いかにも砲が汚れているのを詫びるような口調で言った。

歩兵の手を借りて力ずくで砲を坂の上に運び上げ、グンテルスドルフの村に着いたところで一同は停止した。もはやだいぶ暗くなって、十歩離れれば兵の軍服の見わけもつかないほどだったので、銃撃戦も静まってきた。そこへ突然、右手の近いところで、またもや喊声と一斉射撃の音が響いた。もはや暗がりの発砲が光で分かる。これはフランス軍の最後の攻撃で、村の家々に陣取っていた兵士たちが迎え撃ったのだった。またもや総員が村から飛び出して行ったが、トゥーシン大尉の砲は動かせなかったので、砲兵隊員もトゥーシンも見習士官も、自分たちの天命を待つ風情で、黙って顔を見合わせていた。銃撃戦が静まり始めると、脇の通りから元気そうに話をかわす兵士たちが姿を現した。

「無事かい、ペトロフ？」一人が訊ねる。

「熱いやつをくらわせてやったよ。もう手を出しちゃ来ねえだろう」別の者が答えた。

「何にも見えやしねえ。敵のやつら、同士討ちをしてやがったじゃねえか！　見えやしねえよ、こう暗くっちゃ、なあ兄弟。一杯やりてえが、何かないかい？」

フランス軍の最後の攻撃も撃退された。そしてまた真っ暗闇の中を、トゥーシン大尉の大砲が、ざわめく歩兵集団に額縁のように囲まれて、どこか前方へと運ばれていく。

あたかも暗闇の中を、目に見えぬ真っ黒な川が、ささやきや話し声や蹄の音や車輪の音を轟々と巻き込んで、ひたすら一方向へと流れていくかのようであった。全体の喧噪の中でも他の音から際立ってはっきりと聞こえてくるのが、夜陰に響く負傷兵たちのうめきや肉声だった。まるで彼らのうめき声が、全軍を取り巻く闇に満ち満ちているかのようだった。彼らのうめきとこの夜の闇とが、同じ一つのものと思えたのである。しばらくたつと、動いていく集団に動揺が走った。誰か白馬に乗った人物が随行の者を従えて通り過ぎ、通りすがりに何か一声かけたのだ。

「あれは何と言ったんだ？」「今度はどこへ行くんだろう？」「ここで待機かい？」「感謝の言葉でもくれたのかな？」あちこちからいろんな質問が飛び交い、動いていた集団が押し合いへし合い状態になって（明らかに前の者たちが足を止めたのだ）、停止命令が下ったという噂が流れてきた。皆は歩いていたままの形で、泥んこ道の真っただ中で足を止めた。

あちこちで灯がともり、話し声が前よりはっきりと聞こえてきた。トゥーシン大尉は中隊に指示を出すと、兵の一人に見習士官のための包帯所か医者を探すよう命じて、自分は路上に兵士たちが熾《おこ》した焚火のそばに腰を下ろした。ニコライも火のそばに連れてこられた。痛みと寒さと湿気のせいで、熱病にかかったように全身を震わせている。打ち勝ちがたい睡魔に襲われているのだが、ぶらりと垂れ下がったままひたすらうずく片腕のやり切れぬ痛みのために、眠り込むこともできない。彼は目をつぶってみたり、真っ赤に灼熱して見える火をながめたり、隣に胡坐をかいて座っているトゥーシンの猫背気味のきゃしゃな体に目をやったりしていた。トゥーシンの大きな優しい、賢そうな眼が、同情と思いやりを込めて彼を見つめている。助けてやりたいと心から願いながら何もしてやれないというトゥーシンの気持が、ニコライにも伝わって来た。

徒歩で通りかかる者、馬で行く者、周囲に陣取った歩兵たち——みんなの足音や話し声が四方八方から聞こえてくる。人声、足音、泥の中で脚を踏みかえる馬のひづめの音、近くでまた遠くで薪がはぜる音が合わさって、不安定などよめきを作り出していた。

今はもう先ほどのように暗闇の中を目に見えぬ川が流れているのではなく、嵐が去って凪いだ真っ黒な海が、ひたひたとさざ波を立てているかのようだった。ニコライは目の前と周囲で起こっていることを意味もなくながめ、耳を傾けていた。一人の歩兵が焚火に近寄ってくると、しゃがみこんで手をかざし、顔を脇に向けた。

「かまいませんか、大尉殿？」トゥーシンに向かって問いかける。「いやはや中隊からはぐれてしまいまして。自分がどこにいるのか見当もつかないんですよ。まいりました！」

兵隊と前後して頬に包帯をした歩兵将校が焚火に近寄ってくると、トゥーシンに向かって、馬車を通したいので大砲をちょっとだけ動かすよう指示してほしいと頼んだ。その中隊長に続いて、さらに二名の兵隊が焚火に駆け寄ってきた。ものすごい剣幕で罵り合いつかみ合いながら、どこかから持って来た長靴の片割れを奪い合っている。

「なにを、手前が拾っただと！　手癖の悪い奴めが！」一方がしゃがれ声で喚いていた。

次には、やせて顔色の悪い兵隊が首に血まみれのゲートルを巻いた姿でやってきて、怒ったような声で砲兵たちに水をくれと要求した。

「なに、犬ころみたいにくたばれとでもいうのかい？」兵隊はそんなせりふを吐いた。

トゥーシンは兵隊に水をやるよう命じた。次には陽気な兵士が駆けよってきて、歩兵たちに火種を分けてくれと頼んだ。

「かぁっと熱い火種を歩兵にも分けてくださいよ！　いや助かります、では皆さんお達者で。火種をありがとうさん、いつかおまけをつけてお返ししますんで」そんな挨拶をしながら、兵隊は赤く燃える火種をどこか闇の中へと持ち去った。

この兵隊の次には、何か重いものを外套に乗せて四人がかりで運んでいく兵士たちが焚火の脇を通りかかった。中の一人がつまずいた。

「こん畜生、通り道に薪なんか置きやがって」兵隊はぶつぶつ文句を言った。

「もう死んじまったんだぜ、どうして運ぶんだい？」兵士の一人が言った。

「うるせえ！」

兵士たちは荷物を下げたまま闇の中に消えていった。

「どうだ？　痛むかい？」トゥーシンが小声でニコライに聞いた。

「痛みます」

「中隊長殿、将軍がお呼びです。ここの農家に詰めていらっしゃいます」砲兵下士官がトゥーシンに歩み寄って告げた。

「ああ、すぐ行くよ」

トゥーシンは立ち上がると、外套のボタンをはめ、身じまいを整えながら、焚火から離れて行った……。

砲兵たちの焚火からほど近いところにある特別に用意された農家で、バグラチオン公爵は食事の席について、周囲に集まった何人かの部隊長たちと語り合っていた。半分目を閉じた例の小柄な老人が、羊の骨にむしゃぶりついており、二十二年間何のお咎めもなく勤め上げてきた例の将軍は、飲んだウオッカと夕食のせいで顔を真っ赤に染めており、さらに名前の入った指輪をはめた例の佐官も、ひっきりなしに皆の顔を見回しているジェルコーフも、青ざめた顔で唇をぎゅっと結んで、熱病のように目をぎらつかせたアンドレイ公爵も混じっていた。

農家の片隅には戦利品のフランス国旗が立てかけられていて、例の法務官が無邪気な顔で旗の生地をつまんでは、いぶかしげに首をひねっている。実際に旗の様子に興味を引かれているのかもしれないし、あるいは、すきっ腹で食事を見ているのが辛かったのかもしれない。彼は食器が足りなくて食事にありつけなかったのだ。隣の建物には竜騎兵が捕虜にしたフランス軍の大佐が収容されていて、その周りにはロシアの将校たちが詰め掛けて、じろじろ観察していた。バグラチオン公爵は一人一人の指揮官に礼を述べたうえで、戦闘の詳細や損害について問いただしていた。ブラウナウ近郊で閲兵を受けた例の連隊長は、公爵に対して、戦闘が始まるとすぐに自分は森から退いて、薪を集めていた兵をまとめ、まず敵を素通りさせておいたうえで、二個大隊で白兵戦を仕掛けてフランス軍を殲滅したと述べた。

「閣下、第二大隊が総崩れになるのを見た時、私は路上に立って考えました。『今は敵を素通りさせておいて、後で連続砲火を浴びせてやろう』そして、その通り決行したのであります」

この連隊長は、実際にそういう展開になることを切望し、それが実現できなかったのを残念に思うあまり、ついには本当にこのことが起こったのだと思い込んでしまったのである。いや、もしかしたら、本当にこの通りだったかもしれないではないか？ あれほどの混乱の中で、何が起こって何が起こらなかったかなど、果たして突き止めることができるだろうか？

「ところで閣下、一つご報告させていただくべきことがございます」かつてドーロホフがクトゥーゾフと交わした会話と、つい先刻自分がその降格兵と交わした会話を思い出して、連隊長は報告を続けた。「兵卒の、降格兵のドーロホフですが、私の目の前でフランス軍将校をとらえ、目覚ましい活躍をいたしました」

「閣下、私も同じ場でパヴログラード軽騎兵連隊の突撃を目撃しましたが」ジェルコーフがおずおずと辺りを見回しながら口をはさんだ。彼はこの日軽騎兵の姿など全く見ておらず、ただ歩兵将校から話を聞いただけだった。「見事二つの方陣を壊滅させております、閣下」

ジェルコーフの発言を聞くと、何人かは、またいつものような冗談が飛び出すのを期待して口元をほころばせたが、彼の発言もまたロシア軍と本日の戦果に対する賛辞の性格を帯びていることに気付くと、まじめな表情になった。とはいえ多くの者は、ジェルコーフの話が根も葉もない作り事だということを十分に承知していたのである。

バグラチオン公爵は年配の大佐に向き直った。

「皆に礼を言いたい、諸君、どの部隊も英雄的な戦いぶりを見せてくれた。歩兵も騎兵も砲兵も。ところで、中央に二門の砲が残されたのはどういうわけかな？」誰かを目で探しながら彼は問いを投げた（バグラチオン公爵は左翼の砲については訊ねなかったが、それは、左翼では戦闘の開始直後にすべての砲が放棄されたのをすでに知っていたからである）。「これは確か君に頼んだ件だったな」公爵は例の当直佐官に声をかけた。

「一門は砲撃で破損しました」当直佐官は答えた。「他の一門については、理由が分かりません。私はずっとあの場所にいて指揮を執っておりまして、つい今しがた引き上げてきたところです……。実際、激戦でありました」彼は控えめに言い添えた。

誰かが、トゥーシン大尉がこの地の、村のすぐそばに宿営しており、すでに呼びにやった旨を告げた。

「そう、君も居合わせたんだったな」バグラチオン公爵がアンドレイ公爵を振り向いて言った。

「そのとおりです、ただしちょっとのことですれ違いになってしまいましたが」当直佐官はアンドレイ公爵に愛想よく微笑みかけながら言った。

「あいにく貴官とはお会いできませんでした」冷ややかな口調でぶっきらぼうにアンドレイ公爵は言い放った。

一同はしばし黙り込んだ。戸口にトゥーシンが姿を現すと、将軍たちの背後からおずおずと入ってきた。狭い小屋の中で将軍たちの脇をすり抜けてくるトゥーシンは、いつものように上官たちを前にしてすっかり気が動転していたので、立てかけてあった旗竿を見過ごして、けつまずいてしまった。何人かが声を立てて笑った。

「砲を残してきたのはどういうわけかな？」バグラチオンは渋面で問いただしたが、渋面はトゥーシン大尉に向けたものというよりは、むしろ笑い声をあげた者たちに向けたものだった。中でもひときわ高笑いをしたのはジェルコーフだった。

こうして恐るべき上官たちを目の前にしてみると、今やトゥーシンには、自分がおめおめと生き残りながら二門の大砲を失ったことが、ゆゆしき罪であり恥辱であると痛烈に実感された。この瞬間まで彼は動揺のあまり、このことに思い当たる余裕がなかったのだ。加えて将校たちの笑い声がますます彼を混乱させていた。バグラチオンの前に立って下顎を震わせながら、彼はようやくこう答えた。

「分かりません……閣下……人手が足りませんでした、閣下」

「掩護《えんご》の下で撤収できたのではないか！」

掩護がなかったことを、トゥーシンは口にしなかった。それがまさに真相だったにもかかわらず。それを口にすることでほかの司令官に罪を着せることを恐れた彼は、黙ったままひたと目を据えて、食い入るようにバグラチオンの顔を見つめていた。ちょうどしどろもどろになった生徒が試験官を見つめるように。

沈黙はかなり長く続いた。バグラチオン公爵も厳しく当たりたくないらしく、言うべき言葉を見いだせなかった。ほかの者達も、あえてこの会話に口を挟む勇気はなかった。上目遣いでトゥーシンを見つめていたアンドレイ公爵の両手の指が、引きつるようにうごめいた。

「閣下」アンドレイ公爵が鋭い声で沈黙を破った。「閣下は私をトゥーシン大尉の砲台へ遣わされました。私が砲台に着いた時には、三分の二の兵士と馬が砲弾に倒れ、二門の砲が破壊され、掩護は全くない状態でした」

声を抑えながらも興奮して語るアンドレイ公爵を、このときバグラチオン公爵とトゥーシンが同じ表情で、穴のあくほど見つめていた。

「そして、閣下、もしも私見を述べさせていただくことができるならば」アンドレイ公爵は続けた。「わが軍の本日の勝利は何よりもこの砲台の活躍に負うものであり、トゥーシン大尉と彼の中隊の英雄的な不屈さの賜物だったと考えます」そう言うとアンドレイ公爵は答えを待たず、即座に立ち上がってテーブルを離れた。

バグラチオン公爵はしばしトゥーシンを見つめていたが、どうやらアンドレイ公爵のきっぱりとした判断に疑いをさしはさみたくはないと同時に、それを丸ごと鵜呑みにする裏付けもないと感じたらしく、一つうなずいてみせてから、トゥーシンに帰ってよいと告げた。アンドレイ公爵も続いて出て行った。

「いやありがとう、おかげで助かったよ、お若いの」トゥーシンは彼に言った。

アンドレイ公爵はトゥーシンを一瞥したまま、何も言わずに相手から離れて行った。アンドレイ公爵は憂鬱な、やりきれない気分だった。何もかもが不可思議で、自分の期待とは全く違っていたからである。

『彼らは何者だ？　どうしてここにいる？　何が欲しいんだ？　いったいこんなことはいつになったら終わるんだ？』目の前で移り変わる人影を見ながらニコライ・ロストフは考えていた。腕の痛みはますます激しくなっていた。抑えがたい眠気が見舞い、目の中で赤い輪が跳ね回り、周囲の声や顔の印象と孤独な感情が、痛みの感覚とまじりあっていた。これはつまり彼らの、負傷者もそうでないものも含めてこの兵士たちの仕業なんだ、彼らが俺の負傷した腕を、肩を、押さえつけ、のしかかり、腱をよじり、肉を焼いているんだ。彼らから逃れようと、ニコライは目を閉じた。

気を失っていたのはほんの一分ほどだったが、その短い忘我の間に、彼は数え切れぬほどのものを夢に見た。母親とその大きな白い手、ソーニャのほっそりとした肩、ナターシャの目と笑い、独特な声と口髭のデニーソフ、それからあのテリャーニン、そして自分とテリャーニンおよびボグダーヌィチの間にあった事件の一部始終。あの件はそっくりそのまま、きつい声で捨て台詞を吐いたさっきの兵隊とおんなじだった。まさにあの事件が、あの兵隊が、こんなにも無慈悲に、無理やりに彼の腕をつかみ、押さえつけ、やみくもに一つの方向へ引っ張ろうとしているのだ。彼は相手から逃れようとしたが、相手は毛筋ほども、一瞬たりとも彼の肩を放そうとはしない。もしも相手が引っ張りさえしなければ、肩は痛みもしないし丈夫なままだったろうが、どうしても彼らから逃れることはできなかったのである。

彼は目を開いて上を見あげた。夜の黒い帳が熾火《おきび》の明かりの上七十センチほどのところまで下りてきていた。その明かりの中を、降り始めた粉雪が舞っている。トゥーシンはまだ帰らず、医者も来ていない。彼は一人ぼっちで、ただどこかの小柄な兵隊が一人、今や裸になって焚火の向こう側に座り込み、痩せた黄色の体を温めていた。

『誰にも必要ないんだ、俺は！』ニコライは思った。『助けてくれる人もいなければ、憐れんでくれる人もいない。かつて故郷にいたときは、俺はあんなにも強くて、朗らかで、愛されていたのに』彼はため息をつき、ため息と一緒に思わずうめき声をあげた。

「どうした、痛むのかい？」向かいにいた兵士が焚火のうえでシャツをはたきながら訊ねると、答えを待たずに咳払いをして付け加えた。「たった一日でえらい数の人間がやられたもんだ——ひでえ話だよ！」

ニコライは兵士の話を聞いていなかった。火の上を舞う雪片を見つめながら、彼はロシアの冬を——暖かな明るい家を、ふわふわの毛皮外套を、疾走する橇を、健康な体を、あふれるほどの家族の愛と気遣いを思い出していた。『なのにどうして俺はこんなところにやって来たのだ！』彼は思った。

翌日、フランス軍は攻撃を再開せず、バグラチオン部隊の残兵《ざんぺい》はクトゥーゾフ将軍の軍に合流した。

（つづく）

読書ガイド

望月 哲男

とても大きな作品

『戦争と平和』が書かれたのは、今からおよそ一世紀半前の一八六三年から六九年にかけてのこと。一八二八年生まれのトルストイにとって、三十代の半ばから四十代の入り口までをそっくり捧げた勘定で、彼の創作歴の初期から中期へ、中・短編作家から長編作家への移行を画する作品となりました。ロシアの文芸学者ヴィクトル・シクロフスキーのように、トルストイがこの作品によってようやく素人作家からプロの作家になったとみる者もいます。

いずれにせよ作者にとっても読者にとっても、いろいろな意味で大きな作品であることは間違いありません。物語のつくりからしても、ロシア人、フランス人をはじめ諸国民からなる五百五十名以上もの実在・架空とり混ぜた人物群の活動が、ロシアとヨーロッパ中・東部の広い地域を舞台に七年以上の歳月にわたって描かれるという、近代小説としては破格の規模。人名、地名、使用言語を含め、情報の種類や質もきわめて多様で、作品の分量も当然多く、本書のサイズで六巻に及びます。

豊富な内容と多彩な語り口の独特な組み合わせゆえに、「(人間の生の営みを完全に再現した) 真の芸術の奇蹟」(ニコライ・ストラーホフ)、「現代最大の叙事詩であり、近代の『イーリアス』」(ロマン・ロラン) といった称賛から、「ぶよぶよ、ぶくぶくの巨大モンスター」(ヘンリー・ジェイムズ) という酷評まで、評価のあり方も複雑です。興味深いことに、作者自身はこの作品を「小説ではないし、ましてや叙事詩でもなく、歴史記録などではさらさらない」と、念入りな否定形で定義しています (「『戦争と平和』という書物について数言」)。

ただし、われわれはまだ作品世界の入り口に立ったばかりですので、評価や意味付けは後回しにしましょう。まずは物語の歴史的背景、創作の動機と経緯、第1巻の構成など、若干の基本情報をまとめて読書ガイドとしたいと思います。

物語の歴史的背景

『戦争と平和』に描かれる戦争とは、一九世紀初期にロシアとフランスとの間で行われた一連の戦争を意味しています。

一八世紀末のフランス革命とそれに続くナポレオンの台頭は、ヨーロッパの近代史に多大な影響を与えましたが、その影響はロシアにも及びました。ヨーロッパの東端にあってオスマン帝国やスウェーデン、オーストリア、プロイセンなどと対抗していたロシアを、全ヨーロッパの秩序をめぐる闘争の現場に引き出す作用をしたのです。ロシア帝国は、ナポレオンが第一執政となった直後の一八〇〇年時点で推定人口が全欧随一の三千七百万、推定兵員数もフランスに次ぐ五十万を数える強力な軍事国家でした。これはロシアの徴兵制度の厳しさを物語るデータでもありますが、いまだ兵器や輸送手段が近代化される前の時代で、兵員数がすなわち軍事力の規模を示していたことを思うと、こうした数字はなおさら大きな意味を持ちます。ロシアを敵とするか味方とするかは、ヨーロッパのいずれの勢力にも大きな意味を持っていたのです。

ロシアが革命後のフランスとの戦いに加わったのはパーヴェル一世（在位一七九七

〜一八〇一）の時代が初めでした。一七九九年、親英の立場から第二次対仏大同盟に参加したロシアは、スヴォーロフ将軍率いる軍を北イタリアに派遣して、オーストリア軍との連携でフランス軍を圧倒する活躍を見せました。ただしこの後のクーデターでナポレオンが権力を掌握すると、パーヴェル一世はこれを反革命として歓迎し、ナポレオンと手を組んでイギリスと対抗するという挙に出ます。さらには英国領インドにコサック隊を遠征させるという無謀な計画を立てましたが、反対派勢力によって暗殺されてしまいます。

次の皇帝で本作の主人公の一人でもあるアレクサンドル一世（在位一八〇一〜二五）は、当初は英仏との等距離外交を目指していましたが、やがて膨張政策をとるフランスとの関係が悪化、フランスはロシアに亡命していた反革命王党派フランス人の追放を要求し、ロシアはナポレオンによる反対派へのテロを批判するという展開になりました。本書冒頭のアンナ・シェーレルの夜会に出てくる、ジェノヴァとルッカの領有や王党派アンギャン公の冤罪による処刑に関する取沙汰も、ナポレオンの強引な体制固めへの批判的反響の代表例と見なせます。一方、長らくフランス社会をモデル視してきたロシア貴族層、とくに青年の間には、一将校から皇帝の位に昇り詰めたナポレオンに憧憬を覚える傾向も強く、冒頭の夜会はロシアにおけるナポレオン観の分裂を説明する場にもなっています。

一八〇五年、ロシアはイギリス、オーストリアなどとともに第三次対仏大同盟を組み、同年十二月にはアレクサンドル一世自らが、オーストリアのフランツ一世とともに、アウステルリッツでナポレオン軍と戦います。三人の皇帝が対決したところから「三帝会戦」と呼ばれるこの戦闘は、トルストイの作品でも前半の山場となりますが、ロシア・オーストリア軍はこれに敗北、対仏大同盟は崩壊します。短期間の休戦の後、ロシアはさらに第四次対仏大同盟の枠組みでプロイセンと組んでナポレオンと戦いますが、プロイセン軍はイエナ・アウエルシュテットで撃破され、ナポレオンは解放者としてポーランドに進攻します。一八〇七年には東プロイセンのアイラウとフリートラントでナポレオン軍に退けられたロシアは、財政難と物資不足に加え、ペルシア、オスマン帝国とも戦っていたため講和に傾き、一八〇七年ネマン（ニーメン）河畔のティルジットで講和条約を結びます。

対仏講和の結果ナポレオンの大陸封鎖令に従う義務を背負ったロシアは、対英貿易の停止で経済に大打撃を受け、戦費の負担と相まって窮状に追い込まれます。そうした経済問題に加えて、フランスの膨張政策が、さらにロシアの反発を誘います。一番の刺激要因は、一八一〇年にオーストリア皇女マリヤ・ルイーザ（マリー・ルイーズ）と結婚してオーストリアとの関係を深めたナポレオンが、同年オルデンブルク公国を併合したことで、一八世紀のロシア皇帝ピョートル三世とその息子パーヴェル一世の家系ホルシュタイン＝ゴットルプ家が領有するオルデンブルク公国の併合は、ロシアの沽券にかかわる事件でした。

こうしたことを背景に、ロシアはひそかに大陸封鎖令を破って対英貿易を再開し、さらには中立国の国旗を掲げる国々への港湾開放を進めます。これがナポレオンの逆鱗《げきりん》に触れ、ついに一八一二年六月、六十万とも七十万ともいわれる大陸軍《グラン・ダルメ》が、ネマン川を渡ってロシアに侵攻するという、いわゆるロシア遠征が開始されます。

本書の第一頁に出てくるように、正教世界では、ナポレオンこそが世の終わりに現れる神の敵、反キリストだという説がささやかれていましたが、そうした恐るべき外敵に挙国一致で立ち向かったという意味で、この戦争はロシアで「祖国戦争」と呼ばれるようになります。その祖国戦争の経緯こそが小説後半の読みどころとなるので、ここではこれ以上の早まった解説は控えますが、トルストイの『戦争と平和』は、この対ナポレオン戦争とその背景にあるロシア社会を、一八〇五年夏から一八一二年末まで、すなわち三帝会戦の前夜から祖国戦争の終結までのスパンで描いたものです。

創作の動機と経緯

『戦争と平和』のもとになる小説の着想をトルストイが得たのは、実際に執筆に着手するよりはるか以前の一八五六年のことで、その着想が何段階かの進化を経て、現在の形に成長したものとみられます。作者自身が創作の初期（一八六四年末ないし六五年初頭）に記した作品用の「序文」草稿によれば、以下のような経緯が浮かび上がってきます。

すなわち、一八五六年に着想された段階では、作品は歴史小説ではなく同時代もので、主人公は一八二五年に専制と農奴制の廃止を目指して蜂起した、デカブリストと呼ばれる将校たちの一員でした。失敗に終った蜂起の結果シベリアに流刑となり、この時代の新皇帝アレクサンドル二世の即位に際して、恩赦によって内地に戻って来た老人を描こうとしたのです。ただし主人公の不幸な経験をトータルに描こうという意図から、物語はやがて一九世紀半ばの時点を離れ、デカブリストの蜂起自体のあった一八二五年という過去の時点に移されます。

しかし場面を事件の時点に移しても、そこに現れるのはすでに成長して所帯も抱えた人物像にすぎない――そう意識した作者は、さらに主人公が多感な青年だった一八一二年の祖国戦争の時期に場面を遡《さかのぼ》らせようとします。デカブリストの蜂起の誘因となったのは、祖国戦争後にナポレオン軍を追ってフランスまで行き、専制も農奴制もない世界を垣間見た青年将校たちの、意識転換の経験だったからです。

ここに至って作者の構想は俄然拡大し、デカブリストの一青年像はむしろ後景に退《ひ》いて、大いなる祖国戦争の時代の多様な人物群が前面に浮かんできます。と同時に作者には、さらに時代を遡るべき心理的動機が芽生えます。ナポレオンのフランスに対する偉大なる祖国戦争の勝利を得意げに描く、いわゆるお国自慢的な文学作法の愚劣さを回避し、ロシアの勝利の真の原因と意味を見極めるためには、むしろ敗北した一八〇五年の経験から始めるべきではないか――こうして一八五六年を舞台に発想された物語が、いったん大きく一八〇五年へと遡り、そこから複数の主人公たちを引き連れて、一八〇七、一八一二、一八二五、一八五六年へと進んでいくという構想ができたのです[*]。

実際に完成された作品では、一八二五年のデカブリストの蜂起は遠く暗示されるばかりで、それ以降の時代に至っては影も見えませんが、敗北した三帝会戦の前夜を出発点として一九世紀前半のロシア国民の経験を大規模に描くという構想の方向性は明らかです。実際、この第1巻に含まれる小説の最初の部分は、当初『一八〇五年』のタイトルで発表され、後に『戦争と平和』の全体に組み込まれたものです。

こうした経緯は、作者のテーマの深化のプロセスをも物語っています。流刑地経由で過去からやって来たデカブリスト個人への関心が、過去の時代の人々の集合的な経験への関心に変わり、そしておそらく父祖の世代の志向・価値観・世界観を鏡として、現在を批判的に照らし出そうとする意識へと進化していったのでしょう。

そこにはもちろん、一八五〇～六〇年代の変革の時代を地主貴族として生きていたトルストイ自身の、時代の方向性に対する問いかけが含まれていたと思われます。アレクサンドル二世による農奴解放（一八六一年）の後の社会で、地主貴族と農民がどういう関係を築いていけるのか、新時代のモラルや価値観、国民統合の理念は、どういう土台の上に築かれるべきか、地主貴族の意味や役割はどこにあるのかといった、諸々の問いで、これらはまさに、西欧派・スラヴ派・急進派等々といった形でグループ分けされたこの時代の知識人たちの、共通の関心事でもありました。ここでは詳述を控えますが、半世紀前の近い過去の歴史を描いたこの長編が、実は随所で、まさにトルストイが生きた同時代ロシアの諸問題を描く器《うつわ》にもなっていることは見逃せません。

もっと楽しいこの作品のルーツとして、トルストイがこの直前まで力を入れていた農民学校での歴史授業のエピソードがあります。農民の子弟に古代からの世界史を教えようとして退屈させていたトルストイが、ふと祖国戦争の歴史を面白いナポレオン退治のお話として語ったところ、子供たちが俄然愛国心に燃え上がり、いろんな役割を自分たちに振って劇風に楽しみだしたというのです。歴史をどのように語るか、その意味や役割は何かという、この長編の根底にある疑問が、そんな素朴な経験にも通じていると考えると、少し愉快な気持ちになります。

＊ 要約出典Л. Н. Толстой. Полное собрание сочинений. Т.13. М.: ГИХЛ, 1949. С.54-55. なおこの構想の一部は、別個未完の小説の断片として残り、『十二月党員』という題で邦訳されている（中村白葉訳『トルストイ全集3 初期作品集 下』河出書房新社）。

第1巻の構成――出来事・場・主人公たち

マクロな事件史のレベルで言えば、この第1巻に書かれている出来事は、アウステルリッツの三帝会戦の直前まで、すなわち第三次対仏大同盟は結成されていたがまだロシアは開戦に踏み切っていなかった一八〇五年の七月から、同十一月四日にオーストリアのシェングラーベンで行われた、バグラチオン将軍率いるロシア軍とフランス軍との交戦までです。

ただし題名が語る通り『戦争と平和』は二つの主題の対比でできており、場も出来事そのものも二つの系統に分かれています。第1巻の場合、マクロな物語の場となる軍の駐屯地や戦場が登場するのは後半の第1部第2編からで、それ以前（第1編）の舞台は、もっぱらミクロな物語が展開されるロシア各地の家庭やサロンです。

最初の場は一八世紀に造られた新都ペテルブルグで、皇太后の側近をつとめる女官アンナ・シェーレルのサロン、新婚のアンドレイ・ボルコンスキー公爵の住居、放埒な遊びにふけるアナトール・クラーギン公爵の住居が、次々と舞台になります。次の場は一転して当時第二首都だった古都モスクワ。ここでは奥方と娘の聖名日の祝いを迎えるにぎやかなロストフ伯爵の屋敷と、死の床に就いているベズーホフ伯爵の暗い屋敷が、対照的な舞台をなしています。そして最後の場となるのが、モスクワから百五十キロほど離れた禿山という名のボルコンスキー公爵の領地です。

新都、古都、田舎の地主領地そして外地というのは、ロシア小説の典型的な空間設定で、それを背景に中心的な役割を果たす五つの家族が登場します。

最初に登場するのは官界の大物クラーギン公爵家で、イッポリート、アナトール、エレーヌとフランス語名で呼ばれる三人の子がいます。父親は美人の娘を自慢しながら、遊び人の二人の息子の将来を危ぶみ、有利なコネや結婚の口を虎視眈々と狙っています。

第二の家族はドルベツコイ家。貧窮した旧家を背負う未亡人の公爵夫人は、軍人になろうとする一人息子ボリスの将来のために、身を粉にして奔走しています。

第三の家族はロストフ伯爵家。初老の父親は遊び好き、振る舞い好きの古いタイプの地主貴族で、モスクワ中に知られた名家の資産を急速に蕩尽《とうじん》しようとしています。長女ヴェーラ、長男ニコライ、次女ナターシャ（ナタリヤ）、次男ピョートルの四子があり、ニコライは大学を中退して軽騎兵隊への入隊を決意、歌のうまい十三歳のナターシャは、幼馴染のボリスに恋をしています。伯爵の姪で十五歳のソーニャ（ソフィヤ）も家族の一員で、ニコライと相思相愛の仲です。

第四の家族はベズーホフ伯爵家。エカテリーナ女帝時代の高官の名家とはいえ今や瀕死の伯爵には実子がなく、莫大な遺産をめぐる暗闘が進行中。結局パリ留学帰りの庶子の一人、二十歳のピエールが嫡子とされ、伯爵家の主人となります。ただし大きな子供のようなピエールは、そんな運命に受動的に従うばかりで、野心とも将来設計ともいまだ縁遠いようです。

第五の家族はボルコンスキー公爵家。かつての陸軍大将で先帝パーヴェルに疎んじられた父ニコライ公爵は、領地に隠居してもバリバリの武人・学者肌。厳しい日課をこなしながら国際情勢の検討を怠らず、娘には数学を教えています。娘のマリヤはその父や兄におとなしく従う敬虔な信仰者。三十歳ほどになる将校の息子アンドレイは、首都勤務の恵まれた地位を捨てて、身重の妻リーザを父にあずけ、クトゥーゾフ将軍の副官として出征します。

父と子の世代間の意識差というテーマを微妙にはらんだ家族の物語は様々ですが、

ニコライ・ロストフにせよアンドレイ・ボルコンスキーにせよ、フランスの野望への敵愾心《てきがいしん》と、それとは裏腹な、ナポレオンという存在への深い関心を胸に秘めつつ、ヒロイックな人生モデルを求めて日常世界の外へ出て行こうとしています。そんな青年たちの志向が、ミクロの物語とマクロの物語をつなぐのですが、彼らの経験の具体的諸相とその意味については、次巻以降のガイドに譲ります。

まずは複数の小さな川の流れを戦争という一つの大河に落とし込んでいくような、トルストイによる一八〇五年の物語の手際を、じっくりとお楽しみください。

〈翻訳原典〉

Л. Н. Толстой. Война и мир. Собрание сочинений в двадцати двух томах. Т. 4. Москва: Художественная литература, 1979.

＊作品中の暦はすべて露暦（ユリウス暦）で、十二日を足すと現行のグレゴリオ暦になります。

光文社古典新訳文庫

戦争《せんそう》と平和《へいわ》1

著者　トルストイ
訳者　望月哲男《もちづきてつお》

2020年1月20日　初版第1刷発行

発行者　田邉浩司
印刷　新藤慶昌堂
製本　ナショナル製本

発行所　株式会社光文社
〒112-8011東京都文京区音羽1-16-6
電話　03（5395）8162（編集部）
03（5395）8116（書籍販売部）
03（5395）8125（業務部）
www.kobunsha.com

落丁本・乱丁本は業務部へご連絡くだされば、お取り替えいたします。
ISBN978-4-334-75417-4 Printed in Japan

いま、息をしている言葉で、もういちど古典を

長い年月をかけて世界中で読み継がれてきたのが古典です。奥の深い味わいある作品ばかりがそろっており、この「古典の森」に分け入ることは人生のもっとも大きな喜びであることに異論のある人はいないはずです。しかしながら、こんなに豊饒で魅力に満ちた古典を、なぜわたしたちはこれほどまで疎んじてきたのでしょうか。

ひとつには古臭い教養主義からの逃走だったのかもしれません。真面目に文学や思想を論じることは、ある種の権威化であるという思いから、その呪縛から逃れるために、教養そのものを否定しすぎてしまったのではないでしょうか。

いま、時代は大きな転換期を迎えています。まれに見るスピードで歴史が動いていくのを多くの人々が実感していると思います。

こんな時わたしたちを支え、導いてくれるものが古典なのです。「いま、息をしている言葉で」――光文社の古典新訳文庫は、さまよえる現代人の心の奥底まで届くような言葉で、古典を現代に蘇らせることを意図して創刊されました。気取らず、自由に、心の赴くままに、気軽に手に取って楽しめる古典作品を、新訳という光のもとに読者に届けていくこと。それがこの文庫の使命だとわたしたちは考えています。

このシリーズについてのご意見、ご感想、ご要望をハガキ、手紙、メール等で翻訳編集部までお寄せください。今後の企画の参考にさせていただきます。

メール　info@kotensinyaku.jp